江西省高校人文社科项目"朱敦儒词研究"(ZGW17107)

汕头大学科研启动项目"唐宋词的语言与文化研究"(STF20005)

出版得到"井冈山大学中国语言文学学科经费"和"李嘉诚基金会汕头大学文学院专项经费"的资助

朱敦儒词的阐释与接受

郁玉英 著

中国社会科学出版社

图书在版编目（CIP）数据

朱敦儒词的阐释与接受 / 郁玉英著. —北京：中国社会科学出版社，2021.5

ISBN 978-7-5203-8182-6

Ⅰ.①朱⋯ Ⅱ.①郁⋯ Ⅲ.①朱敦儒—宋词—诗词研究 Ⅳ.①I207.23

中国版本图书馆 CIP 数据核字（2021）第 056956 号

出 版 人	赵剑英
责任编辑	史慕鸿
责任校对	夏慧萍
责任印制	戴 宽

出　　版	中国社会科学出版社
社　　址	北京鼓楼西大街甲 158 号
邮　　编	100720
网　　址	http://www.csspw.cn
发 行 部	010-84083685
门 市 部	010-84029450
经　　销	新华书店及其他书店
印　　刷	北京君升印刷有限公司
装　　订	廊坊市广阳区广增装订厂
版　　次	2021 年 5 月第 1 版
印　　次	2021 年 5 月第 1 次印刷
开　　本	710×1000　1/16
印　　张	17.75
插　　页	2
字　　数	301 千字
定　　价	99.00 元

凡购买中国社会科学出版社图书，如有质量问题请与本社营销中心联系调换
电话：010-84083683
版权所有　侵权必究

融通观气象　细微见精神

——《朱敦儒词的阐释与接受》序

沈家庄

作家研究是古代文学研究中习见的研究方式，按一般的所谓"宏观研究、中观研究、微观研究"的方法论视域观照，作家研究，属中观研究范畴。但实际上，在具体研究中，哪怕是作家作品研究，也可以有方法论的突破。如果研究者能够运用独到学理性思维，从原始文本细读和对前人研究成果的系统梳理比较，再融通整个词学系统和文学史系统加以考察、甄别、评价……这就是从微观到中观再至宏观的综合研究了，而这种甩开常规思维羁绊的综合性文人个体研究，往往能够出奇制胜，卓有创见。郁玉英对朱敦儒及其词的研究，即是这样一个成功的范型。

读罢《朱敦儒词的阐释与接受》书稿，立即就被作者在其中展示的学术大视野、思维大格局和文思大气象所折服。

作者从对《樵歌》249首传世词作的文本细读，微观地横向探究词人词心，揭橥朱敦儒"自傲、自许、自我安慰心理"可以说是体贴入微；又中观地结合历史记载，文人掌故，历代述评，从朱氏为宦经历，细考词人"真性情的外化"：指出其清词丽语下的悲歌俗调；热闹繁华中的安逸闲适；北客南来的故国之思和迟暮之叹；并由此而派生出各种矛盾复杂的语言个性、风格主题和情感范式……整部论著行文清晰透辟，让人读来直觉神清气爽，绝无让人陷入五里雾中，不知所云的恍惘。故尔吾欲从这部能够展示当代学人独到的学术理性之成功范例，细辨此部书稿成功法门，数来应有如下几端。

一 立足完整的文献资料

古代文学的研究，文献是基础，要想真正做好古代作家作品研究，必须建立在文献的基础之上。立足于尽可能完整的文献材料，研究才更可靠，更科学，也更有价值。读《朱敦儒词的阐释与接受》，我们可以看到作者认真细读了朱敦儒词作，文内引证有关朱敦儒及其词的相关资料都有原始依据，很少二手转载材料。这样，作者在阐释朱敦儒词之特质内涵时，就不是凭空盘硬语，而是做到了分析独到、体认解悟颇为会心且贴近朱敦儒生活实际与心理实际。

在微观解读作品时，作者不仅将所有《樵歌》作品的主题情感及艺术风格都作了具体可观的统计分析，同时从《宋史》、方志、各种笔记小说及宋人文集中尽可能宏观而全面地收集关于朱敦儒的生平资料进行对读和佐证，在此基础上展开对朱敦儒词质及其嬗变的阐释研究，就显得言之有据，评价中肯，令人信服。

另外，在尽可能全面地掌握关于朱敦儒词的传播接受资料的基础上，论证朱敦儒词的影响史——这是郁玉英在这部著作所体现的学术品格和学术个性的特异之处。作者以普通大众读者、批评型读者和创作型读者接受朱敦儒及其词的资料为中心，收集了从宋至今的选本中朱敦儒词的入选资料，近千年间关于朱敦儒词的评点、专论等批评接受资料，宋、金、元、明、清创作型读者的效仿情况，在尽可能囊括近千年关于朱敦儒及其词的接受传播资料的基础上，对朱敦儒在历史流变中的影响效果进行了合理深入的探微和开掘。

故我可以毫不夸张地认为：从文献的角度和对待学术研究的审慎态度立言，该著作应该算近年来古代文学作家作品研究中颇有价值的一部专著。

二 辩证的、系统化的论证与相对宏阔的视野

纵观整部书的论证过程，可知作者在文中的理论支撑是强固的，但作者并不是孤立地研究文学观念史，而是尽可能切合历史实际，用相对宏阔的视野和辩证的、系统化的论证，通过对作家个体的研究揭示宋词词质的

演变特征及两宋之间的时代风气与士人心态，通过作家个体的影响效果史展现不同历史背景下的文学观念及文化现象。这凸显了作者宏观研究的学术功力。

譬如，在论证朱敦儒词的特点和内涵及其与两宋之际词质转变之关系时，论证严谨，让资料和史实说话，表现出了作者系统化的思维方式和颇具史学意识之宏阔视野。

一方面，作者根据时代政治及朱敦儒人生遭际的变化，在总结20世纪以来的研究成果的基础上，通过文本细读将朱敦儒的词分为四个时期，深入论证了朱敦儒各期词之特色，阐释了各期词创作之间的联系与创变。譬如，第一章第三节，作者在对朱敦儒仕宦时期词作作全面的阐释后说："仕宦时期朱敦儒的词具有这一时期的独特性，即不论是风格主题、情感表现，还是词的功能，均呈现出多元化特征：既有清词丽语，又有悲歌俗调；既写'升平'之世的热闹繁华、安逸闲适，又书北客南来的故国之思和迟暮之叹；既用词来助兴佐欢，又用词来抒情言志。这种复杂的表现形态在朱敦儒词创作的四个时期中颇具矛盾性。如此种种皆是朱敦儒生活状态及其真性情的外化，朱敦儒的人格个性的矛盾复杂性及《樵歌》抒情的自传体特征亦于此可见一斑。其中仕宦词多元的主题风格与伊洛词、南奔词均有继承关系，同时这一时期的词又开启了朱敦儒晚年致仕隐居词的某些特质，在朱敦儒词的演进中具有承前启后的重要意义。"这合理地总结了历来为学界所忽视的朱敦儒词的第三个创作阶段的特质和价值，亦是作者对朱敦儒词全面融会贯通之后的心得。

另一方面，作者将朱敦儒的词放在了整个词史的大背景下，在翔实论证朱敦儒词质嬗变的基础上，揭示了朱敦儒词在宋词词质转变过程中继往开来的重要作用，同时亦彰显了宋词词质的转变之迹。如作者在论及朱敦儒词之表现与宋词之诗化关系时说："词的诗化，于词文人化开始之时便已悄然发生。苏轼之前，词之诗化处于潜移转化而非有意为之的阶段。从温庭筠词之引人联想，到韦庄词之真挚抒情，再到南唐二主及冯延巳对意境之含蕴深广的开拓，转而至北宋晏殊和欧阳修等人以他们的心性禀赋、学养经历入词，词之嬗变之迹，'却是同样向着歌词之诗化的途径默默地进行着的'。但歌词经由文人士大夫之手，虽有此意境和蕴含的变化，'但自外表看来，则其所写者，却仍不过是些伤春怨别的情词，与五代时《花间集》中的艳歌，并没有什么明显的区别'。直至东坡以横放杰出之才与天纵旷逸之怀'一洗绮罗香泽之态，摆脱绸缪宛转之度'，创作出'新天下耳目'的词，宋词与诗的合流才由隐而显。然'东坡词在当时鲜与同调，不独秦七、黄九别成两派也。晁无咎坦易之怀，磊落之气，差堪骖靳，然悬崖撒手处，无咎莫能追蹑矣'。直至南渡，如前所述，随着时代巨变，词与诗不仅在抒情功能上渐趋合流，诗的表现手法上亦呈现出较明显的向词体文学渗透之迹象。作为南渡时期存词量最多的一位词人，朱敦儒词如上所述的特点在诗词离合中具重大意义，在宋词词质的变革中起着重要的作用。"这既颇为中的，又见作者相对宏阔的视野。又如，作者对朱敦儒词四个时期的特质进行论证后，进一步总结性论证了朱敦儒词对宋词词质转变的意义表现在三个方面：朱敦儒词之"娱乐情性—言志述理"与宋词主题及抒情功能的演变，朱敦儒词的自我化、纪实化、议论化与宋词表现手法的诗化，朱敦儒"秾丽—悲怆—清畅"的词风演变与宋词审美风格的递变。这确实彰显了朱敦儒在宋词词质嬗变过程中承上启下的重要价值，具明显的史学意识。

再如，书中第二章对朱敦儒词中的人生风致的阐释亦甚具辩证思维与宏阔视野。作者辩证地论证了风致与文人创作的关系，指出："此处'人'所展现的精神气质、审美风神，并不一定完全和现实中的创作主体一致。某些特征会有一定的失真之处，但'现实之人'的精神气度与'作品中人'相较，不论其特质是放大还是缩小，'作品中人'总是创作主体审美理想和包括伦理道德、价值判断之精神追求的呈现，折射着主体所承载的历史文化积淀和浸润着的时代文化气候。"由此，作者所论述的朱敦儒词中的人生风致表现便没有落入传统的"文如其人"的窠臼，而分析影响此风致形成的原因实际上便展现了一代之时风与文人心态。

另外，第三章"朱敦儒词的影响效果史"，亦可见辩证而系统全面的研究思路。作者整理了纷繁复杂的历史资料，对朱敦儒词各个时期的影响作了条理明晰而细致入微的论证，在论证过程中，始终保持着"自其变者而观之"与"自其不变者而观之"的视角，将朱敦儒及其词在三大读者群中的影响作了系统而全面的研究，阐释了四个历史时段中朱敦儒词之接受传播的继承性与变异性、时代性与恒定性之表现，展现了近千年历史流变中朱敦儒及其词的影响效果史。同时，作者在论朱敦儒词之影响效果的时候，立足接受美学的观点，沟通作者内、外，亦展现了近千年以来的文学文化观念与现象的变迁。譬如作者指出："朱敦儒词之影响代有新变的历史进程中，不论是影响效应产生的方式，还是接受传播态度，抑或是关注视野，均可谓是宋金、元明、清、现当代四个不同时代的文化思潮影响的结果。元明词学衰微和20世纪以来文言地位的失落，朱敦儒词的效仿皆影响甚微，新兴网络传播方式也只有在信息技术发达的近二十余年蔚然成风。明代的空疏学风与清代考据之学兴盛的学术风气下，元明朱敦儒词之传播接受多舛讹之处，而清代则表现出明析精辨的特色。至于其关注视野，南宋人面对国家危亡之困，故选本中多选朱敦儒的志士悲歌；明代视词为小道，中后期心学影响下个性解放，故选本中世俗情怀与个性彰显；清代文网严密，论词尚雅，故评点、效仿和选本均聚焦于朱敦儒词的清隽超旷之风神及世外隐逸之风致；20世纪中华民族曾经战乱，为求自由独立奋起抗争，故朱敦儒词中慷慨悲歌颇得垂青。"此可谓以小见大，从一位词人及其作品的身后命运，展现了丰富的历史文化内容。

三 立足于精细而全面的文本阅读，阐释深入词心

作者研究朱敦儒的词，强调朱敦儒对宋词词质的影响不是口号式的，而是立足于对朱敦儒词的全面解读，紧密联系研究对象的创作实践，将宏观的文学史考察与微观的作品细读融为一体。作者细腻敏锐地感受文本，解读作品，深入词心。譬如通过《念奴娇·梅次赵仙源韵》阐释了一位自诩"自乐闲旷"、"几曾著眼看侯王"，三拒朝廷征诏，却在年近半百之时始入仕途的词人的复杂心态。"他的内心深处既渴望世人的理解，更需求得心灵的自我安慰，为自己人生选择找合理的理由"，作者深入地分析文士进退之间的自傲、自许、自我安慰心理。再如，在分析朱敦儒那些勘破世情的红尘之叹时，作者细致地区分了其中的看透之词与讽刺之作，指出"超越和讽刺，这是朱敦儒晚年致仕隐居复杂心态的真实反映"，亦可谓同情共鸣之理解。

文本细读，说来容易，做起来实际上是很难很苦的。中国古文家，一直强调的"义理、考据、辞章"之学，虽然这是桐城派姚鼐正式提出的关于做古文的基本要领和规范，但实际已经成为中国古代学问所谓"汉学"的三大基本功，应该也是我们今天的古代文学研究者进行学术研究需要遵

循的"做论文"和"做研究"的基本法则。但是当今学术界，肯像郁玉英这样为研究一位词人把对象的全部作品按系统通读和细读，并尽量扒罗搜阙找到历代述评和点评进行综合分析甄别，最终决定弃取而选作立论依据的，虽有，可是不多了。加之近二十年网络化信息的膨胀和市场化教学对笃实学风的污染，古代学术研究也时有草率浮泛的毛病滋生，肯像郁玉英做这部书一样在"义理、考据、辞章"上践履较真的，实在是凤毛麟角。尤其我们看到有些作理论性研究的论文，率尔假定一个总论目标，罗列一套时髦术语，划分一个三段式论证逻辑结构，就海天驰骋，洋洋洒洒，下笔千言，看似也并未离题万里，甚至俨然条理清楚并也能自圆其说的几千字甚至上万字文章，发表在各种级别的刊物上。就真真地从骨子里觉得，郁玉英做的这种学问，才是真学问呐。

诚然，人们能够从郁玉英的这部著作的文辞之外，闻到一股弥漫着浓香的考据并借助阐释学、文艺心理学、古典美学和中西方哲学阐释义理，进行学理性思辨的学术气味；从其著作力透纸背的学术功力，我们又能够见到作者那孜孜不倦、求真意志、执着顽强、刻苦做学问的精神。做学问，是要有一种精神气象的。方法，通过学习，都可以学到，唯有精神气象，匪学而可得也。郁玉英这精神气象，就是耐得了寂寞，吃得了苦头，下得了真功夫，坐得住冷板凳。说到这里，我想起在 20 世纪 70 年代末，我读硕士时的导师羊春秋先生从北京请来卞孝萱先生给我们开课，讲"中唐元白"，教席间卞先生数次提到他的老师范文澜先生的一句名言："要坐得住冷板凳，才吃得到冷猪肉。"意思就是告诫我们：做学问，必须下得了苦功夫，耐得住寂寞，要坐得住图书馆和自己家里的冷板凳，不要去追求时髦和热闹，要一个人去静静地认真查找资料，考据求证，广泛阅读……融汇中西，贯通古今——陈寅恪、王国维、范文澜等大师无一例外。今天读完郁玉英的这部《朱敦儒词的阐释与接受》，我自然而然又想到了通过卞先生的口讲出来的范文澜先生的这句名言。因为朱敦儒词研究是郁玉英 2005 年完成的硕士学位论文，硕士毕业后，她继续攻博，2008 年的博士学位论文虽然仍是词学，却是以《宋词经典的生成及嬗变》宏观研究成果，获得众评委一致通过的"优秀"成绩——到今天已经 15 个年头了，她一直没有停止对于朱敦儒其人其词的研究。也即是说，郁玉英通过 15 年的苦苦打磨，终于将当年 2 万余字的硕士学位论文磨成了今天这部即将付梓的20多万字的学术专著！这是怎样一种坚持，又是怎样一种执着的信仰啊！15年冷板凳换来的书稿！我现在捧着、读着……想着：玉英啊，你应该能够吃到冷猪肉了！作为一位新时代古代文学研究的女学者，你现在已经进入新时代词学研究的殿堂。因为：《朱敦儒词的阐释与接受》通过对一位作家作品的特质与内涵的研究，既揭示了宋词词质嬗变这一文学演进本身的问题，又展示了两宋之际的士风时风而具有心灵史的意义，同时又通过对其影响效果史的细腻论述展示了作家作品之生命力延展这一颇有意义的话题。因此，郁著可谓是一部立足传统作家研究而又超越了传统作家研究模式的学术专著，在新世纪的文学研究中，对于宋词及整个文学史上的作家作品研究都具有一定的参考借鉴意义和不可替代、很具学术启发性的突出价值。

2020.8.26. 于温哥华

目　录

第一章　朱敦儒词的嬗变 …………………………………………… (1)

第一节　伊洛"词俊"的狂歌 ……………………………………… (1)
一　朱敦儒的才华禀赋与生活方式 ……………………………… (2)
二　承平时期朱敦儒词作的主题与风格 ………………………… (6)
三　朱敦儒南渡前词作的艺术特色 ……………………………… (13)

第二节　南奔"旅雁"的悲鸣 ……………………………………… (18)
一　朱敦儒颠沛流离的南奔 ……………………………………… (18)
二　朱敦儒南奔词的主题与风格 ………………………………… (21)
三　朱敦儒南奔词的特色 ………………………………………… (29)

第三节　入仕"奇才"的吟唱 ……………………………………… (38)
一　朱敦儒的仕宦之途 …………………………………………… (38)
二　朱敦儒仕宦期的词作主题风格 ……………………………… (40)
三　朱敦儒仕宦期的词作特色 …………………………………… (52)

第四节　致仕"闲人"的歌咏 ……………………………………… (58)
一　朱敦儒的致仕生活 …………………………………………… (58)
二　朱敦儒退隐词作的主题与风格 ……………………………… (61)
三　朱敦儒致仕隐居期词的特色 ………………………………… (69)

第五节　朱敦儒的词史意义 ………………………………………… (77)
一　朱敦儒词"娱乐情性——言志述理"与宋词主题及抒情
　　功能的演变 …………………………………………………… (78)
二　朱敦儒词的自我化、纪实化、议论化与宋词表现手法的
　　诗化 …………………………………………………………… (86)

三 朱敦儒"秾丽—悲怆—清畅"的词风演变与宋词审美
风格的递变 ……………………………………………… (92)
小 结 ………………………………………………………………… (103)

第二章 朱敦儒词中的人生风致 …………………………………… (105)
第一节 人生风致与文人创作 …………………………………… (105)
一 "风致"内涵 ………………………………………………… (105)
二 文人之风致与创作的关系 ………………………………… (107)
第二节 朱敦儒词中人生风致的表现 …………………………… (109)
一 "不肯随人独自行"——自我主体意识 ………………… (109)
二 "淡然心寄水云间"——山水情怀 ………………………… (116)
三 "独自风流独自香"——高标远韵 ………………………… (121)
四 "今古红尘,愁了多少人"——无奈的苦闷和悲愤 ……… (126)
五 "曾为梅花醉不归"——世俗的享乐追求 ………………… (130)
第三节 朱敦儒词中风致的成因 ………………………………… (135)
一 个体主观因素 ……………………………………………… (135)
二 历史文化心理积淀 ………………………………………… (144)
三 时代文化气候 ……………………………………………… (153)
小 结 ………………………………………………………………… (159)

第三章 朱敦儒词的影响效果史 …………………………………… (161)
第一节 宋金时期:全方位的传播接受与人品、词品的双重
观照 ……………………………………………………… (161)
一 全方位的接受传播 ………………………………………… (161)
二 仰慕、嘲讽、同情:对朱敦儒出处行藏的评价 ………… (169)
三 赞美与肯定:对朱敦儒词品及词史地位的评议 ………… (175)
第二节 元明时期:传承、新变与因袭、讹传 ………………… (183)
一 选评的加强与效仿的弱化 ………………………………… (184)
二 世俗情怀与个性的彰显:选家的传播意识 ……………… (191)
三 主体风致与艺术作品意蕴的批评阐释——文人评点中的
因袭、误解与新见 ………………………………………… (194)

第三节 清代：明析精辨与深度阐释 …………………………………(210)
  一 入选、评点、效仿俱兴 …………………………………………(210)
  二 雅致高韵的阐释与肯定 …………………………………………(216)
  三 多元视角与辩证精审的阐释批评 ………………………………(222)
第四节 现当代：新的文化语境中的新命运 ……………………………(231)
  一 传统与现代方式交融中朱敦儒词的影响效应 …………………(231)
  二 朱敦儒词在现当代的传播接受主题：隐者心曲与志士
    悲歌的双重奏 ……………………………………………………(240)
  三 批评型读者深入而多元的研究 …………………………………(247)
小 结 …………………………………………………………………………(253)

附 录 …………………………………………………………………………(256)

参考文献 ………………………………………………………………………(260)

第 一 章

朱敦儒词的嬗变

朱敦儒，生于宋神宗元丰四年辛酉（1081）正月十四日，字希真，号岩壑，世称洛川先生、伊水（川）老人、岩壑老人、少室山人、洛阳遗民。河南洛阳人，祖籍江苏扬州①。在词史上，朱敦儒是两宋之间一位颇具影响力的词人，早年即获"词俊"之誉。他的词多书写个体身世遭际与社会历史变迁，以独具个性的审美特色被目为苏轼和辛弃疾之间的桥梁。朱敦儒在靖康之变前于伊洛一带过着狂逸生活，后经南奔避乱，异乡颠沛飘零。南渡后出仕为官十几年，最后致仕归隐嘉禾（其间一度短暂复仕）。作为一位历经神宗、哲宗、徽宗、钦宗、高宗五朝，历中原沦陷、宋室南迁之变的词人，他的词在保持其一定的艺术风格特色的同时，表现出了明显的嬗变轨迹。他词作的这种变化不仅展现了一位从繁华走向乱世，再走向偏安之时代背景下的个体词人的创作演变和心路历程，而且折射出了整个宋词词质变化之迹，具有重要的词史意义。

第一节 伊洛"词俊"的狂歌

关于朱敦儒词的分期，主要有三期说、四期说和五期说三种观点。三期说以胡适为代表，他在谈朱敦儒的词的时候，曾说："他的词，可分三个时期。第一是南渡以前的少年时期，'轻红遍写鸳鸯带，浓碧争斟翡翠卮'的时期。第二是南渡时期，颇多家国的感慨，身世的悲哀，'南北东

---

① （宋）朱敦儒著，邓子勉校注：《樵歌》附录七《年谱简编》，上海古籍出版社1998年版。

西处处愁：独倚阑干遍'的时期。第三是他晚年闲居的时期。这时候，他已很老了，饱经世故，变成了一个乐天自适的词人。"① 另外，陆侃如、冯阮君也持三期说之论，认为朱敦儒的词风在他人生的不同阶段各不相同，"早年多秾艳，晚年多闲淡，沉咽的词大都作于中年"②。以张而今《朱敦儒词纵观》③，邓子勉校注《樵歌·前言》为代表，他们都将朱敦儒词的创作分为南渡期、南奔期、仕宦期和归隐期四个时期，并对朱敦儒在各个时期的创作进行了简略的论述。另外，葛兆光《论朱敦儒及其词》④一文则将朱敦儒绍兴十九年（1149）致仕隐居后分为两期，以秦桧强起朱敦儒复仕为界，是为五期说。这三种观点中，三期说注意到了朱敦儒词风的变化，但分段有值得商榷之处。其一，南渡后致仕前，朱敦儒经历了南奔流浪和绍兴间出仕为官，期间存在着主题与风格的变化。其二，称朱敦儒南渡前为少年期似亦不妥。因为靖康之变发生时，朱敦儒实际上已是45岁的中年人。因此，20世纪80年代以来，在三期说的基础上，学界多将朱敦儒词的创作分为四个时期。四期说相对而言具更大的合理性。五期说更加注意到了朱敦儒晚年生活中的一个重大事件，虽晚年朱敦儒复仕影响了朱敦儒的心境和后世对他的评价，但其整个晚年期创作的词的艺术表现却是一脉相承的，因此笔者根据相关史料，在全面分析朱敦儒传世之词作的基础上，将按四期说对朱敦儒各个不同阶段的人生遭际与词风变化进行较详尽的论证。

一　朱敦儒的才华禀赋与生活方式

靖康之乱前，朱敦儒是一位非常典型的才子词客。在宋人的记载中，朱敦儒与其兄朱敦复俱"以才豪称"⑤。他疏狂放逸、多艺多才，尤其以其曲子词在当时享誉朝野。

1. 精通诗书画乐的全才

朱敦儒祖父为中大夫，伯父朱勋官至右班殿值，朱敦儒的父亲朱勃，

---

① 胡适选注：《词选》，河北人民出版社1999年版，第167页。
② 陆侃如、冯阮君：《中国诗史》，百花文艺出版社1999年版，第548—549页。
③ 张而今：《朱敦儒词纵观》，《文学遗产》1997年第3期。
④ 葛兆光：《论朱敦儒及其词》，《文学遗产》1983年第3期。
⑤ （宋）范公偁：《过庭录》："洛阳朱敦复，字无悔，并弟希真，以才豪称。"《全宋笔记》第6篇第5册，大象出版社2013年版，第7页。

元祐年间出任过河东转运判官①，哲宗绍圣年间曾为右司谏②。出身于官宦之家的朱敦儒受到了良好的教育，少时便展露出过人的才华，是一位精通诗书画乐的全才，诚如龙榆生先生所言，"朱敦儒在文学和艺术方面的修养是很高的，尤其是词和书法"③。

《宋史》本传说"敦儒素工诗及乐府，婉丽清畅"④，确非虚言。据宋人邓椿《画继》记载，朱敦儒"少从陈东野学。尝赋古镜云：'试将天下照，万象总分明。'东野奇之"⑤。他少年时作的诗便展现出宏阔的意境和远大的志向，受到业师陈东野的赞赏。在洛阳，年轻的朱敦儒获"词俊"之雅誉。宋人楼钥曰："承平时，洛中有八俊。陈简斋诗俊。岩壑词俊。富季申文俊。皆一时奇才也。"⑥ 俊，乃才智过人之意，可见时人眼中朱敦儒是才华横溢的。后来，朱敦儒被朝廷征召，朱敦儒也是因其诗才而为世所重。譬如，刘一止《朱敦儒除秘书郎制》云："尔老于文学，器度不浮。"⑦ 刘一止《刘昉除礼部郎官张扩祠部郎官朱敦儒都官郎官制》曰："邃于学而妙于辞。"⑧ 周必大《跋曾公衮钱逊叔韩子苍诸公唱和诗》亦云："朱希真诗名藉藉，朝廷赐第显用之。"⑨

以诗词之才名扬海内的朱敦儒亦擅长书法和绘画。朱敦儒尝自言："仆生于西都，游于秦、魏，见吴生真迹百数。"⑩ 见吴道子真迹以百数的朱敦儒在书画方面确是修养颇深。朱熹多次论及朱敦儒的书法，赞誉有

---

① （宋）杨畏：《宋故右班殿直朱侯墓志铭》，曾枣庄、刘琳主编《全宋文》卷2269，第104册，上海辞书出版社、安徽教育出版社2006年版，第51页。以下《全宋文》不再标注出版信息。
② （元）脱脱：《宋史》卷160："绍圣元年，右司谏朱勃言：'选人初受任……又并改官举员求之。'"中华书局1977年版，第3748页。
③ 龙榆生：《试论朱敦儒的〈樵歌〉》，《龙榆生学术论文集》，上海古籍出版社2017年版，第674页。
④ （元）脱脱：《宋史》卷445，中华书局1977年版，第13141页。
⑤ （宋）邓椿、（元）庄肃：《画继　画继补遗》，人民美术出版社1963年版，第29页。
⑥ （宋）楼钥：《跋朱岩壑鹤赋及送闾邱使君诗》，《攻媿集》卷71，第12册，商务印书馆1935年版，第956页。
⑦ （宋）刘一止：《苕溪集》卷39，《全宋文》卷3267，第152册，第31页。
⑧ （宋）刘一止：《苕溪集》卷44，《全宋文》卷3269，第152册，第68页。
⑨ （宋）周必大：《跋曾公衮钱逊叔韩子苍诸公唱和诗》，《平园续稿》卷8，《全宋文》卷5133，第230册，第423页。
⑩ （宋）朱敦儒：《题吴道子天龙八部图》，《式古堂书画汇考》卷38，《全宋文》卷3503，第161册，第250页。

加:"岩壑老人小楷《道德经》二篇,精妙醇古"①,"希真书自不凡"②,"岩壑老人多见法书,笔法高妙"③。他的绘画之才则由此可见一斑:"秦桧当国,有携希真画山水谒桧,桧荐于上,颇被眷遇,与米元晖对御辄画。"④而朱敦儒传世不多的文章中,书画题跋是一个重要的内容,如《题吴道子天龙八部图》《题米友仁潇湘长卷》《跋杨氏藏兰亭》《跋定武旧本兰亭帖》《跋兰亭帖》等,亦可见其深厚的书画艺术素养。

在词乐合一的北宋时期,朱敦儒能以"词俊"名世,自是知音律者。据载,朱敦儒曾作《应制词韵》十六条,元人陶宗仪曾欲为其更定:"陶宗仪《韵记》曰:本朝应制颁韵,仅十之二三,而人争习之。户录一编以粘壁,故无定本。后见东都朱希真复为僚韵,亦仅十有六条。其闭口侵寻、盐咸、廉纤三韵不便混入,未遑校雠也。"⑤ 该书现已佚失。绍兴之前,词韵无专书,据此,则朱敦儒当为词史上第一个首制词韵者。朱敦儒在诗中还曾写道:"家在洛阳城里住,卧吹铜笛过伊川。"⑥此亦可见朱敦儒熟稔音乐,于其中亦自得其乐。

2. 豪逸放纵的生活方式

朱敦儒不仅是一名具有良好文学艺术素养的官宦子弟,而且个性洒脱、不喜拘束。宋室南渡之前,朱敦儒基本上在嵩洛一带过着豪逸放纵、傲视功名的自由生活。

朱敦儒在南渡之前与朝廷的交集,据宋人史料著述,仅在于宋钦宗靖康初年,被召至京城欲授以官职。但在朝廷这次征召中,朱敦儒坚辞不受。据《建炎以来系年要录》记载:"敦儒,河南人,靖康中尝召至阙,命以初品官,与学校差遣,辞不就。"⑦《宋史》本传亦有类似的记载:

---

① (宋)朱熹:《跋朱希真所书道德经》,《晦庵先生朱文公文集》卷84,《四部丛刊》初编本。
② (宋)朱熹:《跋黄山谷帖》,《晦庵先生朱文公文集》卷82,《四部丛刊》初编本。
③ (宋)朱熹:《跋蔡端明写老杜前出塞诗》,《晦庵先生朱文公文集》卷84,《四部丛刊》初编本。
④ (宋)邓椿、(元)庄肃:《画继 画继补遗》,人民美术出版社1963年版,第30页。
⑤ (清)沈雄:《古今词话·词品》卷上,唐圭璋《词话丛编》,中华书局2005年版,第832页。
⑥ (元)陈世隆编,徐敏霞校点:《宋诗拾遗》第2册,辽宁教育出版社2000年版,第236页。
⑦ (宋)李心传编撰,胡坤点校:《建炎以来系年要录》卷13,中华书局2013年版,第330—331页。

"敦儒志行高洁，虽为布衣而有朝野之望。靖康中，召至京师，将处以学官，敦儒辞曰：'麋鹿之性，自乐闲旷，爵禄非所愿也。'固辞还山。"①据史料，朱敦儒在宋室南渡前无仕宦经历。然今人邓子勉据朱敦儒与宋人张嵲和李处权的交游，结合张嵲《次韵朱希真二首》、李处全《送希真入洛》考证了朱敦儒南渡前的出仕情况。张嵲入东观、南宫当宣和三年（1121），他诗中曾言"东观曾同入，南宫复雁行"②，而李处权《送希真入洛》则有言："一踏红尘又五年，倦游翻作送行篇。"③故邓子勉提出，北宋宣和间，朱敦儒可能曾出仕为官，历时约五年，约在宣和七年（1125）归隐洛阳④。由此可言，宣和二年（1120）之前，即至少在40岁前，朱敦儒是一位逍遥于官场之外的洛中名士。

宋人章定《名贤氏族言行类稿》云："朱敦儒，字希真，洛阳人，不为科举之文，放浪江湖间。"⑤ 这基本上是才子词客朱敦儒在靖康乱前的生活写照。靖康之变后，不论是南奔逃难的颠沛流离中，还是晚年致仕闲居嘉禾（浙江嘉兴）时，朱敦儒曾无限美好地在词中不时地回忆起南渡前他曾经历过的诗酒流连、裘马轻狂的岁月：

> 故国当年得意，射麋上苑，走马长楸。对葱葱佳气，赤县神州。好景何曾虚过，胜友是处相留。向伊川雪夜，洛浦花朝，占断狂游。
>
> ——《雨中花·岭南作》

> 当年五陵下，结客占春游。红缨翠带，谈笑跋马水西头。落日经过桃叶，不管插花归去，小袖挽人留。换酒春壶碧，脱帽醉青楼。
>
> ——《水调歌头·淮阴作》

---

① （宋）脱脱：《宋史》卷445，中华书局1977年版，第13141页。
② （宋）张嵲：《次韵朱希真二首》其一，《紫微集》卷6，影印文渊阁《四库全书》本，台湾商务印书馆1986年版。
③ （宋）李处权：《崧庵集》卷6，影印文渊阁《四库全书》本，台湾商务印书馆1986年版。
④ 邓子勉校注：《樵歌》附录三《交游考》，上海古籍出版社1998年版，第445页。
⑤ （宋）章定：《名贤氏族言行类稿》卷5，影印文渊阁《四库全书》本，台湾商务印书馆1986年版。

生长西都逢化日,行歌不记流年。花间相过酒家眠。乘风游二室,弄雪过三川。

——《临江仙》

当年弹铗五陵间。行处万人看。雪猎星飞羽箭,春游花簇雕鞍。

——《朝中措》

曾为梅花醉不归。佳人挽袖乞新词。轻红遍写鸳鸯带,浓碧争斟翡翠卮。

——《鹧鸪天》

"不为科举之文,放浪江湖间"的朱敦儒传世诗作寥寥可数,其中亦有自作绝句云:"青罗包髻白行缠,不是凡人不是仙。家在洛阳城里住,卧吹铜笛过伊川。"① 这一时期的朱敦儒,既不是一位汲汲于功名利禄的红尘俗士,也不是一位不食人间烟火的超然隐者。他以"麋鹿之性,自乐闲旷,爵禄非所愿也"坚拒朝廷征召,他自谓"不是凡人不是仙",这一时期朱敦儒是一位游离于世俗红尘与山水自然之间的豪逸疏狂、傲视功名的才子词客。

二 承平时期朱敦儒词作的主题与风格

在朱敦儒的词集《樵歌》中,南渡前传世的词作约20来首。这些作品的主题或是春愁闺怨,或是相思怀人,或是游狎宴咏,或是感怀慨世,或是颂世赞友,风格多绮艳、哀婉,或清疏豪宕,作品数量虽不多,却展示了一位才子词客在承平时期的丰富多彩的生活。

1. 洛中"词俊"的本色之调

朱敦儒早年生活的洛阳,风光无限。伊、洛之水,清流环绕,更兼园林遍布城中。所谓"洛阳衣冠之渊薮,王公将相之圃第鳞次而栉比"②。据李格非《洛阳名园记》,著名的园林就有19所之多。洛阳山水之佳,花

---

① (清)厉鹗:《宋诗纪事》卷44,上海古籍出版社1983年版,第1131页。
② (宋)周师厚:《洛阳花木记》,(宋)欧阳修《洛阳牡丹记》(外十三种),王云整理校点《宋元谱录丛编》,上海书店出版社2017年版,第109页。

木之美，亦诚如宋人所叙："洛阳古帝都，其人习于汉唐衣冠之遗俗，居家治园池、筑台榭、植草木，以为岁时游观之好。其山川风气，清明盛丽，居之可乐。平川广衍，东西数百里。嵩高、少室、天坛、王屋，冈峦靡迤，四顾可挹。伊洛瀍涧，流出平地。故其山林之胜，泉流之洁，虽其间阎之人与其公侯共之。一亩之宫，上瞩青山，下听流水，奇花修竹，布列左右。而其贵家巨室园囿亭观之盛，实甲天下。"① "西京牡丹闻于天下。花盛时，太守作万花会，宴集之所，以花为屏帐，至于梁栋柱栱悉以竹筒贮水簪花钉挂，举目皆花也。"② 作为北宋的陪都，洛阳不仅有山川之胜景，更不减都市之繁华，"夫洛阳帝王东西宅，为天下之中……名公大人，为冠冕之望；天匠地孕，为花卉之奇。加以富贵利达，优游闲暇之士，配造物而相妩媚，争妍竞巧于鼎新革故之际；馆榭池台，风俗之习，岁时嬉游，声诗之播扬，图画之传写，古今华夏莫比"③。

山川美景，城市繁华，为多情多才且生活富足悠闲的朱敦儒提供了豪纵生活的空间场所和艺术素材。写歌筵樽前、美酒佳人的疏狂与风流是朱敦儒这一时期词作的主要题材，而风格绮艳，不出本色是此时词作的主要特色。

宋室南渡前，朱敦儒的传世词作中，冶游狎妓类占量最多。如《满庭芳》（花满金盆）、《菩萨蛮》（风流才子倾城色）、《鹧鸪天》（通处灵犀一点真）、《鹧鸪天》（有个仙人捧玉卮）、《春晓曲》（西楼落月鸡声急）、《浣溪沙》（才子佳人相见难）、《朝中措》（闲愁无奈指频弹）、《朝中措》（元宵初过少吹弹）、《定风波》（红药花前欲送春）皆属此类。试看其中几首：

> 花满金盆，香凝碧帐，小楼晓日飞光。有人相伴，开镜点新妆。脸嫩琼肌著粉，眉峰秀、波眼宜长。云鬟就，玉纤溅水，轻笑换明珰。　檀郎，犹恣意，高欹凤枕，慵下银床。问今日何处，斗草寻芳。不管余醒未解，扶头酒、亲捧瑶觞。催人起，雕鞍翠幰，乘露看姚黄。

---

① （宋）苏辙：《洛阳李氏园池诗记》，《栾城集》卷24，《四部丛刊》初编本。
② （宋）张邦基：《墨庄漫录》卷8，《四部丛刊》三编本。
③ （宋）张琰：《洛阳名园记·原序》，（宋）李格非《洛阳名园记》，影印文渊阁《四库全书》本，台湾商务印书馆1986年版。

——《满庭芳》

风流才子倾城色，红缨翠幰长安陌。夜饮小平康，暖生银字簧。持杯留上客，私语眉峰侧。半冷水沉香，罗帷宫漏长。

——《菩萨蛮》

通处灵犀一点真。恹随紫橐步红茵，个中自是神仙住，花作帘栊玉作人。　偏淡静，最尖新，等闲舞雪振歌尘。若教宋玉尊前见，应笑襄王梦里寻。

——《鹧鸪天》

有个仙人捧玉卮。满斟坚劝不须辞。瑞龙透顶香难比，甘露浇心味更奇。　开道域，洗尘机，融融天乐醉瑶池。霓裳拽住君休去，待我醒时更一瓶。

——《鹧鸪天》

红药花前欲送春。金鞭柘弹趁芳尘。故傍绣帘挼柳线，恰见，淡梳妆映瘦腰身。　闲倚金铺书闷字，尤殢，为谁憔悴减心情。放下彩毫匀粉泪，弹指，你不知人是不知人。

——《定风波》

上述词作的语辞可谓是镂金错彩，如金盆、碧帐、琼肌、雕鞍、红缨、翠幰、紫橐、红茵、玉卮、金鞭、金铺、彩毫、粉泪等，诸如此类的词语渲染着一种富贵而奢靡的氛围，炫人眼目。从词作的思想内容看，或写冶游，或写狎妓，风流才子肆意狎饮，歌儿舞女侑酒佐欢，酒后则才子缠绵于脂粉佳人的温柔乡中，流连忘返。词人细致地描绘着一场场追欢逐乐的风月狎游活动。当中，有"花满金盆，香凝碧帐"的小楼、"红缨翠幰"的平康巷陌、"花作帘栊玉作人"的歌舞场等场景，有"脸嫩琼肌著粉，眉峰秀、波眼宜长"、"恹随紫橐步红茵……等闲舞雪振歌尘"、"淡梳妆映瘦腰身，闲倚金铺书闷字"的美艳佳人，有"高欹凤枕，慵下银床"、"私语眉峰侧"、"霓裳拽住君休去，待我醒时更一瓶"的柔情蜜意。此中种种关于斗酒寻欢、风月浓情中的细节描写以及人物的细腻展示都充满着浪漫而浮靡的味道，香软轻艳。这传承着的正是"自南朝之宫体、扇北里之倡风"①的晚唐五代以来的"花间"词风。

除了此类写冶游、狎妓的轻狂生活之词，在伊洛之间，朱敦儒还有一些词作抒写和友人共赏美景、互相唱和的诗酒流连的疏狂生活。如：

> 春去尚堪寻，莫恨老来难却。且趁禁烟百七，醉残英余萼。
> 坐间玉润赋妍辞，情语见真乐。引满瘿杯竹笺，胜黄金凿落。
> ——《好事近·清明百七日洛川小饮和驹父》

> 翦胜迎春后，和风入律频催。前回下叶飞霜处，红绽一枝梅。
> 正遇时调玉烛，须添酒满金杯。寻芳伴侣休闲过，排日有花开。
> ——《乌夜啼》

这两首词作于徽宗宣和七年（1125）洛阳，词中主人公"且趁禁烟百七，醉残英余萼"，"坐间玉润赋妍辞……引满瘿杯竹笺"，在"翦胜迎春后"与"寻芳伴侣"一起"添酒满金杯"，亦实践着的是词为小道的"敢陈薄伎，聊佐清欢"②的娱乐性情之功能。词藻虽不如上述冶游狎妓词般富艳精工，亦是秉承着"花间"词的传统。

朱敦儒在伊洛时期亦有一些写春愁相思、离情别恨的词，如《桃源忆故人》（玉笙吹彻清商后）、《杏花天》（残春庭院东风晓）、《好事近》（春雨细如尘）、《临江仙》（几日春愁无意绪）、《菩萨蛮》（芭蕉叶上秋风碧）、《桃源忆故人》（雨斜风横香成阵）等。这一部分词均为代言体，其中抒情主人公为闺中女子，抒发的或是深闺寂寞孤独的伤感，或是对远行爱人无尽的思念，柔情旖旎。这类词重藻饰，喜雕琢，爱用色彩渲染，风格哀艳柔婉。如《好事近》：

> 春雨细如尘，楼外柳丝黄湿。风约绣帘斜去，透窗纱寒碧。
> 美人慵翦上元灯，弹泪倚瑶瑟。却上紫姑香火，问辽东消息。

---

① （五代）欧阳炯：《花间集叙》，施蛰存《词籍序跋萃编》，中国社会科学出版社1994年版，第631页。
② （宋）欧阳修：《西湖念语》，《全宋词》，中华书局1999年版，第153—154页。

词中上片描绘了一幅斜风细雨卷帘透窗的风景,下片刻画了一位独守空闺、思念爱人的伤心女子形象。词人采用的是传统的上片写景、下片抒情,以景烘情的方式。"柳丝黄湿"、"风约绣帘"、"窗纱寒碧"的景语,"慵剪上元灯,弹泪倚瑶瑟"的情语皆见词人着力刻画之功。整首词哀怨婉丽,从词情到词风都彰显着源于"花间词"的特点,亦与北宋后期占词坛主导地位的大晟词派传统相似。

2. 风流名士的抒怀之歌

朱敦儒在南渡前的词作,也有一些无关风月,而是抒发一己襟怀之作。这些词虽然数量不多,却彰显了朱敦儒的气质个性,肇示着朱敦儒词摆脱"花间"局囿的新变。

其中,"最脍炙人口"① 的是那首《鹧鸪天·西都作》:

> 我是清都山水郎。天教懒慢带疏狂。曾批给露支风敕,累奏留云借月章。　　诗万首,醉千场。几曾著眼看侯王。玉楼金阙慵归去,且插梅花醉洛阳。

这首被周必大评为"最脍炙人口"的词,历来也被认为是朱敦儒南渡前的代表词作。南渡前的朱敦儒,既是伊洛间一位眠花间、入酒家、占狂游的风流名士,也是一位自称"麋鹿之性,自乐闲旷,爵禄非所愿也"而断然拒诏的自负而狂逸的隐士。这首词是南渡前的朱敦儒极富个性的一次自我表白。词中主人公自称天付其职,可留云借月、支风给露,于他而言,功名如粪土,王侯亦浮云,金阙慵归去,唯愿作万首诗、饮千觞酒,插梅醉洛而自由恣肆。这首词中虽仍抒写着插梅醉洛的诗酒生活,但更展示了一种蔑视富贵、粪土功名、笑看王侯的狂傲精神,一份狂放洒脱、潇洒不羁、清傲超逸的率真情怀。薛砺若先生认为其"狂逸心怀与风调","不独在词中绝无仅有,即在中国全部诗歌中,只有太白能有此境界"②。在北宋后期的词坛,唱词坛主调的是大晟乐府的周邦彦、万俟咏等人,词多写花柳风月,婉艳珠鲜,而朱敦儒的这首词则是一片柔声软语中的清新之

---

① (宋)周必大:《二老堂诗话》"朱希真出处"条,《宋诗话全编》(6),江苏古籍出版社1998年版,第5907页。

② 薛砺若:《宋词通论》,上海书店1985年版,第215页。

曲。浅斟低唱的词在这里发生了很大变化，由绮筵公子、绣幌佳人用来娱情侑觞的伶人之歌转变成了抒发个体情怀的士大夫之调。和上述仅述写游狎宴饮、诗酒风流、春思闺怨，彰显词的娱乐功能的诸多词作不同，这里展现的是个性，是率真性情，是士大夫情怀，彰显的是词体文学的抒情言志功能。

除了《鹧鸪天》（我是清都山水郎），《樵歌》中属于这一类大概作于徽、钦年间的词有《水调歌头》（天宇著垂象）、《蓦山溪》（夜来雨过）、《鹊桥仙》（携琴寄鹤）、《蓦山溪》（琼蔬玉蕊）等作品。如《蓦山溪》一词：

> 琼蔬玉蕊。久寄清虚里。春到碧溪东，下白云、寻桃问李。弹簧吹叶，懒傍少年场，遗楚佩，觅秦箫，踏破青鞋底。　　河桥酒熟，谁解留侬醉。两袖拂飞花，空一春、凄凉憔悴。东风误我，满帽洛阳尘，唤飞鸿，遮落日，归去烟霞外。

这是一首述归隐之志的词。词作一开篇即用高洁的"琼蔬玉蕊"为喻，言其本远离红尘，久居白云深处的清虚之所，春来下到人间。他"弹簧吹叶"，演奏着动听的音乐，不为一享少年场的风流，实为心中夙愿，寻觅心中真爱而"遗楚佩，觅秦箫，踏破青鞋底"。但真爱不见，现实人间让他唯有以酒浇愁，失意落魄，一春"凄凉憔悴"。最后，主人公选择再次避世，唱着"东风误我，满帽洛阳尘，唤飞鸿，遮落日，归去烟霞外"。全词用比兴之法，写主人公春入红尘觅真爱最终失意而归，当是曾一度想出仕报国，实现"试将天下照，万象总分明"的理想的词人在北宋末期无望的政治中失望归隐的写照，抒发的是他对现世政治的失望之情。在表现手法上，词人远述楚骚，用香草美人之喻的手法针砭时政，在铺叙其辞的同时又附以直接抒情议论之语，将词的表现功能从儿女情场、歌舞地、筵席间转向了文人士大夫的内心世界，将文人士大夫的情怀抒写纳入词的表现范围之中。

另外，在《水调歌头》（天宇著垂象）中，全词都是大胆的想象，恢诡奇谲，极具浪漫主义色彩，"真可谓奇思妙想"[①]。仰看一轮皓月的时

[①] 梁启勋：《词学》下编，中国书店1985年版，第49页。

候，思及徽、钦年间权臣惑政、群小乱舞，词人以月为喻，主张驱兔屏蟾，移根老桂，唱着"永使无亏缺，长对日团圆"，表达着他的愤激之情和美好的政治理想。另外，在皇家园林金明池、琼林苑，一场春雨夜过后，面对着玉勒朱轮、游人无限，词人吟着"都齐醉也，说甚是和非，我笑他，他不觉，花落春风晚"（《蓦山溪》夜来雨过），在表面繁华实则隐忧不断的宣和年间，词人书写着众人皆醉我独醒的沉重无奈。面对朝廷征召，在国事日非、时政混乱时词人诵着"不如却趁白云归，免误使、山英扫迹"（《鹊桥仙》携琴寄鹤），抒发着自己唯愿远离官场的归隐之志。朱敦儒的这些词作，均超越了当时词坛流行之风，摆脱了"花间"词及大晟词风的影响，发挥着抒发士大夫个体情怀的抒情功能。

3. 承平词客的谀颂之词

在朱敦儒存世不多的南渡前的词作中，还有一个主题是称颂当时人事。如徽宗崇宁五年（1106）前后，约26岁的朱敦儒所作祝寿之词《念奴娇·杨子安侍郎寿》便是一例：

> 腊回春近，正日添宫线，香传梅驿。玉律冰壶此际显，天与奇才英识。贯日孤忠，凌云独志，曾展回天力。功名由命，等闲却铩鸾翮。　　谁信夫子如今，眠云情意稳，风尘机息。邂逅初心得计处，伊水鸥闲波碧。但恐天教，经纶缘在，未遂紫烟客。君王图旧，看公归觐京国。

这是一首写得清丽而典雅的寿词。词中的杨子安侍郎即杨畏（1044—1112），字子安，当时谪官洛阳。这首词充满了对杨畏的赞颂之情和美好的祝愿。在朱敦儒的笔下，杨畏一方面是一位"天与奇才英识"，具"贯日孤忠，凌云独志"，而且敢于与皇帝据理力争的可敬可佩之人；另一方面，当他政治失意时，他"眠云情意稳，风尘机息"，伊水之畔鸥闲波碧正好遂了他的初心。此时的杨畏是一位超然世外的素心隐士。但据《宋史》[①] 本传所载，杨畏虽幼孤好学，事母孝，不事科举，后为友交劝之，乃擢进士第。但杨畏在进入官场之后，却是一位为人所不齿的小人。他先宗王安石之学，宣仁后时附苏辙，欲其为相，不成又诋毁之。曾入元祐党

---

① （元）脱脱：《宋史》卷355，中华书局1977年版，第11183—11185页。

籍，为出党籍又曾讨好蔡京。时天下人称其为杨三变。当然，从朱敦儒的立场，杨畏的母亲与朱敦儒的祖母是姐妹。作为一位谪居洛阳的父辈亲戚，为其作寿词，溢美之辞在所难免。词作末尾写道"但恐天教，经纶缘在，未遂紫烟客"，以君王将念旧，杨畏将归觐京国作结，或许也是对杨畏虽游于山水之间，但实仍存功名之心的一种暗示。但整首词毫无疑问是一首颂歌。

再譬如《望海潮·丁酉西内成乡人请作望幸曲》：

> 嵩高维岳，图书之渊，西都二室三川。神鼎定金，麟符刻玉，英灵未称河山。谁再整乾坤，是挺生真主，浴日开天。御归梁苑，驾回汾水凤楼闲。　　升平运属当千。眷凝疏暇日，西顾依然。银汉诏虹，瑶台赐碧，一新瑞气祥烟。重到帝居前。怪鹊桥龙阙，飞下人间。父老欢呼，翠华来也太平年。

词作于宋徽宗政和七年（1117）丁酉，时年朱敦儒已37岁。据《宋史·地理一》载："政和元年十一月，重修大内，至六年九月毕工。朱胜非言：政和间，议朝谒诸陵，敕有司预为西幸之备，以蔡攸妻兄宋昇为西京都漕，修治西京大内。"① 北宋西京洛阳的皇宫历时六年，修缮一新。洛中"词俊"朱敦儒应乡人之请作了这样一首望幸曲。整首词写得华丽典雅，意象密集，在歌颂河洛山川人物，描述西京皇宫之美的同时表达了对皇帝幸临西京洛阳的无限期盼，充满了对徽宗皇帝的美化和对王朝的歌颂。

三　朱敦儒南渡前词作的艺术特色

《樵歌》中的词，有明确系年提示的词作并不多。朱敦儒的词，邓子勉校注《樵歌》系年于南渡前的有10首。张而今在《朱敦儒词纵观》一文中则提出他南渡前的词有20余首。笔者对朱敦儒词的创作进行分期整理，据时、地、人、事及词意认为表1-1中的20余首词当作于南渡前。

---

① （元）脱脱：《宋史》卷85，中华书局1977年版，第2104页。

表1-1　　　　　　　　朱敦儒南渡前词作一览表

词牌	首句	主题	风格	词牌	首句	主题	风格
桃源忆故人	雨斜风横香成阵	伤春	哀婉	好事近	春去尚堪寻	游宴	富丽
杏花天	残春庭院东风晓	相思	哀婉	乌夜啼	蓊胜迎春后	游宴	绮丽
临江仙	几日春愁无意绪	相思	哀婉	念奴娇	腊回春近	寿词	宏丽
桃源忆故人	玉笙吹彻清商后	相思	哀婉	望海潮	嵩高维岳	颂世	宏丽
好事近	春雨细如尘	相思	哀婉	鹧鸪天	我是清都山水郎	抒怀	清疏
菩萨蛮	芭蕉叶上秋风碧	相思	哀婉	蓦山溪	夜来雨过	抒怀	清丽
满庭芳	花满金盆	狎妓	秾艳	鹊桥仙	携琴寄鹤	抒怀	清丽
菩萨蛮	风流才子倾城色	狎妓	秾艳	蓦山溪	琼疏玉蕊	抒怀	清丽
鹧鸪天	通处灵犀一点真	狎妓	秾艳	水调歌头	天宇著垂象	抒怀	清丽
朝中措	闲愁无奈指频弹	狎妓	秾艳	绛都春	寒阴渐晓	咏梅	清丽
鹧鸪天	有个仙人捧玉卮	狎妓	秾艳	眼儿媚	青锦成帷瑞香浓	咏瑞香	绮丽
朝中措	元宵初过少吹弹	狎妓	秾艳	眼儿媚	叠翠阑红斗纤浓	咏瑞香	绮丽
定风波	红药花前欲送春	狎游	秾艳	眼儿媚	紫皱红襟艳争浓	咏瑞香	绮丽
春晓曲	西楼落月鸡声急	咏妓	秾艳				

综观朱敦儒南渡前创作的词,虽传世不多,从中亦可管窥其词作的艺术表现特色,大抵有以下三方面。

1. 艺术表现的多元化

朱敦儒南渡前词的艺术审美风格和主题都是多元的,如表1-2所示。

表1-2　　　　　　朱敦儒南渡前词作主题风格统计表

主题						风格						
伤春	相思	狎游	颂词	抒怀	咏物	哀婉	秾艳	绮丽	清丽	清疏	宏丽	富丽
1	5	10	2	5	4	6	8	4	5	1	2	1

综观这20余首词,他这一时期的词作主题多样。有的写怅惘春愁,有的抒闺怨相思,有的叙狎妓游宴,有的颂人称世,有的咏物抒怀,有的述隐逸之思,有的书狂傲之怀。这一时期,朱敦儒词作的风格也是多样的,有的哀婉,有的秾艳,有的绮丽,有的清丽,有的清疏,有的宏丽,有的富丽。主题与风格又呈现出明显的对应关系。狎妓冶游多写得秾艳密

丽；闺怨相思则写得清丽哀婉；颂人称世之作写得典雅宏丽；抒怀之作则或清疏狂放，或清丽超逸；咏物则多绮丽。朱敦儒这一时期艺术表现具有明显的多元化特征。其中，既有五代"花间"词风的延续，又有北宋后期大晟词风对朱敦儒词作的影响。当然更难能可贵的是，在沿袭"花间"余绪和大晟词风之外，词人唱出了清疏狂放、清丽超逸之调，为当时词坛注入一股清风。这种清疏超逸的抒怀之调在朱敦儒南渡前流传下来的词中虽占比不到百分之二十，却肇示了朱敦儒词之创变的方向，于他个人的词和整个宋词的发展变化都具有重要的意义。

2. 秾艳密丽的主体风格

朱敦儒南渡前的作品在彰显多元化面貌的同时，又呈现了较为稳定的主体性特色。词中无论是述狎游之乐、诗酒唱和之欢，还是写相思哀怨、春愁秋绪，抑或是颂人称世之词，甚至于一部分抒写怀抱之作，从艺术风格上看，则大都重藻饰、风格艳丽、意象和事象密集，呈现出镂金错彩之美，表现出秾艳密丽的主体特色。

首先，在上述27首词中，从字频频率看，色彩鲜丽的意象和表示色彩的字频繁出现。譬如：玉出现15次、香14次、日12次、花12次、碧10次、金10次、红9次、青6次、黄5次、紫5次、翠4次、琼4次。这些意象和色彩与词中常出现的楼阁、筵席、佳人、美酒等语辞组合使用时，便构筑了一系列秾艳多彩的场景。譬如朱敦儒早期的词作中，多诸如此类的描述："花满金盆，香凝碧帐，小楼晓日飞光……脸嫩琼肌著粉，眉峰秀、波眼宜长……雕鞍翠幰，乘露看姚黄"（《满庭芳》）；"正遇时调玉烛，须添酒满金杯"（《乌夜啼》）；"几日春愁无意绪，捻金翦彩慵拈"（《临江仙》）；"浓艳暗香争暖，罗帏不用遮寒"（《朝中措》）；"红缨翠幰长安陌。夜饮小平康。暖生银字簧"（《菩萨蛮》）；"叠翠阑红斗纤浓。云雨绮为栊"（《眼儿媚》）；"钦随紫橐步红茵，个中自是神仙住，花作帘栊玉作人"（《鹧鸪天》）；"玉楼金阙慵归去，且插梅花醉洛阳"（《鹧鸪天》）；"银汉诏虹，瑶台赐碧，一新瑞气祥烟"（《望海潮》）。这些词作的风格或绮或清，或艳或婉，或哀或雅，均爱用色彩鲜丽之辞，形成秾艳的审美风格。陆侃如、冯沅君在《中国诗史》中评价朱敦儒词"早年多秾艳"，确实一语中的。

其次，朱敦儒南渡前的大部分词作意象、事象密集，与秾艳的色彩搭配一起，形成密丽的审美风格。这个特点在他那些狎妓游宴的风情词中表现得非常明显，如上述《满庭芳》（花满金盆）、《菩萨蛮》（风流才子倾城色）、《鹧鸪天》（通处灵犀一点真）、《鹧鸪天》（有个仙人捧玉卮）、《定风波》（红药花前欲送春）、《好事近》（春去尚堪寻）等词均有这些特点。在这些词中，词人往往多采用赋法，一一铺陈场景中的物件，细腻描述人物体貌，展示人物动作，让人物的情感在场景及人物的体貌动作中得以显现。事象、意象密集，再加上词人爱用色彩鲜丽的语辞，密丽风格显著。除了一系列狎妓游宴的风情词风格密丽，他的抒怀之作和称颂之作亦不免有些特点。如前述《念奴娇·杨子安侍郎寿》《望海潮·丁酉西内成乡人请作望幸曲》《蓦山溪》（琼蔬玉蕊）等，都属密丽之作。就是那首脍炙人口的清疏之作《鹧鸪天·西都作》末两句"玉楼金阙慵归去，且插梅花醉洛阳"，也仍免不了密丽之风。再如抒怀之作《水调歌头》：

> 天宇著垂象，日月共回旋。因何明月，偏被指点古来传。浪语修成七宝，漫说霓裳九奏，阿姊最婵娟。愤激书青奏，伏愿听臣言。
> 诏六丁，驱狡兔，屏痴蟾。移根老桂，种在历历白榆边。深锁广寒宫殿，不许姮娥歌舞，按次守星躔。永使无亏缺，长对日团圆。

这是一首对月有感之作。词作上片便有天宇明月、耀眼七宝、九奏霓裳、婵娟阿姊、青奏等一系列意象出现。下片更甚，几乎每一停顿之处便有着意象与事象的转换。六丁、狡兔、痴蟾、老桂、白榆、广寒宫、姮嫦等意象密列。而且每一意象的转换又伴随着事象的变化，整个下片除最后一句感叹外，其余便是火神六丁在天帝授命下完成的一次次事件。朱敦儒此类词虽意象、事象频繁，但词人对语言有着极强的敏感与掌控能力，往往能让词作密而不烦，恰到好处地抒情叙事，做到密丽而精巧。陆侃如、冯沅君即认为朱敦儒"精丽处似周"[①]（笔者按：此周指周邦彦），可谓独具慧眼。

3. 主题书写的矛盾性

朱敦儒南渡前的词在彰显着较一致的艺术特色的同时，在主题上也夹杂着一些矛盾性的表现。这主要表现在朱敦儒抒怀之作与颂人称世之作中所彰显出来的主体情怀。在抒怀之作中，朱敦儒不断地表达他对功名的厌

---

① 陆侃如、冯沅君：《中国诗史》，百花文艺出版社1999年版，第549页。

恶，对王侯的蔑视。在那首赢得广泛声誉的《鹧鸪天》里，他"几曾著眼看侯王"；在《蓦山溪》里，他"唤飞鸿，遮落日，归去烟霞外"；在《鹊桥仙》里，他唱着"却趁白云归，免误使、山英扫迹"。在这里，展现的是一位狂傲名士的气度，一位旷逸隐士的风神。但在《念奴娇·杨子安侍郎寿》和《望海潮·丁酉西内成乡人请作望幸曲》中却充满了对王朝的美化，对君王的尊崇，对功名的肯定。这种矛盾性大概是词人自我在理想世界和现实世界中的表现。保持完整独立的人格，视功名富贵如粪土，这是词人追求的理想人格。但现实中，如果不能做一个陶渊明式的绝决的隐士，是不太可能完全傲视权力富贵的。"始以隐逸召用于朝"①的朱敦儒南渡前其实并不能算是一位真正的隐士。他的隐大多也是隐于市，过着风流名士的浪漫自由生活。陆侃如、冯阮君谈到朱敦儒的时候，也曾说，"至于他的为人，据《宋史》说是很'高洁'的，但实际上恐怕未必如此"，他们甚至认为"他早年之屡辞召命，实有'假惺惺'之嫌疑"②。词人晚年受秦桧要挟复仕的软弱，其实在他早年便已露出端倪。

综上可见，靖康之乱前，出身官宦之家，多才多艺的朱敦儒在伊洛一带过着狂逸自由的生活，他作词的才华为他赢得了"词俊"的美誉。这一时期，朱敦儒词作的主体风格是秾艳密丽。写马上樽前、美酒佳人的名士风流是朱敦儒这一时期词作的主要题材。这些词或富艳，或绮丽，或哀婉，常用赋法铺叙人物体貌和场景。这继承着五代以来的"花间"传统，浸润着北宋后期大晟词风的影响，不脱词之本色。可以说南渡前朱敦儒的词更似柳永、周邦彦。总体上，朱敦儒伊洛时期的词恪守本色词风的胜于打破传统创新词体的，但这一时期朱敦儒那些或清疏或清丽的抒怀之作，虽数量不多，却继承了苏轼用词抒写文人士大夫个体情怀的传统，将词从"花间"的樊篱中解放出来，用于表现更丰富的情感世界。这对于宋词的发展具有重要的意义。

---

① （宋）楼钥：《跋朱岩壑鹤赋及送间邱使君诗》，《攻媿集》卷71，第12册，商务印书馆1935年版，第956页。
② 陆侃如、冯阮君：《中国诗史》，百花文艺出版社1999年版，第563页。

第二节 南奔"旅雁"的悲鸣

靖康年间，金人的铁蹄踏碎了北宋文人的富贵风流之梦。"旅雁向南飞，风雨群初失"(《卜算子》)，一如这只失群的"旅雁"，建炎元年(1127)，已47岁的朱敦儒开始了南奔避乱之旅，直到宋高宗绍兴三年(1133)十二月接受诏命止。朱敦儒南走炎荒，历时七年，辗转泊于江苏、安徽、江西、湖南和两广地区。这一时期他的词主要抒发国破家亡之后流亡避难途中的悲恸之情。一扫北宋词坛长期积习的绮靡之风，唱出了苍凉悲怆之调。

一 朱敦儒颠沛流离的南奔

靖康年间，宋朝与金国之间的战争以徽、钦二帝连同赵宋宗室、大臣等一干人被掳北去暂时作结。这是赵宋王朝的国耻，更是北宋无数黎民百姓的深重灾难。据载："敌纵兵四掠，东及沂、密，西至曹、濮、兖、郓。南至陈、蔡、汝、颍，北至河朔，皆被其害。杀人如刈麻，臭闻数百里。淮、泗之间亦荡然矣。"① 在金人的残酷屠杀抢掠下，北人大多南奔避难。"时西北衣冠与百姓，奔赴东南者，络绎道路。至有数十里或百余里无烟舍者。州县无官司，比比皆是盗贼。"②

此时，身处洛阳的朱敦儒也仓皇出逃，加入了南奔逃难的队伍。《宋史》本传记载他"避乱，客南雄州"。周必大《二老堂诗话》"朱希真出处"条亦载："靖康乱离，避地自江西走两广。"自建炎元年离洛南奔，至南宋绍兴三年接受朝廷诏命出仕做官，七年期间，朱敦儒颠沛流离，饱尝国破家亡之苦③。关于朱敦儒南渡后的颠沛流离之旅，邓子勉校注《樵

---

① (宋)李心传编撰，胡坤点校：《建炎以来系年要录》卷4，中华书局2013年版，第99页。
② (宋)徐梦莘：《三朝北盟会编》卷134，影印文渊阁《四库全书》本，台湾商务印书馆1986年版。
③ 需要说明的是，接受诏命后，朱敦儒从今广西出发，历湖南、江西，至行在觐见皇帝，其间又历时两年。此二年时间朱敦儒接受朝廷任命，不复是一介流民，其心态亦不似南奔避难之时，故笔者以绍兴三年为其南奔时期的终点。

歌》附录七《年谱简编》及《朱敦儒杂考五则》(《南京师大学报》1992年第5期)之"南奔行迹事迹系年"提供了较清晰的路线图。笔者在此基础上进行整合,勾勒出朱敦儒的南奔行迹。

朱敦儒南奔避乱路线大致如图1-1黑色实线所示。

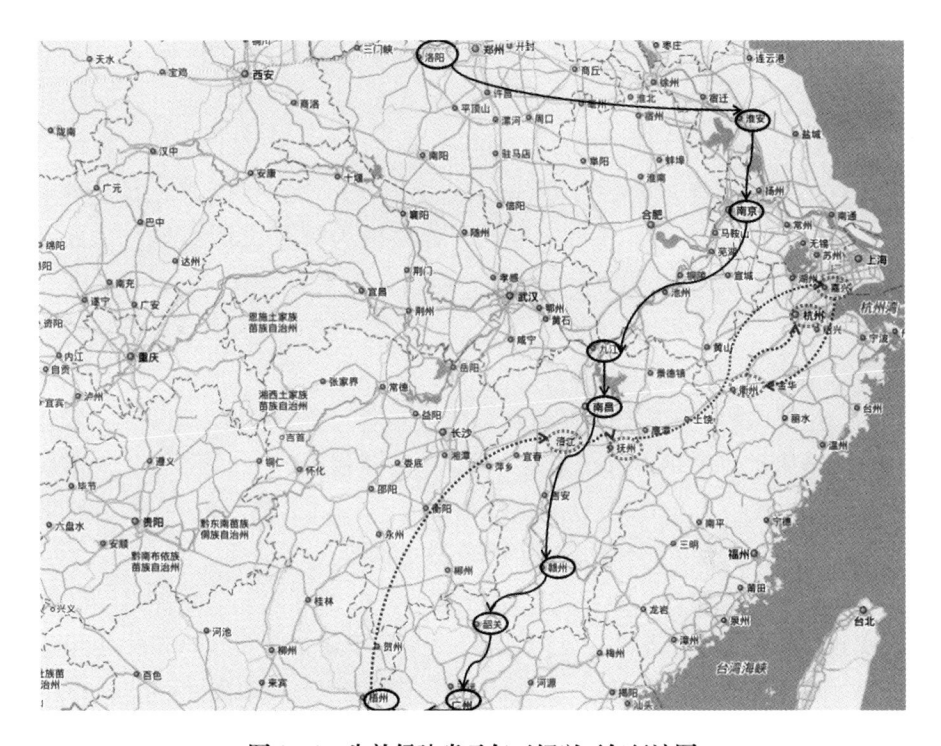

图1-1 朱敦儒建炎元年至绍兴五年行迹图

注:图中实线所示为朱敦儒从建炎元年由洛阳出发,一路南奔至两广地区的路线图。虚线所示则为绍兴三年接受朝廷诏命返归临安觐见宋高宗的路线图。

金人攻破洛阳后,朱敦儒从洛阳出发,一路狂奔,直到今江苏一带,才稍做停留。据笔者所见资料,他停留的第一站是淮阴(江苏淮安市)。《樵歌》中《醉思仙·淮阴与杨道孚》写道:"倚晴空。正三洲下叶……谢故人,解系船访我,脱帽相从。"建炎元年秋朱敦儒的故人张耒外甥杨吉老(字道孚)曾与他相见。是年秋,又辗转至金陵(江苏南京)等地。《樵歌》中有一系列词记录了词人漂泊吴地的行迹和感受。如《相见欢》(金陵城上西楼)、《点绛唇》(淮海秋风)、《朝中措》(朱雀桥边晚市)、《点绛唇》(淮海秋叶)、《芰荷香·金陵》、《忆秦娥》(吴船窄)等。

离开吴地，朱敦儒沿长江经淮西继续南奔。在淮西之地时，曾被举荐为官，但朱敦儒继靖康年间拒诏后再次拒绝了举荐。据载，建炎元年（1127）五月，宋高宗赵构在南京应天府（今河南商丘）即帝位，"诏举草泽才德之士，预选者命中书策试，授以官。于是淮西部使者言敦儒有文武全才，召之，敦儒又辞"①。建炎元年冬季，到达江州（江西九江），作词《采桑子·彭浪矶》和《水龙吟》（放船千里凌波去）等，之后，南下至洪州（江西南昌）。

从建炎二年（1128）二月至建炎三年（1129）十月，朱敦儒在洪州呆了近二年的时间。据吴廷燮《南宋制抚年表》，龙图阁直学士胡直孺建炎二年二月至三年二月知洪州期间，曾"首为鲁直类诗文集为《豫章集》，命洛阳朱敦儒、山房李彤编集，而洪炎玉父专其事"②。其间，建炎二年二月丁卯张浚宣抚川陕时，曾欲召朱敦儒"奏赴军前计议，敦儒卒不起"③。建炎三年（1129）十月，金人渡过长江，进攻江西，十一月攻陷洪州，生灵涂炭。朱敦儒于是自江西继续向南，到两广地区避乱。"朱敦儒……靖康乱离避地，自江西走二广。"④《桂枝香·南都病起》、《忆秦娥》（霜风急）、《恋绣衾》（木落江南感未平）、《鹧鸪天》（画舫东时洛水清）、《苏幕遮》（酒台空）等词作于这一时期。

建炎三年（1129）秋冬之际离开洪州，沿赣江南下，经吉州（江西吉安）、虔州（江西赣州），过大庾岭，大概于建炎四年（1130）初至南雄州（广东韶关），再继续往南至南海（广东广州），约绍兴元年（1131）至泷州（广东肇庆）。自此朱敦儒流落岭南，主要活动于两广地区的西江流域一带的肇庆府、德庆府和广西的藤州和梧州一带。如他词中言"泷州几番清秋"（《相见欢》）。周紫芝《竹坡诗话》亦载："朱希真避地广中，作《小尽行》一诗云：'藤州三月作小尽，梧州三月作大尽。哀哉官历今不颁，忆昔升平泪成阵。我今何异桃源人，落叶为秋花作春。但恨未能与

---

① （元）脱脱：《宋史》卷445，中华书局1977年版，第13141页。
② （宋）陈鹄撰，郑世刚校点：《西塘集耆旧续闻》卷3，《宋元笔记小说大观》，上海古籍出版社2001年版，第4811页。
③ （宋）李心传编撰，胡坤点校：《建炎以来系年要录》卷68，中华书局2013年版，第1335页。
④ （宋）周必大：《二老堂诗话》"朱希真出处"条，《宋诗话全编》（6），江苏古籍出版社1998年版，第5907页。

世隔，时同丧乱空伤神。'"① 直至至绍兴三年（1133）秋因广西宣谕明櫜所荐接受朝廷诏命，朱敦儒离开广西北上，经湖南、江西至临安任职。漂泊两广期间，有《雨中花·岭南作》（故国当年得意）、《醉落魄·泊舟津头有感》（海山翠叠）、《浪淘沙·中秋阴雨，同显忠、椿年、谅之坐寺门作》（圆月又中秋）、《采桑子》（一番海角凄凉梦）、《南歌子·沈蕙乞词》（住近沈香浦）、《卜算子》（山晓鹧鸪啼）、《浪淘沙·康州泊船》（风约雨横江）、《忆秦娥·若无置酒朝元亭，师厚同饮作》（西江碧）、《鹊桥仙·康州同子权兄弟饮梅花下》（竹西散策）等10首词作。

二 朱敦儒南奔词的主题与风格

公元1127年的靖康之变是一场空前深重的国家民族灾难，淮河以北国土沦丧，徽、钦二帝被掳，北宋灭亡，山河破碎，生灵涂炭。洛阳才子朱敦儒也从一位富贵优游的风流名士变成了一个流离失所的难民。"兴废系乎时序，文变染乎世情"（刘勰《文心雕龙》），血与火的洗礼改变了南渡文人士大夫们的创作。南奔后，动乱屈辱的岁月中，朱敦儒词创作的主题与风格发生了巨大的变化。一改才子词客的或艳或狂，或清或丽的曲子词风，转而抒发的是苍凉悲壮、哀怨悲凉的沉痛的忧患悲苦之情。

1. 沉痛悲凉的飘零之苦和家国之殇

家国一体，尤其是战乱年代，国之殇便是家之痛。靖康之乱，北宋王朝遭受灭顶之灾。覆巢之下，焉有完卵。京洛及至广大中原地区的百姓苍生饱受战乱之苦。朱敦儒在南奔途中写了近50首词，记录下了词人从洛阳辗转至两广地区一路逃难过程中的见闻感受和心灵体验。其中，词人抒写的最多的是他南奔中的飘零之苦和家国之殇。如以下两首词：

扁舟去作江南客，旅雁孤云。万里烟尘。回首中原泪满巾。
碧山对晚汀洲冷，枫叶芦根。日落波平。愁损辞乡去国人。

——《采桑子·彭浪矶》

---

① （宋）周紫芝：《竹坡诗话》卷3，何文焕辑《历代诗话》（上），中华书局2004年版，第356页。

> 旅雁向南飞，风雨群初失。饥渴辛勤两翅垂，独下寒汀立。
> 鸥鹭苦难亲，矰缴忧相逼。云海茫茫无处归，谁听哀鸣急。
>
> ——《卜算子》

这两首词作于建炎初，写的都是离乡去国、漂泊异乡、无家可归的痛苦与悲哀。词中不约而同出现的"旅雁"，实际上就是颠沛流离的词人的自画像。失去承平之世的繁华，失去了官宦之家的富贵，失去了温柔之乡的风流浪漫，失去了马上樽前诗酒流连的潇洒，乱世中仓皇出逃的朱敦儒的人生仿佛从天上陡然跌落人间，他宛如词中那飘零失群的"旅雁"，无助孤独，饱尝流离中的辛酸凄楚。不论是《采桑子》中的那一漂泊的扁舟、南飞的旅雁、无依的孤云，还是落日下的冷寂汀洲、飘摇枫叶；不论是《卜算子》中那风雨寒汀，还是那茫茫云海，都构筑的是茫然凄凉的境界。这都是国破家散，乱世漂泊而思念故国家乡的词人内心孤独、无助的写照。"回首中原泪满巾"、"愁损辞乡去国人"，"云海茫茫无处归，谁听哀鸣急"，满纸抒发的都是辗转流离之苦和国破家亡之恸。

从洛阳到两广，一路南奔途中，朱敦儒的词作处处流露着诸如此类的飘零之苦和家国之殇。

渡过淮河，流落吴越一带时，江南秀美的山山水水在朱敦儒心中触发无限悲愁感慨。譬如：当朱敦儒登上金陵城楼，眺望夕阳下的万里长江，发出的是"中原乱。簪缨散。几时收。试倩悲风吹泪过扬州"（《相见欢》）的悲歌；词人登高所见"朱雀桥边晚市，石头城下新秋"，身遭乱世，不禁吟叹着"昔人何在，悲凉故国，寂寞潮头"（《朝中措》）；在"路拥桃叶香车"的六朝繁华旧地，面对"绮散余霞"的美景，词人却悲吟着"无奈尊前万里客，叹人今何在，身老天涯……曲终泪湿琵琶。谁扶上马，不省还家"（《芰荷香》）。

沿长江南下至江西，朱敦儒离京洛越来越远，对故国的思念越来越深。在江南叶落，秋雨潇潇的秋冬之际，词人在《恋绣衾》一词中吟唱着"木落江南感未平。雨萧萧、衰鬓到今。甚处是长安路，水连空、山锁暮云"，心中满是对故国山河的思念。然山锁暮云，碧水沓沓，山长水阔。词中下片写道："老人对酒今如此，一番新、残梦暗惊。又是洒黄花泪，问明年、此会怎生。"酒后梦醒，触目所及皆非旧日熟悉的风景，家乡故土，唯有梦中相见，词人不禁泪洒黄菊。但此恸此恨无物可解："如今憔悴，天涯何处可销忧。长揖飞鸿旧月。不知今夕烟水，都照几人愁。有泪看芳草，无路认西州。"这首《水调歌头》吟唱的是词人痛失家国，零落异乡的苦痛心曲。当秋去春来，词人吟唱着"酒台空，歌扇去。独倚危楼，无限伤心处。芳草连天云薄暮。故国山河，一阵黄梅雨。　有奇才，无用处。壮节飘零，受尽人间苦。欲指虚无问征路。回首风云，未忍辞明主。"(《苏幕遮》)曾经的歌舞酒筵、曾经的富贵升平早已烟消云散，江南连天芳草，绵绵梅雨，感发着的也是流落他乡，生活遭遇巨变的词人的无限伤心，诉说着的是词人沉痛的黍离之殇。

　　建炎三年（1129）秋冬之际，洪州城破，词人被逼向着更远的南方——两广地区逃难，从建炎四年（1130）末到绍兴三年（1133）秋，一直流落岭南。这段时期，词人不仅远离汴、洛故都、繁华旧地，亦远离临安新都和秀美江南。在朱敦儒岭南词的创作中，路是"蛮径"，树云"蛮树"，花为"蛮花"，云称"蛮云"，雨曰"瘴雨"，溪呼"蛮溪"，江谓"蛮江"。岭南少数民族用以助兴的铜鼓演奏，在词人的笔下则是"惨黯蛮溪鬼峒寒，隐隐闻铜鼓"（《卜算子》）。可见，在词人的眼里，岭南的花草树木，云雨鸟虫等物象及风俗人情带着浓重的异乡的色彩与味道，折射出来这位来自文化鼎盛之地，享有诗坛盛名的词人对当时落后偏远之地的岭南风物人情的不适和厌倦。在"胡尘卷地。南走炎荒"的岭南岁月中，词人内心的疏离感愈演愈烈。在蛮云瘴雨之地的诸多的不适更添了这位昔日洛中"词俊"避难异乡的凄苦之情与故国悲慨。试看《沙塞子》：

　　万里飘零南越，山引泪，酒添愁。不见凤楼龙阙、又惊秋。
　　九日江亭闲望，蛮树绕，瘴云浮。肠断红蕉花晚、水西流。

这首作于重阳佳节的岭南词充满着词人飘零南越之地的凄苦之情和无限的故国之思。"山引泪、酒添愁"，"蛮树绕，瘴云浮"，"红蕉花晚、水西流"，异乡的一花一树、一山一水触发的都是词人内心极度的感伤。故都沦陷，建炎元年离洛南奔，经吴、楚之地，辗转至远离故乡千万里之遥的岭南之时，"不见凤楼龙阙、又惊秋"。远离故园已数秋，每逢佳节倍思亲思乡。重阳佳节，江亭闲望，枝繁叶茂的大榕树，红艳夺目的红蕉花，这些从未目睹的奇异的岭南风物更无处不在地提醒词人，这里是异乡、异乡。词人心中的断肠之痛无法停止，如西江流水，滔滔不绝。

朱敦儒的岭南词中，不时述说着他对环境的疏离感，对故国的无限思念。《浪淘沙·中秋阴雨，同显忠、椿年、谅之坐寺门作》中写道中秋月夜的感慨，"蛮云瘴雨晚难收。北客相逢弹泪坐，合恨分愁"，飘零至此，"无酒可销忧。但说皇州。天家宫阙酒家楼。今夜只应清汴水，呜咽东流"。中秋之夜，友人同坐，追思北宋皇都，诉说着的是飘零岭外的北客们的家国之思。泊舟码头时，"鹧鸪声里蛮花发。我共扁舟，江上两萍叶。东风落酒愁难说。……曾识刘郎，惟有半弯月"（《醉落魄·泊舟津头有感》）；风雨横江时，"秋满篷窗。个中物色尽凄凉。更是行人行未得，独系归舻……伊是浮云侬是梦，休问家乡"（《浪淘沙·康州泊船》），诉说着词人无论春秋皆身如浮萍、举目无亲的孤独；夜宴江畔时，他们杯杯酒入愁肠，化作故园相思泪，"天涯客。一杯相属，此夕何夕。烛残花冷歌声急。秦关汉苑无消息"（《忆秦娥·若无置酒朝元亭，师厚同饮作》）；花阴围坐时，悲歌醉舞的天涯倦客们唯有慨叹着"东风吹泪故园春，问我辈、何时去得"（《鹊桥仙·康州同子权兄弟饮梅花下》），聊遣衷肠。

可见，在战火硝烟未到的岭南，远离故土的朱敦儒词中没有对奇异风光的惊喜，演绎着的满是飘零凄苦之情和思念家国之恸。这是朱敦儒对自我身世遭际的哀叹，更是乱离时代万千游离失所的黎民百姓的痛苦写照。

2. 伤感沉郁的悲老伤时之歌

褪去热烈追求功名事业的激情，冷静审视宇宙自然与人生，人总不免有人生短暂、世事无常之感。庄子"人生天地之间，若白驹之过郤，忽然而已"（《庄子·知北游》）① 的智慧体悟，屈原"汨余若将不及兮，恐年岁之吾与"（《楚辞·离骚》）② 的焦虑感慨，开启了中国文人的生命之叹。譬如：曹丕悲叹："日月逝于上，体貌衰于下，忽然与万物迁化，

---

① （清）郭庆藩撰，王孝鱼点校：《庄子集释》卷7，中华书局1961年版，第746页。
② （宋）朱熹：《楚辞集注》，江苏广陵古籍刻印社1990年版，第9页。

斯志士之大痛也。"(《典论·论文》)① 王羲之感慨"夫人之相与，俯仰一世……当其欣于所遇，暂得于己，快然自足，不知老之将至……向之所欣，俯仰之间，已为陈迹……况修短随化，终期于尽……岂不痛哉"(《兰亭集序》)②。陶渊明感叹"善万物之得时，感吾生之行休"(《归去来兮辞》)③。杜甫吟唱："自古幽人泣，流年壮士悲。"(《移居公安敬赠卫大郎钧》)④ 如此种种，从理性的思考到感性的抒发，伤时之悲不绝于文人骚客的诗文。

在时间之流中，生命个体无法逃避苍老与死亡，悲老伤时之叹永远是中国古典文学的常见主题之一。这位洛中风流名士在一路漂泊南下的旅途中，在思念家乡故国，慨叹流离之苦时，亦不由深深地开始悲老伤时了。建炎元年，词人漂泊在吴越至江西一带时，便不禁感慨"北客翩然，壮心偏感，年华将暮。念伊嵩旧隐，巢由故友，南柯梦、遽如许"(《水龙吟》)。建炎二年(1128)，词人南奔至洪州(南昌)，一场大病，词人悲老伤时之感尤深。如《桂枝香·南都病起》：

> 春寒未定。是欲近清明，雨斜风横。深闭朱门，尽日柳摇金井。年光自趁飞花紧。奈幽人、雪添双鬓。谢山携妓，黄垆贳酒，旧愁慵整。　念壮节、飘零未稳。负九江风笛，五湖烟艇。起舞悲歌，泪眼自看清影。新莺又向愁时听。把人间、如梦深省。旧溪鹤在，寻云弄水，是事休问。

这首词作于建炎二年(1128)，词人南奔至洪州(南昌)。这一年，是朱敦儒南奔的第二个年头，词人年近48，辗转至昔日曾为南唐旧都的洪州，在颠沛流离中病倒。清明时节，料峭春寒，雨斜风横，柳絮飘摇，词人似乎刹那间老了，突然意识到自己已经不再是盛世华歌中那"结客占春游"的狂傲才子，而是一位白发苍颜、愁病交加的天涯倦客。他吟唱着"年光

---

① (清)严可均：《全上古三代秦汉三国六朝文·全三国文》卷8，中华书局1958年版，第1098页。
② 张东华：《新书谱》，浙江人民美术出版社2017年版，第47页。
③ (清)吴楚材、吴调侯编注：《古文观止》，三秦出版社2017年版，第160页。
④ 王启兴主编：《校编全唐诗》(上)，湖北人民出版社2001年版，第931页。注：本书所录唐诗皆据《校编全唐诗》。

自趁飞花紧。奈幽人、雪添双鬓",回忆着曾经"谢山携妓,黄垆贳酒"式的风流,感慨自己老病交加,"负九江风笛,五湖烟艇",空负江南风光。旧愁新恨,起舞悲歌,词人不禁起人生如梦之叹,起"寻云弄水,是事休问"之意。这种隐逸之思又何尝不是词人乱世漂泊中无可奈何的悲老伤时之叹。

南渡后,词人对时光流逝异常敏感起来,这种伤老的悲怆情绪不时地出现在他的词中。面对着"江南江北水连云"的苍茫之景,词人在"一夜雨声连晓。青灯相照"的孤独中吟唱着"旧时情绪此时心,花不见、人空老"(《一落索》)。在燕子归来的早春,黄昏客散,庭院岑寂,词人对着一盏青灯,不禁感叹"可惜韶光虚过了。多情人已非年少"(《渔家傲》)。在"红稀绿暗掩重门"的暮春时节,面对风雨残春,词人悲叹着"已是老于前岁,那堪穷似他人"(《朝中措》)。当春去秋来,流落岭南的词人发出的也是"泷州几番清秋。许多愁。叹我等闲白了、少年头"(《相见欢》)悲慨。

纵观朱敦儒的传世词作,这种悲叹始自他南奔逃难时期的词中。南渡前朱敦儒词创作主题如前所述,多游狎宴饮、诗酒风流、春思闺怨。虽然至钦宗朝,词人已年近五旬,但享受着承平年代汴洛繁华的词人似乎很少触及悲老伤时这一生命主题。纵观南渡前的词,无一书写到人生老态。从洛阳到岭南的南奔之途,词人仿佛从青年一下子进入到了老年。整个南渡时期,不论是在江南,还是在岭外,悲老伤时都不时地出现在朱敦儒的词作中,成为这一时期的一大主题。朱敦儒词中的这种悲老伤时之叹并非是词人理性审视人生的思考,而是一种感性的表达,是词人的人生际遇巨大变化尤其是南渡后的苦难刺激词人内心的感受之果。

3. 感伤哀怨的怀人送别之调

月之圆缺,人之离合,自然之道。离别之情、怀人之思,是每个生命个体都会经历的情感体验,不论身处何时,不论贫贱富贵。"悲莫悲兮生别离"(屈原《九歌·少司命》)①,"山长水阔知何处"(晏殊《蝶恋花》),在舟车代步的农耕时代,空间的阻隔、通信的艰难,离别更令人黯然销魂,相思更令人刻骨铭心。若遭逢乱离之世,每一次的散也许便无下一次的可期之聚,浓郁的感伤总是弥漫在离别相思主题的文学抒写中。

---

① (宋)朱熹:《楚辞集注》,江苏广陵古籍刻印社1990年版,第51页。

从建炎元年至绍兴三年（1127—1133），朱敦儒经战乱、历风雨、辗转各地、颠沛流离，其间词作除了抒发流浪之苦、家国之殇和悲老伤时之叹外，亦多述词人客中送客的离别之伤与怀人的相思之苦。

一方面，深深哀伤之离情充盈于朱敦儒此时的客中送别之作当中。如《踏歌》：

> 宴阑。散津亭鼓吹扁舟发。离魂黯、隐隐阳关彻。更风愁雨细添凄切。　　恨结。叹良朋雅会轻离诀。一年价、把酒风花月。便山遥水远分吴越。　　书倩雁，梦借蝶。重相见、且把归期说。只愁到他日，彼此萍踪别。总难如、前会时节。

这是一首词人流落异乡的伤离别之作，当作于建炎元年（1127）秋词人赴吴地途中。此时，饯别之宴已终，渡口离亭，扁舟催发。一曲《阳关》，诉说着深深别情，凄凄风雨更添黯然离愁。"叹良朋雅会轻离诀"，"便山遥水远分吴越"，刚刚逃离了遭受金人的蹂躏和践踏的北国，在风雨江南，良朋好友难得雅聚，旋又将天各一方，从此唯盼大雁传书，魂梦相同。身遭乱离，即便是他日再会，恐怕又是萍水相逢，难再有承平相聚之欢了。

同年秋，朱敦儒于淮阴作送别之词《醉思仙·淮阴与杨道孚》：

> 倚晴空。正三洲下叶，七泽收虹。叹年光催老，身世飘蓬。南歌客，新丰酒，但万里、云水俱东。谢故人，解系船访我，脱帽相从。　　人世欢易失，尊俎且更从容。任酒倾波碧，烛翦花红。君向楚，我归秦，便分路、青竹丹枫。恁时节，漫梦凭夜蝶，书倩秋鸿。

乱世漂泊，难得他乡遇故人。当词人昔日好友在雨后初霁，秋叶飘飞的季节"解系船访我，脱帽相从"的时候，这位身世飘蓬的"南歌客"感动不已，深感"人世欢易失"，相聚太难而任性酣饮，"任酒倾波碧，烛翦花红"。然世乱时危，相聚短暂，"君向楚，我归秦"，很快分路相别，唯有寄情于蝶梦与书信。整首词饱含着深深的惆怅。作于同时的另一首《点绛唇》则将这种离愁渲染得更加悲切：

> 淮海秋风，冶城飞下扬州叶。画船催发。倾酒留君别。　　卧倒

金壶,相对天涯客。阳关彻。大江横绝。泪湿杯中月。

作于临将分别之际的这首小调,充满了深沉的离别之恸。词中传达的情绪近乎崩溃。秋风吹叶,画船催发,异乡逢故人的短暂欣喜刹那间化作了深深的离别之伤。大江横绝,离别的《阳关曲》响起,流落天涯的客子举杯嘱酒,不禁泪下杯中。

另一方面,天涯零落,虽然过去疏狂已渐行渐远,昔日风流已烟消云散,但曾经的场景在朱敦儒的心中留下难以磨灭的印迹。南奔七年,朱敦儒在词中不时地回忆着往昔才子词客的风月浓情。如《采桑子》:

一番海角凄凉梦,却到长安。翠帐犀帘。依旧屏斜十二山。
玉人为我调琴瑟,颦黛低鬟。云散香残。风雨蛮溪半夜寒。

这首创作于岭南的词是一首记梦之作。海角天涯,凄然入梦,梦回故都,"翠帐犀帘。依旧屏斜十二山","玉人为我调琴瑟,颦黛低鬟",闺闱依旧、佳人依旧、柔情依旧,一切都是这样美好、温馨、浪漫。但一觉醒来,却是"风雨蛮溪半夜寒",身在千万里之遥的岭外,冷雨寒风,漂泊异乡。一梦一醒,仿佛天上人间。此中情怀,有朱敦儒对往日洛阳富贵冶游生活的怀念,风月之情中亦流露着深深的乱世漂泊异乡的感伤。

七年南奔岁月中,从吴越到岭外,朱敦儒在词中不时诉说着他对这种缠绵悱恻的风月之情的追思。如《鹧鸪天》一词,词人述写着:自从分别,伊人常入梦,"西风挹泪分携后,十夜长亭九梦君",他见芳草,思佳人,怀念着他们一起同游洛水,共采芙蓉,如今人在他处,天各一方,当日同游之处,如今唯是"风自凄凄月自明"。又,"客梦初回"时,在思念着昔日的那个她"卧听吴语开帆索",人在天涯画舫中的他却"思量着。翠蝉金雀。别后新梳掠"(《点绛唇》)。又,"寒溪残月,冷村深雪"的"江南路上梅花白"时,他不禁回忆着的是同样梅开时节,"洛阳醉里曾同摘"的"宝钗双凤,鬓边春色"的伊人(《忆秦娥》)。诸如此类的闺怨相思之作,抒发着词人在南奔途中对承平年代富贵风流生活的怀念,倾诉的是流落他乡的失意落寞,艳情中融化着身世飘零之感。

闺怨相思、离情别恨,也是朱敦儒居洛时期的词作主题。但与南奔时期相比,靖康乱前的这类词作大都是代言之作,抒发的是女主人公深闺寂寞孤独的伤感和对远行爱人无尽的思念，柔情旖旎。而南奔期间的上述怀人送别之作则大都是以男性主人公的笔调诉说词人流离失所时对往昔佳人及柔情的追忆，哀怨悲伤。后者所抒发的寂寥之怀往往打上深深的乱离的印记。

三 朱敦儒南奔词的特色

《樵歌》中，朱敦儒于建炎元年（1127）秋至绍兴三年（1133）秋的南奔途中创作的词近50首（见表1-3）。

表1-3　　　　　　　　朱敦儒南奔词作一览表

词牌	首句	主题	风格	词牌	首句	主题	风格
沙塞子	蛮径寻春春早	感乱离	哀艳	暮山溪	西江东去	感乱离	悲壮
鹊桥仙	竹西散策	感乱离	悲凉	水龙吟	放船千里凌波去	伤时叹老	悲凉
木兰花慢	指荣河峻岳	感乱离	悲凉	渔家傲	谁转琵琶弹侧调	伤时叹老	哀婉
减字木兰花	刘郎已老	感乱离	悲凉	相见欢	泷州几番清秋	伤时叹老	悲凉
长相思	昨日晴	感乱离	悲凉	踏歌	宴阕	送别	哀婉
忆秦娥	吴船窄	感乱离	悲凉	醉思仙	倚晴空	送别	悲凉
相见欢	金陵城上西楼	感乱离	悲凉	点绛唇	淮海秋风	送别	悲凉
沙塞子	万里飘零南越	感乱离	悲凉	采桑子	一番海角凄凉梦	怀人	哀艳
醉落魄	海山翠叠	感乱离	悲凉	忆秦娥	霜风急	怀人	哀艳
恋绣衾	木落江南感未平	感乱离	悲凉	点绛唇	客梦初回	怀人	哀婉
苏幕遮	酒台空	感乱离	悲凉	鹧鸪天	画舫东时洛水清	怀人	哀婉
浪淘沙	圆月又中秋	感乱离	悲凉	南歌子	住近沈香浦	咏歌妓	绮艳
鹧鸪天	唱得梨园绝代声	感乱离	悲凉	一落索	一夜雨声连晓	伤时叹老	哀婉
朝中措	登临何处自销忧	感乱离	悲凉	卜算子慢	凭高望远	怀人	哀艳
采桑子	扁舟去作江南客	感乱离	悲凉	一落索	惯被好花留住	伤春	悲凉
浪淘沙	风约雨横江	感乱离	悲凉	朝中措	当年弹铗五陵间	伤乱离	哀艳
忆秦娥	西江碧	感乱离	悲凉	十二时	连云衰草	伤乱离	哀婉
柳梢青	狂踪怪迹	感乱离	悲凉	减字木兰花	慵歌怕酒	伤乱离	哀婉
芰荷香	远寻花	感乱离	悲凉	卜算子	江上见新年	咏除夕	悲凉
雨中花	故国当年得意	感乱离	悲凉	桃源忆故人	西楼几日无人到	伤春	哀婉
水调歌头	当年五陵下	感乱离	悲凉	减字木兰花	东风无赖	伤乱离	哀婉
卜算子	旅雁向南飞	感乱离	悲凉	诉衷情	老人无复少年欢	伤时叹老	悲凉
卜算子	山晓鹧鸪啼	感乱离	哀婉	朝中措	红稀绿暗掩重门	伤时叹老	悲凉
桂枝香	春寒未定	感乱离	悲凉				

这些作于乱离之世中的词无论是主题选择还是风格倾向，都与词人47岁之前的词作不同，有以下几个方面的特色。

1. 多述乱离、伤故国的悲凉之作

靖康之乱，是一场深重的国家民族灾难，但凡有人心者，都未尝不痛心疾首。这是国家民族的悲剧，也是个体命运的悲剧。南渡前溺于风花雪月、吟赏烟霞而不问世事的朱敦儒，靖康之变后在词中大量抒写他国破家亡之后的痛苦。

从表1-3可知，朱敦儒南奔可完全确定写作年代的词作中，忧时念乱的伤乱离、悲故国之作近70%。其余怀人送别、伤时叹老之作也如前所述，夹杂着深深的乱离之感。这一时期朱敦儒的词可谓是家国同悲，在对个体痛苦体验的抒写中融入了深深的故国之思。如下列一组词：

> 狂踪怪迹。谁料年老，天涯为客。帆展霜风，船随江月，山寒波碧。　如今著处添愁，怎忍看、参西雁北。洛浦莺花，伊川云水，何时归得。
>
> ——《柳梢青》

> 刘郎已老，不管桃花依旧笑。要听琵琶，重院莺啼觅谢家。曲终人醉，多似浔阳江上泪。万里东风，国破山河落照红。
>
> ——《减字木兰花》

> 指荣河峻岳，锁胡尘、几经秋。叹故苑花空，春游梦冷，万斛堆愁。簪缨散、关塞阻，恨难寻杏馆觅瓜畴。凄惨年来岁往，断鸿去燕悠悠。　拘幽。化碧海西头。剑履问谁收。但易水歌传，子山赋在，青史名留。吾曹镜中看取，且狂歌载酒古扬州。休把霜髯老眼，等闲清泪空流。
>
> ——《木兰花慢·和师厚和司马文季虏中作》

洛阳风流云散后，天涯零落奔窜时，朱敦儒将故国悲慨并打入身世遭际之中，在抒发个体飘零的乱离感时，总是免不了他悲怆沉痛的故国家园之思。"天涯为客"时，他不忍看"参西雁北"，眷恋着曾经的"洛浦莺花，伊川云水"。浔阳江上，以酒浇愁，但曲终人醉时，他悲吟着"国破山河落照红"。漂泊岭南,年来岁往,"叹故苑花空,春游梦冷,万斛堆愁",他依然梦萦魂牵北方故国,为之愁恨交叠,清泪双流。综观朱敦儒南渡词,一如前面所述的诸多词作,经常出现"故国"、"故园"、"故苑"、"中原"以及喻指中原故土的"凤楼"、"龙阙"、"长安"、"洛阳"、"汴水"、"洛浦"、"伊川"、"天家宫阙"、"秦关汉苑"等意象,浸透着词人在颠沛流离的南奔途中对故国的沉痛思念。

朱敦儒这些述乱离之感的南奔词由花间樽前、歌筵舞席之间及一己怀抱转向了广阔的江山社会,主体词风亦由南渡前以秾艳为主转变为以悲怆苍凉为主。如前所引作《相见欢》(金陵城上西楼)一词,陈廷焯先后在《云韶集》《词则》《白雨斋词话》评论其艺术风格为"笔力雄大,气韵苍凉,悲歌慷慨,情见乎词"[1],"笔力雄大,气韵苍凉,短调中具有万千气象"[2],"此类皆慷慨激烈,发欲上指"[3]。再如于建炎元年(1127)作的《忆秦娥》:

  吴船窄。吴江岸下长安客。长安客。惊尘心绪,转蓬踪迹。
  征鸿也是关河隔。孤飞万里谁相识。谁相识。三更月落,斗横西北。

征鸿"孤飞","关河"阻隔,"万里谁相识"。烟尘四起,"惊尘心绪,转蓬踪迹"的"长安客"漂泊异乡,一如下阕中的孤飞征鸿,无人相识。全词充满悲怆之味。而"长安"、"吴江"与"转蓬"相映,"关河"、"万里"与"孤飞"相衬,又极具苍凉之感。末句"三更月落,斗横西北",夜阑人寂,月落星稀之景更添悲凉之气。

朱敦儒的南奔词中,如上所述,在抒写个人与时代的苦难时,总是善于将笔触深入他真切的人生体验中,同时视角多跨越性,故国河山、伊洛旧景常与南方风物人情相互映衬,故主体风格多悲怆苍凉。笔者以为,陈廷焯评价朱敦儒《相见欢》(金陵城上西楼)一词所言之苍凉、悲慨亦是朱敦儒南奔期间诸多忧时伤时的乱离之作的风格特征。

---

  [1] (清)陈廷焯编撰,孙克强、杨传庆点校:《云韶集辑评》卷5,《中国韵文学刊》2010年第3期,第62页。
  [2] (清)陈廷焯:《词则·放歌集》卷1,上海古籍出版社1984年版,第310页。
  [3] (清)陈廷焯:《白雨斋词话》卷6"南渡后词"条,唐圭璋《词话丛编》,中华书局2005年版,第3914页。

而综观朱敦儒南奔期间词作的字词语汇使用情况，多彰显漂泊之痛、故国之殇，表现出明显的乱离色彩和悲凉的风格。

其高频字出现频率如下：人（39）、风（31）、花（30）、江（27）、云（23）、春（23）、泪（20）、是（20）、愁（19）、客（19）、西（19）、相（19）、酒（19）。

"人"字的高频出现，凸显着词人在靖康乱后对作为历史主体的人的关注远远超出了居洛时期。而相继出现的高频字如"泪"、"愁"、"客"、"酒"等，则表现了那个苦难时代，身遭乱离的天下苍生的不幸与悲哀。而出现频率高的"风"、"花"、"江"、"云"的自然意象等则建构了一系列诸如"故苑花空，春游梦冷"、"万里夕阳垂地、大江流"、"西风北客两飘零"、"烛残花冷歌声急"之类的悲凉苍茫之意境。

其词汇出现频率3次及以上的如下：

出现9次：天涯、万里。

出现7次：人间、江南。

出现6次：何处、芳草。

出现5次：东风、故国、长安。

出现4次：风雨、飘零、黄昏、扬州、琵琶。

出现3次：一番、不见、今日、依旧、倦客、凄凉、北客、可惜、吾曹、回首、尊前、少年、归去、当年、扁舟、时节、春梦、春游、歌扇、水西、西风、西头、销忧、飞花。

从词出现的频率看：一方面，直接蕴含乱离之感的词频频出现。譬如：含飘零之意，具苍凉之感的"天涯"、"万里"在朱敦儒的南奔词中出现9次，频率最高。分别出现5次的"故国"、"长安"则蕴藏着无限的对故土家园的眷恋之情。而诸如出现3次至4次的"倦客"、"北客"、"风雨"、"飘零"、"凄凉"、"销忧"等词则饱含着失去家园，漂流异乡的痛苦凄凉。另一方面，多描写南方风物的词汇，如"江南"、"扬州"、"芳草"、"飞花"、"扁舟"等，则折射出词人作为一名北客远离故土，漂泊避乱的苦难生活事实。再有，如"今日"、"回首"、"少年"、"当年"、"春梦"等时间感极强的词则彰显着词人在颠沛流离中的伤时伤乱的深沉感慨和迟暮之叹。

总体上看，北宋承平时期朱敦儒创作的词艺术风格和主题表现是多元化的。与此特征迥然不同的是，朱敦儒南奔时期的词作主题基本上都是抒发靖康浩劫之后的乱离之感，或为述飘零之苦、家国之殇的忧时念乱之词，或是抒发他一路仓皇逃窜的南奔途中的怀人伤别的相思离愁之作，风格多悲愤苍凉。"希真词于名理禅机均有悟入，而忧时念乱，忠愤之致，触感而生。拟之于诗，前似白乐天，后似陆务观。"① 王鹏运《樵歌跋》中所说的"忧时念乱，忠愤之致，触感而生"之作绝大部分便是朱敦儒南奔时期创作的。这些词，标志着朱敦儒词风的变化，亦是宋词词质发生重大变化的典型反映。

2. 时空书写模式复杂化

文学的叙事和抒情，均在时间与空间中完成。文学作品中的时空呈现方式往往彰显着文学作为一门想象艺术的特质。文学中的时空往往具有超越性。陆机《文赋》谈文学创作时曾云："其始也，收视返听，耽思旁讯，心骛八极，神游万仞。"② 尔后南北朝时期的刘勰在《文心雕龙·神思》亦曰："文之思也，其神远矣。故寂然凝虑，思接千载；悄然动容，视通万里；吟咏之间，吐纳珠玉之声；眉睫之前，卷舒风云之色；其思理之致乎。"③ 此中所言"心骛八极，神游万仞"、"思接千载"、"视通万里"，均形象地阐释了文学创作构思中的时空超越当下物理时空的特质。

词的创作亦然，创作主体在词中除了述当下事抒当下情，抑或用追忆的笔调追往事，或展开想象的翅膀思来者。吴世昌在《论词的章法》中指出："唯有诗词之类，因其内容中常常错综着事实与幻想，而这两者都有'追述过去''直叙现在'与'推想未来'三式；有时又有'空间'参杂其间，如'她那儿'和'我这儿'之类，因此更加复杂难辨。"④ 时间的跳跃、场景情境的更替，在时空的转换中主体情感往往显得更加深沉厚重。朱敦儒的南奔词的时空书写不再是单一的平面化模式。与南渡前词作多是在当下时空中抒情写意不同，朱敦儒的南奔词中，时空跌宕者不乏其例，其时空书写有"昔—今"、"今—昔"、"今—昔—今"三种模式。

其一，南奔中，词人不时陷入对昔日京洛风流浪漫的追忆中，但蓦然惊觉，却身遭乱离，远在天涯。朱敦儒的南奔词多此类"昔—今"的时空

---

① （清）王鹏运：《樵歌跋》，施蛰存《词籍序跋萃编》，中国社会科学出版社1994年版，第185页。
② （晋）陆机：《文赋》，金涛声点校《陆机集》，中华书局1958年版，第1页。
③ 范文澜：《文心雕龙注》，人民文学出版社1958年版，第493页。
④ 吴世昌：《论词的章法》，《辽宁大学学报》1988年第4期，第66—68页。

转换书写模式，譬如：

> 故国当年得意，射麋上苑，走马长楸。对葱葱佳气，赤县神州。好景何曾虚过，胜友是处相留。向伊川雪夜，洛浦花朝，占断狂游。
>
> 胡尘卷地，南走炎荒，曳裾强学应刘。空漫说、螭蟠龙卧，谁取封侯。塞雁年年北去，蛮江日日西流。此生老矣，除非春梦，重到东周。
>
> ——《雨中花·岭南旧作》

这首词的上片追忆昔日京洛之地浪漫狂放的生活，下片述词人如今南奔岭南时曳裾异乡、飘零天涯的痛楚。"昔—今"的时空转换充满着抒情的张力。过去"占断狂游"的生活与现在"南走炎荒"的情形形成鲜明的对比，其中蕴含着词人深沉的飘零之悲、故国之恸。再如《水调歌头》（当年五陵下）的时空书写与《雨中花》（故国当年得意）如出一辙。词作上片追忆当年五陵下"结客占春游"、"脱帽醉青楼"的风流岁月，下片感慨"如今憔悴"，天涯零落，无处销忧的悲苦。昔、今形成强烈对照，抒发深重的国破家亡之殇。再如《朝中措》（当年弹铗五陵间）、《一落索》（惯被好花留住）亦是在记忆时空与当下时空的转换中，追忆靖康乱前醉眠狂游，哀叹南奔途中孤独愁苦。

其二，朱敦儒南奔词中，忆昔叹今之外，也有由今慨昔的"今—昔"书写模式。如《忆秦娥》：

> 霜风急。江南路上梅花白。梅花白。寒溪残月，冷村深雪。
> 洛阳醉里曾同摘。水西竹外常相忆。常相忆。宝钗双凤，鬓边春色。

词上片描写的是词人漂泊江南的当下时空语境下的情景。霜风凛凛，寒溪残月，雪夜严寒中绽放的梅花让身处清冷之境中的词人思绪翩然。下片，词人不禁回忆昔日洛阳与佳人醉里同折寒梅的情事。然时移事易，物异人非，昔日洛阳水西竹外，折梅之时，酒兴正浓，佳人相伴，浪漫之极。今日江南，梅开虽盛，但冷村寒溪，清冷之中，孤独落寞。今昔情境的对照中，彰显着词人飘零异乡的深深惆怅之情。

其三，朱敦儒的南奔词中，有的则思绪在当下、过去之间流转，时空书写呈现"今—昔—今"的转换模式。如《采桑子》：

> 一番海角凄凉梦，却到长安。翠帐犀帘。依旧屏斜十二山。
> 玉人为我调琴瑟，鬈黛低鬟。云散香残。风雨蛮溪半夜寒。

这首词虽为小令短章，但上、下两片却均时空腾宕。上片首句"一番海角凄凉梦"，人在天涯。接着梦回长安，梦中回到过去，"翠帐犀帘。依旧屏斜十二山"。下片首韵，仍在梦中，梦回曾经的场景，玉人鬈黛低鬟，为我调琴瑟。余下二韵，一梦觉来，回到现实，岭外蛮溪，夜半风雨，寒意袭人。在入梦、梦中、梦醒的过程中，词中展现的时空在"今—昔—今"中腾挪，而漂泊之伤，故国之思在今昔时空往复中如绵绵绕梁之音。再如《水龙吟》（放船千里凌波去）一词，词人的思绪亦是在"今—昔—今"的时空转换中流动，在现实与回忆中回环。词人避难飘零，面对江南水国，"北客翩然，壮心偏感，年华将暮"，顿起迟暮之叹。由是念"伊嵩旧隐，巢由故友"，思绪翩然回至伊洛间，生南柯一梦之感。下片重回当下，叹"奇谋报国，可怜无用，尘昏白羽"，抒报国无门之情。全词在现实与回忆的交叠中抒发着南渡士人们深重的痛苦与悲愤。

南渡后，朱敦儒作词善用诸如上述的时空转换模式，这往往更容易激荡主体感受到的当下情感，让词中所抒之情更深切动人。同时，诸如上述时空腾宕的南奔词，在加深主体抒情性的同时，也扩大了词作的容量，增强了情感表现的张力，词的表现力进一步延伸。

3. 情感容量增大

靖康乱后，朱敦儒南奔期间词作总体上主题相对集中，如上所述，多抒飘零之悲和故国之恸的乱离感。若论单首词作，则此间单篇作品的情感表现较南渡前呈现更复杂的状态，情感容量增大。一首词中往往在一个主题的统率下，多种情感杂糅交织。

一方面，时空交错中的情感表现多样化。朱敦儒那些双重时空交错的词，随着时空表现范围的扩大，过去的追思与现在的感叹融合于一词当中，其情感的涵蕴量明显比南渡前诸多词作丰富，一如上述。再如《一落索》：

> 惯被好花留住。蝶飞莺语。少年场上醉乡中，容易放、春归去。

>今日江南春暮。朱颜何处。莫将愁绪比飞花，花有数、愁无数。

这首 40 余字的小词有"少年场上醉乡中"、"蝶飞莺语"，人好春美的追思；有"今日江南春暮"的伤春之情及今昔之感；有物非人亦非，"朱颜何处"的感时叹老之悲；有春归之时落花凋零的惜花伤春的之叹；有暮春时节流落江南"莫将愁绪比飞花，花有数、愁无数"的飘零之伤。伤春、悲时及战乱逃窜过程中的人事皆非的深沉悲叹融于一体，谱写了一曲词人朱敦儒南奔中的乱离心曲。

另一方面，单重时空书写中亦叠加多重情感。不仅今昔时空转换抒发飘零之苦和故国之思的词作情感涵蕴量大，朱敦儒的南奔词中，有的虽无时空的转换，亦是多重情感交糅。譬如《忆秦娥·若无置酒朝元亭，师厚同饮作》一词：

>西江碧。江亭夜燕天涯客。天涯客。一杯相属，此夕何夕。
>烛残花冷歌声急。秦关汉苑无消息。无消息。戍楼吹角，故人难得。

这首词作于绍兴元年（1131），此时朱敦儒流落泷州（广东肇庆）。友人于西江畔的朝元亭置酒，招待流落岭南的朱敦儒和范直方（师厚）。"一杯相属"，在觥筹交错中，有"天涯客"不知"此夕何夕"的伤时悲慨；有飘零流离中"秦关汉苑无消息"故国哀恸，有"烛残花冷"的凄冷中对"故人难得"的飘零悲叹。这首感乱离的词作，虽篇幅短小，但诸感交集、飘零之悲、故国之思、怀人之伤交织于一体，情感蕴含丰富。词人乱世飘零的失意、恍惚、孤独、伤感、哀痛的心理体验集于一词之中。

又如《蓦山溪·和人冬至韵》：

>西江东去，总是伤时泪。北陆日初长，对芳尊、多悲少喜。美人去后，花落几春风，杯漫洗。人难醉。愁见飞灰细。　梅边雪外。风味犹相似。迤逦暖乾坤，仗君王、雄风英气。吾曹老矣，端是有心人、追剑履。辞黄绮。珍重萧生意。

这首于绍兴初年有感于家国之事的乱离之词作亦传达了丰富的心理体验。词中有国事之恸，有时光之伤，有失意之叹，有意气豪情，多重情感交叠。词人痛失家园，避难岭南，面对西江流水，感怀时事，难以放怀，流下伤时之泪。冬至时节，面对节气更替，"对芳尊、多悲少喜"，"愁见飞灰细"，在哀感国事之外，充溢着的是时光之叹。"美人去后，花落几春风，杯漫洗"则在伤时光、忧国事的同时，抒写着深深的人生失意和惆怅。下阕词笔一转，在感时伤事的悲慨之后，"仗君王、雄风英气"，词人抒发了对君王的美好畅想。同时表达了一位普通士人的热切厚望，"端是有心人、追剑履。辞黄绮。珍重萧生意"。结尾处抒发悲情之外，洋溢着一份报国情怀，一份慷慨意气。

南渡前，朱敦儒词作的主题是多元的，或写春愁、述相思、叙狎游、唱颂词、抒怀抱，但每首词作情感呈现基本上是单一的。如脍炙人口的《鹧鸪天》（我是清都山水郎）抒发的就是傲视王侯、蔑视功名的疏狂情怀，《望海潮·丁酉西内成，乡人请作望幸曲》就表达着对君王的企盼赞美之情，《好事近》（春雨细如尘）抒发了女性主人公对爱人深切思念之情。而南奔词中，如上所述，单首词作的情感表现更加深沉而丰富，即便是小令、中调这样的篇幅短小的词作亦可融汇多重情感体验。

文学创作中情感的丰富性来源于创作主体亲历的生活体验。王夫之曾经说过："身之所历，目之所见，是铁门限。"① 况周颐也曾指出："吾听风雨，吾览江山，常觉风雨江山外有万不得已者在。此万不得已者，即词心也。而能以吾言写吾心，即吾词也。"② 南奔的朱敦儒是一位经历过热闹繁华，享受过风流浪漫，咀嚼着生活苦难的逃难士人。作为曾经的"词俊"，他本多情多才，一路奔窜途中的痛苦、辛酸、狼狈与曾经的浪漫、富贵、疏狂在内心深处交融碰撞，令朱敦儒在听风雨、览江山的时候内心深处有诸多的"万不得已者"。此中种种，寄托于词，自是诸多感慨，多种人生体验与感悟相互交织。

王兆鹏先生曾经从群体研究的视角论及南渡词呈现出来的三个整体性特征："从词的情感表现的层次看……南渡词所表现的心境是混合型、多面体，词人将主体多维多向、瞬息变化的情感浓缩于一词，扩大了词的情

---

① （清）王夫之著，戴鸿森笺注：《薑斋诗话笺注》卷2，人民文学出版社1981年版，第55页。
② （清）况周颐：《蕙风词话》卷1，唐圭璋《词话丛编》，中华书局2005年版，第4411页。

感容量,拓展了主体的内心世界。""从词的艺术境界看,南渡词……进一步延伸向广阔寥远的大自然山水空间,建构出一个以人为主体,以社会为舞台,以大自然为背景的'三位一体'的艺术世界。""从词的记事层次看,南渡词更贴近于时代,与激烈的时代变化、火热的现实生活息息相关,常及时地表现出时事的动向,战乱时代民族的心声和社会的苦难。"①综观朱敦儒南奔词的总体特点,虽词作主题与风格相对集中,以伤乱离、悲故国为主调,但词作的空间容量和情感容量扩大,不论是述乱离之苦还是发怀人之思,都反映出明显的宋室南渡的时代特征,其情感抒发则大都或以南方的自然山水为烘托,或以过去与现在的空间变换作对照,词境扩大。朱敦儒南奔词作不仅彰显着个体词风的变化,这种变化了的词更是宋代南渡时期主体词风的典型代表。

第三节 入仕"奇才"的吟唱

朱敦儒曾在建炎三年(1129)夏漂泊至江西时写下《苏幕遮》(酒台空)一词,在述写南奔流离飘零之苦后写道:"有奇才,无用处。壮节飘零,受尽人间苦。欲指虚无问征路。回首风云,未忍辞明主。"四年之后,这位自信的红尘"奇才",《宋史》称之"有经世才"的词人终于接受朝廷征召,与"明主"风云际会,开始了他的十余年仕宦生涯。

一 朱敦儒的仕宦之途

绍兴三年(1133),年近53岁的朱敦儒接受朝廷征召,被任为从九品的右迪功郎,从广西出发,经湖南②、江西清江、临川等地,入浙江、辗转秀州(浙江嘉兴)、衢州,于绍兴五年(1135)冬至临安,入对,赐进士出身,为秘书省正字。从绍兴五年十二月至绍兴十四年(1144)二月,朱敦儒先后任职秘书省正字、左承奉郎、权兵部郎中、临安府通判、秘书

---

① 王兆鹏:《宋南渡词人群体研究》,凤凰出版社2009年版,第9页。
② 据朱敦儒自言:"仆昔岁南游,系舟黄陵庙下……今观米公山水,觉潇湘旧游隐然似梦。"(《题米友仁潇湘长卷》,《全宋文》卷3503,第161册,第250页)其词作亦云:"叶下潇湘,碧海晴空一阵霜。"(《采桑子》)按:朱敦儒避难岭南乃经江西过大庾岭,入两广地区,故其潇湘旧游当指其入觐所经之地。

郎、都官员外郎、江南东路制置使司参议官等官职，其间曾随宋高宗巡幸游江，至平江（江苏苏州），并奉旨往四明（浙江宁波）。绍兴十四年（1144）二月，诏为任两浙东路提点刑狱公事，经嘉兴、江阴至会稽（浙江绍兴）任所。绍兴十六年（1146），遭弹劾罢职①。

朱敦儒的仕宦之途中，值得注意的是他的入仕和致仕缘由。

朱敦儒少年师从陈东野问学时尝赋古镜云："试将天下照，万象总分明"②，可见他少年时曾有匡济天下之志。但成年后朱敦儒对于入仕一直是拒绝的，直至绍兴三年。不论是承平的北宋末期，还是南奔流离失所的处境中，他都曾拒绝征召入仕为官。如前所述，据《宋史》本传和《建炎以来系年要录》记载，朱敦儒于靖康之乱前、建炎元年、建炎二年先后三次拒绝召命与荐举。《宋会要辑稿》亦明确记载：

> （绍兴三年）九月十八日，诏以布衣朱敦儒为迪功郎，以广南东西路宣谕明橐言："面奉圣谕，访求山林不仕贤者，敦儒深达治体，有经世之才，静退无竞，安于贫贱，尝三召不赴。"故有是命。③

绍兴三年，征召山林贤德之士诏命至，朱敦儒一开始还是不愿出仕的。在友人激励下，朱敦儒始应征召出仕为官。从绍兴三年由广西出发，绍兴五年至临安，入对，议论明畅，深得圣心，赐进士出身，为秘书省正字，开始了他人生中的仕宦生涯。《宋史》本传对此亦有明确的记载：

> 宣谕使明橐言敦儒深治体，有经世才，廷臣亦多称其靖退。诏以为右迪功郎，下肇庆府，敦遣诣行在，敦儒不肯受诏。其故人劝之曰："今天子侧席幽士，翼宣中兴，谯定召于蜀，苏庠召于浙，张自

---

① 据李心传《建炎以来系年要录》：绍兴六年（1136）年六月"右迪功郎、秘书省正字朱敦儒改左承奉郎"（卷102，第1930页），十一月"秘书省正字朱敦儒兼权兵部郎中，行在供职"（卷106，第2003页）。三年后，绍兴九年（1139）四月"左宣教郎、通判临安府为秘书郎"（卷127，第2404页），五月乙未"秘书郎朱敦儒为都官员外郎"（卷128，第2414页）。五年后，绍兴十四年（1144）二月乙酉"左朝奉郎、江南东路制置大使司参议官朱敦儒为两浙东路提点刑狱公事"（卷151，第2847页）。绍兴十六年（1146）十一月辛卯"朝散郎、两浙东路提点刑狱朱敦儒罢"（卷155，第2948页）。

② （宋）邓椿、（元）庄肃：《画继 画继补遗》，人民美术出版社1963年版，第29页。

③ （清）徐松：《宋会要辑稿》第120册，选举三四之四三，大东书局1935年影印。

牧召于长芦，莫不声流天京，风动郡国，君何为栖茅茹藿，白首岩谷乎！"敦儒始幡然而起。既至，命对便殿，论议明畅。上悦，赐进士出身，为秘书省正字。俄兼兵部郎官，迁两浙东路提点刑狱。①

宋人李心传《建炎以来系年要录》亦有明确详细的记载。"河南布衣朱敦儒特补右迪功郎，令肇庆府以礼敦遣赴行在。……至是宣谕官明橐言其深达治体，有经世之才。参知政事席益，吏部侍郎、直学士院陈与义又交称其贤。乃有是命。"②"（绍兴五年）右迪功郎朱敦儒既受官，上命德庆府以礼敦遣赴行在。既至入对，遂有是命。"③

入仕后，作为一位来自洛阳的名士，他有着浓厚的故土情结，渴望恢复故国，因而与主张抗金的朝臣关系更为密切，朱敦儒因此而被弹劾罢官。右谏议大夫汪勃论朱敦儒专立异论，与主张抗金的李光交往，遂罢职奉祠。《宋史》本传曰：

> 会右谏议大夫汪勃劾敦儒专立异论，与李光交通。高宗曰："爵禄所以厉世，如其可与，则文臣便至侍从，武臣便至节钺；如其不可，虽一命亦不容轻授。"敦儒遂罢。十九年，上疏请归，许之。④

综观朱敦儒的仕宦生涯，入仕致仕，皆非发自内心肺腑。他本没有强烈的入仕愿望，在友人激励下，一时抑或是迫于生计应召出仕，他的落职也是遭受弹劾，不由自主，情非所愿。

二 朱敦儒仕宦期的词作主题风格

朱敦儒十余年的仕宦生涯，一方面绝然不同于南奔时的朝不保夕，狼

---

① （元）脱脱：《宋史》卷445，中华书局1977年版，第13141页。
② （宋）李心传编撰，胡坤点校：《建炎以来系年要录》卷68，中华书局2013年版，第1335—1336页。
③ （宋）李心传编撰，胡坤点校：《建炎以来系年要录》卷96，中华书局2013年版，第1837页。
④ （元）脱脱：《宋史》卷445，中华书局1977年版，第13141页。另李心传《建炎以来系年要录》卷155亦载：（绍兴十六年十一月）辛卯，朝散郎、两浙东路提点刑狱朱敦儒罢。右谏议大夫汪勃论敦儒专立异论，与李光交通，望特赐处分。上曰："爵禄所以励世，如其可与，则文臣便至于侍从，武臣便至于建节；如其不可，虽一命亦不容轻授。"于是敦儒遂罢。（第2948页）

狈不堪，痛苦漂泊，很多时候，仕宦给了他相对安稳的生活，他的词记录下了入仕后的这一份优游与闲适；另一方面，从上可见，朱敦儒应征朝廷召并不是他主观愿望强烈追求的结果，他被弹劾而落职，致仕亦是不得已，何况，年不再少，国事皆非，因此十余年的仕宦生涯虽然生活趋于安定、衣食无忧，但朱敦儒已然不复居洛时的潇洒疏狂，而多了一份悲凉与无奈。朱敦儒仕宦时期的词表现了他的这种生活状态，其主题和风格也表现出与前两期不一样的风貌，主要表现在以下几方面。

1. 咏节序物象的清词丽语

中国古典诗歌比兴寄托传统源远流长，在它的影响下，吟咏节序物象等诗词在中国文学史上蔚为大观。宋词中，咏物题材广泛，数量众多，涉及动植物、气象、天象、饮食、人体、交通、建筑及各种用品，共2999首，占《全宋词》的14.4%[①]。路成文《宋代咏物词史论》一书则统计到宋代咏物词3200余首，占全宋词总量的15%多[②]。在朱敦儒的词中，仅咏物便近30首，超过其传世词作的十分之一。另外，他咏节序的也有9首。仕宦期间，咏节序是这一时期朱敦儒词作最重要的一题材，不少于5首，另有咏人咏物词6首，吟咏节序物象总共不少于11首，占仕宦期词作总量的25%多。这些词在对节序和物象进行勾勒描绘的背后，寄寓着词人的情怀，彰显着南宋高宗绍兴年间的世态人情。

（1）世外之致与济世情怀

入仕为官，朱敦儒的生活不再颠沛流离、辛酸无助。洗去了南奔途中的扑面风尘，重新过上安定生活的朱敦儒，其清高旷逸之致再现词中。如作于绍兴四年（1134）的《清平乐·木樨》："人间花少。菊小芙蓉老。冷淡仙人偏得道。买定西风一笑。　　前身原是疏梅。黄姑点碎冰肌。惟有暗香长在，饱参清露霏微。"全词吟咏木樨之孤高，清丽而脱俗。再如《念奴娇·垂虹亭》咏月一词中描绘的"万顷琉璃，一轮金鉴，与我成三客。碧空寥廓，瑞星银汉争白"、"天光相接。莹澈乾坤，全放出、叠玉层冰宫阙"的意境，"洗尽凡心，相忘尘世，梦想都销歇。胸中云海，浩然酒浸明月"的自我表白，表现了一派悠然超尘之趣和闲适清旷的美。

而时移事易，国事堪忧，朱敦儒仕宦时期的词作在再现其清旷的世外

---

① 许伯卿：《宋代咏物词的题材构成》，《南阳师范学院学报》2003年第5期。
② 路成文：《宋代咏物词史论》，商务印书馆2005年版，第1页。

之致的同时，更多了对人生苦难的体悟，而在友人激励下幡然而起的朱敦儒与早年的傲气疏狂相比，亦多了一份责任与担当。这种复杂的情怀很明显地体现在他的咏物词中，如咏梅之作《念奴娇·梅次赵仙源韵》：

> 见梅惊笑，问经年何处，收香藏白。似语如愁，却问我、何苦红尘久客。观里栽桃，仙家种杏，到处成疏隔。千林无伴，淡然独傲霜雪。　　且与管领春回，孤标争肯接、雄蜂雌蝶。岂是无情，知受了、多少凄凉风月。寄驿人遥，和羹心在，忍使芳尘歇。东风寂寞，可怜谁为攀折。

这首词作于绍兴四年（1134），朱敦儒赴临安途经江西临川，与宋宗室赵长卿（字仙源）唱和所作①。一方面，词人借梅表白自己清高孤傲的品性、对清高旷逸之人格的坚守。因寄身岭外，久未见雪中寒梅，故词以"见梅惊笑，问经年何处，收香藏白"开篇，既写出了自己漂泊岭南数载的沧桑，又道出自己对梅的深厚情谊，见之惊笑，似与老友重逢。"似语如愁，却问我、何苦红尘久客"，可见，梅亦为我之知己。"何苦"一问，既写出梅的清逸脱俗的秉性，实又表明自己本性清高，但现在不能远离红尘俗事，实属无可奈何。词人与梅的对答之后，接下来进一步写梅的清傲孤高。"到处成疏隔"的孤傲之梅不愿与鲜丽的桃杏争艳，任它们是凡人所爱还是仙家所珍，亦不愿意与之为伍。一句"千林无伴，淡然独傲霜雪"，既见梅之魂，亦见词人淡然独立的情操。另一方面，词人亦借梅写出了身在红尘、历经苦难的种种委曲与自己应召入仕的济世之志。"且与管领春回，孤标争肯接、雄蜂雌蝶"，春回大地之际，梅不肯与"雄蜂雌蝶"为伍，去凑那个繁花似锦的热闹。此寓意词人孤高之标，不愿与汲汲于世务者为伍。然忍受凄凉风月的梅不是无情，它有将自己遥寄知音之愿，有和羹之心，然寂寞春风之中，谁将折取一枝呢？此番感慨，"知受了、多少凄凉风月"，暗喻历经战乱、遍尝人生苦难的词人诸多无奈，"寄驿人遥"，喻知音难求，"和羹心在"喻词人渴望于乱世辅佐君王之意，而"东风寂寞，可怜谁为攀折"则寄托着词人赴任

---

① （宋）朱敦儒著，邓子勉校注：《樵歌》附录三《交游考》，上海古籍出版社1998年版，第459页。

途中的几分疑虑与担心。

观整首词,词人借咏梅寄寓了自己踏入仕途的复杂心态。毕竟四十多年以来,朱敦儒是以一旷逸疏狂的名士立身处世,曾宣言"几曾著眼看侯王",如今年近五旬,折节入仕,他的内心深处既渴望世人的理解,更需求得心灵的自我安慰,为自己人生选择找合理的理由。这首《念奴娇·梅次赵仙源韵》,实是词人此时心迹的自我展现。借咏梅,词人要告诉世人的是,"我"虽然出仕了,但人格并没有变,"淡然独傲霜雪",清傲孤高,依旧是"我"坚守的品格。而世事维艰,应召出仕,是缘于"和羹心在",是在故土沦丧、民族危亡之际的担当,是为拯时救世,是为一份文人的责任,为一份志士使命。清人黄苏曾评曰:"希真急流勇退,人品自尔清高。观'受了多少凄凉风月'句,或有不能见用,不得已而托于求退者乎。且读至'和羹心在',可以知其志矣。希真作梅词最多,以其性之所近也。"① 此确为中的之语。

另外,朱敦儒那首"清隽处可夺梅魂矣"②的《孤鸾》同样借咏梅寄寓着词人的复杂心理。上片"天然标格。是小萼堆红,芳姿凝白"是在刻画梅的高韵,亦是词人的自我写照。下片结尾处曰,"归去和羹未晚,劝行人休摘",此亦是借梅暗喻年岁已长的词人的济世之心。这些梅词混合着词人天资旷远的世外风致与入世济世之心志,彰显着绍兴年间朱敦儒仕宦时的复杂心态。

(2) 偏安江南的安逸闲适

绍兴三年(1133),岳飞任沿江制置使,次年春,收复襄阳六郡。绍兴六年(1136)北伐再次告捷,顺利攻下了伊、洛、商、虢等州。绍兴八年(1138),宋金和议成,绍兴十年(1140),金兀术毁约攻宋,岳飞再次挥师北伐,收复郑州、洛阳等地,又于郾城、颍昌大败金军,大捷于朱仙镇。绍兴十一年(1141),南宋杀岳飞,宋金第二次和议成,至此宋金20年间无战事。

可见在朱敦儒出仕为官的这十余年间,有岳飞率众抗金先后取得压倒

---

① (清)黄氏:《蓼园词评》"朱希真'见梅惊笑'"条,唐圭璋《词话丛编》,中华书局2005年版,第3078页。

② (清)黄氏:《蓼园词评》"孤鸾"条,唐圭璋《词话丛编》,中华书局2005年版,第3074页。

性的胜利，其间两度和议，因此不似建炎年间南宋君臣狼狈逃窜，绍兴以来，南宋朝廷相对安稳，社会经济逐渐恢复。这从周密《武林旧事》记载宋孝宗淳熙初的西湖盛况可窥一斑："画楫轻舫，旁午如织。至于果蔬、羹酒、关扑、宜男、戏具、闹竿、花篮、画扇、彩旗、糖鱼、粉饵、时花、泥婴等，谓之'湖中土宜'。又有珠翠冠梳、销金彩缎、犀钿、髹漆、织藤、窑器、玩具等物，无不罗列。如先贤堂、三贤堂、四圣观等处最盛。或有以轻桡趁逐求售者。歌妓舞鬟，严妆自炫，以待招呼者，谓之'水仙子'。至于吹弹、舞拍、杂剧、杂扮、撮弄、胜花、泥丸、鼓板、投壶、花弹、蹴鞠、分茶、弄水、踏混木、拨盆、杂艺、散耍、讴唱、息器、教水族飞禽、水傀儡、鬻水道术、烟火、起轮、走线、流星、水爆、风筝，不可指数，总谓之'赶趁人'，盖耳目不暇给焉。"①"贵珰要地，大贾豪民，买笑千金，呼卢百万，以至痴儿骏子，密约幽期，无不在焉，日糜金钱，靡有纪极，故杭谚有'销金锅儿'之号，此语不为过也。……至禁烟为最盛。龙舟十余，彩旗叠鼓，交午曼衍，粲如织锦。"②淳熙初距绍兴末仅十一二载，如此繁荣景象令人可想见绍兴年间的气象。后灌圃耐得翁《都城纪胜》所记市井"珠玉珍异及花果、时新、海鲜、野味、奇器，天下所无者，悉集于此。以至朝天门、清河坊、中瓦前、灞头、官巷口、棚心、众安桥食物店铺，人烟浩穰"③。此间所述亦可让人追忆临安繁华景象。朱敦儒仕宦期间的咏物词便展现了南宋朝廷偏安江左表面繁华的安逸闲适。

在朱敦儒仕宦期间咏节气物象的词作中，较少有悲凉之气。只是偶见伤老之叹，如绍兴十六年（1146）春作的《好事近》咏元夕一词，面对聚娇娆佳人的元宵宴，已年近七旬的词人不免感叹"休说凤凰城里，少年时踪迹"。这时期朱敦儒的咏节气物象之词多咏绍兴年间的祥和之气，安逸之致。试看下面一组词，吟诵太平之意非常直接地体现在词中（按：着重号为笔者所加）：

---

① （宋）周密：《武林旧事》卷3"西湖游幸"条，《全宋笔记》第8编第2册，大象出版社2017年版，第37页。
② （宋）周密：《武林旧事》卷3"西湖游幸"条，《全宋笔记》第8编第2册，大象出版社2017年版，第38页。
③ （宋）耐得翁：《都城纪胜》"市井"条，《全宋笔记》第8编第5册，第6页。

青旗彩胜又迎春。暖律应祥云。金盘内家生菜，宫院遍承恩。时节好，管弦新。度升平。惠风迟日，柳眼梅心，任醉芳尊。

——《诉衷情》

最好中秋秋夜月，常时易雨多阴。难逢此夜更无云。玉轮飞碧落，银幕换层城。　桂子香浓凝瑞露，中兴气象分明。酒楼灯市管弦声。今宵谁肯睡，醉看晓参横。

——《临江仙》

红炉围锦，翠幄盘雕，楼前万里同云。青雀窥窗，来报瑞雪纷纷。开帘放教飘洒，度华筵、飞入金尊。斗迎面，看美人呵手，旋浥罗巾。　莫说梁园往事，休更羡、越溪访戴幽人。此日西湖真境，圣治中兴。直须听歌按舞，任留香、满酌杯深。最好是，贺丰年、天下太平。

——《胜胜慢·雪》

在上述词作中，词人分别吟咏的是立春、中秋、雪三个不同季节的人事物象，却不约而同地发出了赞世颂时之语。《诉衷情》咏立春节气之时直言："时节好，管弦新。度升平。"再有"祥云"、"遍承恩"、"惠风"等语烘托"升平"景致，而词人在如此青旗彩胜迎春的时候，亦是"任醉芳尊"，享受着节日快乐。全词风格富丽，尽显安逸之致。《临江仙》咏中秋佳节，上片写天上月色，"玉轮飞碧落，银幕换层城"，一派清旷之境，下片写人间气象，"酒楼灯市管弦声。今宵谁肯睡，醉看晓参横"，热闹繁华。此间更是直道"桂子香浓凝瑞露，中兴气象分明"，洋溢着颂世之情。《胜胜慢》一词咏雪，充满着欢欣愉悦之情。严冬漫天飞雪在词人笔下是"瑞雪纷纷"，此时此际，室内红炉让人心生暖意，而"开帘放教飘洒，度华筵、飞入金尊"、"美人呵手，旋浥罗巾"，演绎的都是惬意的赏心乐事。此情此景，令人陶醉。"听歌按舞"、"满酌杯深"之际，词人不由感诵"此日西湖真境，圣治中兴"、"贺丰年、天下太平"。全词风格富丽，尽显所谓"升平"之世的安闲之致。

再如书写仕宦夜值之作《杏花天》：

挂帘等月阑干曲。厌永昼、劳烟倦局。单衣汗透鲛绡缩。脱帽梳犀枕玉。　移床就、碧梧翠竹。寄语倩、姮娥伴宿。轻风淡露清凉足。云缀银河断续。

据词中"劳烟倦局"之语,此词当是词人公门夜值之作。词上片述夜值公门,时逢夏夜,室内仍暑气逼人之状。下片写词人移床室外,休憩于"碧梧翠竹"之下,与"姮娥"对语,轻风徐来,淡露渐生,暑气渐消。一片清凉之时,词人闲看"云缀银河"。全词风格清丽,情境平和安详、悠然闲适,表现出词人恬然自得的情怀。

此外,朱敦儒还有一些席间筵上的咏人咏物之作,如《西江月·石夷仲去姬复归》《青玉案·坐上和赵智夫瑞香》,往往用清丽笔调写风流浪漫之致,如咏歌妓"障面重新团扇,倾鬟再整花钿。歌云舞雪画堂前。长共阿郎相见"之语,咏瑞香"今朝影落琼杯里。共才子佳人斗高致"、"为他丰韵,为他情味,消得真个醉"之辞,虽不比洛中词俊南渡前的狂傲,但亦可见有其年轻时的疏狂之影迹。

路成文《宋代咏物词史论》曾明确指出朱敦儒的咏物词"带着强烈的时代特点和个性化特征"[①]。应该说,不仅是咏物,其咏节气之作亦然。这些吟咏节气物象的词既体现了朱敦儒的人格气质,亦折射出特定历史条件下的人心世态。

2. 咏宴游的悲喜双重奏

一改南奔时期宴游词作寥寥的情况,朱敦儒仕宦十余年间的传世词作中咏宴饮游乐的词之数量虽不及南渡前居洛时期,但却颇为可观。如《采桑子·重阳病起饮酒连夕》《感皇恩·游洒文园感旧》《朝中措·上元席上和赵智夫,时小雨》及《渔家傲》(畏暑闲寻湖上径)、《临江仙》(西子溪头春到也)等词作皆记一时宴游之事。

绍兴三年(1133)秋,朱敦儒应朝廷征召入京,途经湖南,作《采桑子·重阳病起饮酒连夕》:

天高风劲尘寰静,佳节重阳。叶下潇湘。碧海晴空一阵霜。
安排弦管倾芳酝,报答秋光。昼短歌长。红烛黄花夜未央。

---

① 路成文:《宋代咏物词史论》,商务印书馆2005年版,第126—130页。

词作上阕描写重阳时节的潇湘秋色。词人笔下的潇湘非一派悲凉萧瑟之气,逢秋感怀,却非"悲哉,秋之为气也,草木摇落而变衰"(宋玉《九辩》)的悲调。时重阳时节,潇湘一带秋意已浓,词中虽描述了"叶下潇湘"、"一阵霜"这样的叶落霜起的秋色,但上阕以"天高风劲尘寰静"作起句,以"碧海晴空一阵霜"为结语,整个上阕所营造是秋高气爽、水碧天蓝的意境,让人精神为之一爽。下阕写重阳连夕宴饮。"安排弦管倾芳酝,报答秋光",弦管助兴、倾杯畅饮,因为金秋美景,不容虚度。这是一场尽情尽兴的重阳宴,"昼短歌长。红烛黄花夜未央",白日时短,阳光西沉,但歌筵仍然在继续,红烛高照黄菊,歌乐酣饮,通宵达旦。这样轻松欢快地写景记事,自离洛南奔以来,终见于朱敦儒的词中。作此词,时正值重阳佳节,词人身处异乡,抱病在身,且"风景不殊,正自有山河之异"(《世说新语·言语》)①,但面对重阳秋光,词人情绪却是轻快的,不仅享受着金秋美景,亦沉醉于管弦酣饮中,更产生了"尘寰静"之感。可见,即将结束作为一介流民的生活状态,朱敦儒的心情变得更欣然自得了,于国家危难中接受朝廷征召,朱敦儒的情绪不禁高昂了起来,面对山河风景,终于又写出了欢快之词。

正式步入仕途之后,朱敦儒传世词作中,亦多有写宴游之欢乐的,如作于两浙东路提点刑狱公事任上的《临江仙》:

> 西子溪头春到也,大家追趁芳菲。盘雕翦锦换障泥。花添金凿落,风展玉东西。　先探谁家梅最早,雪儿桂子同携。别翻舞袖按新词。从今排日醉,醉过牡丹时。

这首词当作于绍兴十六年(1146),词作记录了当年西子采莲、欧阳冶铸剑之所的绍兴若耶溪旁的一场春游盛筵。溪头春色,花草芬芳,大家骑马踏青,追逐游戏,兴致浓厚。以至于"盘雕翦锦换障泥",马腹两侧的"障泥"沾上太多泥水,必须换下,可见游玩之狂致。赏春之余,继之的是歌舞酒筵。"花添金凿落,风展玉东西",金盏玉杯,酒筵是如此富丽奢华。"先探谁家梅最早,雪儿桂子同携",寻春探梅,携手歌儿舞女。梅、酒之外,"别翻舞袖按新词",新词制成,佳人歌词起舞。此中情境,何其

---

① (南朝宋)刘义庆撰,徐震堮校笺:《世说新语校笺》,中华书局1984年版,第50页。

风流浪漫。这样的光景，他愿陶醉其间，此时已年近七旬的朱敦儒感叹，今日狂逸之致甚至于过于当年洛阳赏牡丹之时，"从今排日醉，醉过牡丹时"，这大有但愿长醉不复醒的风范。

再如朱敦儒赴任两浙东路提点刑狱公事，途经江阴（今江苏江阴市）作的宴游词《朝中措·上元席上和赵智夫》："东方千骑拟三河。灯夕试春罗。想是蟾宫高会，暂留暮雨姮娥。　　使君燕喜，王孙赋就，桃叶秋波。弱柳移来娇舞，落梅换了行歌。"筵席之间，诗酒歌舞，喜乐融融。席间不仅有身为赵宋皇室宗亲的主人挥笔为韵，应和者众的文人雅事，更兼有"姮娥"、"桃叶"等娇娆佳人歌舞助兴、侑酒佐觞。全词描写的是上元佳节的欢乐宴集，书写的是文人士大夫的疏狂与风流。

在他的这类仕宦宴游词中，似又见当年伊洛之间歌筵樽前、美酒佳人的风流浪漫。这类词的风格富丽精工，亦似朱敦儒居洛时期述冶游宴饮之作，实现的亦是词"用助娇娆之态"、"聊作清欢"的娱乐功能。

当然，毕竟国事已非，词人已老，朱敦儒仕宦期间的宴游之作既书写人生的欢娱之情，亦吟唱着悲凉的红尘之歌。如《感皇恩·游酒文园感旧》：

>　曾醉武陵溪，竹深花好。玉佩云鬟共春笑。主人好事，坐客雨巾风帽。日斜青凤舞，金尊倒。　　歌断渭城，月沉星晓。海上归来故人少。旧游重到。但有夕阳衰草。恍然真一梦，人空老。

从两广地区返归步入官场的朱敦儒，暇日游园之时，忆昔感今，不禁伤怀不已。词作上阕，回忆曾经的一场春日游宴。昔日之游，不仅主人好客，金尊奉酒，更兼"竹深花好"，佳人同游，"玉佩云鬟共春笑"，虽风雨来袭，"坐客雨巾风帽"，但主人公却醉倒在如仙女般的佳人之间。下阕感慨人事之非。南奔以来，一路"歌断渭城"，无数次唱遍《阳关三叠》。"海上归来故人少"，岭外归来，知交零落。旧游重到，相与游园，却只见"夕阳衰草"，一片萧飒。回首往事，恍如一梦，人事皆非人空老。词作上阕与下阕的景、情形成鲜明的对比，迷漫着词人深深的迟暮之感，悲凉之叹。再如《渔家傲》：

>　畏暑闲寻湖上径。雨丝断送凉成阵。风里芙蓉斜不整。沉红影。

约回萍叶波心静。　催唤吴姬迎小艇。妆花烛焰明相映。饮到夜阑人却醒。风雨定。欲归更把阑干凭。

这首词记夏日游湖宴饮。暑气逼人的夏季避暑于湖上，伴着丝丝细雨、阵阵清风，虽湖上芙蓉被吹得歪歪斜斜，但暑消凉至，已是惬意。更有吴姬佐欢，美酒佳肴，明烛相映，游宴持续至深夜。词人用大量的笔墨书写了炎炎夏日的这场盛游，却没有沉醉在这场欢宴中。"饮到夜阑人却醒"，风停雨歇之际，词人更是"欲归更把阑干凭"。此际无言处，透露着词人难以言说的惆怅。另外有时候在筵席觥筹交错之际，词人起悟道之意，发人生之叹。如绍兴七年（1137）词人奉旨诣四明（浙江宁波），作《如梦令》："盏底一盘金凤。满泛酒光浮动。引我上烟霞，智力一时无用。无用。无用。踏破十洲三洞。"金凤盏中浮动的酒光反倒引起词人的尘外之思，求道之意。此间慨叹智力一时无用，看似超脱语，实包含着沉浮于宦海中的无奈悲叹。

宴游，作为朱敦儒仕宦期间的一个较为重要的题材，既有述欢娱之感的，又有写伤感之情的，演绎着人生悲喜的双重奏。其中欢娱之词似早年伊洛之作，词风又趋于富艳精工，而伤感之曲则似南奔之调，总体上透露着悲凉的味道。

3. 伤时咏怀的悲怆之调

朱敦儒应召入仕，虽说不再漂泊无依、颠沛流离，生活的安定，经济的稳定，社会地位的提升，让他在这段时期写了不少闲适安逸甚至称颂太平的词作。但北客南下，偏安于一隅，不免有新亭之泣。再加之年纪渐老，更不免举目伤神，添伤时叹老之悲，如他与友人书信中所言："敦儒昨蒙误恩，今已到官。力小任重，增以愧惧。未到，尘劳纷集，应接不暇，神疲力劝也。沉浮波浪中，不知身之为谁也。"[①] 朱敦儒的仕宦词中，约有四分之一的词作为伤时咏怀的悲调。

（1）故国家园之殇

故国家园之殇是这一时期朱敦儒伤时伤怀的重要题材。虽然入仕之后，朱敦儒不再如"旅雁孤云"，但目睹南宋表面的升平繁华，词人不免痛感家国之事。如作于绍兴六年至十年（1136—1140）间的《风流子》

[①] （宋）朱敦儒：《书与益谦提宫郎中札》，《书与画》2018 年第 5 期。

一词：

> 吴越东风起，江南路，芳草绿争春。倚危楼纵目，绣帘初卷，扇边寒减，竹外花明。看西湖、画船轻泛水，茵幄稳临津。嬉游伴侣，两两携手，醉回别浦，歌遏南云。　　有客愁如海，江山异，举目暗觉伤神。空想故园池阁，卷地烟尘。但且恁、痛饮狂歌，欲把恨怀开解，转更销魂。只是皱眉弹指，冷过黄昏。

这首词上片写景下片抒情。上片写春风吹绿江南之际，词人"倚危楼纵目"看到的西湖嬉游之情状。远眺西湖，"画船轻泛水，茵幄稳临津"，"嬉游伴侣，两两携手，醉回别浦，歌遏南云"。画船载酒，醉酒行歌，游人乐而忘返。下片刻画了一位"愁如海"的悲愤的主人公形象。故园沦陷、江山之异，让他"举目暗觉伤神"。思及"故园池阁，卷地烟尘"更是满腔"销魂"之恨，痛饮狂歌，亦不能把恨怀开解。词人以"皱眉弹指，冷过黄昏"作结，与"扇边寒减"的气候和西湖热闹嬉游形成强烈反差，整首词的上下两片对比鲜明，词人的国破家亡之恨在两两对照中尤其显得深重、悲怆。

这种悲怆的故国之恸、家园之殇对于仕宦南宋的北客朱敦儒来说可谓是不思量，自难忘。这种情绪不知什么时候冒出来，它感发于"暖风熏得游人醉"之际，亦于对佳人的相思离别之中因情类迁，将家国身世之感打并入艳情之中。如作于绍兴九年（1139）的《临江仙》一词："直自凤凰城破后，擘钗破镜分飞。天涯海角信音稀。梦回辽海北，魂断玉关西。月解重圆星解聚，如何不见人归。今春还听杜鹃啼。年年看塞雁，一十四番回。"词作述自十四年前西京洛阳沦丧，"凤凰城破"以来，天涯海角、人各一方的十四年的相思离愁。但全词从头至尾，从"直自凤凰城破后"至"年年看塞雁，一十四番回"，满溢着的全是失却故国家园的伤感。再如作于绍兴五年（1135）的《蓦山溪》（东风不住）一词，"鸳鸯散后，供了十年愁"的"愁"中，有"怀旧事，想前欢"的相思之惆怅，有"问吹箫、人今何处"、"小窗惊梦，携手似平生"的别离之哀怨，亦有"风外晓莺声，怨飘零、花残春暮"的伤乱离之悲叹。

（2）赍志空老之叹

赍志空老是朱敦儒仕宦期的另一伤怀伤情之处。朱敦儒在友人"今天子侧席幽士，翼宣中兴……君何为栖茅茹藿，白首岩谷乎"的激励下最终决定入仕。入仕十余年，虽然南宋朝廷立足渐稳，社会生活一度似升平年代，但恢复故国河山是他最重要的理想，而这样的愿望随着岳飞的冤死变为难以实现的梦。赍志空老，迟暮之叹便成了这一时期朱敦儒词作的另一重要内容。譬如绍兴七年（1137）所作的《相见欢》：

> 东风吹尽江梅，橘花开。旧日吴王宫殿、长青苔。　　今古事，英雄泪，老相催。长恨夕阳西去、晚潮回。

词上片写季节更替之际的思古之幽情。春风吹拂，江梅落尽，昔日奢华的吴宫如今竟是青苔一片，怀古之中蕴含深沉的兴衰之叹。下片由吴宫兴衰之古事引发词人对时事的悲慨："今古事，英雄泪，老相催。"感时慨世，英雄唯有泪落，恢复中兴已是不可为。而且岁月无情，老景已至。潮涨潮落，夕阳西下，时间在无情地逝去，"翼宣中兴"对60余岁的词人而言已成一场大梦。词人赍志空老，此恨绵绵。

怀古之幽情之外，春归大地之时，万物生机勃发亦似乎总是感发朱敦儒的赍志空老的迟暮之叹，如作于绍兴九年（1139）的《点绛唇》：

> 春雨春风，问谁染就江南草。燕娇莺巧，只是参军老。　　今古红尘，愁了人多少。尊前好，缓歌低笑，醉向花间倒。

上片描绘的是江南草绿、燕语莺歌的春意盎然的图景。下片则描绘的是花间尊前酒美、缓歌低笑的宴饮场景。主人公却在盎然春意的欢快宴饮中黯然神伤，哀叹着"只是参军老"，在美酒欢歌中怅然而叹，悲吟着"今古红尘，愁了人多少"。整首词透着浓重而悲怆的人空老的迟暮之叹。

朱敦儒的仕宦生涯中，这种赍志空老之叹似乎极易触发。当词人思仙慕道，自怜素心怀抱时，一边"念瑞草成畦，琼蔬未采，尘染衰容"，"自怜怀抱谁同"，一边却因"恨霓旌未返碧楼空"，因遗憾未见徽、钦二帝之"霓旌"，哪怕自己"人间厌谪堕久"，仍然选择"且与时人度日"（《木兰花慢》），寂寞住守人间，表达着志空人老的惆怅孤独。当醉意朦胧之时，词人唱道："古人误我。独舞西风双泪堕"、"人间难住。掷下酒杯何处去"（《减字木兰花·秋日饮酒香山石楼醉中作》），流露着深深的伤时伤怀之悲。而当岁月不断流逝，赍志空老的词人在追忆曾经的疏狂浪漫时更是情难以堪。"人已老，事皆非。花前不饮泪沾衣。如今但欲关门睡，一任梅花作雪飞。"（《鹧鸪天》曾为梅花醉不归）这里，曾经是词人最钟情的梅花亦不能再让人心动，这是一种人空老而近乎绝望的哀叹。

三 朱敦儒仕宦期的词作特色

《樵歌》中，朱敦儒于绍兴三年（1133）秋至绍兴十六年（1146）冬的仕宦期创作的词，至少约40首（见表1-4）。

表1-4　　　　　　　　朱敦儒仕宦期词作一览表

词牌	首句	主题	风格	词牌	首句	主题	风格
念奴娇	见梅惊笑	咏梅	清旷	鹧鸪天	曾为梅花醉不归	伤时世	富艳
胜胜慢	红炉围锦	咏雪	富丽	点绛唇	春雨春风	伤时世	悲怆
西江月	织素休寻往恨	咏歌妓	清新	长相思	海云黄	伤时世	通俗
清平乐	人间花少	咏木樨	清丽	临江仙	直自凤凰城破后	相思	悲怆
杏花天	挂帘等月阑干曲	咏夏夜	清丽	蓦山溪	东风不住	相思	哀婉
临江仙	最好中秋秋夜月	咏中秋	清丽	渔家傲	鉴水稽山尘不染	颂友	清新
好事近	春雨闹元宵	咏元夕	哀婉	如梦令	盏底一盘金凤	慨世	通俗
采桑子	天高风劲尘寰静	宴饮	清旷	相见欢	东风吹尽江梅	怀古	悲怆
感皇恩	曾醉武陵溪	宴饮	悲怆	木兰花慢	折芙蓉弄水	游仙	清冷
朝中措	东方千骑拟三河	宴饮	富艳	渔家傲	畏暑闲寻湖上径	宴游	清丽
好事近	惊见老仙来	清丽	减字木兰花	闲人行李	送别	清丽
临江仙	西子溪头春到也	宴游	富艳	西江月	淡淡薰风庭院	颂世	清丽
浣溪沙	折桂归来懒觅官	咏怀	富丽	鹧鸪天	极目江湖水浸云	颂世	富丽
鹧鸪天	检尽历头冬又残	咏怀	通俗	相见欢	深秋庭院初凉	颂世	清丽
水调歌头	平生看明月	咏怀	清丽	念奴娇	放船纵棹	咏月	清旷
满江红	竹翠阴森	咏怀	清丽	诉衷情	青旗彩胜又迎春	咏立春	富艳
西江月	琴上金星正照	咏怀	清丽	青玉案	芝房并蒂空称瑞	咏瑞香	清丽
减字木兰花	古人误我	伤时世	悲怆	孤鸾	天然标格	咏梅	清丽
风流子	吴越东风起	伤时世	悲怆				

朱敦儒10余年仕宦为官时所创作的词既不同于词人47岁之前居洛时

所作之词，亦迥异于南奔7年间创作的词，表现出以下几个方面的特色。

1. 风格多元而以清为主

朱敦儒仕宦时期词作的风格有独特的面貌。它既不同于南奔期间那种多忧时念乱的悲凉之风，亦异于南渡前以秾艳密丽为主的多元词风。这一时期朱敦儒的词风格多元，但"清"是其主要特色，如表1-5所示。而多元的词风中，既彰显了这一时期词风的独特性，也有的分别承接南渡前及南奔中的词风，有的则开启了他晚年隐居期的词风。

表1-5　　　　　　　　朱敦儒仕宦期词作风格统计表

风格	清丽	清旷	清新	清冷	悲怆	哀婉	通俗	富丽	富艳
数量	13	3	2	1	6	2	3	4	3

首先，朱敦儒仕宦词多"清"气。从表1-5可知，其"清"词，有清丽、清旷、清新、清冷之作，尤其以清丽居多，达13首，具体如表1-4所示。仕宦期间词之清丽者，譬如："淡淡薰风庭院，青青过雨园林……香残沉水缕烟轻。花影阑干人静"（《西江月》）的春景，"竹翠阴森，寒泉浸、几峰奇石。……溪蒲呈秀，水蕉供碧。筼筜平铺光欲动，纱裯高挂空无色"（《满江红》）的夏景，"篱畔一枝金菊、露微黄"（《相见欢》）的菊花，"小萼堆红，芳姿凝白"（《孤鸾》）的梅花，"黄姑点碎冰肌。惟有暗香长在，饱参清露霏微"（《清平乐》）的木樨，"玉轮飞碧落，银幕换层城"（《临江仙》）的中秋月夜，诸如此类，皆明净中着靓丽之色，极具清丽之风。清旷者，如《念奴娇》一词写"万顷琉璃，一轮金鉴，与我成三客。碧空寥廓，瑞星银汉争白……莹澈乾坤，全放出、叠玉层冰宫阙"的江月相映之夜及境中人"洗尽凡心，相忘尘世，梦想都销歇。胸中云海，浩然酒浸明月"之怀，明净而澄远，呈现出清旷之美。此外如"千林无伴，淡然独傲霜雪"（《念奴娇》）的梅，"天高风劲尘寰静……碧海晴空一阵霜"（《采桑子》）的秋之月色亦复如是。而用"莫恨飞花容易散。仙家风味何曾减"（《渔家傲》）写友人与歌姬的离散，可谓清新脱俗。"柳外闲云，溪头淡月，映带疏钟"中怅然怀想"当时种玉五云东。露冷夜耕龙"（《木兰花慢》）则呈现出清冷的味道。这些词作，异中有同，共同呈现出明净的"清"之美。

其次，朱敦儒仕宦期的词风具有继承性。一方面，这一时期有意象、事象密集，镂金错彩的词如南渡前者。譬如："楚畹飞香兰结佩，蓝田生暖玉连环。拥书万卷看双鸾"（《浣溪沙》），写风流浪漫的生活；"红炉围锦，翠幄盘雕……青雀窥窗，来报瑞雪纷纷。开帘放教飘洒，度华筵、飞入金尊"（《胜胜慢》），写雪飘华筵的冬日景象；"西子溪头春到也，大家追趁芳菲。盘雕翦锦换障泥。花添金凿落，风展玉东西"（《临江仙》），写的西子湖畔的宴游之乐。诸如此类，或富丽，或富艳，其风格无不神似南渡前朱敦儒于伊洛之间写的那些宴饮狂游之词。另一方面，除了承接南渡前词风之外，还有承接南奔词风者。如《减字木兰花·秋日饮酒香山石楼醉中作》："古人误我。独舞西风双泪堕。鹤去无踪。木落西陵返照红。人间难住。掷下酒杯何处去。楼锁钟残。山北山南两点烟。"词人在叶落西陵、夕阳西下时独立西风，见楼锁钟残，山缀微烟，主人公堕泪而饮的情境，极为悲凉。再如"歌断渭城，月沉星晓。海上归来故人少。旧游重到。但有夕阳衰草。恍然真一梦，人空老"（《感皇恩》），"今古红尘，愁了人多少。尊前好。缓歌低笑。醉向花间倒"（《点绛唇》），"有客愁如海，江山异，举目暗觉伤神。空想故园池阁，卷地烟尘。但且恁、痛饮狂歌，欲把恨怀开解，转更销魂。只是皱眉弹指，冷过黄昏"（《风流子》）等，皆透露出浓重的悲怆之气，传承了南奔期间那些乱离词作的词风。

另外，朱敦儒仕宦词风也有开启晚年隐居词风者。一方面，朱敦儒仕宦期词风有各种"清"之特色者，如上所述。而其晚年隐居期间词风则多有于明净中见其情致者，清雅、清幽、清丽、清空、清旷等等。两者之间承接关系明显。另一方面，朱敦儒仕宦期已有些词作中开始用质朴之语，作平易之词，开通俗之风。作于绍兴三年（1133）秋的《长相思》，感叹乘船过险滩后人世艰险，其中"人难量。水难量。过险方知著甚忙。归休老醉乡"（《长相思》）之语便直白如话。再如，于醉酒中求仙悟道的《如梦令》"盏底一盘金凤。满泛酒光浮动。引我上烟霞，智力一时无用。无用。无用。踏破十洲三洞"，亦寻常语，如话家常。这种通俗的词风于朱敦儒晚年隐居期的词作中则更为常见。

2. 悲思与欢情交糅

朱敦儒仕宦期词作的主题是多元的，有相思、送别、游仙、怀古、咏怀等。这些词作有的写词人在偏安一隅的"升平"时代的生活，有的写他不时冒出来的对往昔故国繁华的追忆。综观这些词的情感表现，呈现出一种矛盾的状态——悲思与欢情交糅。

试看《鹧鸪天》：

> 极目江湖水浸云。不堪回首洛阳春。天津帐饮凌云客，花市行歌绝代人。　穿绣陌，踏香尘。满城沉醉管弦声。如今远客休惆怅，饱向皇都见太平。

这首词悲喜交叠，典型地体现了仕宦期间朱敦儒的矛盾心态和绍兴年间的人情世态。"不堪回首洛阳春"，一边是对故国往事的无限追思和失却家园的痛苦不堪。"穿绣陌，踏香尘。满城沉醉管弦声"，一边是偏安一隅的满目繁华与热闹。词人既痛苦惆怅又被眼前所谓的"太平"景象所吸引，无奈中唱出了"如今远客休惆怅，饱向皇都见太平"，道出了他在心理矛盾冲突中的态度。而综观整个仕宦期间的词，更是悲欢交糅更替。

一方面，有写所谓"太平"之欢情的。绍兴年间宋金对峙宋境基本保持和平，入仕后的朱敦儒也不再颠沛流离、漂泊无依，心生安定悠游之感，词中多有欢快闲适之情。如前所述，写禁中夜值的《杏花天》见词人恬然自适之情。咏节序物象之作《诉衷情》（青旗彩胜又迎春）、《临江仙》（最好中秋秋夜月）、《胜胜慢》（红炉围锦），皆充满了对"圣治"、"中兴"、"升平"的赞颂。写宴游之作《采桑子·重阳病起饮酒连夕》《朝中措·上元席上和赵智夫》《临江仙》（西子溪头春到也）等皆写宴饮游乐之欢情。再如《减字木兰花》写送别友人之后的感慨："时平易醉。无复惊心并溅泪。长揖忘言。回棹桃花插满船。"别后情致，一片忘怀人世的旷逸之致。《相见欢》写重阳节序："鲈脍韵。橙薤品。酒新香。我是升平闲客、醉何妨。"一派佳节欢聚之乐。再如绍兴三年（1133）秋，正式应召后词人在蘋叶秋风、潇湘月明的夏夜便写道："且披襟脱帽，自适其适。靖节窗风犹有待，本初朔饮非长策。怎似我、心闲便清凉，无南北。"（《满江红·大热卧疾，浸石种蒲，强作凉想》）绍兴五年（1135）作《水调歌头·和海盐尉范行之》，虽悲欢杂糅，但在感慨"如今羁旅，常叹茅屋暗悲秋"后笔锋一转，"闻说吴淞江上，有个垂虹亭好，结友漾轻舟"，"绝尘胜处，合是不数白蘋洲。何物陶朱张翰，劝汝橙薤鲈脍，交错献还酬。寄语梅仙道，来岁肯同不"，书写着友朋相约于山水之间觥筹交错的闲旷与快乐。

另一方面，北客南迁，寓居南方，难掩失却故土家园的悲思与迟暮之叹。如前所述，寄托着故国之思的《好事近》（春雨闹元宵）、《减字木兰花·秋日饮酒香山石楼醉中作》（古人误我）、《风流子》（吴越东风起），伤时叹老的《点绛唇》（春雨春风）、《相见欢》（东风吹尽江梅）、《感皇恩·游洒文园感旧》（曾醉武陵溪）、《鹧鸪天》（曾为梅花醉不归），相思离别中寓乱离之感和家国之伤的《蓦山溪》（东风不住）、《临江仙》（直自凤凰城破后）等，诸如此类的词作或哀婉或悲凉，充斥着深深的悲情。可见朱敦儒在称颂着绍兴年间繁华热闹的"升平"气象，享受着富贵闲适的时候，毕竟不能彻彻底底地做一个安享"太平"的"中兴"闲客，他不时地在词中吟唱着悲哀的调子，书写着他失却故土的悲伤和赍志空老的哀怨。

综而观之，在其传世词作中，仕宦期的欢情是多于悲思的，表1-5主题风格统计表中可窥此貌。而统计这一时期其词作语汇的使用情况，其出现3次以上的高频词如下：东风：4；何处：4；归来：4；红尘：3；管弦：3；王孙：3；梅花：3；无用：3；芙蓉：3；如今：3；阑干：3；人间：3；鸳鸯：3；且与：3。从中可以看到"归来"、"东风"、"管弦"、"王孙"、"梅花"、"鸳鸯"、"芙蓉"等常与闲适、欢快之意相关，而直接表达称世之情的"太平"、"升平"、"中兴"各2次，亦彰显着欢情。

朱敦儒仕宦期间流传下来的词作，不论是从词作传达的情绪看，还是从语言承载的情感看，其情感表现的特点可谓是悲喜矛盾杂糅，乐情多于哀感，展现出了与此前伊洛时期和南奔时期词作不同的情感倾向。

3. 词助兴佐欢与抒情言志之功能并存

在朱敦儒的创作中，词的抒情功能因时因地而异。南渡之前，这位伊洛才子传世之作中，绝大部分颇多宴饮游乐、酒色轻狂的娱乐性情之词，如《鹧鸪天》（我是清都山水郎）这般表达疏狂之致的作品屈指可数。南奔途中之作，则满纸血泪辛酸，几乎全是书写家国之恸、流离之苦的抒情言志之作。仕宦十余年间的传世词作中，其功能则两者兼而有之，助兴佐欢与抒情言志并存。

一方面，词的助兴佐欢的功能在点缀"升平"的咏节序物象及宴游之词中表现明显。譬如，作于两浙东路提点刑狱公事任上的《浣溪沙·季钦拥双妙丽，使来求长短句，为赋》："折桂归来懒觅官。十年风月醉家山。

有人挟瑟伴清闲。　　楚畹飞香兰结佩，蓝田生暖玉连环。拥书万卷看双鸾。"全词写佳人红袖添香的富贵而浪漫的生活，词亦是应妙丽佳人之请而作，正所谓"则有绮筵公子，绣幌佳人，递叶叶之花笺，文抽丽锦；举纤纤之玉指，拍按香檀"①，与"花间"之风一脉相承。再如《渔家傲·石夷仲一姬去，念之，止小妓燕燕》："鉴水稽山尘不染。归来贺老身强健。有客跨鲸游汗漫。留羽扇。玉船取酒青鸾劝。　　莫恨飞花容易散。仙家风味何曾减。春色一壶丹九转。堪为伴。雕梁幸有轻盈燕。"全词亦是充满了调侃和娱乐的味道。再譬如前面所述《采桑子·重阳病起饮酒连夕》《感皇恩·游洒文园感旧》《朝中措·上元席上和赵智夫，时小雨》及《渔家傲》（畏暑闲寻湖上径）、《临江仙》（西子溪头春到也）等写歌筵樽前、美酒佳人的风流狂放，《诉衷情》（青旗彩胜又迎春）、《临江仙》（最好中秋秋夜月）、《胜胜慢·雪》（红炉围锦）、《西江月·石夷仲去姬复归》及《青玉案·坐上和赵智夫瑞香》等咏人咏物之作写繁华热闹景象和风流浪漫情致，无不彰显的是词作助兴佐欢的功能。

另一方面，书写性情的咏节序物象之词及伤时感世之作则明显地显示了词作抒情言志的功能。在他的咏物词中，譬如《念奴娇·梅次赵仙源韵》中"似语如愁，却问我、何苦红尘久客"而"千林无伴，淡然独傲霜雪"的梅，便是入仕词人自我高洁之志的投射，而梅"知受了、多少凄凉风月"却仍然"和羹心在"，显然寄寓着词人渴望辅佐君王、中兴王朝之意。《念奴娇·垂虹亭》描述"万顷琉璃，一轮金鉴，与我成三客。碧空寥廓，瑞星银汉争白"的皎洁澄澈之境与"洗尽凡心，相忘尘世，梦想都销歇。胸中云海，浩然酒浸明月"的自我抒怀可谓是朱敦儒理想人格的自我画像。而词人称颂的"惟有暗香长在，饱参清露霏微"（《清平乐·木樨》）的桂花，又何尝不是自许志行高洁的词人之自我表白呢。这样的咏物词充分体现了朱敦儒把词看作抒情言志功能之文体的观点。至于朱敦儒那些不时冒出来的伤时伤世之叹，如"休说凤凰城里，少年时踪迹"（《好事近》），"有客愁如海，江山异，举目暗觉伤神。空想故园池阁，卷地烟尘"（《风流子》），"今古红尘，愁了人多少"（《点绛唇》），"今古事。英雄泪。老相催"（《相见欢》），"但有夕阳衰草。恍然真一梦，人空

---

① （五代）欧阳炯：《花间集叙》，施蛰存《词籍序跋萃编》，中国社会科学出版社1994年版，第631页。

老"(《感皇恩·游洒文园感旧》),等等,诸如此类表达是朱敦儒志在中兴的愿望落空后的失落、失意。这样的词作亦充分体现了词的抒情言志功能。

总体上看,仕宦时期朱敦儒的词具有这一时期的独特性,即不论是风格主题、情感表现,还是词的功能,均呈现出多元化特征:既有清词丽语,又有悲歌俗调;既写"升平"之世的热闹繁华、安逸闲适,又书北客南来的故国之思和迟暮之叹;既用词来助兴佐欢,又用词来抒情言志。这种复杂的表现形态在朱敦儒词创作的四个时期中颇具矛盾性。如此种种皆是朱敦儒生活状态及其真性情的外化,朱敦儒的人格个性的矛盾复杂性及《樵歌》抒情的自传体特征亦于此可见一斑。其中仕宦词多元的主题风格与伊洛词、南奔词均有继承关系,同时这一时期的词又开启了朱敦儒晚年致仕隐居词的某些特质,在朱敦儒词的演进中具有承前启后的重要意义。

第四节 致仕"闲人"的歌咏

朱敦儒人生的最后一个阶段,从绍兴十六年(1146)十二月罢职官提举台州崇道观至绍兴二十九年(1159)逝世[①],历时13年。历经人间沧桑,卸下尘世负累,看破功名富贵,朱敦儒在偏安时代的江南,找到了一个安放灵魂的水国云乡,过上了一段闲云野鹤般的隐逸生活。但放得下君国天下和利禄功名,却放不下儿女之爱,朱敦儒晚年又因舐犊之爱在秦桧的威慑下被迫入仕,受到世人的苛责,充满无限悔恨。这一时期,其词的主题风格再次转变,形成了为后世所赞誉的"世外希真"[②]之风。

一 朱敦儒的致仕生活

绍兴十六年(1146),朱敦儒因"专立异论",与主战的李光"交

[①] (绍兴二十九年正月甲申)左朝请郎致仕宋敦儒卒。(笔者按:"宋"当为"朱"之误。李心传《建炎以来系年要录》卷181,第3473页)

[②] 欧阳渐:《词品甲·叙》,欧阳竟无著,赵军点校《欧阳竟无著述集》(上),东方出版社2014年版,第539页。

通"①，为"赵鼎之心友"② 而遭受弹劾，罢两浙东路提点刑狱公事。"（绍兴十九年十月）丙辰，左朝请郎、主管台州崇道观朱敦儒守本官致仕，从所请也。"③ 朱敦儒落职奉祠，提举台州崇道观，居天台临海郡，绍兴二十年（1150）秋，隐居嘉禾。

朱敦儒的这次致仕，主要原因是他与主战派的交情，他专立不合时宜的"异论"，发与当时朝廷主和之主调不一致的言论。因而当时虽被罢去实职，但朱敦儒的内心却充满士人的自尊和自傲，因为他是恪守了他当时"翼宣中兴"的入仕初衷而罢去职官。他也因此收获了世人称颂之辞："始以隐逸召用于朝。而肮脏不偶。终以退休。"④ "天下有道则见，无道则隐"（《论语·泰伯篇》）⑤，践行士的人格操守的朱敦儒致仕后因此也似乎心安而自得地过上了自在的生活。

在嘉禾，退休的朱敦儒筑读书堂，逍遥于林间云水之间，据载：

> 宋朱敦儒，字希真，号岩壑，本中原人，以词章擅名，天资旷远，有神仙风致。高宗南渡初寓此，尝为《樵歌》，有读书堂，在天庆观之西。⑥

> 陆放翁云："朱希真居嘉禾，与朋侪诣之，闻笛声自烟波间起，顷之，櫂小舟而至，则与俱归。"室中悬琴、筑、阮咸之类，檐间有珍禽，皆目所未睹。室中篮、缶，贮果实脯醢，客至，挑取以奉客。⑦

《至元嘉禾志》记载和陆游的闻见，让人可想见朱敦儒致仕生活的惬意和

---

① （元）脱脱：《宋史》卷445，中华书局1977年版，第13141页。又见（宋）李心传《建炎以来系年要录》卷155，第2948页。
② （宋）熊克：《中兴小纪》卷36，影印文渊阁《四库全书》本，台湾商务印书馆1986年版。又见（宋）李心传《建炎以来系年要录》卷169，第3213页。
③ （宋）李心传编撰，胡坤点校：《建炎以来系年要录》卷160，中华书局2013年版，第3031页。
④ （宋）楼钥：《跋朱岩壑鹤赋及送闾邱使君诗》，《攻媿集》卷71，第12册，商务印书馆1935年版，第956页。
⑤ 程树德撰，程俊英、蒋见元点校：《论语集释》卷16，中华书局1990年版，第540页。
⑥ 单庆修，（元）徐硕纂：《至元嘉禾志》卷13，《宋元方志丛刊》（5），中华书局1990年版，第4502页。
⑦ （清）厉鹗：《宋诗纪事》卷44，上海古籍出版社1983年版，第1131页。

悠然，他隐居于嘉禾的生活完全是一派世外高士自得自适的清爽仙风。

倘若长此以往，朱敦儒定会成为后世毫无争议的高士，尽享身后之美名。然朱敦儒虽崇尚士节，却非至刚至烈者，以下两则逸事可见一斑：

> 绍兴丁卯岁，明清从朱三十五丈希真乞先人（王铚——引者注）文集引，文既成矣，出以相示，其中有云："公受今维垣益公（秦桧——引者注）深知，倚用而不及。"明清读至此，启云："窃有疑焉。"朱丈云："敦儒与先丈，皆秦会（桧）之所不喜，此文传播，达其闻听，无此等语，至掇祸。"明清云："欧阳文忠《与王深父书》云，吾徒作事，岂为一时？当要之后世，为如何也。"朱丈叹伏，除去之。①

> 秦桧当国，有携希真画山水谒桧，桧荐于上，颇被眷遇，与米元晖对御辄画。而希真耻以画名，辄退避不居也。故常告亲友云："吾非善画者，所画皆出于钱端回之手。"其实非也。②

朱敦儒为王铚文集作序，明知"敦儒与先丈，皆秦会（桧）之所不喜"，然仍为"公受今维垣益公深知"之语，之所以如此，是怕"此文传播，达其闻听，无此等语，至掇祸"。而为避秦桧之荐，佯称自己非善画者。此中种种，皆可见软弱惧祸的一面。而正是他的这一份软弱造就了他晚年复仕之辱。

绍兴二十五年（1155）因秦桧强起其为鸿胪少卿，朱敦儒遂为世所非。这一事件被记载于各处：

> 敦儒素工诗及乐府，婉丽清畅。时秦桧当国，喜奖用骚人墨客以文太平，桧子熺亦好诗，于是先用敦儒子为删定官，复除敦儒鸿胪少卿。桧死，敦儒亦废。谈者谓敦儒老怀舐犊之爱，而畏避窜逐，故其节不终云。③

---

① （宋）王明清：《挥麈录》（后录卷11），上海书店2001年版，第168页。
② （宋）邓椿、（元）庄肃：《画继 画继补遗》，人民美术出版社1963年版，第30页。
③ （元）脱脱：《宋史》卷445，中华书局1977年版，第13141页。

（绍兴二十五年十月）庚辰，右朝散郎朱敦儒特引对。秦桧喜敦儒之才，欲为其子孙模楷。敦儒已告老，强起之。既至，落致仕，仍诏陈乞过恩泽免追夺，日后致仕更不推恩。比对，即除鸿胪少卿，人始少其节。建炎中，废鸿胪寺。及是复置。敦儒落致仕在是月丙子。①

秦桧喜前吏部郎中朱敦儒之才，欲为其子孙模楷。时敦儒已致仕，强之复出。自建炎初鸿胪寺并归礼部，冬十月庚辰，始除敦儒为鸿胪寺少卿。敦儒挂冠复起，士论少之。②

桧喜前礼部郎官朱端儒之才，欲其为子孙模楷。时端儒已致仕，强令复出。自建炎初鸿胪寺并归吏部，十月，始除端儒为鸿胪少卿，端儒挂冠复起，士论少之。③（按：此端儒当为敦儒）

绍兴二十五十月六日，诏左朝散郎朱敦儒除鸿胪少卿，是月二十三日敦儒以巨僚言章，依旧致仕，后不复置。④

各种记载中，对朱敦儒晚年屈服于秦桧之威而复仕的行为都持否定意见，谓"其节不终"，或直言"人始少其节"、"士论少之"。虽然为秦桧强起出仕时历时仅约20天，但世论由此哗然，虽然有同情体谅者，谓其因"舐犊之爱"而屈从于桧，但"志行高洁"的朱敦儒的人生由此也充满了无尽的悔恨和遗憾。

二 朱敦儒退隐词作的主题与风格

综观朱敦儒晚年致仕后的创作，主题多样，风格多元。有咏节序物

---

① （宋）李心传编撰，胡坤点校：《建炎以来系年要录》卷169，中华书局2013年版，第3213页。
② （宋）熊克：《中兴小纪》卷36，影印文渊阁《四库全书》本，台湾商务印书馆1986年版。
③ （宋）徐自明撰，王瑞来校补：《宋宰辅编年录校补》卷16，中华书局1986年版，第1110—1111页。
④ （清）徐松：《宋会要辑稿》第73册，职官二五之五，大东书局1935年影印。

象，吟隐逸情怀，写游宴，记梦，怀人、慨世等，风格或清新、清丽、清旷、通俗、奇丽等。但从落职奉祠提举台州崇道观到致仕隐居嘉禾，朱敦儒已是一名历经富贵繁华与苦难沧桑的老者。这一时期主题亦多样化，但有二大突出主要题材。

1. 隐居于山水田园间的清音

隐逸主题是古典文学最常见的题材之一。致仕闲人朱敦儒这一时期最爱的题材亦是书写隐者的闲适与自得。此类作于山水田园之间的词多写山水之趣、田园之乐等闲居情致，辞浅意深，有清新、清丽、清旷、清空、清雅及通俗等不同风格，映射出朱敦儒的晚年生活状况及心态的变化，彰显其超然于世外的高远韵致。

致仕隐居，朱敦儒的生活环境发生了重大变化，既无需如南奔中的颠沛流离，又无需受身在仕宦中的种种拘束。虽因弹劾落职，但自诩不负士行士德的朱敦儒基本上是以一种欣然自得的心态去迎接他的新生活的。朱敦儒的这种心态在他作于绍兴二十年（1150）的《沁园春》中一展无遗：

> 七十衰翁，告老归来，放怀纵心。念聚星高宴，围红盛集，如何著得，华发陈人。勉意追随，强颜陪奉，费力劳神恐未真。君休怪，近频辞雅会，不是无情。　岩扃旧菊犹存，更松偃梅疏新种成。爱净窗明几，焚香燕坐，闲调绿绮，默诵黄庭。莲社轻舆，雪溪小棹，有兴何妨寻弟兄。如今且趁花迷酒困，心迹双清。

词中洋溢着致仕后任性情之真的闲逸之趣。告老归来，"放怀纵心"地享受生活，或静坐，或访友，或赏松树，种新梅，不用再"强颜陪奉"、"勉意追随"、"费力劳神"，此后生活将是"心迹双清"。这是词人对自己过去生活的一篇告别宣言，此后朱敦儒以真性情投入江南美丽的山水自然之中，以敏感的心灵和发现美的眼睛书写着词人归隐于山水田园之间的自在自得。

《樵歌》中有大量隐逸词书写着徜徉于山水自然间的自由快乐。譬如《渔歌子》（摇首出红尘、拨转钓鱼船、短棹钓船轻、猛向这边来、渔父长身来、眼里数闲人），这六首渔父词展现了在"江海尽为吾宅"的水云之间萧然忘机的惬意。再如"渔竿。要老伴，浮江载酒，舣棹观澜。倩轻鸥假道，白鹭随轩。直到垂虹亭上，惊怪我、却做仙官。中秋月，披襟四顾，不似在人间"（《满庭芳》），"登临任意，随步白云生，三秀草，九花藤，满袖琼瑶蕊……浩荡心常醉"（《蓦山溪》），"莼菜鲈鱼留我，住鸳鸯湖侧……吹笛月波楼下，有何人相识"（《好事近》），"山翁散发，披衣松下，琴奏瑶池三弄"（《鹊桥仙》），"居士竹，故侯瓜。老生涯。自然天地，本分云山，到处为家"（《诉衷情》），诸如此类或清旷、或清丽的词，亦尽写词人于致仕后远离官场，隐于山水自然之间的快乐，充满了闲适和自得之情。

退隐之后的生活，朱敦儒不仅得优游于山水中之闲适，亦有躬身于田园间之自得。田园之乐是朱敦儒致仕后之隐逸词的又一题材。譬如词人在绍兴二十一年（1151）作的《感皇恩》中写道：

> 一个小园儿，两三亩地。花竹随宜旋装缀。槿篱茅舍，便有山家风味。等闲池上饮，林间醉。　都为自家，胸中无事。风景争来趁游戏。称心如意。剩活人间几岁。洞天谁道在，尘寰外。

全词用清新而通俗的语言展现了词人隐居田园生活的自得和闲适。无需柳绿花红，更无需华灯美酒，只是两三亩地，一个小园儿，便是词人心中的乐园。槿篱茅舍，随便装饰点花竹，池边林间，随意而饮，这种简单、适性的田园生活让词人的内心充满了真正的快乐。下片词人以议论之笔，直言"胸中无事"的自己躬身于田园之间的生活实在是"称心如意"。词末一句"洞天谁道在，尘寰外"，更是道出词人此时已把归隐于田园当作自己一直追寻的心灵归宿。

这种躬身于田园间的乐趣不时地现诸词人的笔端。如："敛翅归来，爱小园、蛩箪篸笃碧。"（《梦玉人引·和祝圣俞》）"早起未梳头，小园行遍。拄杖穿花露犹泫。菊篱瓜畹。最喜引枝添蔓。"（《感皇恩》）"日日深杯酒满，朝朝小圃花开。自歌自舞自开怀。且喜无拘无碍。"（《西江月》）诸如此类的词作均清新可人，皆真诚地书写着词人在田园之间发现的美，感慨田园带给自己的欣喜快乐，无不充满了对田园生活的喜爱。

居于此水乡泽国的朱敦儒陶醉于江南秀美的自然山水之间，怡然自得，或于烟霞处吟赏山水，或于云水间欣然垂钓，或于田园间怡然自适，正如词人在《鹧鸪天》中吟唱的"淡然心寄水云间"。考察朱敦儒致仕后的创作，隐逸题材是朱敦儒晚年词作第一大主题，共有32首词书写隐逸情怀。这一方面是自然地理空间作用于创作主体的结果，另一方面也是时代气候与文化传统影响下的结果。致仕后朱敦儒基本居于嘉禾（浙江嘉兴）。此地处太湖流域，江河湖海交会，山川景色秀丽。"非必丝与竹，山水有清音"（左思《招隐士》），在晋宋之际山水之美的大发现后，山水自然往往成为涤荡俗世之尘，寄寓高逸之致，抚慰人们心灵的处所。南宋绍兴以来，以高宗为代表的朝廷渐渐浇灭了渴望恢复的文人志士们的热情。江南山水秀美，自放于山水之间再次成为释放人生失意和心灵愤懑的方式。

2. 勘破世情的红尘之叹

享受过汴洛繁华，身经了南渡乱离，亲历了宦海浮沉，致仕后的朱敦儒在他人生的最后一段生命历程中不仅深深地享受着"淡然心寄水云间"的闲适和自得，亦对于人世红尘有着诸多深沉的感慨与思考。不论是比照曾经的风流富贵、繁华热闹、困顿失意、痛苦不堪与当下山水田园间的萧然闲适、自在自得，还是反思被迫复仕的无可奈何，朱敦儒用他的词记录下了他勘破世情的红尘之叹。此中有看透，有悟道，亦有嘲讽，这是致仕隐居期朱敦儒词的又一大主题，在他词创作的四个阶段中独树一帜。

（1）看透之词

儒学至宋，与佛道二家的思想结合，儒学的义理往往借用佛道的思想进行阐释。"两宋诸儒门庭径路，半出入于佛老"（《宋元学案》卷81），宋代文人士大夫，以儒家思想修身立命的同时，往往出入佛老，将儒释道三家思想统摄于一身，朱敦儒亦不例外。朱敦儒致仕归隐后，翼宣中兴的济世之志渐淡，只两首词作彰显其故国之思，如"相见不如青翅燕。举头长安远"（《谒金门》），"奈长安不见，刘郎已老，暗伤怀抱……除奉天威，扫平狂虏，整顿乾坤都了"（《苏武慢》）。这一时期，佛道二家的思想成为朱敦儒致仕隐居期的主导，他以此观照人生，写下了诸多勘破世情的词作。譬如《西江月》：

> 世事短如春梦，人情薄似秋云。不须计较苦劳心。万事原来有命。　　幸遇三杯酒好，况逢一朵花新。片时欢笑且相亲。明日阴晴未定。

这是一首基于佛道思想而思考人生安身立命的词作。开篇便是词人的看破红尘之语，"世事短如春梦，人情薄似秋云"。人世苦短，人情如秋云淡薄易变亦本是人生的常态，正所谓"明日阴晴未定"。这正如佛家所说，缘起缘灭，人生诸法本无常。但词人亦言，"万事原来有命"，这又如道家所倡，宇宙自然间自有有统摄万物，"独立不改，周行不殆"（《老子》二十五章）① 的道。人生亦是一场有常的旅行。在朱敦儒看来，人生是无常与有常的矛盾混合体。然在此矛盾中如何自处？"不须计较苦劳心"，珍视当下美好，"片时欢笑且相亲"则是词人开出的自处之方。整首词作语言通俗平易，却道出了词人对人情世态的深刻体悟。

其于佛道二教思想的感悟之作，在朱敦儒的晚年词作中多有所见，其中，有万事皆空中保持明净之本心本性的感悟，如"虚空无碍。你自痴迷不自在……天然美满。不用些儿心计算"（《减字木兰花》），"信取虚空无一物，个中著甚商量……自家肠肚自端详。一齐都打碎，放出大圆光"（《临江仙》），"试看何时有，元来总是空……古人漫尔说西东。何似自家识取、卖油翁"（《凤蝶令》），"世间谁是百年人。个中须著眼，认取自家身"（《临江仙》）。诸如此类词作，均基于人世一切皆空的思想，唯有全神葆真，保持自性，方得圆满。另外，有任运随缘，平常心是道的自适，如"谁能留得朱颜住。枉了百般辛苦。争似萧然无虑。任运随缘去"（《桃源忆故人》），"两顿家餐三觉睡。闭著门儿，不管人闲事"（《苏幕遮》），"有何不可。依旧一枚闲底我。饭饱茶香。瞌睡之时便上床"（《减字木兰花》）等词作则透露出词人随缘任运的禅家之思。另还有世事无常、人生如梦的慨叹，如"碧简承新宠。紫微恩露重。忽然推枕草堂空。梦梦梦"（《醉春风》），"水云晚照。浮生了了，霜风衰草。日月金梭，江山春梦，天多人少"（《柳梢青》），"堪笑一场颠倒梦，元来恰似浮云……流水滔滔无住处，飞光匆匆西沉"（《临江仙》）皆是词人看透世事之后的人生之叹。

上述诸多词作，不论是万事皆空、世事无常、人生如梦的慨叹，还是认清本心本性、任运随缘的处世之道，这些都是词人在佛道二教的影响下勘破世情、看透人生的典型表现。

（2）讽刺之作

朱敦儒晚年的勘破世情之作，不仅有看透世情的悟道之思，亦有勘破

---

① 朱谦之撰：《老子校释》，中华书局1984年版，第100页。

之后的嘲讽世道的刺世之作。如《忆帝京》一词：

> 元来老子曾垂教。挫锐和光为妙。因甚不听他，强要争工巧。只为忒惺惺，惹尽闲烦恼。　你但莫、多愁早老。你但且、不分不晓。第一随风便倒拖，第二君言亦大好。管取没人嫌，便总道、先生俏。

上片化用老子"挫其锐，解其纷，和其光，同其尘"① 的垂教之言，原是出世避世的处世之方，在此被词人借用来写激愤之词。此言自己不受老子挫锐和光的人生教诲，而是非要对工巧粗拙争论个是非对错。这实谓词中主人公是位不能掩藏锋芒，随俗而处的有个性的正直之士。但面对世俗社会，主人公结果是"惹尽闲烦恼"。下片则更直接言道，但只要"不分不晓"，如墙头草般"随风便倒拖"，或毫无原则地"君言亦大好"，则"管取没人嫌"，且会被世人称道"先生俏"。整首词用议论之辞和充满讽刺意味的笔调书写人情世态，激愤之中亦折射出词人对世情的看透勘破。

再如《朝中措》（新来省悟一生痴）一词，作于绍兴二十五年（1155）后，时朱敦儒已逾75岁。踏遍大江南北，历经富贵困厄，朱敦儒写下了这首勘破红尘而寓万千感慨之作。词人感慨"新来省悟一生痴"。为"寻觅上天梯"亦即追寻理想而放弃世俗的谋生手段的他"抛失眼前活计"，却"踏翻暗里危机"。在此词中，词人感慨的是人世处处皆人设之陷阱，无所逃离。而越是独立不迁，人生之路越是如坐针毡，正如他在《减字木兰花》中，"不肯随人独自行"的主人公不得不感叹"乾坤许大。只在棘针尖上坐"。从昔日"西都散汉"到"江南今日衰翁"，在八旬将至之时，词人发出的"从来颠怪更心风。做尽百般无用"（《西江月》）的极度失望的悲叹，亦字里行间透露着对世道的不满和嘲讽。这种自述性的感慨，既是曾安享太平，又历经沧桑的词人对现实的清醒认识，亦是对世道的无情讽刺。

朱敦儒词中的讽刺主题，与上述立足佛道二教、看透世情而感悟人生的词作主题不同。看透之词彰显的是朱敦儒对现世人生的超越，而讽刺主题作为一种对社会世道进行揭露和批判的宣泄方式，它实际上仍然是主体内心激愤情绪的反应，是作为世俗之人的朱敦儒勘破世情之后的慨叹。勘破世情的主题表现其实是一个矛盾的复合体，当中呈现出两种绝然不同的

---

① 《老子·五十六章》，朱谦之撰《老子校释》，中华书局1984年版，第228页。

情绪,超越和讽刺,这是朱敦儒晚年致仕隐居复杂心态的真实反映。

3. 不尽悔恨之悲叹

悔恨,是人类一种普遍性的情感体验。悔恨之情感表现可以而且通常都会出现于创作主体的不同创作阶段。朱敦儒的《樵歌》中,悔恨之情愫在朱敦儒不同阶段的词作中均有,如致仕前吟唱的"只得愁成病。是悔上瑶台,误留金枕。不忍相忘,万里再寻音信"(《卜算子慢》),"枉裁诗字锦,悔寄泪痕笺"(《临江仙》)。这是借悔恨两性情事中的某些行为,诉说着哀怨缠绵的相思之情。再如词人看到"拂破秋江烟碧。一对双飞鸂鶒""惊起不知消息"时,"悔不当时描得"(《双鸂鶒》),寄寓词人某种失意的情怀。但在朱敦儒人生的最后阶段,这悔恨之情在其词创作中较任何阶段都表现得更为突出。

究其原因,当与绍兴二十五年(1155)朱敦儒因"舐犊之爱"而屈从于秦桧,被迫复仕,旋又狼狈致仕有关。正如词人在《减字木兰花》中所言:

> 无知老子。元住渔舟樵舍里。暂借权监。持节纡朱我甚惭。
> 不能者止。免苦龟肠忧虎尾。身退心闲。剩向人间活几年。

年近八旬的朱敦儒,正如词中所言,"元住渔舟樵舍里",先前虽因遭受主和派弹劾落职致仕,但不负士行士德,朱敦儒在山水自然之间过着自得自适的垂钓隐居生活。但一旦受秦桧之命,哪怕词人认为只是"暂借权监",为权宜计暂时代理官职,但非议纷起,一时之间朱敦儒从志行高洁的高士变成了首鼠两端的无行之人,朱敦儒的人生由此也充满了无尽的悔恨和遗憾。一句"持节纡朱我甚惭",道出了词人被迫复仕的痛苦。面对世论非议,词人只好无可奈何地自我安慰地唱着"不能者止。免苦龟肠忧虎尾。身退心闲。剩向人间活几年"。但晚节有失,朱敦儒不再可能如之前那样潇洒自傲地隐居于云水之间。这种无尽的悔恨深入骨髓,就是梦境游仙之时亦难以消聊,如《聒龙谣》:

> 凭月携箫,溯空秉羽,梦踏绛霄仙去。花冷街榆,悄中天风露。并真官、蕊佩芬芳,望帝所、紫云容与。享钧天、九奏传觞,听龙啸,看鸾舞。 惊尘世,悔平生,叹万感千恨,谁怜深素。群仙念我,好人间难住。劝阿母、偏与金桃,教酒星、剩斟琼醑。醉归时、

> 手授丹经,指长生路。

考词意,此词亦当是朱敦儒复仕后作。词中上阕写梦中游仙,充满了浪漫的情思与自由的快意。天界神仙"蕊佩芬芳",天帝所居,"紫云容与",天庭之宴,"九奏传觞"、龙啸鸾舞,一切都美好无比。梦境中的仙界是词人对神仙世界之自由与美好的无限憧憬的表现,表现的是朱敦儒"仙风清爽,世外希真"①的一面。下阕笔锋一转,当词人思绪回归现实,恍然惊觉。"惊尘世,悔平生,叹万感千恨,谁怜深素。"这是一种无尽的深深悔恨,这种悔恨是为自己平生遭际而发,而不似以前仅针对一时一事。而"好人间难住",更是道出了回归现实,词人甚至惭愧到无颜面世的程度。词作最后醉归之时,"手授丹经,指长生路",实可谓是词人悔恨之余面对无可奈何的人生的逃避,而非超越。

浓烈的悔恨情绪在朱敦儒晚年的词作中有诸多的体现。在词人清醒地思考人生价值时有悔恨,如上述《减字木兰花》(无知老子)。在他的美梦中悔恨还是萦绕心头,如上述《聒龙谣》。另有勘破世情之后的悔悟,如《朝中措》(新来省悟一生痴),上片如前所述既是看透尘世之语,亦是悔恨之辞,下片更直言:"莫言就错,真须悔过,休更迟疑。要识天苏陁味,元来只是黄齑。"悔恨之意溢于言表。抑或是一场风雨即感发词人的深深悔恨,如"一夜新秋风雨。客恨客愁无数。我是卧云人,悔到红尘深处。难住。难住。拂袖青山归去"(《如梦令》)。可以说,这种无尽的悔恨和遗憾一直伴随着词人一直走到他生命的尽头,如《西江月》一词,上片感叹着"元是西都散汉,江南今日衰翁。从来颠怪更心风。做尽百般无用",下片感叹着"屈指八旬将到,回头万事皆空。云间鸿雁草间虫。共我一般做梦"。垂垂近八旬老翁,这份"无用"、"空"、"梦"的感叹中包含着的是他几许深深的无尽悔恨之意。

笔者以为,朱敦儒晚年致仕生活,以绍兴二十五年(1155)复仕为界明显地分为两个段。而这种充满着深深的无尽悔恨之情的词当作于复仕之后。因为复仕之前,朱敦儒虽屏居乡野,但从洛阳时就积聚起来的士林声望,他与李光、赵鼎等人的交往及被主和派的打压弹劾,都让他保持着高

---

① 欧阳渐:《词品甲·叙》,欧阳竟无著,赵军点校《欧阳竟无著述集》(上),东方出版社2014年版,第539页。

洁之士的形象。所谓"奉身而退,乐道无闷"①,朱敦儒也因此在水国云乡之间放怀纵心,享受自然山水之乐,也就不太可能写下如此刻骨铭心的忏悔之词。而屈从于秦桧的复仕,旋又被迫致仕,那狼狈的二十几天成为朱敦儒内心深处抹不去的阴影。这次出仕既非朱敦儒内心所愿,又招致上至帝王,下至普通士人的非议,被认为士行士德有失,这让曾经自负自傲地写下"几曾著眼看侯王"(《鹧鸪天》)、"独自风流独自香"(《卜算子》)、"淡然独傲霜雪"(《念奴娇》)的词人情何以堪?悔恨,无尽的悔恨占据他的心灵,化入词中,融铸成其晚年词作的又一大主题。

综观朱敦儒晚年词作,具有较明显的矛盾性。一方面,如上述勘破世情的主题,唱着"放怀纵心……心迹双清"(《沁园春》)的词人并不能完全超越,其间不仅有讽刺之作,亦作有为数不多的故国悲思和哀婉相思,如表1-7所示。另一方面尤其突出的是,曾唱着"淡然心寄水云间"(《鹧鸪天》)的朱敦儒如上所述,亦有些词作流露出无尽的悔恨悲叹。可见,作为才子词人的朱敦儒虽被世人目为有"神仙风致",即便是隐居期间,亦不完全是一位超越的高士。其词作主题的矛盾性折射出正是世情及人情的复杂性。

三 朱敦儒致仕隐居期词的特色

《樵歌》中约近90首词作于词人去职之后,如表1-6所示:

表1-6　　　　　　　朱敦儒归隐期词作一览表

词牌	首句	风格	主题	词牌	首句	风格	主题
好事近	拨转钓鱼船	清新	隐逸	感皇恩	一个小园儿	清新	隐逸
好事近	短棹钓船轻	清新	隐逸	感皇恩	早起未梳头	清新	隐逸
好事近	渔父长身来	清新	隐逸	点绛唇	绿径朱阑	通俗	隐逸
好事近	摇首出红尘	清新	隐逸	朝中措	先生筇杖是生涯	清旷	隐逸
好事近	眼里数闲人	清新	隐逸	朝中措	先生馋病老难医	通俗	隐逸
好事近	猛向这边来	清新	隐逸	鹧鸪天	竹粉吹香杏子丹	清丽	隐逸
好事近	我不是神仙	通俗	隐逸	相见欢	当年两上蓬瀛	清丽	隐逸
好事近	失却故山云	清丽	隐逸	西江月	日日深杯酒满	通俗	隐逸

---

① (元)脱脱:《宋史》卷313,中华书局1977年版,第10257页。

续表

词牌	首句	风格	主题	词牌	首句	风格	主题
踏莎行	花涨藤江	清旷	隐逸	千秋岁	占秋呈瑞	雅丽	寿词
诉衷情	月中玉兔日中鸦	通俗	隐逸	洞仙歌	今年生日	通俗	寿词
鹊桥仙	姮娥怕闹	清丽	隐逸	谒金门	春怎恋	哀怨	故国思
沁园春	七十衰翁	通俗	隐逸	苏武慢	枕海山横	悲壮	故国思
木兰花	老后人间无处去	清雅	隐逸	聒龙谣	凭月携箫	奇丽	记梦
蓦山溪	元来尘世	通俗	隐逸	念奴娇	晚凉可爱	清冷	怀人
梦玉人引	浪萍风梗	通俗	隐逸	忆帝京	元来老子曾垂教	通俗	慨世
临江仙	生长西都逢化日	通俗	隐逸	桃源忆故人	谁能留得朱颜住	通俗	慨世
减字木兰花	无知老子	通俗	隐逸	柳梢青	水云晚照	通俗	慨世
秋霁	壬戌之秋	清旷	隐逸	减字木兰花	斫鱼作鲊	通俗	慨世
鹊桥仙	白鸥欲下	清冷	咏莲	减字木兰花	虚空无碍	通俗	慨世
木兰花	前日寻梅椒样缀	清丽	咏梅	减字木兰花	无人惜我	通俗	慨世
西江月	穷后常如囚系	通俗	咏蚊	鼓笛令	纸帐绸衾忒暖	通俗	慨世
柳梢青	松江胜集	清旷	咏月	浣溪沙	银海清泉洗玉杯	清丽	寿词
水调歌头	偏赏中秋月	清丽	咏中秋	踏莎行	梅倚江娥	清丽	寿词
如梦令	好个中秋时节	通俗	咏中秋	鹧鸪天	草草园林作洛川	绮丽	隐逸
念奴娇	素秋天气	清旷	咏中秋	鹧鸪天	不系虚舟取性颠	通俗	隐逸
西江月	元是西都散汉	通俗	慨世	西湖曲	今冬寒早风光好	通俗	隐逸
西江月	世事短如春梦	通俗	慨世	桃源忆故人	小园雨霁秋光转	清丽	隐逸
苏幕遮	瘦仙人	通俗	慨世	满庭芳	鹏海风波	清旷	隐逸
如梦令	真个先生爱睡	通俗	慨世	浣溪沙	西寒山边白鹭飞	清丽	隐逸
如梦令	一夜新秋风雨	通俗	慨世	鹊桥仙	今年冬后	清雅	咏菊
菩萨蛮	老人谙尽人间苦	通俗	慨世	鹊桥仙	溪清水浅	清冷	咏梅
念奴娇	老来可喜	通俗	慨世	卜算子	古涧一枝梅	清冷	咏梅
临江仙	堪笑一场颠倒梦	通俗	慨世	水龙吟	晓来极目同云	奇丽	咏雪
临江仙	信取虚空无一物	通俗	慨世	桃源忆故人	飘萧我是孤飞雁	清怨	咏雁
减字木兰花	有何不可	通俗	慨世	念奴娇	插天翠柳	清旷	咏月
减字木兰花	年衰人老	通俗	慨世	水调歌头	中秋一轮月	通俗	咏中秋
风蝶令	试看何时有	通俗	慨世	朝中措	胸中尘土久无奇	清丽	咏中秋
朝中措	新来省悟一生痴	通俗	慨世	水调歌头	白日去如箭	通俗	游宴
临江仙	纱帽篮舆青织盖	清雅	游宴	洞仙歌	风流老蛸	通俗	赠友
鹧鸪天	至节先庚欲雪天	绮艳	游宴	醉春风	夜饮西真洞	清丽	记梦
忆秦娥	歌钟列	绮丽	游宴	聒龙谣	肩拍洪崖	奇丽	记梦
蓦山溪	邻家相唤	通俗	游宴	相见欢	秋风又到人间	通俗	慨世
如梦令	好笑山翁年纪	通俗	寿词	卜算子	陌上雪销初	绮丽	咏元宵

这一时期，朱敦儒的生活境遇和心态均大异于前，其词的主题和风格虽为多元（见表1-7和表1-8），但亦不同于前，具体有以下突出特色。

表1-7　　　　　　　　朱敦儒归隐期词作主题一览表

隐逸	慨世	咏物	节序	游宴	寿词	记梦	故国思	怀人	赠友
32	21	10	6	5	5	3	2	1	1

表1-8　　　　　　　　朱敦儒归隐期词作风格一览表

通俗	清丽	清新	清旷	清冷	清雅	清怨	绮丽	奇丽	雅丽	哀怨	悲壮
41	12	8	7	4	3	1	4	3	1	1	1

1. 清、俗二元为主的词风

如表1-7、表1-8所示，朱敦儒晚年致仕隐居期的词主题总体是多元的，相应的词风总体上亦是多元的，之前曾出现的风格在这一阶段均有所表现，如《忆秦娥》（歌钟列）写宴游之胜，有居洛期词作的绮丽之美；《苏武慢》（枕海山横），述故国离思，有南奔期词作的悲壮之气；《水调歌头》（偏赏中秋月）咏中秋佳节，有仕宦期词作之清丽之风。但综而观之，这一时期朱敦儒的词还是呈现出明显的阶段性特点，清与俗融合，是为《宋史》本传所谓"清畅"者，即既继承了上一阶段的"清"风，又质朴平易、通俗晓畅。

一方面，与文人士大夫的审美情趣相契合，朱敦儒晚年致仕隐居之作流淌着一股清风。如表1-8所示，基本上可确认为晚期作品的86首词中，以"清"为特色的各类词共35首，占比近41%。其中，清丽之词尤多，如"前日寻梅椒样缀。今日寻梅蜂已至。乍开绛萼欲生香，略绽粉苞先有意"（《木兰花·探梅寄李士举》）写早梅情态，"小园雨霁秋光转。天气微寒犹暖。黄菊红蕉庭院。翠径苔痕软"（《桃源忆故人》）写秋园风光，皆清净明丽。而如《感皇恩》"一个小园儿，两三亩地。花竹随宜旋装缀。槿篱茅舍，便有山家风味。等闲池上饮，林间醉"描写田园生活，《好事近》"晚来风定钓丝闲，上下是新月"、"一棹五湖三岛，任船儿尖要"描写山水之乐，皆清新可喜。这些清新、清丽之作大都映衬词人闲居之乐，自适之情。至若《柳梢青·丁丑松江观月》"浩浩烟波，堂堂风月,今夕何夕"写中秋江月,《念奴娇》"旋整兰舟,多携芳酝,笑里轻帆举。松江缆月,望云飞棹延伫"述素秋清景,皆具清旷之美。而清冷者,如咏莲词《鹊桥仙》"圆叶低开蕙帐。轻风冷露夜深时,独自个、凌波直上",写夜色中之莲,极具清冷之美,下片"明珰难寄"之怀亦与清冷之境相得益彰。如咏梅词《鹊桥仙》,其中"溪清水浅,月胧烟淡,玉破梅梢未遍。横枝依约影如无,但风里、空香数点……暗香散、广寒宫殿",此等语描写梅之风神,清境中带几分冷寂幽独的味道。朱敦儒晚年的词作中,各种以"清"为美的词,不一一而足。"清丽"、"清新"、"清旷"、"清冷"、"清雅"、"清怨",共同构建了朱敦儒晚年词作鲜明的"清"之美。

另一方面,晚年朱敦儒的词有一个明显的审美转向,由雅变俗。朱敦儒这类词作的俗,不同于内容方面的流俗、卑俗、低俗,而是表现为言辞运用方面或平易浅近,晓畅自然,或插科打诨,是为通俗之美。譬如自寿之作《如梦令》:"好笑山翁年纪。不觉七十有四。生日近元宵,占早烧灯欢会。欢会。欢会。坐上人人千岁。"平易通俗,如道家常。再如"我是卧云人,悔到红尘深处。难住。难住。拂袖青山归去"(《如梦令》),抒悔恨之情怀;"有何不可。依旧一枚闲底我。饭饱茶香。瞌睡之时便上床"(《减字木兰花》),写随缘任运的人生之道;"居士竹,故侯瓜。老生涯。自然天地,本分云山,到处为家"(《诉衷情》),道闲适自得之乐;"高谈阔论,无可无不可。幸遇太平年,好时节、清明初破。浮生春梦,难得是欢娱,休要劝,不须辞,醉便花间卧"(《蓦山溪》),写宴饮抒及时行乐之怀。诸如此类,不胜枚举,皆平易如话,浅近通俗。朱敦儒的通俗之词中,还有的不仅平易浅近,且诙谐可喜。如《如梦令》:"真个先生爱睡。睡里百般滋味。转面又翻身,随意十方游戏。游戏。游戏。到了元无一事。"写人生之睡梦之事,作人生如戏终为空之叹,诙谐之语亦极平易浅近。再如"先生馋病老难医。赤米屡晨炊。自种畦中白菜,腌成瓮里黄虀。"(《朝中措》)写闲居田园之乐,亦平白如话且喜感十足。

综观朱敦儒晚年致仕时期词作的字词使用情况,其通俗化及清之审美特点亦易可见一斑。

其中高频词为:人间:9,虚空:8,自家:7,先生:7,中秋:6,红尘:6,风流:5,不须:5,眼前:5,元来:5,明月:5,独自:5,花间:5,游戏:5,梅花:5,浮生:5,群仙:5,老来:5,老人:4,

花开：4，蓬莱：4，难住：4，今夕：4，今日：4，只是：4，太平：4，如今：4，百般：4，小园：4，尘世：4，总是：4，无人：4，春梦：4，欢会：4，活计：4。

高频字为：不：62，人：57，风：52，无：46，花：39，一：38，酒：35，来：35，是：34，自：30，月：29，天：28，生：27，今：27，有：27，老：26，相：26，年：25，间：25，我：25，云：25，时：23，醉：23，明：22，空：21，闲：21，笑：21，心：21，日：21，中：20，处：20，飞：20。

出现4次以上的高频词及出现20次以上的高频字如上所示，彰显着朱敦儒晚年致仕时期词作的特点。如高频词中"老来"、"老人"，高频字中"老"均是朱敦儒生理状态及老年心态的展现。"虚空"、"元来"、"自家"、"浮生"、"红尘"、"人"、"无"等高频字词彰显着朱敦儒晚年对自我及人生的感悟。这些字词中，最突出的一个特点便是基本上都是日常通俗用字用语。而这正极有效地促成了词作通俗之风的形成。同时，诸如"中秋"、"花间"、"明月"、"梅花"、"风"、"月"、"云"、"花"、"明"、"空"等字词，具有或明丽澄净，或清朗空明的特点，有助于建构各种具有"清"之特色的风格。

清、俗之风，统一于朱敦儒晚年隐居期的词作中。应该说，创作主体的日常生活状态决定了其词风的特色。一方面，身退心闲，生活的安逸闲适，其词自然多清丽、清新等"清"风；另一方面，罢职归来，不再受官场羁绊，故其为词多率性而发，脱口而出，呈现平易浅近的通俗之美。由此，清、俗二元风格并立成为这一时期朱敦儒词的一大特色。

2. 日常生活的审美化

朱敦儒致仕隐居江南水乡，生活场所虽少了青楼画阁、绣户珠帘、宝马雕车的都市繁华，"告老归来"的"七十衰翁"亦少了身处伊洛杭汴时的浪漫激情，但秀美山水，身退心闲，词人的生活自是平添了自得自适的惬意。这一时期的朱敦儒的词作不仅如上所述，主题、风格异于前，其艺术表现亦彰显出明显的屏居于山水田园之间的特色——日常生活审美化。

一方面，朱敦儒晚年生活中诸多触目所及的自然山水、田园景色及其中的人物活动都被审美化而赋予了诗性，展现出其超越世俗的美。如令朱敦儒蜚声词坛的渔父词系列，如前所述，垂钓的审美化，刻画了一位"摇首出红尘"的世外隐者。再如在《木兰花》一词中，"红尘回步旧烟霞，清境开扉新院宇"后，词人从"隐几日长香一缕。风散飞花红不聚"的情境中感悟到"眼前寻见自家春，罢问玉霄云海路"的道理，此中新院宇开门扉，白日斜倚几案，看一缕燃香上飘，亦采用的是将寻常生活场景审美化而表现出世之怀的艺术手法。

另一方面，更值得注意的是，朱敦儒晚年之作中有更多的将日常生活事件审美化的描写。这类词作展现了一位饱食人间烟火的极富生活情趣的不同于"世外希真"的隐者形象。朱敦儒描写晚年生活中的词作中，不仅不时地呈现触目所及的自然山水、田园景色，更善于将富于生活情趣的场景、事件纳入创作的视野中。词人以敏锐而细腻的艺术审美眼光，将主体的情、思融入日常生活中的细微之处，创作了不少充满浓烈的生活气息和理趣哲思的情味隽永的词作。如《朝中措》：

> 先生馋病老难医。赤米餍晨炊。自种畦中白菜，腌成瓮里黄齑。
> 肥葱细点，香油慢焰，汤饼如丝。早晚一杯无害，神仙九转休痴。

词作从一位嘴"馋"爱吃的先生的视角，描写了充满农家情味的日常生活片断。"先生馋病老难医"，上片以颇具幽默的笔调开头。接着写早上红米饱肚，闲来菜园自种白菜，用瓮腌制黄齑。不须低眉折腰，不须算计劳心，农家常见的简单的活计彰显着田园生活的轻松快乐。下片仍承接一"馋"字，细致描写了制作葱花汤饼的过程，"肥葱细点，香油慢焰"，葱饼香味，仿佛扑鼻而来。再加之早晚一杯小饮，在词人看来此等生活胜过九转神仙。在词人的笔下，农家日常的畦中种菜，瓮中腌齑，香油慢焰炸葱饼，成为极具审美情趣的事件。词人在将日常农家生活审美化的同时，展现了一位陶醉于农家生活的隐者形象。

书写寻常的细小生活事件，展现身退心闲的词人于世俗生活中的感受和敏锐的情思，多见于晚年朱敦儒的笔下。"敛翅归来，爱小园、蜕箨篸箐碧。新种幽花，戒儿童休摘"（《梦玉人引·和祝圣俞》），这样充满快乐的小词展现了词人生活中的每一个细微处都蕴含着美与情趣，善于发现的眼睛总是能将日常所见美化成艺术。再如《感皇恩》"早起未梳头，小园行遍。拄杖穿花露犹泫。菊篱瓜畹。最喜引枝添蔓。先生独自笑，流莺见。"晨起逛小菜园这一平常的行为被词人赋予了审美的意味，日常生活审美化的描写中洋溢着词人欣然于田园生活中的欣然自得感。又如，"蟹肥一个可称斤，酒美三杯真合道"（《西江月》），冬寒时节具季节性特征的生活片断，词人以"合道"之思观之，既可见词人于世俗生活中感受的快乐，又暗合"平常心是道"的哲思，在日常生活审美化的艺术表现中，实现了情、思两契。而"试暖"的"纸帐绸衾"中"尽自由、横翻倒转"的细节描写展现了"解散缰绳休系绊"（《鼓笛令》）的词人对心闲意惬的生活状态的追求。"邻家相唤，酒熟闲相过"、"竹径引篮舆，会乡老、吾曹几个"（《蓦山溪》）最是寻常不过的生活片段，词人亦将其艺术化为诗，表达着他屏居田园的欢快情绪。

在朱敦儒的晚年词作中，不仅常将田园生活中农家的日常劳作和休闲之事审美化，寻常的儿女天伦之聚亦被审美化而成了令人神往的诗。如《临江仙》："纱帽篮舆青织盖，儿孙从我嬉游。绿池红径雨初收。秾桃偏会笑，细柳几曾愁　随分盘筵供笑语，花间社酒新篘。踏歌起舞醉方休。陶潜能啸傲，贺老最风流。"在儿孙相与从游的时候，"随分盘筵"、"社酒新篘"这样的寻常事儿充满了生活的乐趣，"绿池红径"、"秾桃"、"细柳"寻常的景致亦显得充满无限情思。这份乐趣和情思正是词人用审美的眼光观照寻常生活的结果。再如"探袖弄明珠，满眼儿孙，一壶酒向花间长醉"（《洞仙歌》），"携酒提篮，儿女相随到。风光好。醉敧纱帽。索共梅花笑"（《点绛唇》）等词作，亦均将儿女天伦之聚与寻常生活细节相结合，在日常生活的审美化中表现词人于世间感受到的美好与快乐。

3. 多议论语

纵观朱敦儒词作的表现手法，有一个明显的演变轨迹，那便是议论化倾向随着年岁的增长越来越明显。笔者据邓子勉注《樵歌》统计朱敦儒各个时期词的创作情况，南渡前27首词仅2首词中用到议论的表现手法，占比仅约7.4%。南奔期间47首词中仅8首涉及议论的手法，占比约17%。仕宦期35首词中仅9首有议论语，占比约25.7%，而致仕期86首词中则有54首用了议论的表现手法，占比约62.8%。多议论语是晚年致仕隐居时期朱敦儒词的一大突出特色。

首先，朱敦儒晚年致仕后的词作大多以感慨人情世态及书写隐逸情致为主题，此类词作自然而然易以议论语入词。譬如，有看透世情而悟道的议论之语，如"虚空无碍。你自痴迷不自在……天然美满。不用些儿心计算"（《减字木兰花》），"莫听古人闲语话，终归失马亡羊。自家肠肚自端详。一齐都打碎,放出大圆光"(《临江仙》),"谁能留得朱颜住。枉了百般辛苦。争似萧然无虑。任运随缘去"(《桃源忆故人》)等。有激愤不平的议论语,如"莫言就错,真须悔过,休更迟疑。要识天苏陁味,元来只是黄齑"(《朝中措》),"元来老子曾垂教。挫锐和光为妙。因甚不听他,强要争工巧。只为忔惺惺,惹尽闲烦恼"(《忆帝京》),"世事短如春梦,人情薄似秋云"(《西江月》)等。有表达闲适隐逸之思的议论语,如:"青史几番春梦,红尘多少奇才。不须计较与安排。领取而今现在"(《西江月》),"何须曲老,浩荡心常醉。唱个快活歌,更说甚、黄粱梦里"(《蓦山溪》),"身退心闲。剩向人间活几年"(《减字木兰花》)。诸如此类,传达着朱敦儒对于人生世态的万千感慨,词作呈现出明显的议论化特色。

其次,吟咏节序物象及宴饮游乐的词中亦多用议论的表现手法。吟节序、咏物象、述游宴,在朱敦儒此前的创作中,诸如此类的作品多用赋法铺叙,或用情景结合、比兴寄托的模式叙写抒情,偶有一二议论语夹杂其间。然朱敦儒致仕后的同类作品中,议论的成分明显增加,游宴中往往多感慨人生之语,如《蓦山溪》(邻家相唤)记隐居田园时邻家相邀宴饮之事。与之前的宴游词相比,词人无意于对邻家之宴的场面作具体的铺陈描绘,而更多的用议论语,感慨席间清歌之人"沈家姊妹,也是可怜人",发"高谈阔论,无可无不可"、"浮生春梦,难得是欢娱"人生感慨。而述重阳宴饮的《水调歌头》(白日去如箭)一词则开篇便用议论手法抒怀:"白日去如箭,达者惜分阴。问君何苦,长抱冰炭利名心。"吟咏节序物象之作中亦爱用议论抒情言志。如咏节序的《水调歌头·和董弥大中秋》一词,以"偏赏中秋月,从古到如今。金风玉露相间,别做一般清"的议论笔调开篇,中间辅之以佳节宴会场景的铺写,末则又以"须惜晓参横后,直到来年今夕,十二数亏盈。未必来年看,得似此回明"的议论之语作结,表达中秋佳节与老友相聚的怡然之情。而咏物之词中,咏月则有"一欢难得"、"今夕何夕"(《柳梢青·丁丑松江赏月》)之叹,咏雪有"任霓裳学舞,梅妆作面,终不似、天裁剪"(《水龙吟》)之感,咏梅有"故人今日升沉异,定是江南无驿使"(《木兰花·探梅寄李士举》)之想,均在对物象的吟咏中融入议论之语。

总体上看朱敦儒晚年致仕隐居时的创作,大量的议论语不仅见于感慨人情世态及书写隐逸之志的词作中,亦见于述游宴、吟节序、咏物象等惯用比兴、铺叙手法的词作中。这些议论之语或明志，或讽世，或悟道，或慨叹，或咏自我情怀，大都质直自然，不假雕琢，彰显卸下官职隐居于山水田园之间的朱敦儒的自然率性与坦诚真朴。同时，由上亦可见，朱敦儒词中的议论之语，不论是直接的言志慨世，还是于游宴咏物中的兴感之叹，都彰显的是词之抒情言志的功能。

综观朱敦儒晚年词作特色，风格以通俗、清丽、清新为主，描写内容日常生活化，多为触目所及的自然山水、田园景色以及富于生活情趣的场景、事件，表现手法除铺陈、比兴之外多用议论语，且多为兴感之叹和言志慨世之语。朱敦儒晚年的创作表现出明显的特点，词的娱乐功能淡化，抒情功能增强。可见朱敦儒晚年的创作中，从题材与功能看，均表现出词的诗化，甚至于散文化倾向。个中缘由，词人晚年的创作心态、审美观念发生变化是其内因，东坡范式的影响是一重要外在因素。此外，宋诗题材日常生活化，以文为诗、以议论为诗的特点及宋代诗文革新运动以来对平淡晓畅诗风的追求都对朱敦儒晚年的词也产生了重要影响。无怪乎宋代对"以诗为词"颇为赞赏王灼认为朱敦儒的词"佳处亦各如其诗"[1]。总体上看，朱敦儒晚年致仕隐居期间的词表现出新的变化，即总体上呈现出以诗为词，甚至以文为词的特点。这在很大程度上革新了词体。

第五节　朱敦儒的词史意义

朱敦儒毫无疑问是两宋之间一位重要的词人。他早年即获词坛盛名，被誉为"词俊"。身后不久便凭借其独具个性的词作从众多词人中脱颖而出，获得诸多赞许，譬如汪莘《方壶诗余自序》有言："唐宋以来，词人多矣。其词主乎淫，谓不淫非词也。余谓词何必淫，顾所寓如何耳。余于词喜三人，盖至东坡而一变，其豪妙之气，隐然流于言外，天然绝世，不假振作。二变而为朱希真，多尘外之想，虽杂以微尘，而其清气自不可

---

[1]（宋）王灼：《碧鸡漫志》卷2"各家词短长"条，唐圭璋《词话丛编》，中华书局2005年版，第83页。

没。三变而为辛稼轩，乃写其胸中事，尤好称渊明。此词之三变也。"①在汪莘的眼中，朱敦儒的词以其"清气自不可没"的审美特质成为苏轼和辛弃疾之间的桥梁。综观朱敦儒的词，其词史意义确如汪莘所言，是东坡和稼轩之间的桥梁，然并不限于以清气而承苏启辛。事实上，朱敦儒历承平安逸、经靖康战乱，后寓居江南，他的词以其丰富的生命经验和多元的艺术特色展现出来的变化，不但展现了朱敦儒词的演进历程，亦彰显着宋词词质的嬗变轨迹。其词质变化与词史演进之关联从以下可见一斑。

一 朱敦儒词"娱乐情性——言志述理"与宋词主题及抒情功能的演变

词体文学一开始表现的抒情功能与传统抒情言志的诗迥然有异。正如王国维在《人间词话》中所言："词之为体，要眇宜修，能言诗之所不能言，而不能尽言诗之所能言。"②但作为韵文系统中关系最密切的两种文体，词与诗的抒情功能离合变化，最终，个体生命经验的差异性与丰富性，世风世情的沧桑变化使得词的抒情功能扩展到了诗的领域。

1. 词体抒情功能演变

隋唐之际伴随着燕乐的流行而兴起的词，其文体功能从唐五代以来迄北宋末，基本上是以助兴佐欢的娱乐功能为主，间或杂之以个体身世遭际的感慨。从欧阳炯《花间集叙》"不无清绝之词，用助娇娆之态"③，到陈世修《阳春录序》"娱宾而遣兴"④，再到欧阳修《西湖念语》的"敢陈薄伎，聊佐清欢"⑤及晏几道《小山词自序》的"析酲解愠"⑥，无不如是，强调的都是词体文学的娱乐性功能。其间，虽有苏轼的词"一洗绮罗

---

① （宋）汪莘：《诗余序》，《方壶存稿》卷1，《北京图书馆古籍珍本丛刊》（88），书目文献出版社1998年版，第721页。
② 王国维：《人间词话》"词体与诗体不同"条，唐圭璋《词话丛编》，中华书局2005年版，第4258页。
③ （五代）欧阳炯：《花间集叙》，施蛰存《词籍序跋萃编》，中国社会科学出版社1994年版，第631页。
④ （宋）陈世修：《阳春录序》，施蛰存《词籍序跋萃编》，中国社会科学出版社1994年版，第15页。
⑤ （宋）欧阳修：《西湖念语》，《全宋词》，中华书局1999年版，第153—154页。
⑥ （宋）晏几道：《小山词自序》，施蛰存《词籍序跋萃编》，中国社会科学出版社1994年版，第52页。

香泽之态，摆脱绸缪宛转之度"，"逸气浩怀超然乎尘垢之外"① 而"新天下耳目"②，抒发士大夫或豪放或旷达的情怀，但承习者寥寥。众所周知，譬如秦观、黄庭坚，更多的继承着柳永词的写法，而李之仪、赵令畤等则标举着"花间"词风，"继续用小令建造他们的世界"③。以至于到北宋徽宗时期，词坛仍然充斥着艳情与戏谑，所谓"今少年妄谓东坡移诗律作长短句，十有八九，不学柳耆卿，则学曹元宠"④。王兆鹏先生则概括性地指出，"故十二世纪一、二十年代（徽宗朝）的词坛，则由周邦彦等大晟词人唱主角，虽然李之仪、赵令畤、毛滂等苏门词人仍继续在创作，但力量和影响都难与周邦彦等抗衡"⑤。北宋后期词坛周邦彦为首的大晟词人们和着精美的音乐，唱着哀婉悱恻的曲子词，是词坛主流风尚。

综观唐宋词史流变，至徽宗朝，词仍然被作为"小道"、"末技"，实践着它"言诗之所不能言"的抒情功能。"文变染乎世情"（刘勰《文心雕龙·时序》），宋词这种以娱乐性情为主的现象的真正改变始自靖康之变。宋室南渡时，"南渡词人空前地将词的抒情取向贴近了时代现实生活，词人的视野不再是局限于个体化的情感世界或泛化的超时代的情感思绪，而是扩大到社会化的民族心理、社会心声，加强了词的现实感与时代感，并进一步扩大了词的表现功能"⑥。确实，宋室南渡，不仅文人志士多悲怆慷慨之词。严守"词别是一家"的李清照南渡后词作亦多浓郁悲怆的家国之思。而历来被视为人品卑下，被认为"专应制为歌词，谀艳粉饰"⑦ 的康与之南渡后亦作有悲痛沉郁的国事词，如怀古之作《诉衷情》（阿房废址汉荒丘）、《菩萨蛮令》（秦时宫殿咸阳里）（龙蟠虎踞金陵郡）等。而至辛弃疾，宋词则真正完成其抒情功能的蜕变，北客南来，一生心系故国志在恢复的这位英雄词人将词带入了一个广阔的抒情世界。前人评

---

① （宋）胡寅：《酒边集序》，《百家词》本，施蛰存《词籍序跋萃编》，中国社会科学出版社1994年版，第169页。
② （宋）王灼：《碧鸡漫志》卷2"东坡指出向上一路"条，唐圭璋《词话丛编》，中华书局2005年版，第85页。
③ 王兆鹏：《唐宋词史论》，人民文学出版社2000年版，第15页。
④ （宋）王灼：《碧鸡漫志》卷2"东坡指出向上一路"条，唐圭璋《词话丛编》，中华书局2005年版，第85页。
⑤ 王兆鹏：《唐宋词史论》，人民文学出版社2000年版，第15页。
⑥ 王兆鹏：《唐宋词史论》，人民文学出版社2000年版，第28页
⑦ （宋）罗大经：《鹤林玉露》乙篇卷4"中兴十策"条，《宋元笔记小说大观》，上海古籍出版社2001年版，第5277页。

苏轼词已有"如诗如文"①,"无意不可入,无事不可言"②之论,但实际上至辛弃疾,词的抒情功能才真正达到了这样的境界。可见,靖康之乱后国家民族遭受苦难和耻辱的时代背景毫无疑问是宋词之词质发生变化的外在动力,而南渡时期的文人志士共同促进了词这一文体的抒情功能的改变,朱敦儒的词则是这种变化中最突出的典型。

2. 朱敦儒词之抒情功能的表现

朱敦儒词之抒情功能的嬗变突出表现在其词之主题的选择与演化中。朱敦儒早年多写冶游宴乐的词作。词中书写的酒乐之欢,肆意之游以及温柔乡中的缠绵嗣响晚唐五代以来的"花间"之音,彰显着娱乐情性的词体功能。这一切显然与理想志向、人格操守、家国情怀的抒发无关,远离儒家诗教传统,实践着词为艳科,为游戏小道的娱乐功能。至于像《鹧鸪天》(我是清都山水郎)这样的抒发其疏狂之致的词作,在朱敦儒南渡前的传世之作中,只是少数。而且该词当作于宣和末,词人已年过四十之时,正是朱敦儒入世日深而词质渐变的表现。而随着靖康乱起,家国巨变,惨痛的南奔和之后的仕宦与归隐,朱敦儒词的词质发生重大变化,其抒情功能与诗歌合流,从娱乐情性为主走向了抒情志、言哲理。

朱敦儒词的主题总体表现及南渡前、南奔中、仕宦期、归隐期四个时期以及不能确定创作时期的词作主题如表1-9所示,其嬗变明显地彰显了词体功能从娱乐性情向言志抒情转变的轨迹。

表1-9　　　　　　　　朱敦儒词主题统计表

	感时伤世	隐逸	慨世	咏怀	咏史怀古	咏节序物象	狎饮游宴	相思离怨	伤春	寿词	颂词	游仙	合计
南渡前	0	0	0	5	0	4	10	5	1	1	1	0	27
南奔中	35	0	0	0	0	0	1	8	2	0	0	0	46
仕宦期	5	0	1	5	1	10	7	3	0	0	4	1	37
归隐期	2	32	21	0	0	16	5	1	0	5	1	3	86
未定期	0	4	0	4	2	13	8	15	4	3	0	0	53
合计	42	36	22	14	3	43	31	32	7	9	6	4	249

---

① (宋)刘辰翁:《辛稼轩词序》,施蛰存《词籍序跋萃编》,社会科学出版社1994年版,第201页。

② (清)刘熙载:《词概》"坡词近太白"条,唐圭璋《词话丛编》,中华书局2005年版,第3690页。

一方面，朱敦儒词的抒情功能由侑酒佐欢、助兴怡情的娱乐功能明显转向抒情言志，这很大程度上促进了宋词词质的变化。

从总体上看，朱敦儒词作题材广泛，但以抒情言志为主。一部《樵歌》，有为世所津津乐道的写山水田园之乐的隐逸题材，有看透红尘、勘破世事的慨世主题，有述颠沛流离之苦、故国之思和伤时叹老的感时伤世之作，有吟咏歌妓、书写其轻狂生活的狎饮游宴之艳词，有相思怀人、悼亡宫怨、述送别之情的离别相思主题，有直接抒发个体人格情怀的咏怀之作，有吟咏节序物象之词，有伤春之作，有自寿及寿他人之寿词，有称颂太平赞美友人的颂词，有游仙记梦之词。然朱敦儒249首词虽所涉主题广泛，但抒发文人士夫怀抱及言志说理之作占大多数，如图1-2所示。

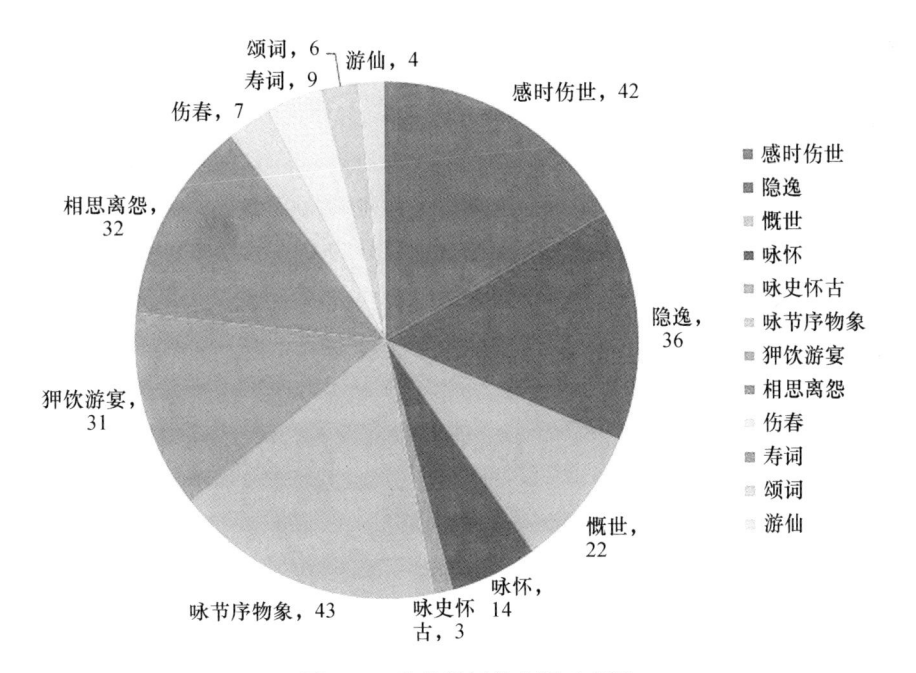

图1-2 朱敦儒词作主题示意图

上述各类题材中，颂词、寿词、相思离怨、狎饮游宴之作基本上属娱乐性情的范畴，共85首，占比仅34%。其余则为感时伤世、隐逸、慨世、咏怀、咏史怀古之作，或抒发乱离之感、家国之思，或书写超然世外之致与人生哲理之词。另外，4首游仙之作均为慨叹人生功名富贵如梦。再有咏节序物象之作则少借物娱情而多托物抒情言志，均以抒发高远情怀，家国感慨、人生哲理为主旨。也就是说这类于相思艳情之外彰显词之抒情、言志，甚至是说理的功能的词占比66%。可见朱敦儒词作主题的总体选择已然显现出词体抒情功能的明显转变。

从各期主题的演化来看，朱敦儒词之抒情功能转化之迹亦明显。朱敦儒的传世词集《樵歌》的249首词，据人、事、时、地，可约略分期的共196首。其中朱敦儒词各类主题在不同时期的分布分别如图1-3所示。

图1-3明确显示，朱敦儒词的六大主题——感时伤世、隐逸、慨世、节序物象、狎饮游宴、相思离怨在各期的分布明显见出朱敦儒词抒情功能的转变。其中，狎饮游宴主题作为源自晚唐五代"花间"的最主要的题材，在朱敦儒居洛时的南渡前共有10首，数量最多。而同样作为词家正宗本色的相思离怨主题，不能明确创作时间的居多。除此之外，则亦是前两期居多，共13首。其中南奔中的相思离怨多寓乱世飘零之苦，如《采桑子》（一番海角凄凉梦）、《点绛唇》（淮海秋风）、《忆秦娥》（霜风急）、《点绛唇》（客梦初回）、《鹧鸪天》（画舫东时洛水清）等。全然写闺阁愁怨、男女相思的则亦集中南渡前。狎饮游宴、相思离怨这两大主题彰显着词的娱情娱性功能，在词人归隐后基本退场。而寓文人士大夫情志、寄词人家国之思、抒人生感悟之理的另外四大主题，则基本上集中在词人南渡之后。如述颠沛流离之苦、故国之思和伤时叹老的感时伤世之作集中在南奔时期，抒发人生哲理感悟的慨世之作基本作于致仕归隐之后，而寄寓文人士大夫个人情志、高标远韵的隐逸词亦是集中在归隐期，大部分借物咏怀的节序物象词亦大多作于南渡之后。可见，朱敦儒词之抒情功能呈现出一条清晰的从娱乐性情走向抒情志、说哲理的轨迹。

一部《樵歌》，凡词人的故国之思、恢复之志、飘零之苦，词人的理想人格追求，以及他勘破世情的佛道之思，均入其词中，词的抒情功能转向言情志、抒哲理，与诗合流。同时，诸如此类情志的抒发在朱敦儒的词中是压倒多数的，而且随着年岁的增长，这类抒情言志之作比重越来越大。作为两宋之间词坛极具影响力的人物，朱敦儒词的这个特点对宋词抒情功能的转变意义巨大，很大程度上促进了宋词词质的变化。

另一方面，朱敦儒词之抒情功能变化具有明显的波浪式演进的特点，这正与宋词词质变化的规律相契合。朱敦儒词的抒情功能嬗变波浪式递进的趋势，从朱敦儒人生四个阶段的词作主题的分布（见图1-4）可见一斑。

第一章 朱敦儒词的嬗变 83

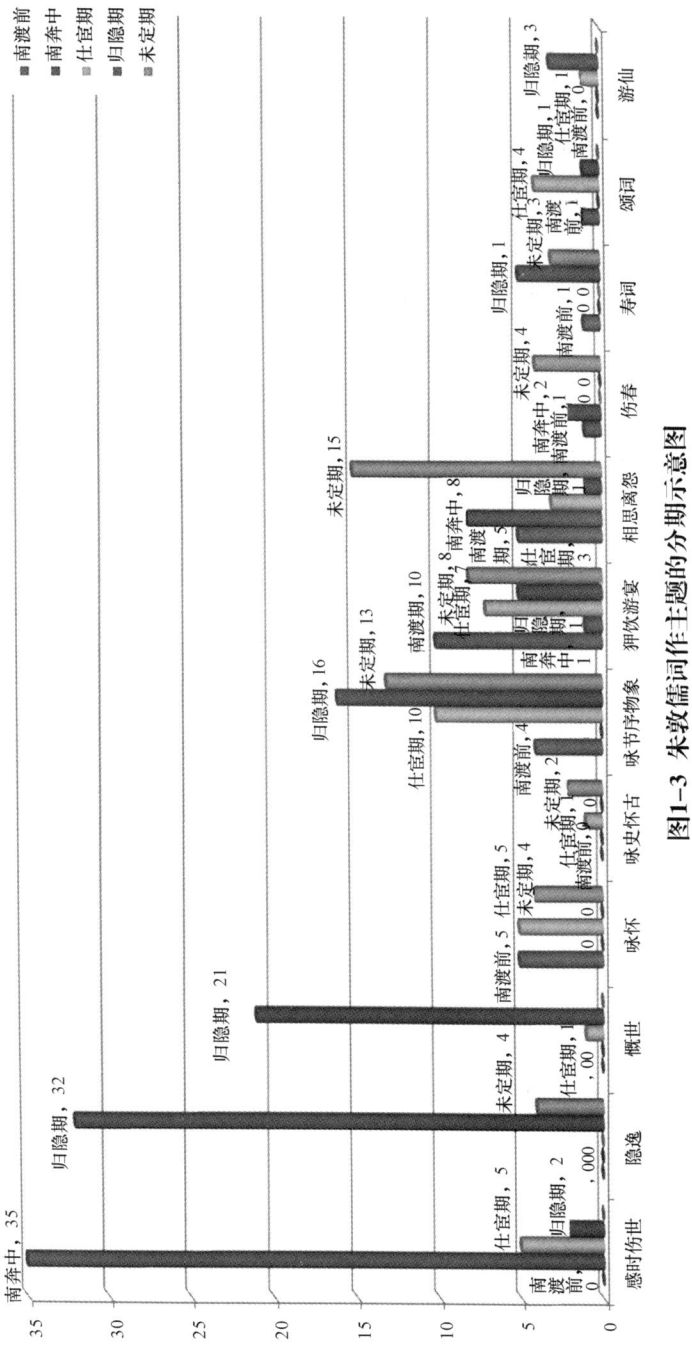

图1-3 朱敦儒词作主题的分期示意图

84　朱敦儒词的阐释与接受

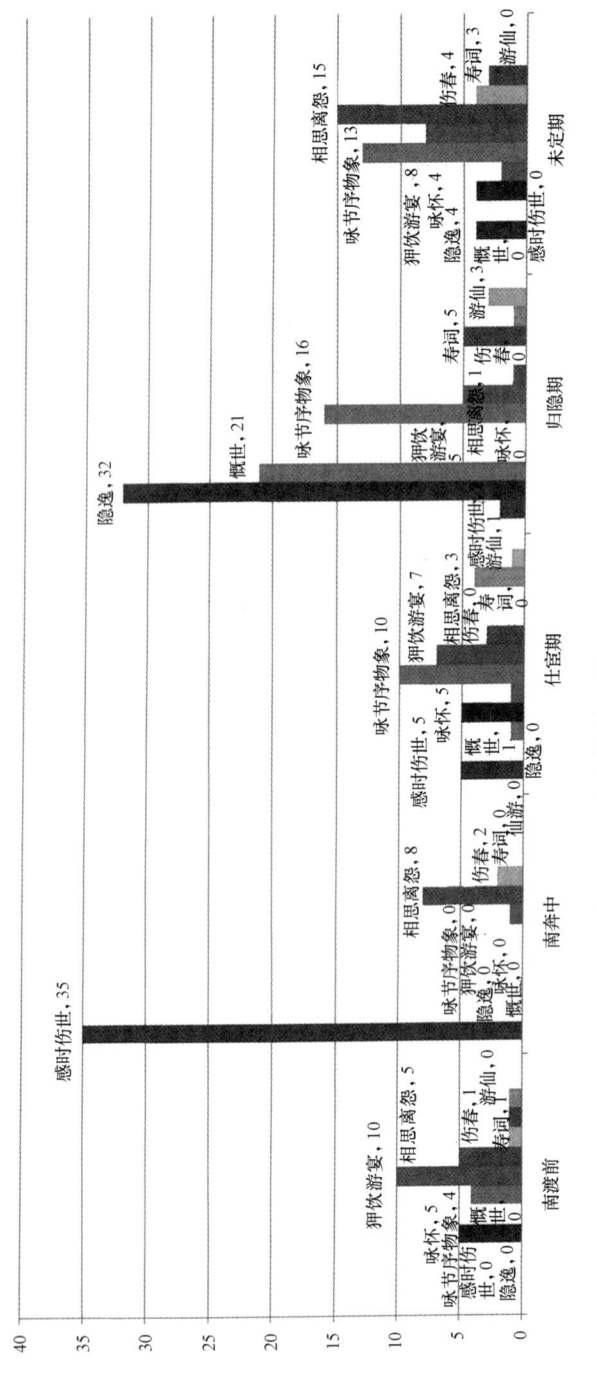

图1-4　朱敦儒词各期主题示意图

从图1-4可见，南渡前的主题以狎饮游宴、相思离怨为主，或写伊洛之间冶游、狎妓的轻狂生活以及共友人赏美景、互唱和的疏狂生活；或多为代言，写春愁相思、离情别恨。如前所述，朱敦儒南渡前的传世之作中，《满庭芳》（花满金盆）、《菩萨蛮》（风流才子倾城色）、《鹧鸪天》（通处灵犀一点真）、《朝中措》（闲愁无奈指频弹）、《鹧鸪天》（有个仙人捧玉卮）、《朝中措》（元宵初过少吹弹）、《定风波》（红药花前欲送春）、《春晓曲》（西楼落月鸡声急）等词作记录的皆是洛中才子、风流词人的一场场冶游狎妓的追欢逐乐的活动。这类词在朱敦儒可考的南渡前词作中为数最多，其抒情功能毫无疑问承袭"花间"余绪，以资娱情侑觞。此间虽偶有咏怀之作，抒文人士大夫的情怀，有摆脱"花间"局囿的新变之处，但总体上以娱乐性情为主。

靖康乱起，南奔中，如前所述，其主题基本上为述颠沛流离之苦和故国家园之恸的感时伤世之作，或抒沉痛悲凉的飘零之苦和家国之殇，或发哀伤沉郁的悲老伤时之叹。即便是相思离怨之作，亦一改南渡前居洛期的代言体，而是自伤身世，寂寥伤怀之时打上深深的乱离的印记。这明显表现出朱敦儒词之抒情功能发生重大变化，与诗之抒情功能合流，抒个人情志、家国之思。

但自绍兴三年（1133）朱敦儒接受朝廷征召至绍兴十六年（1146）遭弹劾罢职，朱敦儒词的抒情功能游离于娱乐性情及抒发文人志士情怀之间，较大程度向娱乐功能回归。这从仕宦期词作的主题选择可知。如此间数量最多的节序物象词，一方面，有抒发词人清高孤傲的世外之致与入世佐君之济世情怀的咏物词，如《清平乐·木樨》《念奴娇·梅次赵仙源韵》，以及寓时世之感慨的如《感皇恩·游洒文园感旧》，彰显的均是词作之言情志的功能；另一方面，有节序物象词如《西江月·石夷仲去姬复归》《青玉案·坐上和赵智夫瑞香》则书写安逸闲适之乐及风流浪漫之致，实践着词"用助娇娆之态"、"聊作清欢"的娱乐功能。此外，有狎饮游宴词10首，颂词4首，显然是词佐欢助兴的娱乐功能的体现。而感时伤世5首及咏怀之作5首，或言故国家园之殇，或为赍志空老之叹，又彰显的是词的诗化功能。

而晚年致仕归隐后，朱敦儒词的抒情功能又转向了抒发文人士大夫的情志感悟。其间游宴相思之作共6首，在朱敦儒晚年的丰富创作中微乎其微。而这一时期朱敦儒共创作隐逸词32首、慨世之作21首，如前所述，或吟山水田园间的清音，或为勘破世情之叹及悔恨之悲。其咏节序物象词16 首，多写山水之趣、高标远韵。另有 2 首为追思故国之情的感时伤世词。3 首游仙之作则抒发的是词人愤世之意。可见，晚年朱敦儒词的抒情功能再度与诗歌合流。

可见，从上可知，在朱敦儒词创作的四个阶段，所作之词为抒情言志者，主要集中在他人生的第二个阶段南奔期和第四个阶段归隐期。所作为娱情娱性者，第一个阶段南渡前居洛时期表现得最为明显，第三个阶段仕宦期的词，其抒情言志说理的功能弱化，词作主题又向词的传统题材复归，娱乐功能明显强于第二期和第四期。综观整个宋词词质的递变，从苏轼词到大晟词人群的词，再至南渡词，辛派词人的词和格律词派的词，其中抒情功能的指向亦是波浪起伏的。

综而观之，朱敦儒词的主题选择与的抒情功能很大程度上改变了宋词的词质，促进了词体文学抒情功能的扩大。诚如胡适所言："到了朱希真和辛稼轩，词的应用的范围，越推越广大；词人的个性的风格越发表现出来。无论什么题目，无论何种内容，都可以入词。"① 由上观之，朱敦儒词之主题的总体表现，各类主题在不同时期的变化，其人生四个时期的词作主题选择，彰显其词之抒情功能由娱情到言志的嬗变之特点，这个嬗变轨迹与整个宋词抒情功能的变化高度契合。

二 朱敦儒词的自我化、纪实化、议论化与宋词表现手法的诗化

朱敦儒的词主题表现及由此折射的抒情功能转化凸显了朱敦儒在宋词词质的嬗变过程中重要的意义。此中，朱敦儒词的独具特色的表现手法为这一转变提供了重要的方式。这不仅扩展了朱敦儒词的抒情功能，更从艺术表现的核心层面促进了宋词的诗化，甚至散文化，从而进一步改变了宋词的词质。

1. 抒情主体的自我化

晚唐五代时期，词从民间的歌唱走向了文人的创作。不论是"绮筵公子"与"绣幌佳人"之间的即席即兴之作，还是文人墨客抒发幽约悱恻之情的吟唱，抑或才子词人们的身世遭际之慨，皆大多是男子作闺音，代

---

① 胡适：《胡适文集三存》，《民国丛书第一编》（95），上海书店 1989 年版，第 1002 页。

女子立言，词中抒情主人公往往非词人自己。其间，有李后主亡国后的血泪之词以及东坡的咏逸气浩怀之作的抒情主体自我化，词人亦偶有作自我抒情者，如韦庄《菩萨蛮》（人人尽说江南好）、张先《天仙子》（水调数声持酒听）、欧阳修《朝中措》（平山阑槛倚晴空）、贺铸《六州歌头》（少年侠气）等。但代言的传统从晚唐五代的温庭筠、韦庄延绵至北宋的柳永、秦观等词坛名家，为这一段历史时期词体嬗变的主流。在这一传统中，词多由红唇皓齿婉转而歌，但创作者却基本上是男性词人，词中的抒情主人公则多为女子。男性词人或直接咏歌妓舞女的容貌技艺，或写闺阁女子的相思爱怨，而将自己的身世遭际之慨打并入艳情，借女子之口抒情。

从代言抒情到抒情主体自我化，两者的置换是词体文学抒情功能转变的一大标志。当抒情主体与创作者一致，作者生命经验的兴发感动与体悟才能更有效便捷地得以表达，从而表现更深层的生命体验以及广阔的社会风景。无论是李煜还是苏轼，其对词体抒情功能的开拓均得益于抒情主人公的自我化。自我化抒情是词质变化的重要表征，极大地促进了词体抒情功能的扩大。而朱敦儒的词，其抒情基本以自我化为主，且随着其生命历程，从早年到晚年，渐次加强。

朱敦儒传世词集《樵歌》中的代言之作基本见于词人早年居洛时期。其中抒情主人公为闺中女子，书写她们寂寞孤独的缠绵悱恻之柔情之作颇多，如《桃源忆故人》（玉笙吹彻清商后）、《杏花天》（残春庭院东风晓）、《好事近》（春雨细如尘）、《临江仙》（几日春愁无意绪）、《菩萨蛮》（芭蕉叶上秋风碧）、《桃源忆故人》（雨斜风横香成阵）等。南渡后，相思离怨之作减少，且抒情主人公绝大多数是词人自己，如南奔中《醉思仙·淮阴与杨道孚》（倚晴空）、《点绛唇》（客梦初回）、《采桑子》（一番海角凄凉梦）等，仕宦期的《蓦山溪》（东风不住）、《临江仙》（直自凤凰城破后）、《减字木兰花》（闲人行李），归隐期的《念奴娇》（晚凉可爱）等，无不如是。至于其他各类主题，如述颠沛流离之苦、故国之思和伤时叹老的感时伤世之词，咏闲适生活及高远之致的隐逸之作，吟看透红尘、勘破世事的慨世之词以及其他直接咏怀、借物咏怀、游仙咏怀之作，词中的抒情主人公均自我化了。如此，朱敦儒生命中的各种体验感悟，或直接喷薄而出，或以比兴寄托之法传达，皆延伸了词的表现空间，改变了宋词作为艳科的词质，如诗如文之词渐次成为其词的主要表现形式，词坛风气之变亦随着朱敦儒等词人的创作而悄然发生。

2. 场景事件的纪实化

正是由于朱敦儒的词之抒情主人公的自我化，因此，一部《樵歌》，堪称朱敦儒的传记，一部朱敦儒心灵的变迁史，折射出南渡时期士人心态的变化。与之相应，由于抒情主体与词作者的统一，朱敦儒词中的叙事抒情呈现出明显的纪实化的特点。这亦是两宋之间宋词词质的深层转化的重要表征。

词从娱乐性情、应歌而作到抒个人情志家国情怀的转变过程中，纪实性是其中重要的一变。这种明显的变化在苏轼的词中有较集中的表现，至南渡时期进一步加强。在南渡词人的创作中，词题、小序、明确的地点及具体的日常事件等纪实性书写成为词常见的表现形式，其情感表现的纪实性强化。譬如，"李清照词，无论情与景，都富于真实性、日常性和具体性"①。叶梦得《石林词》现存词102首，只13首无词序，其余每首词都有小序表明作词背景和缘由。而像张元幹《石州慢·己酉秋吴兴舟中作》《贺新郎·送胡邦衡待制》、赵鼎《行香子》（草色芊绵）"天涯万里，海上三年"、李光《水调歌头》"独步长桥上，今夕是中秋。群黎怪我何事，流转古儋州"等词都以明确的时间性和地域性深化了词抒情的纪实性特征。而综观南渡词人，朱敦儒以249首词的创作实践成为南渡词人存词量最多的一位，他的词也以场景事件书写的纪实化和日常生活化成为两宋之间词作书写纪实化的典型，深度促进了宋词抒情功能的扩大及词质的转变，词之诗化倾向加强。

一方面，朱敦儒的词有着明显的时间性与地域性特征。《樵歌》中，有具体词题的词就有68首，其中大部分时间、地点皆明晰可见。譬如《鹊桥仙·康州同子权兄弟饮梅花下》《醉思仙·淮阴与杨道孚》《减字木兰花·秋日饮酒香山石楼醉中作》《感皇恩·游洒文园感旧》《浪淘沙·康州泊船》《朝中措·晓起看雪》等，或时间、或地点、或人物、或事件均在词题中有所交待，而《好事近·清明百七日洛川小饮和驹父》《浪淘沙·中秋阴雨，同显忠、椿年、谅之坐寺门作》《望海潮·丁酉，西内成，乡人请作望幸曲》等，具体的时间、地点、人物一目了然。另有不少虽无词题，或词题未涉及时间、地点，但词中亦可见现实时间或地点，而非虚

---

① 王兆鹏：《唐宋词史论》，人民文学出版社2000年版，第163—164页。

拟时空。譬如《恋绣衾》"木落江南感未平。雨萧萧、衰鬓到今",《长相思》"海云黄。橘洲霜。如箭滩流石似羊。溪船十丈长",《点绛唇》"淮海秋风,冶城飞下扬州叶。画船催发。倾酒留君别"之类的,皆描写的是词人亲历亲见的时空中的风景、事件。时间性与地域性的明晰彰显着朱敦儒词的纪实性特征。正是这样,《樵歌》中的近七成的词或可明确地对其编年系地,或可约略断定其创作于某一时期。

另一方面,除了明显的时间性、地域性彰显朱敦儒词的纪实化特点之外,事件及细节描写日常生活化亦凸显了朱敦儒词纪实化的特点。这在朱敦儒晚年的词中尤其突出。隐居于山水田园间的朱敦儒,垂钓、种菜、煎饼、煮茶以及小孩嬉闹、儿女承欢,但凡山水田园间目之所及、心之所感的寻常事件均一一呈现于朱敦儒的词中。如《朝中措》(先生馋病老难医)将农家活计如畦中种菜,瓮中腌菹,香油慢焰炸葱饼等日常的生活细节一一道来。再如"引枝添蔓"的"菊篱瓜畹"(《感皇恩》),暖帐中"横翻倒转"(《鼓笛令》)的任性之眠,"携酒提篮,儿女相随到"、"醉敧纱帽。索共梅花笑"(《点绛唇》)的天伦之欢,这些寻常生活中的事件不时出现于朱敦儒晚年的词中。这些日常生活细节,真实地记录了词人晚年居嘉禾的闲适自得之情韵,具有明显纪实化特质。朱敦儒正是以这种纪实性的笔法,将词的表现领域从筵席酒边、花前月下延伸到寻常生活,其表现功能与宋诗表现的日常生活化一致。

这种纪实化的手法,既是词人个体创作的一大特点,又是时代风云变幻的产物。它促进了宋词词质的改变,而且在整个诗词离合的历史演变过程中,朱敦儒的词,以其明显的纪实化特征,充当了诗词合流中的重要一环。

3. 情感书写的议论化

倚声而歌的词与古典诗歌比兴传统相遇合,于是词贵情韵,"要眇宜修"成为本色词的重要艺术特征。在词体文学发展变化过程中,词与其他各文体的表现手法多有相互渗透之处。譬如,柳永以铺叙展衍的笔法书写俗世风情,以赋为词,词呈现备足无余的审美状态。而随着宋诗以文字、才学、议论为诗之特色的形成,词也渐渐受到宋诗之议论化特色的影响。在南渡词坛,词的议论化倾向加强,至辛派词人则蔚然可观。宋词与诗从另一个侧面合流,这也肇示着宋词词质的变化。

综观南渡词坛,原本用于酒边游戏之间,或用来书写个人幽隐之情的词被用来反映社会现实，并融入议论之语，这在南渡时期不同的词人中都有所体现。向子諲一部《酒边集》，自分《江北旧词》和《江南新词》，从描摹美人、吟咏缠绵婉约的相思，变为悲慨时政、吟咏山水、体悟佛禅。向子諲后期词便不乏议论语，譬如《西江月》（五柳坊中烟绿）中言"世间万事转头空。个里如如不动"，《蓦山溪·王明之曲，芗林易置十数字歌之》曰"蜗角名，蝇头利，着甚来由顾"，《卜算子》（雨意挟风回）道"何处一声钟，令我发深省。独立沧浪忘却归，不觉霜华冷"。再如，张元幹《水调歌头》（雨断翻惊浪）"不羡腰间金印，却爱吾庐高枕，无事闭柴门……性灵陶冶，我辈犹要个中人。莫变姓名吴市，且向渔樵争席，与世共浮沉。目送飞鸿去，何用画麒麟"，亦是用直接发议论的手法写淡看富贵功名而追求自适自得的情怀。再譬如周紫芝晚年隐居词《感皇恩》"人生须是，做些闲中活计。百年能几许，无多子"，《西江月》"细算年来活计，只消一个渔舟"等词句，均是以直白的议论语发人生感叹。当然直发议论的表现手法在南渡词坛并未广泛运用，黄海在《宋南渡词坛研究》认为"用词体直接反映社会现实，并融入议论是南渡词人的新创，但尚未取得广泛认可，只是少数作品流露出这一变化"①。

在朱敦儒的词中，以议论语入词则是其词尤其是其晚年词作的一主要特色。一部《樵歌》，大量的议论语见于朱敦儒各类主题的书写中。如前所述，朱敦儒词中的议论化倾向与其年岁增长成正比，早年居洛时期的词作，只是偶然于词中发一二议论之语。在致仕期，有54首词用了议论的表现手法，占比近七成。议论化的手法常多见于感慨人情世态及书写隐逸之志的词作中，如《西江月》"世事短如春梦，人情薄似秋云。不须计较苦劳心。万事原来有命"，《桃源忆故人》"谁能留得朱颜住。枉了百般辛苦。争似萧然无虑。任运随缘去"等感叹人生的词句皆属此类。同时，惯用比兴、铺叙手法的述游宴、吟节序、咏物象等词中亦有议论之语，如咏月时的"今夕何夕"（《柳梢青》）之叹，咏雪时的"终不似、天裁翦"（《水龙吟》）之感，游宴时的"白日去如箭，达者惜分阴"（《水调歌头》）之思，或讽或悟，或慨或叹，皆借质直自然、不假雕琢的议论语言志抒情。从早年的多用铺叙比兴到晚年的多直抒胸臆以议论语入词，《樵歌》展现了朱敦儒词创作的这一嬗变轨迹。朱敦儒之后，这一特点在"乃

---

① 黄海：《宋南渡词坛研究》，贵州人民出版社2006年版，第37页。

是把古文手段寓之于词"① 的稼轩词中进一步加强。《樵歌》中明显议论化倾向，亦彰显着朱敦儒在推进宋词词质变革的重要意义。

概言之，随着抒情主体自我化的加强，场景事件从虚拟化到纪实化，艺术表现手法从比兴铺叙到多用议论语作言志慨世的兴感之叹，皆可见题材日常生活化，以文为诗、以议论为诗的宋诗对朱敦儒词的重要影响。"佳处亦各如其诗"② 的朱敦儒词表现出的上述新变，与宋诗的特点以及北宋诗文革新运动以来对平淡晓畅诗风的追求暗合。朱敦儒上述表现手法特点究其本质实际上是宋词诗化甚至散文化的表现。而词的诗化，于词文人化开始之时便已悄然发生。苏轼之前，词之诗化处于潜移转化而非有意为之的阶段。从温庭筠词之引人联想，到韦庄词之真挚抒情，再到南唐二主及冯延巳对意境之含蕴深广的开拓，转而至北宋晏殊和欧阳修等人以他们的心性禀赋、学养经历入词，词之嬗变之迹，"却是同样向着歌词之诗化的途径默默地进行着的"③。但歌词经由文人士大夫之手，虽有此意境和蕴含的变化，"但自外表看来，则其所写者，却仍不过是些伤春怨别的情词，与五代时《花间集》中的艳歌，并没有什么明显的区别"④。直至东坡以横放杰出之才与天纵旷逸之怀"一洗绮罗香泽之态，摆脱绸缪宛转之度"，创作出"新天下耳目"的词，宋词与诗的合流才由隐而显。然"东坡词在当时鲜与同调，不独秦七、黄九别成两派也。晁无咎坦易之怀，磊落之气，差堪骖靳，然悬崖撒手处，无咎莫能追蹑矣"⑤。直至南渡，如前所述，随着时代巨变，词与诗不仅在抒情功能上渐趋合流，诗的表现手法上亦呈现出较明显的向词体文学渗透的迹象。作为南渡时期存词量最多的一位词人，朱敦儒词如上所述的特点在诗词离合中具重大意义，在宋词词质的变革中起着重要的作用。

---

① （宋）陈模：《论稼轩词》，《怀古录》卷中，邓广铭笺注《稼轩词编年笺注》，上海古籍出版社1993年版，第599页。
② （宋）王灼：《碧鸡漫志》卷2"各家词短长"条，唐圭璋《词话丛编》，中华书局2005年版，第83页。
③ 叶嘉莹：《唐宋词名家论稿》，河北教育出版社1997年版，第73页。
④ 叶嘉莹：《唐宋词名家论稿》，河北教育出版社1997年版，第118页。
⑤ （清）刘熙载：《词概》"晁无咎不能追东坡"条，唐圭璋《词话丛编》，中华书局2005年版，第3692页。

三 朱敦儒"秾丽—悲怆—清畅"的词风演变与宋词审美风格的递变

从徽、钦朝伊洛之地孤傲疏狂的才子词人，到南渡时颠沛流离、曳裾异地的难民，再至翼宣中兴而幡然出仕的官员，最后到淡然心寄水云间的隐者，随着生活境况和身份的变化，朱敦儒的词不仅在主题情感、表现手法方面应时而动，与诗呈合流之迹，其词风亦随时而变。从才子词人至世外仙风，朱敦儒词作风格呈现出一条明晰的"秾丽—悲怆—清畅"的变化轨迹。

1. 从秾艳密丽之风到苍凉悲怆之调

靖康之变，宋室南渡，是为朱敦儒词风转变的一重大关键处。南渡之前，朱敦儒的词多写宴饮游狎、相思怀人，如《鹧鸪天·西都作》般咏怀的清疏之作少，其时朱敦儒词的艳丽之风比肩柳永、周邦彦，用语亦多见有雕琢处。南渡后，朱敦儒忧时念乱，悲愤从肺腑间流出，温柔富贵乡中的艳词丽语为南奔流离中的悲怆之词所替代，词风遽变。

在后代大众视野中惯以"素心之士"的形象而被接受的朱敦儒，其词集中实不乏"如此风情，周、柳定当把臂"[①]者，如贺裳就拈出《念奴娇》（别离情绪）一词。而事实上，在朱敦儒早年居洛期间，可堪把臂周、柳的词作是其主体风格。如前所述，南渡期不论是书写狎游之乐、诗酒之欢，还是相思怀人、颂人称世之词，甚至于一部分抒写怀抱之作，大都重藻饰、风格艳丽、意象或事象密集，镂金错彩，炫人眼目，表现出秾艳密丽的主体特色。

南宋袁文《瓮牖闲评》曾载："朱希真好作怪字，往往人多笑之。其小词有云：'轻红写遍鸳鸯带，浓绿争倾翡翠卮'，其怪字似不宜写在鸳鸯带上，则争倾翡翠卮恐未必然也。"[②]袁文此处所评的是朱敦儒的《鹧鸪天》，虽为朱敦儒晚年之作，但上、下两阕之间风格的明显差异即可窥见朱敦儒早期的审美追求。词上片追忆早年洛中生活，"曾为梅花醉不归。佳人挽袖乞新词。轻红遍写鸳鸯带，浓碧争斟翡翠卮"，好用代词、怪字，浓彩艳丽，下片"人已老，事皆非。花前不饮泪沾衣。如今但欲关门睡，

[①] （清）贺裳：《皱水轩词筌》，唐圭璋《词话丛编》，中华书局2005年版，第697—698页。

[②] （宋）袁文：《瓮牖闲评》卷5，上海师范大学古籍整理研究所编《全宋笔记》第4编第7册，大象出版社2008年版，第183页。

一任梅花作雪飞",道晚年生活,却是用语平易自然。此中可见,已然是素心之士的词人哪怕是晚年追忆曾经年少轻狂浪漫的生活,风格便自然而然地带上早年的艳丽特色。而他那些本是早年于伊水洛川、西都洛阳作的风流浪漫的词章,则是更明显地显现出秾艳密丽的特色。如"花满金盆,香凝碧帐,小楼晓日飞光……雕鞍翠幰,乘露看姚黄"(《满庭芳》)的狎游、"忔随紫囊步红茵……等闲舞雪振歌尘"(《鹧鸪天》)的舞妓、"金鞭柘弹趁芳尘……闲倚金铺书闷字"(《定风波》)的佳人,朱敦儒早年居洛期间诸如此类寻欢狎游的词自然是充满了秾艳绮丽之风。即便是朱敦儒写文人才士的雅集游宴,亦是绮丽的意象密集,如"坐间玉润赋妍辞,情语见真乐。引满璺杯竹笺,胜黄金凿落"(《好事近·清明百七日洛川小饮和驹父》),"正遇时调玉烛,须添酒满金杯。寻芳伴侣休闲过,排日有花开"(《乌夜啼》),风格精工富艳。

可以说,朱敦儒早年居洛时期,虽已有"词俊"之雅誉,但其词风却并未形成独具个性的特色。整体上秾艳密丽的审美风格明显可见传统的"花间"余绪及大晟词风的影响。如前所述,朱敦儒南渡前词的审美风格是多元化的,却呈现了较为稳定的主体特色。这一时期的色彩鲜丽的意象和表示色彩的字频繁出现,重藻饰,与秾艳的色彩搭配一起,呈现出镂金错彩的炫人眼目之美,表现出秾艳密丽的主体特色。

靖康乱起,金人铁蹄,踏醉了无数人的富贵繁华梦。朱敦儒曾经的诗酒流连、歌舞升平、任性浪漫一时之间皆风流云散,继之而来的是国破家亡后的颠沛流离、辛酸痛苦,朱敦儒的词风亦随之巨变,由秾艳密丽之风转而为苍凉悲怆之调。

朱敦儒南渡前的词虽然总体上承袭"花间"、浸染大晟之风,多风花雪月的艳丽之风,但也有少量词作继承了苏轼以词咏怀的传统,如"我是清都山水郎……几曾著眼看侯王"(《鹧鸪天》),唱出了一种有别于当时词坛流行之本色词风的清疏之调。南奔途中,这种之前偶用之的东坡式的感事咏怀成为朱敦儒书写乱离苦难中的生命经验的主要抒情方式。这一时期,朱敦儒的近50首词作,一变之前秾艳密丽的风格,词的审美时空转向莽苍的自然山水之间,词境扩大。

一方面,审美风格不再密丽,变而为疏阔苍凉。譬如,"金陵城上西楼。倚清秋。万里夕阳垂地、大江流"(《相见欢》),由金陵西楼、垂地夕阳、浩浩大江建构了苍凉的词境,为下阕抒发中原陆沉的沉痛之情作铺垫,"力雄大,气韵苍凉,悲歌慷慨,情见乎词"①。再如,"淮海秋风,冶城飞下扬州叶。画船催发。倾酒留君别"(《点绛唇》),亦只言秋风、落叶、画船,便营造了宏阔的意境、萧飒的离别氛围,渲染下阕的乱离别情。又如:"连云衰草,连天晚照,连山红叶。西风正摇落,更前溪呜咽。燕去鸿归音信绝。问黄花、又共谁折。征人最愁处,送寒衣时节。"(《十二时》)此词写秋日离愁"一片苍凉之景,非此写不出来"②。诸如此类的词作,皆走出了闺闱绣阁、酒筵席间,词境扩大,疏而不密,苍凉宏阔。

另一方面,南渡后朱敦儒的词无一不充满了悲凉之气。感慨中原陆沉,故国之殇的自是无限悲怆,即便是风情一类,也可以看到一条从妍丽之风到悲怆之调的嬗变轨迹。如南渡后的《卜算子慢》:"凭高望远,云断路迷,山簇暮寒凄紧。兰菊如斯,燕子怎知秋尽。想闺中、锦换新翻晕。自解佩匆匆散后,鸳鸯到今难问。　　只得愁成病。是悔上瑶台,误留金枕。不忍相忘,万里再寻音信。奈飘风、不许蓬莱近。又一番、冻雨凄凉,送归鸿成阵。"词写相思怀人的风月浓情,渲之以云断路迷、山簇暮寒、凄凉冻雨的情境,又抒之以散后难问信却万里再寻音的深情,悲风缭绕,深入脏腑。综观朱敦儒南奔期间的近50首词,如前所述,无一不浸染着浓郁的悲怆之风。南奔中,书写飘零之苦和家国之殇的词沉痛悲凉,怀人送别的词亦是无限感伤哀怨,充满深深的家国之思。而且从温柔富贵梦中惊醒的词人仿佛一下苍老,顿生哀伤沉郁的慨老悲时之叹。如前所述,朱敦儒南奔期间词作的字词语汇使用情况,多彰显漂泊之痛、故国之殇,字里行间都流露出明显的乱离色彩和悲凉的风格。正如表1-3所示,这一时期朱敦儒创作的词忧时念乱,非悲即哀。

综观词史,建炎年间至绍兴初亦是整个宋词词风的转折期。词至北宋徽、钦时期,流行的是一种香艳绮丽、富艳精工的词风。当时词坛名家"乐府绝妙一世"的贺铸虽有"幽洁如屈宋,悲壮如苏李"者,但更有词

---

① (清)陈廷焯编撰,孙克强、杨传庆点校:《云韶集辑评》卷5,《中国韵文学刊》2010年第3期,第62页。
② (清)陈廷焯编撰,孙克强、杨传庆点校:《云韶集辑评》卷5,《中国韵文学刊》2010年第3期,第62页。

风皆是"盛丽如游金张之堂,而妖冶如揽嫱、施之法"①者。周邦彦的词"如十三女子,玉艳珠鲜"②。大晟词人的另一员干将万俟雅言则将自己的词集定名为《胜萱丽藻》,其内容则分为应制、风月脂粉、雪月风花、脂粉才情等。同时,柳永、曹组等艳丽谐谑之风则成为勾栏坊间所好,所谓"政和间,曹组元宠,皆能文,每出长短句,脍炙人口","今少年妄谓东坡移诗律作长短句,十有八九,不学柳耆卿,则学曹元宠"③。靖康之变前的词坛,如同朱敦儒居洛时期的词一样,充满了香艳绮丽的味道。

宋室南渡,宋王朝遭受的空前耻辱让宋词亦随之走出温柔富贵乡,一大批词人唱出了国破家亡后的慷慨悲怆之调。朱敦儒之外,文人志士,词风多有陡变的,如向子諲,靖康之变前有词如此:"人如濯濯春杨柳,彻骨风流。脱体温柔。牵系多情尽未休。最怜恰恰新眠起,云雨初收。斜倚琼楼。叶叶眉心一样愁。"(《采桑子》)南渡后词则如此:"江南江北雪漫漫,遥知易水寒。同云深处望三关。断肠山又山。　天可老,海能翻。消除此恨难。频闻遣使问平安。几时鸾辂还。"(《阮郎归》)"时代的巨变,触动着文学这根最敏感的神经,词也自然弹奏起了新的旋律,演唱出新的乐章。自此,两宋词史揭开了新的一页,表现出沉重、悲壮的民族心声。"④王兆鹏先生在《宋南渡词人群体研究》一书中,从心灵的探寻与范式的演进揭示了南渡词风转向慷慨悲怆的原因。南渡词人们开启的这种悲歌慷慨之调自此成为了宋词的书写传统之一。自南渡后,词中书写家国情怀,不绝如缕。试看陈廷焯《白雨斋词话》所言:

> 二帝蒙尘,偷安南渡,苟有人心者,未有不拔剑斫地也。如赵忠简《满江红》云:"欲待忘忧除是酒,奈酒行有尽愁无极。便挽将、江水入尊罍,浇胸臆。"张仲宗《贺新郎》云:"梦绕神州路。怅秋风、连营画角,故宫离黍。底事昆仑倾砥柱。九地黄流乱注。聚万落千村狐兔。天意从来高难问,况人情、易老悲难诉。更南浦,送君

---

① (宋)张耒:《东山词序》,施蛰存《词籍序跋萃编》,中国社会科学出版社1994年版,第121页。
② (清)彭孙遹:《金粟词话》,唐圭璋《词话丛编》,中华书局2005年版,第721页。
③ (宋)王灼:《碧鸡漫志》卷2,唐圭璋《词话丛编》,中华书局2005年版,第84—85页。
④ 王兆鹏:《宋南渡词人群体研究》,凤凰出版社2009年版,第50页。

去。"又《石州慢》结句云:"万里想龙沙,泣孤臣吴越。"朱敦儒《相见欢》云:"中原乱,簪缨散,几时收。试倩悲风,吹泪过扬州。"张安国《浣溪沙》云:"万里中原烽火北,一尊浊酒戍楼东。酒阑挥泪向悲风。"刘潜夫《玉楼春》云:"男儿西北有神州,莫滴水西桥畔泪。"刘叔儗《念奴娇》云:"其肯为我来耶,河阳下士,正是强人意。勿谓时平无事也,便以言兵为讳。眼底山河,楼头鼓角,都是英雄泪。功名机会,要须闲暇先备。"刘改之《沁园春·上郭帅》云:"威撼边城,气吞胡虏,惨淡尘沙飞北风。中兴事,看君王神武,驾驭英雄。"又《八声甘州·送湖北招抚吴猎》云:"望中原驰驱去也,拥十州牙纛正翩翩。春风早,看东南王气,飞绕星躔。"黄几仲《虞美人》云:"书生万字平戎策,苦泪风前滴。"王子文《西河》云:"天下事,问天怎忍如此。"下云:"纵有英心谁寄,近新来,又报烽烟起。"曹西士《西河》云:"漫哀痛,无及矣。无情莫问江水。西风落日,惨新亭、几人堕泪。战和何者是良谋,扶危但看天意。"陈龟峰《沁园春·丁酉岁感事》云:"谁使神州,百年陆沉,青毡未还。怅晨星残月,北州豪杰,西风斜日,东帝江山。刘表坐谈,深源轻进,机会失之弹指间。伤心事,是年年冰合,在在风寒。 说和说战都难。算未必、江沱堪宴安。叹封侯心在,鱣鲸失水,平戎策就,虎豹当关。渠自无谋,事犹可做,更剔残灯抽剑看。麒麟阁,岂中兴人物,不尽儒冠。"方巨山《满江红》云:"倘只消、江左管夷吾,终须有。"又《水调歌头》云:"莫倚阑干北,天际是神州。"张方叔《贺新凉》云:"世上岂无高卧者,奈草庐、烟锁无人顾。"李广翁《贺新凉》云:"落落东南墙一角,谁护山河万里。问人在、玉关归未。老矣青山灯火客,抚佳期、漫洒新亭泪。歌哽咽,事如水。"(《浩然斋雅谈》:淳祐间,丹阳太守重修多景楼,高宴落成,一时席上皆湖海名流。酒余,主人命妓持红笺征诸客词。秋田词先成,众人惊赏,为之阁笔。)此类皆慷慨激烈,发欲上指。词境虽不高,然足以使懦夫有立志。①

---

① (清)陈廷焯:《白雨斋词话》卷6"南渡后词"条,唐圭璋《词话丛编》,中华书局2005年版,第3913—3914页。

仅从陈廷焯的列举中，便可看到朱敦儒之外，赵鼎（赵忠简）、张元幹（张仲宗）、张孝祥（张安国）、刘克庄（刘潜夫）、刘仙伦（刘叔儗）、刘过（刘改之）、黄机（黄几仲）、王埜（王子文）、曹豳（曹西士）、陈人杰（陈龟峰）、方岳（方巨山）、张榘（张方叔）、李演（李广翁/秋田）等文人志士的抒发故国之思的词作，皆为慷慨悲怆之风。上述词人中，有自北宋南来的朱敦儒、赵鼎、张元幹等人，也有生长于南宋活跃于中兴词坛的张孝祥、刘过等人，还有南宋末的陈人杰、方岳等人。事实上，作慷慨悲歌的远远不止此处所列。管中窥豹，此中即可见从南宋建炎年间，一直到宋世末造，宋词的审美风格终于不囿于红唇皓齿婉转而歌的模样，这种悲歌慷慨之风已然成为宋词传统的一部分。

由此可见，从秾艳密丽到苍凉悲怆，这是朱敦儒词风的嬗变轨迹，也是两宋之际整个宋词风格转变的态势。在这场词风遽变的转折中，朱敦儒以其数量众多且感动人心的苍凉悲怆之词作，成为整个宋词词风转变的典型样本。

2. 由艳语悲歌至清畅之音

宋室南渡，由居洛时期的秾艳密丽变而为苍凉悲怆，是朱敦儒的词风的第一转折。入仕后，其词风再变，艳语、悲歌再变为清音，最终形成了"清气自不可没"的审美特色。从艳语悲歌到清畅之音，在宋词词史的嬗变史中同样具有重要的意义。

朱敦儒词中的清气，在他居洛时期始有端倪。除了那首脍炙人口的《鹧鸪天》（我是清都山水郎）词风清疏之外，为数不多的几首咏怀词如《蓦山溪》（琼蔬玉蕊）、《鹊桥仙》（携琴寄鹤）、《水调歌头》（天宇着垂象）等也有清丽之美。绍兴入仕后，一方面，随着生活的稳定安闲，其苍凉悲怆之作渐少了；另一方面，艳词丽语从一定程度上有所回归，但已与南渡前不同，丽语由艳丽为主变而为清丽为主，亦有一些词作清隽可喜，如早梅词《孤鸾》（天然标格），"观此词后阕，幽思绵渺，一往而深。无一习见语扰其笔端，清隽处可夺梅魂矣"①。据表 1-4 可知，仕宦期清丽、清旷、清新、清冷之作 19 首，已占比 50% 有余。而致仕之后的隐居时期，清畅之风则成为朱敦儒晚年词的主调。《宋史》本传曰："敦儒素

---

① （清）黄氏：《蓼园词评》"孤鸾"条，唐圭璋《词话丛编》，中华书局 2005 年版，第 3074 页。

工诗及乐府，婉丽清畅。"这其实包含着朱敦儒早年晚景不同时期的风格。早年多丽语，而晚年，特别是致仕隐居后，朱敦儒独具个性的风格越来越明显。晚年词中少丽语铺叙，多平易浅近语，善用白描，晓畅自然，且不论写空灵、冷清、雅致、旷远、哀怨、新丽，皆不假雕琢，质朴清疏，形成清畅的审美风格。

朱敦儒晚年所作《好事近·渔父》系列词，清新空灵、明丽晓畅，历来被视为朱敦儒词中之清风的典型，如陈廷焯曰："希真渔父五篇，自是高境，虽偶杂微尘，而清气自在。"① "希真渔父诸篇，清绝，高绝，真乃看破红尘，烟波钓徒之流亚也。"② 其中《好事近》（短棹钓船轻）更被认为"绘景清绝，直是仙境"。梁启勋更具体地指出："用轻描淡写之笔，而能使风景、人物、情致、神韵，一齐活跃于纸上者，吾唯见朱希真之小令。试录其《好事近》六首、《双鸂鶒》一首（词略）。六首《好事近》，题曰'渔父'。活化一题中人，呼之欲出。轻描淡写，毫不费力。不见斧痕，无烟火气。真可谓天然去雕饰者矣。试读'晚来风定钓丝闲，上下是新月'，'昨夜一江风雨，都不曾听得'，及'悔不当时描得，如今何处寻觅'等句，是何等意境。"接着承宋人汪莘之论，由这七首词高度评价朱敦儒词之清气的词史意义："汪叔耕曰：'词至东坡而一变，其豪妙之气，隐隐然流出言外，天然绝世，不假振作。二变而为朱希真，多尘外之想，虽杂以微尘，而其清气自不可没。三变而为辛稼轩，乃写其胸中事，而尤好称渊明。此词之三变也'云。独推三家，可谓巨眼。"③

晚年隐居期，朱敦儒词中多清音，其中清丽、清新、清旷、清冷、清雅、清怨之作近40首。譬如：清冷者，"旋采芙蓉，重熏沉水，暗里香交彻。拂开冰簟，小床独卧明月"（《念奴娇》）；清旷者，"插天翠柳，被何人推上，一轮明月。照我藤床凉似水，飞入瑶台琼阙。雾冷笙箫，风轻环佩，玉锁无人掣。闲云收尽，海光天影相接"（《念奴娇》）；清空者，"溪清水浅，月胧烟淡，玉破梅梢未遍。横枝依约影如无，但风里、空香数点"（《鹊桥仙》）；清丽者，"姮娥怕闹，银蟾传令，且与遮鸾翳凤。直须

---

① （清）陈廷焯：《词则·大雅集》卷2，上海古籍出版社1984年版，第79页。
② （清）陈廷焯编撰，孙克强、杨传庆点校：《云韶集辑评》卷5，《中国韵文学刊》2010年第3期，第62页。
③ 梁启勋：《词学》下编，中国书店1985年版，第35—37页。

人睡俗尘清,放云汉、冰轮徐动"(《鹊桥仙》)。此外,平易晓畅的通俗之作41首,其中大多通俗中透着一股清气,如"中秋一轮月,只和旧青冥,都缘人意,须道今夕别般明"(《水调歌头》)。可见,经由居洛时期的秾艳密丽,到南渡时的苍凉悲怆,朱敦儒后期的词风已变为清畅之主,天然意趣,往往不假雕琢,清气自溢,越来越具有鲜明的个性特色。

朱敦儒词风晚年再变为清畅之音:一方面是朱敦儒个性气质外化于词中的表现。"麋鹿之性,自乐闲旷",朱敦儒自我认可的禀性是其词具"清气自不可没"的审美风神的内在动因。另一方面,如同秾艳密丽变而为苍凉悲怆是时代气候影响作家创作的结果一样,朱敦儒词由艳词而悲调,最后定型于清音,亦烙上了时代世风的印迹。

一方面,南渡之后,志士词人寻求灵魂安慰而走向山林云水成为一时风气,词坛亦因此而多清音。宋高宗绍兴元年,秦桧拜相,主和议,自此和战之争起。主战派在高宗绍兴年间的30余年中多被排挤打击,南渡文人志士的事功之愿落空,在无望与愤懑中多走向山林云水,以消解现实苦闷。"负天下之望,以一身用舍为社稷生民安危。虽身或不用,用有不久,而其忠诚义气,凛然动乎远迩"①的李纲罢相后感叹着:"物我本虚幻,世事若俳谐。功名富贵,当得须是个般才。幸有山林云水,造物端如有意,分付与吾侪。寄语旧猿鹤,不用苦相猜。 醉中适,一杯尽,复一杯。坐间有客,超诣言笑可忘怀。况是清风明月,如会幽人高意,千里自飞来。共笑陶彭泽,空对菊花开。"(《水调歌头·似之、申伯、叔阳皆作,再次前韵》)抗金名将韩世忠"自此杜门谢客,绝口不言兵,时跨驴携酒,从一二奚童,纵游西湖以自乐,平时将佐罕得见其面……晚喜释、老,自号清凉居士"②,其《南乡子》云:"人有几何般,富贵荣华总是闲。自古英雄都是梦,为官。宝玉妻儿宿业缠。 年迈衰残,鬓发苍浪骨髓干。不道山林多好处,贪欢。只恐痴迷误了贤。"曾率军民死守长沙抗金卫国的向子諲后辞官,隐居芗林③,其间作词曰:"挂冠神武,来作烟波主。千里好江山,都尽是、君恩赐与。风勾月引,催上泛宅时,酒倾玉,鲙堆雪,总道神仙侣。 蓑衣箬笠,更着些儿雨。横笛两三声,

---

① (元)脱脱:《宋史》卷359,中华书局1977年版,第11273页。
② (元)脱脱:《宋史》卷364,中华书局1977年版,第11367—11368页。
③ (元)脱脱:《宋史》卷377,中华书局1977年版,第11639页。

晚云中、惊鸥来去。欲烦妙手，写入散人图，蜗角名，蝇头利，着甚来由顾。"（《蓦山溪》）以忠义自许，因词送胡铨而得罪秦桧的张元幹，"以强仕之年，遂挂冠之请，兹盖不以富贵贫贱累其心者。所养者大，所言者真，表里相符，声实相应，夫岂以嘲风咏月者所可同日语？"① 其《渔家傲·题玄真子图》《八声甘州·西湖有感寄刘晞颜》《水调歌头》（雨断翻惊浪）诸作皆有出尘之姿，清新洒脱。上述文人士大夫将山水自然作为化解胸中苦闷的处所，他们在与自然山水亲近时，感物之心在江南秀美山水的感发下，词中均不乏清丽明畅之音。

另一方面，苏轼词广泛传播，东坡词的清旷之风为南渡士人所追拟。宋室南渡后朝廷解禁元祐学术，苏轼的作品由禁学成为一时士人追慕对象。高宗、孝宗本人极爱苏轼文词，"力购全集，刻之禁中"②。士林学苏，一时蔚然成风，"人传元祐之学，家有眉山之书"③，苏轼的词亦得到广泛的传播。与此同时，词坛尊体复雅之声高扬，苏轼词受到高度的赞誉，如胡仔、王灼评价"眉山苏氏，一洗绮罗香泽之态，摆脱绸缪宛转之度，使人登高望远，举首高歌，而逸怀浩气，超然乎尘垢之外"④，"指出向上一路，新天下耳目"⑤。苏轼词成了文人创作时被效仿的对象，而且，这种效仿超越了品行、身份、政见⑥。南渡名臣李光、李纲、胡铨"三公多近东坡"⑦，亦有东坡词风。叶梦得"主持王安石之学，而阴抑苏、黄，颇乖正论。乃其为词，则又挹苏氏之馀波，所谓是非之心，终有不可澌灭

---

① （宋）曾噩：《芦川归来集原序》，邹艳、陈媛《张元幹词全集汇校汇注汇评》，崇文书局 2017 年版，第 217 页。

② （明）李日华：《六研斋笔记·三笔》卷 3，影印文渊阁《四库全书》本，台湾商务印书馆 1986 年版。

③ （宋）罗大经撰，穆公校点：《鹤林玉露》甲编卷 2 "二苏"条，《宋元笔记小说大观》，上海古籍出版社 2001 年版，第 5177 页。

④ （宋）胡寅：《酒边集序》，施蛰存《词籍序跋萃编》，中国社会科学出版社 1994 年版，第 168 页。

⑤ （宋）王灼：《碧鸡漫志》卷 2 "东坡指出向上一路"条，唐圭璋《词话丛编》，中华书局 2005 年版，第 85 页。

⑥ 钱建状《宋室南渡时期的政局变化与词坛风气》："苏学盛于南宋，对于士人的创作直接产生了影响。品行不一、身份不同、政见不同的作家对于苏轼的典范意义，意见是一致的。"（《厦门大学学报》2004 年第 3 期）

⑦ （清）李慈铭：《南宋四名臣词序》，施蛰存《词籍序跋萃编》，中国社会科学出版社 1994 年版，第 176 页。

者耶"①，其词继承苏轼词法，其早期词多婉丽，"晚岁，落其华而实之，能于简淡时出雄杰，合处不减靖节、东坡"②，学苏词之达观清旷精神，故论者以为"后来学东坡者，叶少蕴、蒲大受亦得六七"③。"嬉笑之馀，溢为乐章，则清丽宛曲"④ 的周紫芝政治上与秦桧相交，但南渡后词却类东坡，如《酹江月》（冰轮飞上）、《贺新郎》（白首归何晚）、《水调歌头·丙午登白鹭亭作》步趋苏词风神。

由于南渡词人对苏轼的效仿，苏轼开创的个性化抒情方式在时代风云的影响下，其清旷之审美风神在绍兴词坛影响尤为深远。朱敦儒之外，志士文人，或多或少有承袭苏轼清旷之风的。譬如，江西诗派三宗之一的"诗俊"陈与义《无住词》传词仅18首，虽严守词别是一家，但其绍兴年五年所作《临江仙》（忆昔午桥桥上饮）却是"笔意超旷，逼近大苏"⑤ 之作。李弥逊，"其长调多学苏轼，与柳、周纤秾别为一派"⑥。向子諲晚年隐居芗林，其超尘脱俗之气有类苏轼之处，所谓"芗林居士步趋苏堂而哜其胾者也"⑦。更有较南渡词人晚出的张孝祥逸气浩怀，有类东坡之襟抱和才气，其为词，"读之泠然洒然，真非烟火食人辞语。……其潇散出尘之姿，自在如神之笔，迈往凌云之气，犹可以想见也"⑧。其《念奴娇》（洞庭青草）清旷隽逸，被誉为"飘飘有凌云之气，觉东坡《水调》尤有尘心"⑨。"清旷豪雄两擅场，苏辛之际此津梁"⑩，张孝祥虽

---

① （清）纪昀等：《石林词一卷提要》，施蛰存《词籍序跋萃编》，中国社会科学出版社1994年版，第135页。
② （清）纪昀等：《石林词一卷提要》，施蛰存《词籍序跋萃编》，中国社会科学出版社1994年版，第134页。
③ （宋）王灼：《碧鸡漫志》卷2"名家词短长"条，唐圭璋《词话丛编》，中华书局2005年版，第83页。
④ （宋）孙兢：《竹坡老人词序》，施蛰存《词籍序跋萃编》，中国社会科学出版社1994年版，第137页。
⑤ （清）陈廷焯：《白雨斋词话》卷1"陈简斋临江仙逼近大苏"，唐圭璋《词话丛编》，中华书局2005年版，第3790页。
⑥ （清）纪昀等：《筠溪乐府一卷提要》，施蛰存《词集序跋萃编》，中国社会科学出版社1994年版，第158页。
⑦ （宋）胡寅：《酒边集序》，施蛰存《词籍序跋萃编》，中国社会科学出版社1994年版，第169页。
⑧ （宋）陈应行：《于湖先生雅词序》，施蛰存《词籍序跋萃编》，中国社会科学出版社1994年版，第213页。
⑨ （清）王闿运：《湘绮楼评词》，唐圭璋《词话丛编》，中华书局2005年版，第4294页。
⑩ 缪钺、叶嘉莹：《灵谿词说正续编》，北京大学出版社2014年版，第289页。

仅以38岁而英年早逝，但作为苏轼和辛弃疾之间的桥梁，其清旷之风神历来为读者所神赏。综上可见，苏轼的清旷词风在南渡词坛确实产生了深远的影响。

可见，靖康之乱后，太平梦碎，家国之恨，君父之辱，加之词乐多毁于兵燹，乐工流散，在创作领域，横放杰出、"自是曲子中缚不住"①（晁补之语）而自白抒胸臆的东坡词在经过宣政年间的沉寂后，嗣响词坛。"一时慷慨悲歌之士，莫不攘臂激昂，各抱恢复失地之雄心，借展'直捣黄龙'夙愿"②，词一改它妍丽精工的特色，多抑塞磊落不平之气，词风苍凉悲壮。绍兴和议后，赵宋王朝从风雨飘摇到偏安一隅，被排挤打击的忠义之士满怀愤懑之情。江南的秀美山水和苏轼的旷达胸怀成了文人志士们灵魂的慰藉之方。词坛风气也随之发生变化，由苍凉悲壮变为山水清音、清旷风神。在这场词风的大变革中，朱敦儒词风的嬗变则是秾艳密丽到苍凉悲怆，再到清新晓畅。朱敦儒词风的这种嬗变轨迹与两宋之间词风的转变之迹高度契合，对宋词风格之变亦有重要影响。

综上，从词史的角度观照朱敦儒词的创作嬗变之迹，朱敦儒确可谓是南渡词坛的巨擘。首先，朱敦儒249首传世之作实现了词体文学的表现功能从娱乐情性至言志述理的重大改变。其次，抒情主体的自我化、场景事件的纪实化、感时慨世的议论化拓展了宋词的表现手法，进一步促进了宋词的诗化甚至于散文化。最后，其秾艳密丽的词风一变而为苍凉悲壮，再变而为清畅之音，亦扩大了宋词的审美风神，促进了宋词词质的变化。沿着苏轼开创的词体革新的道路，作为南渡词坛存词量第一的词人，朱敦儒对宋词词质的变化毫无疑问产生了重要而深远的影响，其"希真体"成为一时效仿之作。作为两宋之间词名颇盛、创作颇丰的词人，朱敦儒的词确实对之后的宋词创作发生着重大影响（详见第三章第一节）。

---

① （宋）吴曾：《能改斋词话》卷1"黄鲁直词谓之著腔诗"条，唐圭璋《词话丛编》，中华书局2005年版，第125页。
② 龙榆生：《两宋词风转变论》，《龙榆生学术论文集》，上海古籍出版社2017年版，第289页。

小　结

　　出生于宋神宗元丰四年（1081）的朱敦儒，其词创作的生涯，当基本上在 12 世纪前半叶的北宋徽、钦时期至南宋高宗时期。纵观词史，朱敦儒登上词坛的时候，不仅有晚唐五代的南唐词风与"花间"传统，更有赵宋王朝百年涵养而形成的两座词坛高峰，"屯田蹊径"和"东坡范式"，以及徽钦词坛的"清真家法"。这些曲子词的创作法门，无一不在词坛盛誉崇隆。面对前代和当下的词学传统，朱敦儒在尝试中选择了属于自己的创作道路。

　　综观朱敦儒的词，早年他亦曾有学柳仿周，创作了"周、柳定当把臂"的风情词，但历经南奔、出仕、致仕，他的创作主题与风格不断发生变化，最终成为一位承苏启辛，促进宋词词质发生变化的重要的人物。此中因果，大致有三。其一，金人铁蹄踏碎宣政繁华、蹂躏中原大地的家国之辱，南奔漂泊无依、颠沛流离的切肤之痛，此等时代风云遽变是关键的外因。其二，朱敦儒的父亲朱勃与苏轼同朝为官，其任京西北路转运判官时，曾支持苏轼，共同反对朝廷修建弊大于利且劳民伤财的颍州八丈沟①。朱敦儒自己早年居洛时即与黄庭坚的外甥洪刍（驹父）交游，如前所述，《樵歌》中即有《好事近·清明百七日洛川小饮和驹父》词，南奔到洪州时，又参与了洪刍之弟洪炎主持的黄庭坚诗文集《豫章集》的编撰。由此可见，朱敦儒在家学交游方面，当与以苏轼、黄庭坚等人的元祐之学更为亲近。其三，朱敦儒虽早年有"试将天下照，万象总分明"的情怀，亦被人目为"有经世才"，却是"麋鹿之性，自乐闲旷"，具良好的佛道素养（详见下章）和艺术才华，其心性与学养是典型的疏狂之文士，亦有类东坡之处。在心性禀赋、家学与交游选择及时代风云巨变的合力作用下，朱敦儒最终成为苏、辛之间最关键的一位词人，其创作的词成为宋词词质发生变化的典型样本。

　　从主题内容看，一方面，朱敦儒的词由靖康之变前多述裘马轻狂、诗

---

① （宋）苏轼：《奏论八丈沟不可开状》，《苏文忠公全集》卷 33，《全宋文》卷 1878，第 87 册，第 83 页。

酒流连的密丽秾艳之音到南渡后多抒家国之恸、河山之殇的悲怆忧愤之调，这是南渡时期词质转变的一个显著标志，也是宋词词质发生革命性变革的典型样式；另一方面，他词集中大量的"天资旷远，有神仙风致"①、"多尘外之想"② 的山水清音及勘破世情之作，所产生的影响对于宋词跳出"艳科"传统有着不容忽视的作用。从才子词人之歌、文人志士之调再至世外仙风清音，词在朱敦儒手上，真正实现了从娱乐性情向抒情言志的转变。而其带着自传性质的自我化抒情，词中场景及事件的纪实化描写，书写内心情绪感动时的议论化倾向，虽然在一定程度上改变了"词之为体，要眇宜修"的特点，但亦很大程度上丰富和扩大了词的表现手法，改变了词质。而朱敦儒的词风除了南渡前的秾艳密丽之外，不论是南奔中的苍凉悲怆，还是之后的清畅通俗，在改变了词质的同时延伸了词的审美表现空间。综而言之，朱敦儒词的这种转化实质上彰显着从词人之词到诗人之词的演进之迹，亦即词的诗化甚至散文化，具有重要的词史意义。词从花间闺阁、勾栏瓦肆到广阔的江山塞漠，从为绮筵之助兴，抒发文士的酒边逸致豪兴，到辛稼轩词的真真正正的无事不可入，无意不可言，朱敦儒的词无疑是这种转变中的重要一环。

从词史演进的角度看，从主题风格、抒情功能到表现手法，再到审美风格，宋词的这种转变是南渡前后一个时代的特征，而非仅仅朱敦儒词所特有。但在这个转变过程中，正如王兆鹏先生所指出的那样，没有出现象苏轼、周邦彦这样开宗立派的人物，而是以群体的力量和优势推动着宋词的发展。但朱敦儒作为南渡词人中存词量最多的一位词人，他的词以249首传世词作的数量优势和艺术上的高度成为两宋之间词风递变的标本，在一定程度上影响了之后宋词的发展，是这一群体中推动宋词词质发生变化的典型。

---

① （宋）黄昇：《中兴以来绝妙词选》卷1，《四部丛刊初编》本，上海书店影印1989年版。
② （宋）汪莘：《方壶存稿》，《北京图书馆古籍珍本丛刊》(88)，书目文献出版社1998年版，第721页。

第二章

朱敦儒词中的人生风致

朱敦儒的词以其自我化抒情的表现手法书写其丰富的生命体验,一部《樵歌》,249首词作,或写年轻时的浪漫疏狂,或述乱离中的苦痛沧桑,或叙仕宦时的复杂心态,或写隐于山水自然间的自得自适,或书历经世事后的兴感体悟,主题多元,风格多样,在推进宋词词质改变的同时,亦展现了丰富的生命状态。朱敦儒的词不仅仅于词史的演进中具有重要的意义,而且其词展现出来的人生风致亦折射出了两宋更替之际的时风、士风和文化气候而具有重要的文化意义。

第一节 人生风致与文人创作

人生风致是人之主体生命状态的一种外化表现,它是自然而真实地流露出来的。文人创作是一种基于现实而辅之以想象与虚构的活动,文学作品是生活真实与艺术虚构相辅相成的结果。自然真实的流露与想象虚构之间必然存在着一定的沟壑,那么,人生风致与创作主体及其文学作品之间的关系如何呢?

一 "风致"内涵

何为"风致"?在汉语语境中,从"风"、"致"分用到"风致"作为一个语辞而使用,经历了一定的历史时间才得以约定俗成。

"风"和"致"一开始都是一种客观表达,不关乎主体精神,而表示客观存在的一种状态或动作。其中,"风",原指因空气流动所产生的自然现象，所谓"大块噫气，其名为风"(《庄子·齐物论》)①，《说文解字》中所谓"东方曰明庶风，东南曰清明风，南方曰景风，西南曰凉风，西方曰阊阖风，西北曰不周风，北方曰广莫风，东北曰融风"② 八风，皆指自然现象。"致"，原指动作、动态，《说文解字》云："致，送诣也。"再如"君子以致命遂志"(《易·象下传》)③，"远莫致之"(《诗经·卫风·竹竿》)④。

汉以后，它们分别被用来描绘人的气质和风度。司马迁《报任安书》曰"亦尝侧闻长者之风矣"⑤，《世说新语·德行》载"李元礼风格秀整，高自标持，欲以天下名教是非为己任"，《世说新语·贤媛》又载"王夫人神情散朗，故有林下风气"⑥，《魏书》载杜铨"有长者风"⑦，在这里，"风"由原指自然现象转变为指人的"风范、韵致、气度"。"致"在语意的转变中则名词化为"旨趣、意态"。如陈寿《三国志》载"(蒋)干还，称瑜雅量高致"⑧，《文心雕龙·章句》载："是以搜句忌于颠倒，裁章贵于顺序，斯固情趣之指归，文笔之同致也。"⑨《文心雕龙·定势》又载："夫情致异区，文变殊术，莫不因情立体，即体成势也。"⑩《诗品》卷上评班婕妤时说："词旨清捷，怨深文绮，得匹妇之致。"⑪由此，我们可以看出，"风"和"致"到此时即分别指向人的外在表现。任何主体性的外在表现均源自主体内在的精神气质。谢道韫的"林下之风"、班婕妤的"匹妇之致"便是各自不同心性的流露，乃一心清，一怨深所致。

这种源自内在心性的"风"、"致"合用则可用来指人的一种风度、

---

① (清)郭庆藩撰，王孝鱼点校：《庄子集释》卷1，中华书局1961年版，第45页。
② (汉)许慎：《说文解字》卷第13下，《四部丛刊》初编本。
③ 《周易》卷5，《四部丛刊》初编本。
④ (汉)毛亨传，(汉)郑玄笺，(唐)孔颖达疏：《毛诗正义》，《十三经注疏》本，北京大学出版社1999年版，第236页。
⑤ 严可均：《全上古三代秦汉三国六朝文·全汉文》卷26，中华书局1958年版，第271页。
⑥ (南朝宋)刘义庆撰，徐震堮校笺：《世说新语校笺》，中华书局1984年版，第4、378页。
⑦ (北齐)魏收：《魏书》卷45，中华书局1974年版，第1018页。
⑧ (晋)陈寿：《三国志》卷54，中华书局1959年版，第1265页。
⑨ 范文澜：《文心雕龙注》，人民文学出版社1958年版，第571页。
⑩ 范文澜：《文心雕龙注》，人民文学出版社1958年版，第529页。
⑪ (南朝梁)钟嵘：《诗品》卷上"汉婕妤班姬"条，何文焕辑《历代诗话》(上)，中华书局1981年版，第6页。

格调、情趣、韵致，如《新唐书·崔珙传》："子远，有文而风致整峻，世慕其为。"① 再如，"宝玉疯疯傻傻，不似先前风致"②，"视之，年十六七，窈窕秀弱，风致嫣然"③。由此，"风致"成为一个审美命题，成为生命经验的一种外化方式。它表现为一种非具体的、可感知的存在形式。而本书所指的"人生风致"则是指是作为存在主体的人的内在个性、涵养、精神的外化，表现为一种风度、气质和精神面貌。

二 文人之风致与创作的关系

风致，作为存在主体表现出来的风范、气质、精神面貌，是主体内在个性、涵养、精神的外化的结果，而其外化凭借的方式则是主体的言语和行为。如此，领略古人风致则只能凭借那些穿越时空的言辞了，所谓"先王圣化，布在方册，夫子风采，溢于格言"（《文心雕龙·征圣》）④。清代张德瀛在《词徵》中说："朱希真词品高洁，妍思幽窅，殆类储光羲诗体。读其词，可想见其人。"⑤ 那么，生活真实与艺术虚构相结合的作品所传达的内容和创作主体的风范、气质、精神之间的关系究竟如何呢？"读其词，可想见其人"的客观指数是多大呢？通过《樵歌》能否透视朱敦儒的人生风致？

西汉扬雄说："言，心声也，书，心画也。声画形，君子小人见矣。"⑥ 他认为从创作者的作品中可以看出人格的高低，这有一定的道理但似乎有失偏颇。正如元好问所言，"心画心声总失真，文章宁复见为人。高情千古闲居赋，争信安仁拜路尘"⑦。钱锺书先生也指出："'心画心声'，本为成事之说，实尟先见之明。然所言之物，可以饰伪：巨奸为忧国语，热中人作冰雪文，是也。"然而，钱先生同时也指出："其言之格

---

① （宋）欧阳修、宋祁：《新唐书》卷182，中华书局1975年版，第5364页。
② （清）曹雪芹、高鹗：《红楼梦》下，脂砚斋精评本，北京联合出版公司2016年版，第709页。
③ （清）蒲松龄：《聊斋志异》，光明日报出版社2009年版，第546页。
④ 范文澜：《文心雕龙注》，人民文学出版社1958年版，第15页。
⑤ （清）张德瀛：《词徵》卷5"朱希真词"条，唐圭璋《词话丛编》，中华书局2005年版，第4163页。
⑥ （汉）扬雄：《扬子法言》卷5《问神》，《四部丛刊》初编本。
⑦ （金）元好问：《论诗三十首》其六，《元好问全集》，山西古籍出版社2004年版，第268页。

调，则往往流露本相：狷急人之作风，不能尽变为澄澹，豪迈人之笔性，不能尽变为谨严。文如其人，在此不在彼也。"① 很明显，钱锺书先生这里说的"此"不是强调所言之具体内容，而是指作品透露出来的格调和韵致。"文以气为主，气之清浊有体，不可力强而致"（曹丕《典论·论文》）②，彰显于作品中的创作主体的"气"，即个体内在的气质涵养是难以力强而为之的。"吐纳英华，莫非情性"（《文心雕龙·体性》）③ 亦同此理。马克思在谈到创作主体和创作对象的关系时也曾说："真理占有我，而不是我占有真理。我只有形成我的精神个体性的形式。'风格即是人'。"④ 真理作为表现的对象，不是我（主体）所可以占有的，可言之物对于任何一个创作主体来说都是同等的，任何一个创作主体都可以选择任何一个所言对象。但我的"精神个体性"却是我所有的，是任何其他个体所无法取代的。在这里，"精神个体性"在文章中的表现得到了肯定和强调。蒋寅先生在论及诗歌作者和文本的关系时，通过对"文如其人"成立的三种可能性的说明，在梳理古今中外有关该命题的观点的基础上指出，在作家气质、个性和作品的关系上，"文如其人"有合理内核⑤。那么，"读其词"，确"可想见其人"。只是，一方面，这里的"人"不关乎主体之德性，需要抛开"君子"和"小人"之论的狭隘性，而是和创作主体的精神、涵养和个性气质、审美倾向等因素相关。另一方面，此处"人"所展现的精神气质、审美风神，并不一定完全和现实中的创作主体一致。某些特征会有一定的失真之处，但"现实之人"的精神气度与"作品中人"相较，不论其特质是放大还是缩小，"作品中人"总是创作主体审美理想和包括伦理道德、价值判断之精神追求的呈现，折射着主体所承载的历史文化和浸润着的时代文化气候。

作为朱敦儒传世词集的《樵歌》无疑可以反映出创作主体朱敦儒所追求"精神个体性"，传达出一种彰显其个性气质、精神、涵养的人生风致。

---

① 钱锺书：《谈艺录》，中华书局1984年版，第163页。
② （清）严可均：《全上古三代秦汉三国六朝文·全三国文》卷8，中华书局1958年版，第1098页。
③ 范文澜：《文心雕龙注》，人民文学出版社1958年版，第506页。
④ 马克思、恩格斯：《马克思恩格斯全集》，人民文学出版社1986年版，第7—8页。
⑤ 蒋寅：《古典诗学的现代诠释》，中华书局2003年版，第181—193页。

历来评价《樵歌》，或言其"飘逸高妙"①，或言其"天资旷远，有神仙风致"②，或言其"清气自不可没"③，或言其"清隽名贵"④，强调的都是朱敦儒于词中展现出来的世外之风。另外，作为"山水词人"旷逸一面的同时仍"不能忘情于十丈红尘"⑤，具"狂放的胸怀"和"颓废"⑥的一面。诸如此类的评论多是对朱敦儒词之审美风神的界定。这种鲜明的风格毫无疑问和创作主体的个性气质、精神涵养、审美心态相统一，折射出词人的人生风致。笔者亦拟通过对《樵歌》清词妍句的探讨，掀开历史帷幕，掸落岁月积尘，尽可能还原两宋之间曾引起无数文士感慨不已的希真风致，管窥两宋之际的时风和士风。

第二节 朱敦儒词中人生风致的表现

在宋词的发展演变过程中，朱敦儒继承并发展了苏轼以词抒发个人情志的作词方法。《樵歌》抒情的一个重要特点就是表现出强烈的主观抒情的愿望，重在抒发自我化、个性化的感情，表现自我的性灵怀抱和强烈的自我意识。一部《樵歌》，堪称朱敦儒的诗化之自传，其独特的"精神个体性"彰显着独特的人生风致。

一 "不肯随人独自行"——自我主体意识

朱敦儒词之主题与风格多元且呈现出明显的嬗变之迹，但不论年轻处伊洛还是晚年居嘉兴，不论是南奔避难还是出仕为官，朱敦儒的词中始终展现出独特的自我精神，其中强烈的自我主体意识是其重要的表征。这种

---

① （宋）刘克庄：《后村诗话·续集》卷4，《宋诗话全编》（8），江苏古籍出版社1998年版，第8457页。
② （宋）黄昇：《中兴以来绝妙词选》卷1，《四部丛刊》初编本，上海书店影印1989年版。
③ （宋）汪莘：《诗余序》，《方壶存稿》，《北京图书馆古籍珍本丛刊》（88），书目文献出版社1998年版，第721页。
④ （清）陈廷焯编撰，孙克强、杨传庆点校：《云韶集辑评》卷5，《中国韵文学刊》2010年第3期，第62页。
⑤ 唐圭璋、潘君昭：《唐宋词学论集》，齐鲁书社1985年版，第146页。
⑥ 薛砺若：《宋词通论》，上海书店1985年版，第214页。

自我意识以个体独立价值的自我的觉醒和个性的张扬为主要特征。

1. "东坡范式"的继承

朱敦儒对"东坡范式"的继承就是自我意识和独特个性的体现。"东坡范式"发轫于韦庄、李煜自我化抒情的作词方式,定型于东坡崛起词坛。它的主要特征是"着重表达主体意识,塑造自我形象,表达自我独特的人生体验,抒发自我的人生理想和追求,用况周颐的话说是'以吾言写吾心'"[①]。希真南渡前亦多宴饮游狎、相思离怨之词,但更以不同于时俗的"我是清都山水郎"(《鹧鸪天·西都作》)的自我表白式清调,向词坛吹去一缕清风,承载着"东坡范式",前承东坡,后启稼轩,成为苏辛一派中的桥梁。而相对来说,在北宋末年,词坛笼罩着一派柔靡婉艳之声。像张元幹、向子諲等南渡后或以豪放,或以清逸名世的词人在南渡之前亦不外乎是描写风花雪月、歌舞流连。而且东坡的"以诗为词"在当时似乎也不是很受欢迎。陈师道在《后山诗话》中说"子瞻以诗为词,如教坊雷大使之舞,虽极天下之工,要非本色"[②],李清照《词论》说其小歌词"皆句读不葺之诗耳"[③]。事实上,北宋学苏词的人微乎其微,苏门学士也多秉承本色一派。朱敦儒南渡前自行己怀的一些清疏、清丽之词体现出一种不同于时的气度和自我意识。而整部《樵歌》中,很少类型化的感情抒发,绝大部分词章都是采用自我化、个性化的抒情方式,表现创作主体复杂的内心世界、悲乐情怀。整部《樵歌》,或借咏物、咏史、游仙等形式表现自我情怀,或直接抒发个体的羁旅之叹,哀怨之思,词人一生的悲欢离合、酸甜苦辣全都刻录其中。可见,朱敦儒选择的创作态度本身就彰显着主体意识和个性。那么,在朱敦儒的词中,这种"不肯随人独自行"的要求实现个体独立价值的自我意识又是怎么样具体体现出来的呢?

2. 自我化的语辞

《樵歌》中表现自我主体意识的"我"、"吾"、"自家"等词频繁出现于词中,计58次。这些语辞的频繁使用是主体意识强化的结果,是创

---

① 王兆鹏:《宋南渡词人群体研究》,凤凰出版社2009年版,第147页。
② (宋)陈师道:《后山诗话》,何文焕辑《历代诗话》,中华书局1981年版,第309页。
③ (宋)魏庆之:《魏庆之词话》"李易安评"条,唐圭璋《词话丛编》,中华书局2005年版,第202页。

作主体意识到自我作为一个生命个体存在的独立价值后的不自觉流露。在这些自我化语辞的统率下，不仅书写着创作主体的悲乐情怀，更彰显着强烈的自我主体意识，如：

> 无人惜我，我自殷勤怜这个。恶峭惺惺，不肯随人独自行。乾坤许大，只在棘针尖上坐。依旧多情，搂着虚空睡到明。
> ——《减字木兰花》

"无人惜我"，那是身处红尘世界中的一种孤独和寂寞感。然而虽然孤独寂寞，却不愿放弃自己的观念和主张而"不肯随人独自行"且殷勤自怜。"乾坤许大"，不合时宜的"我""只在棘针尖上坐"，绝不随波逐流且不怨不悔，宁愿"搂着虚空睡到明"。须注意的是，在这里，"虚空"当不是空无一物，彻底放倒之意。因为词中的"我"很明显没有完全超脱，而是恶峭惺惺，依旧多情，殷勤自怜的。可见这"虚空"里暗藏着的是久客红尘的"我"看尽繁华喧嚣之后仍然固守着的自尊、自信与自傲，是词人极为珍视并坚持的自由独立的心灵。而开篇所言之"无人惜我"，但"我自殷勤"，更体现出这位红尘才子的坚守与执着。整首词流露着浓厚的主体意识。再譬如，词人吟着"暂借权监，持节纡朱我甚惭"（《减字木兰花》），他怨"东风误我，满帽洛阳尘"而"唤飞鸿，遮落日，归去烟霞外"（《蓦山溪》），他以"怎似我，心闲便清闲，无南北"（《满江红》）而满足自适，他于红尘中宁愿"独自风流独自香，明月来寻我"（《卜算子》）。由此亦可见，词中之"我"非追求功利之"我"，而是以实现自我理想人格为主旨的、觉醒的、具有主体意识的"我"。再看下列一组词的"自家"意识（句中着重号为笔者所加）：

> 生长西都逢化日，行歌不记流年。花间相过酒家眠。乘风游二室，弄雪过三川。　莫笑衰容双鬓改，自家风味依然。碧潭明月水中天，谁闲如老子，不肯作神仙。
> ——《临江仙》

> 堪笑一场颠倒梦，元来恰似浮云。尘劳何事最相亲。今朝忙到夜，过腊又逢春。　流水滔滔无住处，飞光忽忽西沉。世间谁是百年

人。个中须着眼,认取自家身。

——《临江仙》

信取虚空无一物,个中著甚商量。风头紧后白云忙。风元无去住,云自没行藏。 莫听古人闲语话,终归失马亡羊。自家肠肚自端详。一齐都打碎,放出大圆光。

——《临江仙》

试看何时有,元来总是空。丹砂只在酒杯中,看取乃公双颊照人红。 花外庄周蝶,松间御寇风。古人漫尔说西东,何似自家识取卖油翁。

——《凤蝶令》

老后人间无处去,多谢碧桃留我住。红尘回步旧烟霞,清境开扉新院宇。 隐几日长香一缕,风散飞红花不聚。眼前寻见自家春,罢问玉霄云海路。

——《木兰花》

这组词书写着的是一种历经沧桑看穿世事后对自我个体生命的深沉思考,彰显着创作主体强烈的自我主体意识。首先,五首词章演示出创作主体的心路历程的演变过程:经过南渡五年的零落,十年仕宦的酸辛后对"行歌不记流年。花间相过酒家眠。乘风游二室,弄雪过三川"(《临江仙》)的世事浮华,词人感受到的是世事"一场颠倒梦,元来恰似浮云",参悟到世事原来乃着一"空"字,正是"风头紧后白云忙",而"风元无去处,云自没行藏",表现出词人无所用心的虚无思想。而这从某种意义上说是其企图保持自我人格的最后挣扎。其次,透过对世事的思考,表现出创作主体源于老庄和六朝文人的对生命的深层次思索,"流水滔滔无住处,飞光忽忽西沉。世间谁是百年人",和"人生天地之间,若白驹之过隙,忽然而矣"(《庄子·知北游》)① 源出一辙。面对时间的无奈,词人以智慧的眼光洞察世情,把认识自我作为平衡心灵的砝码。再看五首词中

---

① (清)郭庆藩撰,王孝鱼点校:《庄子集释》卷7,中华书局1961年版,第746页。

的"自家意识":"自家肚肠自端详","个中须着眼,认取自家身","自家风味依然","何似自家识取卖油翁","眼前寻见自家春"。这种强烈的"自家风味"表现出词人保持自我的个性和体悟自我生命的意识。同时"一齐都打碎,放出大圆光","花外庄周蝶,松间御寇风","清境开扉新院宇","罢问玉霄云海路",则是认取自家面目后禅悦式的通脱。

3. 咏物词寓自我意识

《樵歌》中除大量直吟"自我"的词章外,其咏物词也以其独有的特色寄托着创作主体强烈的自我意识。清代李重华在《贞一斋诗说》说:"咏物诗有两法:一是将自身放顿在里面,一是将自身站立在旁边。"① 而朱敦儒的咏物词则如王兆鹏先生说的"把对象物作为自我人格精神、行为方式的化身,或者说是他词中所写之物是他自我人格精神的对象化","把自我的人格个性、意志风神与物合成一体"②。《樵歌》中咏物词并非仅对吟咏物作纯粹描摹,而是涵盖着创作主体审美理想,是一种自我观照式的写作。如"似语如愁,却问我何苦红尘久客"而"千林无伴,淡然独傲霜雪"的梅(《念奴娇·梅次赵仙源韵》),"清露湿幽香"的水仙(《促拍丑奴儿》),"轻风冷露夜深时,独自个凌波直上"的荷花(《鹊桥仙·和李易安金鱼池莲》)。这些物象全都被投入了词人保持自我独立人格的个性特征。再如下面一组词:

> 白菊好开迟。冷蝶空迷。沾风惹露也随时。何事深藏偏在后,天性难移。 陶令最怜伊。同病相医。寒枝瘦叶更栽培。直到群芳零落后,独殿东篱。
>
> ——《浪淘沙》

> 今年梅晚,懒趁寿阳钗上燕。月唤霜催,不肯人间取次开。低鬟掩袂,愁寄玉阑金井外。粉瘦香寒,独抱深心一点酸。
>
> ——《减字木兰花》

> 飘萧我是孤飞雁,不共红尘结怨。几度蓬莱清浅,侧翅曾傍看。

---

① (清)王夫之等撰,丁福保辑:《清诗话》,上海古籍出版社1999年版,第930页。
② 王兆鹏:《宋南渡词人群体研究》,凤凰出版社2009年版,第216页。

有时飞入西真院，许趁风光流转。玉蕊绿华开遍，可惜无人见。

——《桃源忆故人》

在这里，菊是迟开之菊，梅是晚开之梅，雁是飘萧之雁，高傲的它们都具有不从于众的特点。而词人在刻画它们的形象时，着重突出了它们"独"、"不共"的特征：菊"独殿东篱"、"天性难移"；梅"不肯人间取次开"、"独抱深心"；雁则"不共红尘"。这意味着创作主体对世俗大众的背离，仿佛吟咏着"举世皆浊我独清，众人皆醉我独醒"（《楚辞·渔父》）① 的泽畔诗人，仿佛那唱着"拣尽寒枝不肯栖，寂寞沙洲冷"（苏轼《卜算子》）的坡仙，暗示着一种孤高清傲、遗世独立的情怀。而对比一下当时的社会状况，它们的价值就更加凸显出来了。葛胜仲在《策问·士风》中指出：

> 今之服儒者，往往不能以分义自安，投罅伺隙，干时射利，追逐时好，奏交公车，甚者饰游辞以诬善类，倡邪说以渎先烈。彼其居心积虑，岂有意于整纷救弊哉？不过侥幸爵赏，偷取少顷之荣而已。迨夫时再新，国事既定，则又尽变前日之说，而更为趋附之计。②

而南渡之后，士风并无多大好转。建炎二年（1128），殿中侍御史张守曾上疏说：

> 比年以来，纲纪隳坏，风俗凋薄，士大夫无奉公守节之诚，有全身远害之计，一旦缓急，委君父而不顾，此靖康之末，可为痛哭流涕者也。③

在大部分士人都兢兢营营，官场腐败黑暗的时候，这种超拔于时俗之上，近乎顽固不化地独守孤寂的怀抱实际上是难能可贵的独立品格，是词

---

① （宋）朱熹：《楚辞集注》，江苏广陵古籍刻印社1990年版，第145—146页。
② （宋）葛胜仲：《丹阳集》卷6，影印文渊阁《四库全书》本，台湾商务印书馆1986年版。
③ （宋）徐梦莘：《三朝北盟会编》卷119，影印文渊阁《四库全书》本，台湾商务印书馆1986年版。

人思考人生之后,面对现实固守自我人格的人生态度,表现出对自我的深层肯定,显现出强烈的自我意识。词人坚守的心态一如词人吟咏的瑞香是"不妨守定,从他人叹,老入花丛"(《眼儿媚》),而吟咏的桃花则一反其或艳丽或凄美的特点,"不下山来不出溪,待守刘郎老"(《卜算子》),俨然一位独立不迁的隐者,彰显词人矢志不移的人格追求。如程颐所言:"君子所以大过人者,以其能独立不惧,遁世无闷也。天下非之而不顾,独立不惧也。举世不见知而不悔,遁世无闷也。"①"在昏暗艰难之时,而能不失其正,所以为明君子也。"②

4. 狂歌中的张扬个性

另外,《樵歌》中表现出的张扬的个性也彰显着强烈的自我主体意识。《樵歌》透露出的遮掩不住的强烈的自我意识中体现出创作主体要求保持自我个性和自我尊严的愿望,追求独立的个体人格的精神觉醒。张狂的个性和强烈的自我意识本就是一对孪生姐妹。觉醒之后的个性自是张扬的,如于北宋末词坛名重一时,"最脍炙人口"③ 的《鹧鸪天》:

> 我是清都山水郎,天教懒慢带疏狂。曾批给露支风敕,累奏流云借月章。 诗万首,醉千场,几曾著眼看侯王?玉楼金阙慵归去,且插梅花醉洛阳。

这篇清疏、明快的词章最能代表词人南渡前的独立不迁之思想。该词作于表面升平而实际上社会矛盾丛生,政治吏治腐败的徽宗朝。词人宁愿隐居于山水清都,宁愿醉于诗酒风流的宣言是在狂傲个性的张扬中对追求自我价值,保持独立完善人格的清醒认识,是在失落迷狂中寻找自我。这种态度隐含着词人对个体人生的真正价值的思考。而上阕词人自称是"清都山水郎",表现了对世人汲汲追求的功名富贵的直接否定。下阕言"几曾著眼看侯王"全是一派傲视王侯的作风。这种气概可比肩那位"安能摧眉折腰事权贵,使我不得开心颜"(李白《梦游天姥吟留别》)、"天子呼来不

---

① (宋)程颐、程颢著,王孝鱼校点:《二程集》,中华书局1981年版,第840页。
② (宋)程颐、程颢著,王孝鱼校点:《二程集》,中华书局1981年版,第878页。
③ (宋)周必大:《二老堂诗话》"朱希真出处"条,《宋诗话全编》(6),江苏古籍出版社1998年版,第5907页。

上船，自称臣是酒中仙"（杜甫《饮中八仙歌》）的谪仙人，体现出张扬的个性。由于自我的觉醒，词人这种张扬个性中对王权的反叛是深有力度的。

再看看《樵歌》中除为人所熟知的隐逸风致之外的另一面，那些任才之气和狂游之致：词人感叹"回首妖氛未扫，问人间英雄何处？奇谋报国，可怜无用，尘昏白羽"（《水龙吟》），"有奇才，无用处"（《苏幕遮》），失望之后是"青史几番春梦，红尘多少奇才"（《西江月》）。这种对自我才华的肯定近似于太白的"天生我材必有用"（《将进酒》）的任气，对自我肯定的同时，体现出狂放之气。在《樵歌》中词人记录着其早年的生活是"占断狂游"，游宴时是"歌纵群英诸彦，舞狂蕙带荷衣"（《苏武慢》），沉闷时"但且恁痛饮狂歌，欲把恨怀开解"（《风流子》），出仕后他的志向是"奉天威，扫平狂虏，整顿乾坤了"，就是南奔之流落亦是"狂踪怪迹"（《柳梢青》），皆狂放逼人之语。这"狂游"、"狂踪"、"狂歌"的风流浪子派头和放浪不羁的名士风采正是他个性张扬的表现。

整部《樵歌》249首词，除早年伊洛间那些"占断狂游"式的本色之词及少数应答唱和之作外，大部分词作表达着创作主体的个性化情感意识，也正因为如此，《樵歌》才成为一部"传记式"的集子而区别于宋代的其他词集，体现着强烈的自我意识。《樵歌》中展现出来的创作主体是任性狂放，崇尚独立人格，具强烈自我意识的。这种人生态度在显现其风致之一面的同时，又作为决定个人风致的一个因素影响着创作主体以下几个层面的表现。

二 "淡然心寄水云间"——山水情怀

朱敦儒时代的世风，"奔趋衔鬻为深谋"、"委靡因循为窃食之计"①，"比年以来，纲纪隳坏，风俗凋薄，士大夫无奉公守节之诚，有全身远害之计"②。在这样的社会历史条件中作为一个"不肯随人独自行"而坚持着个体心灵独立的创作主体，走向山林云水以求保持自我人格，寻求心灵

---

① （宋）葛胜仲：《丹阳集》卷6，影印文渊阁《四库全书》本，台湾商务印书馆1986年版。
② （宋）徐梦莘：《三朝北盟会编》卷119，影印文渊阁《四库全书》本，台湾商务印书馆1986年版。

的栖顿之处实是选择的必然。事实上，这也是中国古代文人在现实的痛苦和失意无法摆脱之后共同的选择。山水自然以其所特有的超然意趣成为沟通诗人心灵和永恒宇宙之间的桥梁，所谓"此中有真意，欲辨已忘言"（陶渊明《饮酒》）。从老庄崇尚"万物与我为一"[1]到魏晋人物回归自然与山水相亲，山水自然，成为古代文士兼济之志落空后的心灵栖息地。"麋鹿之性，自乐闲旷"的个性及政、宣年间到高宗绍兴时期的社会现状让朱敦儒亦情寄山水自然之间，《樵歌》中大量书写山水情怀，唐圭璋、潘君昭两位先生更干脆冠其以"山水词人"[2]之雅称。

1. 直抒山水之乐

《樵歌》中有大量直接描写山水之乐的词章书写着创作主体的山水情怀。南渡前，朱敦儒就自云"我是清都山水郎"（《鹧鸪天》），过着"乘风游二室，弄雪过三川"（《临江仙》）的生活，且"不为科举之文，放浪江湖间"[3]。南渡后他自云"我是卧云人"（《如梦令》），过着"淡然心寄水云间"的生活。山水自然在朱敦儒的生活中可以说除了绍兴三年到绍兴十六年（1133—1146）仕宦时期外，是常与之相亲的。朱敦儒在冥合自然中，以淡化物我的精神回归自然，在美丽的山水自然中化解现实的苦痛，寻找心灵的栖息所。如《念奴娇·垂虹亭》：

> 放船纵棹，趁吴江风露，平分秋色。帆卷垂虹波面冷，初落萧萧枫叶。万顷琉璃，一轮金鉴，与我成三客。碧空寥落，瑞星银汉争白。　深夜悄悄鱼龙，灵旗收暮霭，天光相接。莹澈乾坤，全放出叠玉层冰宫阙。洗尽凡心，相忘尘世，梦想都销歇。胸中云海，浩然酒浸明月。

在清清秋风送爽的月明之夜，放船纵棹于"万顷琉璃，一轮金鉴"的江面，望着天光相接，莹澈无尘的天空，词人不由得沉浸在明净透彻，旷远空阔的境界里。在对空灵无尘、明澈清澄的湖光水色的凝神观照中，吞吐

---

[1] 《庄子·齐物论》，（清）郭庆藩撰，王孝鱼点校《庄子集释》卷1，中华书局1961年版，第79页。
[2] 唐圭璋、潘君昭：《唐宋词学论集》，齐鲁书社1985年版，第146页。
[3] （宋）章定：《名贤氏族言行类稿》卷5，影印文渊阁《四库全书》本，台湾商务印书馆1986年版。

天地，超越时空。此时，渺小的个体和广袤的宇宙仿佛神交契合，在"胸中云海，浩然酒浸明月"的物我冥合中，不禁"洗尽凡心，相忘尘世"，红尘俗世中的痛苦忧愁，缠绕羁绊在灵魂的净化中云散烟消了。"艺术心灵的诞生，在人生忘我的一刹那。"① "我"在自然和心灵的对话中，在"物我合一"的永恒感中暂时彻底地超脱了。再如：

  深住小溪春，好在柳枝桃叶。风淡水清人静，数双飞蝴蝶。
  日长时有一莺啼，兰佩为谁结。消散旧愁新恨，泛琴心三叠。
——《好事近》

春天的小溪旁，风轻云淡，水清莺啼，柔柔的柳枝随风摇摆，碧绿的桃叶临水自照，一对蝴蝶翩翩飞舞。此时的人呢，唯着一"静"字。词中创作主体在面对真山真水的"清"与"静"中，其主体精神亦已和客观的自然山水融为一体，在物我界线的消融中化解了心中郁结，销散了旧愁新恨。

  朱敦儒也在水国云乡里找到了实现其理想人格的载体。"水云间"的生活一如下面的闲逸自在：

  不系虚舟取性颠，浮河泛海不知年。乘风安用青帆引，逐浪何须锦缆牵。 云荐枕，月铺毡，无朝无夜任横眠。太虚空里知谁管，有个明官唤作天。
——《鹧鸪天》

  先生筇杖是生涯，挑月更担花。把住都无憎爱，放行总是烟霞。
  飘然携去，旗亭问酒，萧寺寻茶。恰似黄鹂无定，不知飞到谁家。
——《朝中措》

  无人请我，我自铺毡松下坐。酌酒裁诗，调弄梅花作侍儿。
  心欢易醉，明月飞来花下睡。醉舞谁知，花满纱巾月满怀。
——《减字木兰花》

---

① 宗白华：《艺境》，安徽教育出版社2000年版，第109页。

在这种生活中，词人的理想人格寓于自然的花、月、松、风、云、溪山、河海、烟霞之中。在远离尘嚣的境界中以云为枕、月光为毡，任醉横眠，问酒寻茶，裁诗醉舞，在美景中任情自然。"把住都无爱憎，放行总是烟霞"，萧然忘机，旷远的情怀达到不知何者为物，何者为我的逍遥境界之中。

抒情主人公"吹笛月波楼下"（《好事近》），"邀老伴，浮船载酒，舣棹观澜。倩轻鸥假道，白鹭随轩"（《满庭芳》），吟咏着"鸳鸯湖上，波平岸远，酒酽鱼肥"（《朝中措》）、"云涛晚，霓旌散，海鸥轻。却钓松江烟月醉还醒"（《相见欢》）的闲适欢快，享受着"等闲池上饮，山间醉"的"山家风味"（《感皇恩》）和"回棹桃花插满船"（《减字木兰花》）、"半床花影，一枕松风"（《诉衷情》）的惬意快乐。在自然的林下清风、烟霞明月中主人公舒展着身心，忘怀尘世苦恼。在自然和心灵的对话中，主人公"登临任意，随步白云生，三秀草，九花藤，满袖琼瑶蕊"（《蓦山溪》）。主人公逃离了争斗喧嚣的尘世，在大自然的宁静和谐中，在主体心灵和客体自然之间的距离被拉近的时候，"何须麴老，浩荡心常醉"《蓦山溪》），任意逍遥，享受快乐和轻松。

2. "渔父家风"

历代文人所称道的"渔父家风"实为山水情怀的体现。《樵歌》中计7首渔父词，为《好事近》6首，《浣溪沙》1首。自垂钓渭水之滨的姜太公到那位唱着"沧浪之水清兮，可以濯吾缨，沧浪之水浊兮，可以濯吾足"（《楚辞·渔父》）[①]的渔父，从屈子愤世之笔到张志和的超然之辞，渔父形象成为一个摆脱世间束缚，追求精神独立而孤高出尘的精神化身。他的产生伴随着无奈和愤懑，他的灵魂伴随着失意的悲凉与慨叹。这一点朱敦儒也在所难免，他的渔父词中也有"长醉是良策"的无可奈何之叹，但他的渔父世界更多的是心灵的栖息所，如他的《浣溪沙·玄真子有渔父词，为添作》：

西塞山前白鹭飞，吴淞江上绿杨低，桃花流水鳜鱼肥。青箬笠将风里戴，短蓑衣向雨中披，斜风细雨不须归。

整首词在化用张志和《渔歌子》的意境的基础上加上了"吴淞江上绿杨

[①] （宋）朱熹：《楚辞集注》，广陵古籍刻印社1990年版，第147页。

低"，点明地点，在"青箬笠"后加"将风里戴"，在"绿蓑衣"后加"向雨中披"披露出词人投怀于自然的原因——现实的无奈。如同晋宋人一样，为化解现实的痛苦而走向山水自然并发现了它们的美丽与清纯。也正是现实的苦痛与无奈，使词人放下千千红尘，投入大自然的怀抱，企冥合物我，忘怀俗世。

而《好事近·渔父词》中的灵想独辟的"渔父"境界更好地体现了这一企慕：

  摇首出红尘，醒醉更无时节。活计绿蓑青笠，惯披霜冲雪。晚来风定钓丝闲，上下是新月。千里水天一色，看孤鸿明灭。

  眼里数闲人，只有钓翁潇洒。已佩水仙宫印，恶风波不怕。此心哪许世人知，名姓是虚假。一棹五湖三岛，任船儿尖耍。

  渔父长身来，只共钓竿相识。随意转船回棹，似飞空无迹。芦花开落任浮生，长醉是良策。昨夜一江风雨，都不曾听得。

  拨转钓鱼船，江海尽为吾宅。恰向洞庭沽酒，却钱塘横笛。醉颜禁冷更添红，潮落下前碛。经过子陵滩畔，得梅花消息。

  短棹钓船轻，江上晚烟笼碧。塞雁海鸥分路，占江天秋色。锦鳞拨刺满篮鱼，取酒价相敌。风顺片帆归去，有何人留得。

  猛向这边来，得个音信端的。天与一轮钓线，领烟波千亿。红尘今古转船头，鸥鹭已陈迹，不受世间拘束，任东西南北。

"塞雁海鸥分路，占江天秋色"，"晚来风定钓丝闲，上下是新月。千里水天一色，看孤鸿明灭"，这是冥合于自然，空明悠远的清凉世界，如陈廷焯所说"绘景清绝，直是仙境"①；"一棹五湖三岛，任船儿尖耍"，"拨

---

① （清）陈廷焯撰，孙克强、杨传庆点校：《云韶集辑评》卷5，《中国韵文学刊》2010年第3期，第62页。

转钓鱼船,江海尽为吾宅","不受世间拘束,任东南西北",这是遨游于山水的畅怀潇洒;"眼里数闲人,只有钓翁潇洒","锦鳞拨刺满篮鱼,取酒价相敌",这是放怀于山水的快乐……在清风明月里,水天一色中,风定丝闲,随意回棹。大自然的明净、轻盈和主体心灵的逍遥、闲散如"江上晚烟笼碧",湖水与暮色交融,浑然一体,词人独钓红尘之外,"与天地精神往来"(《庄子·天下》)①。

3. 借隐逸写山水之乐

隐逸,有大隐、中隐、小隐,有隐于朝、有隐于市、有隐于山水之间,等等,不一而足。隐逸词中亦多寓山水情怀。《樵歌》中的三分之一的词是表现隐逸情怀的,这类词并不都是模山范水,描月绘云,但都是以山水自然为依托,以心寄水云间的生活为基础的。"想见卧云人,松黄落洞门"(《菩萨蛮》),"日长几案琴书净,地僻池塘鸥鹭闲"(《鹧鸪天》)的隐逸之思、闲适之致;"与君先占赤城春,回桡早趁桃源路"(《踏莎行》)的烟霞之约等都是对自然欣然向往的吟唱,对山水之乐的歌咏。结合厉鹗《宋诗纪事》引《澄怀录》所论:"陆放翁云:'朱希真居嘉禾,与朋侪诣之,闻笛声自烟波间起,顷之,櫂小舟而至,则与俱归。'"② 可知朱敦儒与自古之隐者一样,以寄情于山水自然之间,享受天地之灵气、日月精华为指归。

由上可见,《樵歌》中展现了一往情深地投入山水怀抱的抒情主人公形象。这体现着中国古代文人士丈夫"进则尽节,退则乐天"的人格特征,实为词人之风致的折射。这是一种从老庄开始的文士们所追求的物我一如的体验,是在山水空灵里的任性逍遥,实现着的是一种自我完善与人格升华的诗化人生。

三 "独自风流独自香"——高标远韵

高标远韵是创作主体审美理想外化所表现出来的一种风致。它彰显了上述二种风致,同时它的形成也有赖于上述的创作主体的自我意识和独特个性以及心寄水云间的生活方式。那种不愿从俗于众的主体意识、个性和远离红尘的清清世界里的生活必然导致创作主体对高标远韵的追求。而这

---

① (清)郭庆藩撰,王孝鱼点校:《庄子集释》卷10,中华书局1961年版,第1098页。
② (清)厉鹗:《宋诗纪事》卷44,上海古籍出版社1983年版,第1131页。

种高标远韵在《樵歌》中主要体现为创作主体清雅旷远、超拔脱俗的审美倾向，代表着文人士大夫所普遍追求的文化选择。

《樵歌》中表现出来的创作主体对高标远韵的崇尚是一以贯之的。在46岁前居洛阳时那段诗酒流连、美人相伴的疏狂岁月里的词章内容自是难免伤离别恨、风月脂粉，尽管如此，他的词作在当时就以与众不同的面目为朱敦儒在北宋末词坛赢得了"词俊"的雅誉。这可见其词不同于众的特点，也可见其不同于时俗的审美倾向。在《临江仙》（生长西都逢化日）中词人回忆起当年"行歌不记流年"的日子，对如今已是"衰容双鬓改"的自己发出的是"自家风味依然"的感叹，可见词人自己也认为早年的疏狂与晚年的旷逸在人格取向上并无多大差别。词人一直珍视的"自家风味"自是包括审美理想这一层面的内容，那超拔脱俗的审美选择是一如既往的。下列几方面更集中地体现了这一审美心理。

1. 高洁清傲之意象的选择

从取象的角度来看，朱敦儒对意象的选择主要表现为对月、梅、仙、菊等代表高洁、清傲的物象的偏好。意象作为一种象征性的符号寓含着丰富的内容。黑格尔认为："作为象征形象而表现出来的都是一种由艺术创造出来的作品，一方面见出它自己的特性，另一方面显出个别事物的更深广的普遍意义而不只是展示这些个别事物本身。因此，象征形象仿佛是一种课题，要求我们去探索它背后的意义。"① 《樵歌》中高频出现的意象作为一种象征形象在展现它们自己特征的时候，更暗示了创作主体的主观情思，当中寄寓着创作主体的审美理想。这样高频率地使用月、梅、仙，实际上是缘于词人内心深处对月、梅、仙等意象容易产生心灵的感动。月、梅、仙的共性是脱俗，而同时仙人具飘逸之态，梅花怀傲然之志，明月有皎洁之姿，这种梅、仙、月情结是潜藏于词人内心深处的一种潜在意识，代表着词人崇尚飘逸、高洁、脱俗、清傲的审美倾向。这种意象选择所透露出的审美倾向不是创作主体直接抒发式的表白，而是潜意识的流露，是一种内心的真实。

以他的咏梅词为例来看，早梅"天然标格，是小萼堆红，芳姿凝白"（《孤鸾》），这是一种天然纯洁的韵致；晚梅是"懒趁寿阳钗上燕"、"不肯人间取次开"（《减字木兰花》），这融入了创作主体不愿与俗同语的超

---

① [德]黑格尔：《美学》第二卷，贺麟译，商务印书馆1979年版，第28页。

拔情怀。无论是"独自风度独自香，明月来寻我"（《卜算子》古涧一枝梅）的幽梅，还是那"收香藏白，似语如愁，却问我何苦红尘久客"而"淡然独傲霜雪"（《念奴娇·梅次赵仙源韵》）的傲梅，或"照清溪绰约。粉艳先春，包绛萼，姑射冰肌自暖"（《洞仙歌·红梅》）的红梅，或"冰姿素艳，无意压群芳，独自笑，有时愁，一点心难寄"（《蓦山溪》西真姐妹）的素梅，皆超拔脱俗，清傲孤高，无不见词人怀抱和审美心理定势。

朱敦儒词中更有多处直接明确地表现了对月、梅、仙的喜爱。《樵歌》249首词中，除梅之外（"梅"出现27次），高频率出现的还有诸如仙、月等物象，其中如"仙"出现24次，"月"出现51次。词人"偏赏中秋月"之"金风玉露相间，别作一般清"（《水调歌头·和董弥大中秋》）；面对明月是"洗尽凡心，满身清露，冷浸萧萧发"（《念奴娇·月》）；"除奉天威，扫平狂虏，整顿乾坤了"之后希望的是"赤松携手，重期明月，再游蓬岛"（《苏武慢》枕海山横）。词人吟唱着"何人不爱，是江梅红绽"（《洞仙歌·红梅》），"要留与，疏梅相见"（《鹊桥仙·十月黄菊》），"独自风流独自香，明月来寻我"（《卜算子》），等等，表露着他的心迹。另外，我们从词人的咏物词中看到词人所选择的咏唱对象除月、梅之外，无非是菊、水仙、莲花、木樨（岩桂）、瑞香等清拔不俗之物，词人偏爱亦可见一斑。这类咏物词表现出来的审美选择和人格取向对于创作主体来说具有典型意义，充分体现了主体对高标远韵之风神的追求。

2. 清旷脱俗境界的构建

《樵歌》里的词境亦体现了词人崇尚超凡脱俗、飘逸清旷的审美心理。朱敦儒对上述高标远韵的追求亦融化在他创造的月境、梅境、仙境、渔父之境等一系列境界中。

月境在《樵歌》中主要体现的是清、旷的特点，如前面提及的《念奴娇·垂虹亭》里所描绘的"万顷琉璃，一轮金鉴，与我成三客。碧空寥阔，瑞星银汉争白。……莹澈乾坤，全放出叠玉层冰宫阙"之境：晶彻之月、澄浩之怀、莹彻之境，真如道之藐姑仙子，佛之清凉世界，不禁使人"洗尽凡心，相忘尘世，梦想都销歇。胸中云海，浩然酒浸明月"。再如"晚来风定钓丝闲，上下是新月。千里水天一色，看孤鸿明灭"（《好事近·渔父词》）之境界中，风定丝闲，境清也，水天一色，境阔也，"清"、"阔"互衬，犹显清空旷远的意境。而那"插天翠柳，被何人推上一轮明月。照我藤床凉似水,飞入瑶台银阙。雾冷笙箫,风轻环佩,玉锁无人挈。闲云收尽,海光天影相接"(《念奴娇·月》)之境里则在闲云收尽,海光天影相接的清旷中带着几分静、冷,显现着超拔于俗世喧闹之外的情致。

《樵歌》中的梅境则在含蕴着词人遗世独立的主体色彩的同时表现出清幽、空灵的特征。如被宋人称为"如不食烟火人语"① 的《鹊桥仙》:

> 溪清水浅,月胧烟淡,玉破梅梢未遍。横枝纤瘦有如无,但空里、疏花数点。　　乘风欲去,凌波难住,谁见红愁粉怨。夜深青女湿微霜,暗香散广寒宫殿。

在流淌着清澈溪水的古涧之边,月色朦胧,寒烟淡淡,横瘦老硬的梅枝上星星点点地点缀着几朵新梅,月下微霜之时,清香暗散。这等清空,仿佛悠然天外之境,幽然淡雅,无怪乎清邓廷桢赏此词曰:"神情超越,不可思议,写生独步也!"② 此等语,断绝胸中俗尘。此等梅,仙姿仙韵,完全不亚于"疏影横斜水清浅,暗香浮动月黄昏"(林逋《山园小梅》)之神韵。此皆因梅之韵和词人之致相感发,故词境超然空灵,清幽淡雅。

在《樵歌》中,仙境的营造是创作主体排解现实痛苦,寄托梦幻理想的方式,亦以美妙、纯净为其主要特征,如"度银潢,尽展参旗,桂花淡,月飞去"、"天风紧,玉楼斜,舞万女霓袖,光摇金缕"(《聒龙谣》肩拍洪崖),"花冷街榆,悄中天风露。并真官蕊佩芬芳,望帝所,紫云容与"(《聒龙谣》凭月携箫),"当时种玉五云东,露冷夜耕龙"(《木兰花慢》),"素娥传酒袖凌风"(《醉春风·梦仙》)等。而上面已论及的"渔父之境"则广阔空灵,陈廷焯目之曰"未许俗人问津"③,梁启超曰"飘飘有出尘想,读之令人境界倏然"④。此外,咏木樨(岩桂)时描绘的则

---

① (宋)张端义:《贵耳集》卷上,中华书局1959年版,第16页。
② (宋)邓廷桢:《双砚斋词话》"梅花词"条,唐圭璋《词话丛编》,中华书局2005年版,第2527页。
③ (清)陈廷焯:《白雨斋词话》卷1"朱希真渔父五篇"条,唐圭璋《词话丛编》,中华书局2005年版,第3790页。
④ 梁启超:《饮冰室词评》乙卷"朱敦儒"条,唐圭璋《词话丛编》,中华书局2005年版,第4307页。

是"黄姑点破冰肌。只有暗香犹在,饱参清似南枝"(《清平乐》)之境,咏黄菊时描绘的则是"晓来玉露浥芳丛,莹秀色,无尘到眼"(《鹊桥仙·十月黄菊》)之境,咏水仙时描绘的则是"泠泠玉磬,沉沉素瑟,舞遍霓裳"(《促拍丑奴儿》)之境,诸如此类,皆清空明净。

从上可以看出,朱敦儒在营造各种物境时,总是能抓住这些物象的精神和韵致,在描写刻画时,始终贯穿着对超拔于世俗之上的清净高洁之境的礼赞和讴歌,追求高标远韵的情怀亦可见一斑。我们在读这类词时,真正可领略到的是"世外希真"的"神仙风致","感受到的则是超然的精神气度、孤高的个性气质"[1],从中体悟其追求高标远韵的审美理想。

3."靖节窗风"之追慕

朱敦儒的这种审美选择还表现在词作中透露出来的对东晋大诗人陶渊明的偏好上。在《樵歌》中,陶渊明是唯一被多次提到的名士:"古时有个陶元亮,解道君当恕醉人"(《鹧鸪天·酒》),"陶令最怜伊,同病相医"(《浪淘沙》),"陶潜能傲啸,贺老最风流"(《临江仙》),"靖节窗风犹有待"(《满江红》)。在他的诗中他干脆直言"而今只服陶元亮,作得人间第一流"[2]。可见朱敦儒是引陶为知音和楷模的。陶渊明成为朱敦儒心目中的一个审美符号,他对陶渊明的推崇实际上就是对傲视王侯、蔑视功名、崇尚自然、讲究韵致的追求。他们都为了自己的理想而归隐世外,一个爱菊,一个赏梅,这是源于共同的人格取向和审美选择。而当时之人亦把他和陶渊明相提并论,宋李处权在《送希真入洛》中写道"我比嵇康犹更懒,子追元亮故应贤",可见他的崇陶是公认的。这些都充分表现出朱敦儒对高标远韵的崇尚。

4."清"之审美特征

《樵歌》的风格亦体现了创作主体的美学崇尚。《樵歌》中的词章除南渡时期那种书写家国之痛的词之外,大多清新流畅、自然明快,透出创作主体的旷逸天资、神仙风致和自不可没之清气。即使为数不多的婉艳的游狎词用语较之大多数词人亦更雅致。综观《樵歌》,其"清"之美几乎贯穿于他的整个创作过程。伊洛时期,有"清丽"、"清疏"之词,仕宦时期有"清丽"、"清旷"、"清新"、"清冷"之调,致仕隐居时期有"清

---

[1] 王兆鹏:《宋南渡词人群体研究》,凤凰出版社 2005 年版,第 216 页。
[2] 邓子勉注:《樵歌》,上海古籍出版社 1998 年版,第 475 页。

丽"、"清新"、"清旷"、"清冷"、"清雅"、"清怨"之作。至于后期朱敦儒词的语言更可谓是洗尽铅华，明白如话，以口语、议论语入词，然而却极有意趣，饶有趣味。通俗浅白的语言外表下裹着创作主体文化人格中崇尚高标远韵——飘逸萧散、脱俗超尘的审美倾向。创作主体个性气质中清傲脱俗的特点借助于词之风格外化于《樵歌》中。这种审美指向性和创作主体一以贯之对高洁清傲之物象的吟咏，取象造境的脱俗选择和崇陶情结等一样，都体现了主体追求高标远韵的审美理想。

上述诸方面映照出的是创作主体朱敦儒超然于世俗之外的"精神个体性"的一面，即为人们所普遍称道的"清气"、"神仙风致"。然而，生活于世俗之中的朱敦儒应该说从未真正完全地超然于红尘之外，而是在追求超然的同时不可避免地浸染着世俗的快乐和悲愁。"读《樵歌》，犹如欣赏一部长编朱敦儒'影集'，作者自画出一个有灵性、有生命、情感复杂多变而又独具个性的人。"① 正是如此，那才是一个真实的生命。

四 "今古红尘，愁了多少人"——无奈的苦闷和悲愤

从《樵歌》中展现出来的人生风致看，朱敦儒不仅是一位"多尘外之想"的"卧云人"，亦是一位"忧念时乱，忠愤之致，触感而生"② 的悲歌志士。从某种程度上来说，其"神仙风致"的一面是创作主体理想中的，或者沉醉于水国云乡中暂时得以解脱的一种状态，而那种悲愁、幽独、苦闷、无奈则是他现实中尤其是南渡后真实的"我"。

《樵歌》中有不少愁苦之辞。像"冷"、"残"、"寒"、"愁"、"泪"等幽冷凄哀的词语频繁地出现于他的词作之中，这使得他旷远的词境中往往带着冷落凄迷的感觉，如"凭高望远，云断路迷，山簇暮寒凄紧……又一番冻雨凄凉，送归鸿成阵"（《卜算子》）。试看《樵歌》中如下一曲曲凄婉的调子："日落波平，愁损辞乡去国人"（《采桑子》），"不知今昔烟水，都照几人愁"（《水调歌头·淮阴作》），"人已老，事皆非，花前不饮泪沾衣"《鹧鸪天》，"雨斜风横香成阵，春去空留春恨。欢少愁多因甚，燕子浑难问。……可惜海棠吹尽，又是黄昏近"（《桃源忆故人》）等。现

---

① 王兆鹏：《宋南渡词人群体研究》，凤凰出版社 2005 年版，第 248 页。
② （清）王鹏运：《樵歌跋》，施蛰存《词籍序跋萃编》，中国社会科学出版社 1994 年版，第 185 页。

实中的朱敦儒并不完全是一位尘外之士，他也并没有真正地"看透虚空"、"谙识物外"。而且，《樵歌》中不少写仙（幻）境、梦境、醉境的词章，也从一个方面反映出现实中理想不得实现而寄于空幻的苦痛无奈。具体说来，《樵歌》中体现了以下几种类型的悲愁。

1. 乱离之悲和伤时之痛

公元1126年，靖康之变，徽、钦二帝被掳，国土沦丧，金人的金戈铁马震破了北宋文人们的温柔繁华梦。被迫由北而南的南渡词人们的心灵遭受着的双重煎熬。一方面是背井离乡、飘零曳裾的屈辱和痛苦，另一方面是魂系故国山河、忧念民族命运但却是"有奇才，无用处"（《苏幕遮》）而报国无门的苦闷和悲哀。面对朝廷的屈膝求和、不思恢复、只求苟安，他们把内心的苦闷和郁结倾吐在词章当中，化为悲苦之音。

这种特定历史条件下，整个时代的苦难和悲哀在朱敦儒的词作亦得到了深刻的表现。如《水龙吟》：

> 放船千里凌波去。略为吴山留顾。云屯水府，波涛神女，九江东注。北客翩然，壮心偏感，年华将暮。念伊嵩旧隐，巢由故友，南柯梦，遽如许。　回首妖氛未扫，问人间英雄何处。奇谋报国，可怜无用，尘昏白羽。铁锁横江，锦帆冲浪，孙郎良苦。但愁敲桂棹，悲吟《梁父》，泪流如雨。

这首词作于朱敦儒逃难于吴越之间，时值宋高宗建炎元年（1127）秋冬之际，金兵进犯南京（河南商丘）后继续南下之时。此时面对江南秀丽景色，吴江千里烟波，词人的感受不是"洗尽凡心，满身清露"（《念奴娇·月》）和"相忘尘世，梦想都销歇。胸中云海，浩然酒浸明月"（《念奴娇·垂虹亭》）的清旷和超然，而是美人迟暮、人生如梦的感叹。因为洛阳"伊嵩旧隐，巢由故友""占断狂游"式的生活和现在的颠沛流离乃天上人间之别。在词之下阕，词人则不由得由个人的身世之悲转向了民族国家的山河之痛。词人渴望有英雄横空出世，平妖氛、扫胡尘，但是现实却是"奇谋报国，可怜无用，尘昏白羽"。在当时，高宗唯求退避，志在恢复之士报国无门，宗泽连呼"渡河"而亡，李纲忠而被罢，感叹"壮怀消歇，尽付败荷衰草"（李纲《感皇恩》）。"有经世才"① 的词人也只有"愁敲桂棹，悲吟《梁父》，泪流如雨"了。无限的悲愤只能一付泪水之中。这种苦痛是深沉的，这种悲愤是沉痛的，这种哀伤是绵长的，是处于那个时代但凡有正义感的爱国志士所无法逃避的。

《樵歌》中这种愁和泪延续在许多词章中。如："中原乱，簪缨散，几时收。试倩悲风吹泪过扬州"（《相见欢》），"有客愁如海，江山异，举目暗觉伤神。空想故园池阁，卷地烟尘。但且恁，痛饮狂歌，欲把恨怀开解，转更销魂。只是皱眉弹指，冷过黄昏"（《风流子》），"无奈尊前万里客，叹人今何在，身老天涯。壮心零落，怕听叠鼓掺挝。江浮醉眼，望浩渺空想灵槎。曲终泪湿琵琶。谁扶上马，不省还家"（《芰荷香》）。

报国无门，请缨无路的情况下，飘零之感则更深更沉。在逃难旅途中，词人感觉自己就像一只独飞孤雁并和它产生了强烈共鸣。如《卜算子》（旅雁向南飞）中南飞失群之旅雁，饥渴无助，独立寒汀，正是南奔逃难之词人的写照。而战乱之中，举目无亲，四顾茫茫，而且"鸥鹭苦难亲，矰缴忧相逼"，危机四伏，生命在任何时候都可能一瞬之间归于尘土。但在生命朝不保夕的动乱时期，"谁听哀鸣"？又有谁伸出温暖之手，又有谁会倾听一个流浪者的心声呢？漂泊当中的孤独、茫然和无助痛楚地铭刻于心中，伴随着词人的南奔之旅："长安客，惊尘心绪，转蓬踪迹。征鸿也是关河隔，孤飞万里谁相识"（《忆秦娥》）；"旅雁孤云，回首中原泪满巾"（《采桑子》）；"胡尘卷地，南走炎荒，曳裾强学应刘。空漫说螭蟠龙卧，谁取封侯，塞雁年年北去，蛮江日日西流。此生老矣，除非春梦，重到东周"（《雨中花·岭南作》）。

特定的时代总是有着特定的历史文化心理和创作主体的独特体验。山河之痛，飘零之苦是整个南渡时期文人士大夫们的心灵创伤。这是一种超越个体之上而又融化于个体之中的情绪，而朱敦儒也在词章中表现了这段历史时期深刻的心理孤独、茫然和悲愤，在 1127 年到 1133 年从洛阳随逃难百姓辗转淮河，经扬州、金陵、江西至粤西的颠沛流离的岁月里，词人有 40 余篇词作抒发着他的飘零之苦和山河之痛（详见第一章第三节）。

2. 进退之间的苦闷

绍兴三年（1133）九月，曾三度拒绝朝廷征诏的 53 岁的朱敦儒在友

---

① （元）脱脱：《宋史》卷445，中华书局1977年版，第13141页。

人的激劝下开始了他十余年的仕宦生涯。或许真的是在友人"今天子侧席幽士，翼宣中兴"的感召下，朱敦儒"始幡然而起"①，以期能实现少年时就藏于心中的"试将天下照，万象总分明"②的兼济天下的理想，因而在仕宦期间，他和抗战派站在同一个战壕中，与赵鼎为心友，最终因"与李光交通"而被罢职。他"始以隐逸召用于朝，而肮脏不偶，终以退休"③。

那是一段让英雄扼腕的历史，在以高宗为首的投降派主政的客观条件下，忠志之士只能是"等闲却铩鸾翮"（《念奴娇·杨子安侍郎寿》）。踏上仕途的朱敦儒在失望之余也陷入了进退行藏的取舍苦闷之中。词人本是希望"除奉天威，扫平狂虏，整顿乾坤都了。共赤松携手，重期明月，再游蓬岛"（《苏武慢》），但现实是令人失望的。这种进退之间的苦闷情绪真实地展现在《樵歌》中：

> 酒台空，歌扇去。独倚危楼，无限伤心处。芳草连天云薄暮。故国山河，一阵黄梅雨。　有奇才，无用处。壮节飘零，受尽人间苦。欲指虚无问征路。回首风云，未忍辞明主。
>
> ——《苏幕遮》

"酒台空，歌扇去。独倚危楼"，携酒登楼独饮，这首先折射出创作主体一种深深的与世疏离的孤独感。而主人公思及故国山河，更是无限伤心。之所以如此乃是由于"奇谋"无处献，"奇才"无处使。此时，词人想退避，"欲指虚无问征路"，但抛弃报国救民之念又容易么？再譬如在《念奴娇·梅次赵仙源韵》中，主人公终是"未忍辞明主"。而词人化身之梅，亦是"似语如愁……到处成疏隔，千林无伴"，劝人"何苦红尘久客"，却终是"和羹心在"，期能辅君，翼宣中兴。进退之间词人感受到的是"受尽人间苦"（《苏幕遮》），"知受了多少凄凉风月"（《念奴娇》）。进而不能，退而不舍，词人倍觉痛苦。

---

① （元）脱脱：《宋史》卷445，中华书局1977年版，第13141页。
② （宋）邓椿、（元）庄肃：《画继　画继补遗》，人民美术出版社1963年版，第29页。
③ （宋）楼钥：《跋朱岩壑鹤赋及送间邱使君诗》，《攻媿集》卷71，第12册，商务印书馆1935年版，第956页。

再如，"玉梯无路，天上难通消息"（《鹊桥仙》）的失望之后，词人言道，"我是卧云人，悔到红尘深处。难住，难住。拂袖青山归去"（《如梦令》一夜新秋风雨），悲愤之情溢于纸上。而且这种苦闷之痛并未因其致仕而真正地消除，而是"老人无复少年欢，嫌酒倦吹弹。……悲故国，念尘寰，事难言"而"一任霜寒"（《诉衷情》），只好感叹"不醉何为，从古英雄总是痴"（《减字木兰花》）。晚年词人出入佛老，"看透虚空，将恨海愁山，一时挼碎"（《念奴娇》老来可喜），而这种对现实的否定正是现实苦痛和无奈使然。

进退之间的冲突，这是中国古代文人士大夫普遍的悲哀。这在两宋之间这个特定的历史时期，在朱敦儒这位有"神仙风致"的人物身上亦不可逃脱。徘徊于"兼济"与"独善"之间的苦痛和无奈正体现了朱敦儒在世外风致之余所具有的中国古代知识分子忧天下、济苍生的人格精神。他并不只是个遁世者。

3. 嫉俗愤世的慨叹

朱敦儒的词中，还有那些慨然世事之作："元来老子曾垂教，挫锐和光为妙。因甚不听他，强要争工巧。只为忒惺惺，惹尽闲烦恼。你但莫多愁早老，你但且不分不晓。第一随风便倒拖，第二君亦言大好。管取没人嫌，便总道，先生俏"（《忆帝京》），以诙谐的语言表现出词人的愤愤之情。再如"世事短如春梦，人情薄似秋云"（《西江月》）之类的感叹表现出慨然之气。在他好像是随缘、平静的心境中藏着一股愤世嫉俗的洪流，因而他才会渴望"梦踏绛霄仙去"（《鼓龙谣》凭月携箫）、"梦里暂辞尘宇"（《鼓龙谣》肩拍洪涯），他才会感叹"老人谙尽人间苦"（《菩萨蛮》）、"人间难往，掷下酒杯何处去"（《减字木兰花》古人误我）。

翻开《樵歌》，不可否认其"神仙风致"和"清气自不可没"的面目，但在逸气仙怀之外，同样流露出其飘零之苦、山河之痛、慨然世事、悲愤郁结。

五 "曾为梅花醉不归"——世俗的享乐追求

任何一个艺术家都不可避免地要打上他那个时代的印记，体现时代的共性。清贺裳在读朱敦儒《念奴娇》（别离情绪）时说"如此风情，周、柳定当把臂"①。实际上，朱敦儒这位"素心之士"在"纸帐梅花醉梦间"（《鹧鸪天》）之外，还有更甚于如《念奴娇》（别离情绪）之外的词章。声与色在这位"东都名士"那里同样存在。这是词人于理想人格的追求之外敞露的个性风致，从另一层面再现了一红尘才子的世俗风情。

1. 声色之乐中的风流

从《樵歌》中朱敦儒对其早年生活的追忆中，可知他早年除和"伊嵩旧隐，巢由故友"一块过着"射麋上苑，走马长楸"的生活之外，还和当时士大夫一样，亦不免纵情于声色：

> 当年挟弹五陵间，行处万人看。雪猎星飞羽箭，春游花簇雕鞍。
>
> ——《朝中措》

> 当年五陵下，结客占春游。红缨翠带谈笑，跃马水西头。落日经过桃叶，不管插花归去，小袖挽人留。换酒春壶碧，脱帽醉青楼。
>
> ——《水调歌头》

> 曾为梅花醉不归，佳人挽袖乞新词。轻红遍写鸳鸯带，浓碧争斟翡翠卮。
>
> ——《鹧鸪天》

就是在这样的生活状态中，在"佳人挽袖乞新词"的情况下，朱敦儒写了很多深深打上时代享乐风之烙印的词章，叙写着那花团锦簇的享乐生活：

> 花满金盆，香凝碧帐，小楼晓日飞光。有人相伴，开镜点新妆。脸嫩琼肌著粉，眉峰秀、波眼宜长。云鬟就，玉纤溅水，轻笑换明珰。　　檀郎，犹恣意，高敧凤枕，慵下银床。问今日何处，斗草寻芳。不管余酲未解，扶头酒、亲捧瑶觞。催人起，雕鞍翠幰，

---

① （清）贺裳：《皱水轩词筌》"朱希真风情词"条，唐圭璋《词话丛编》，中华书局2005年版，第698页。

乘露看姚黄。

——《满庭芳》

像这类香艳之作，放在《乐章集》中亦不逊色，完全是一派风流浪子的派头。再如"尊前好，缓歌低笑，醉向花前倒"（《点绛唇》），"风流才子倾城色，红缨翠幰长安陌。夜饮小平康，煖生银字簧"（《菩萨蛮》），"饮酒拥丝簧，迎取轻盈桃叶。桃叶，桃叶，唱我新歌白雪"（《如梦令》），"留上客，换瑶觥，任教楼外晓参横"（《鹧鸪天》）等宴饮狎妓词作真可谓"玉艳珠鲜"，绮丽软媚。除语言比较典雅外，其实质性内容和柳耆卿是如出一辙的。这类词作反映出当时一种普遍的社会风尚和创作主体寻欢作乐之世俗性的一面。

这种声色之乐随着靖康乱起，宋室南渡而销声，在朱敦儒入仕后亦曾复现于词中，如在"花添金凿落，风展玉东西"奢华之筵上携手歌儿舞女"别翻舞袖按新词"，"从今排日醉，醉过牡丹时"（《临江仙》），在"青旗彩胜又迎春"时"任醉芳尊"（《诉衷情》），在"红炉围锦，翠幄盘雕"时赏雪开筵，"听歌按舞，任留香、满酌杯深"（《胜胜慢·雪》）等，均展现了创作主体在声色之乐中的风流生活。

2. 代言歌妓时的多情

声色享乐之外，《樵歌》中亦有不少代歌妓立言之作，这从又一个视角体现了这位"词俊"多情善感的一面，譬如：

几日春愁无意绪，撚金剪彩慵拈。小楼终日怕凭栏。一双新泪眼，千里旧关山。　苦恨碧云音信断，只教征雁空还。早知盟约是虚言。枉裁诗字锦，悔寄泪痕笺。

——《临江仙》

宝篆香沉，锦瑟尘侵，日长时懒把金针。裙腰暗减，眉黛长颦。看梅花过，梨花谢，柳花新。　春寒院落，灯火黄昏，悄无言独自销魂。空弹粉泪，难托清尘。但楼前望，心头想，梦中寻。

——《行香子》

上述词作，通过一系列的细节描写如"撚金剪彩慵拈"、"锦瑟尘侵，日长时懒把金针"表现出她们在情人离开之后的寂寞和孤单。而像"小楼终日怕凭栏","悄无言独自销魂","一双新泪眼","空弹粉泪"等描写虽是以男性的视角,从外在刻画女主人公的离别之悲、相思之苦,但词人是在试图走进那些多情女子的内心世界的。这类作品因此而具有感动人心的力量。朱敦儒以他风流才子之笔写出了她们的幽曲心事:"闲绣金铺书闷字,尤殢,为谁憔悴减心情"(《定风波》),"杏花斜压阑干,朱帘不卷春寒。惆怅黄昏前后,离愁酒病厌厌"(《清平乐》),"低鬟暗摘明珰,罗巾浥损残妆。檐外几声风玉,丁东敲断人肠"(《清平乐》)。诸如此类的词作一方面可以看出词人对歌妓日常生活的熟悉,另一方面也可见其一片柔情,可从一定程度上折射出创作主体当时的个体风致。

3. 相思离别中的深情

朱敦儒词既展示了世俗的享乐生活,亦刻画了主人公并非一味玩乐而深于情的一面。《樵歌》中如下一些词展示主人公在世俗的情爱中的真情,亦彰显着创作主体深于情之风致。如:

> 红分翠别,宿酒半醒,征鞍将发。楼外残钟,帐前残烛,窗边残月。　想伊绣枕无眠,记行客如今去也。心下难拚,眼前难觅,口中难说。
>
> ——《柳梢青》

首句言"红分翠别,宿酒半醒,征鞍将发",道分别之不忍也。此际主人公感到钟声残,烛也残,月也残,可见之景和可闻之声皆着上离别的色彩,这实乃与伊人分别之心"残"之故也。分别之后深夜无眠的又何止"伊",还有宿酒未醒之离人。这心下难拚、眼前难觅、口中难说之情实乃一份剪不断、理还乱的真挚缠绵。在《昭君怨·悼亡》中,词人写道:

> 胧月黄昏亭榭,池上秋千初架。燕子说春寒,杏花残。　泪断愁难断,往事总成幽怨。幽怨几时休,泪还流。

料峭春寒时节,燕子飞来,杏花又开,池上秋千又架,此时伊人何在?今日楼台亭榭依旧,而昔之伊人已非,情何以堪?情到真处泪自流。那流了又断,断了又流的泪,那无休无尽的幽怨,不正是那绵绵不绝的思念,深挚缠绵的深情吗？再如下面一首《念奴娇》：

> 别离情绪，奈一番好景，一番悲戚。燕语莺啼人乍远，还是他乡寒食。桃李不言，不堪攀折，总是风流客。东君也自，怪人冷淡踪迹。　　花艳草草春工，酒随花意薄，疏狂何异。除却清风并皓月，脉脉此情谁识。料得文君，重帘不卷，且等闲消息。不如归去，受他真个怜惜。

别离之后的词人，对他乡一番好景却是感到一番悲戚，"除却清风并皓月，脉脉此情谁识"，正是"良辰好景虚设，便纵有千种风情，更与何人说"（柳永《雨霖铃》）。"不如归去，受他真个怜惜"，可见其情真之处。

那"行歌不记流年"的浪漫风流中，相对于朱敦儒那些"多尘外之想"、"清气自不可没"的一面，他的上述词章自是少高雅格调，然而却展示出了一个富贵子弟风流、享乐、多情的一面，展示出一个天资旷逸的"世外希真"另一面的真实。南渡前，时风如孟元老笔下所叙，"太平日久，人物繁阜。垂髫之童，但习鼓舞；班白之老，不识干戈。时节相次，各有观赏。灯宵月夕，雪际花时，乞巧登高，教池游苑。举目则青楼画阁，绣户珠帘。雕车竞驻于天街，宝马争驰于御路，金翠耀目，罗绮飘香。新声巧笑于柳陌花衢，按管调弦于茶坊酒肆。八荒争凑，万国咸通。集四海之珍奇，皆归市易；会寰区之异味，悉在庖厨。花光满路，何限春游；箫鼓喧空，几家夜宴。伎巧则惊人耳目，侈奢则长人精神"①。词人所居洛阳，作为北宋陪都，洛阳繁华亦不逊此，词人不可避免地要受其濡染。南宋虽偏安一隅，首都临安亦号称"销金窝"，入仕后的词人亦真实地描绘了自己所参与的一场场游乐宴饮。因而，《樵歌》中表现出来的以隐士面目为大家所熟悉的朱敦儒不可能完全超然，而同样是尝试过人世间的缠绵之思，并坦然吐露自己真情真性的人，世俗的欲望也在他身上留下了明显的印记。正是这种复杂的内心世界，诗人情怀，更映照出一个真情真性的"世外希真"的世俗情性。

我们可以看出《樵歌》中展现出来的是一个立体的、丰富的内心世

---

① （宋）孟元老著，伊永文整理：《东京梦华录·序》，《全宋笔记》第 5 篇第 1 册，大象出版社 2012 年版，第 114 页。

界，显现出"有灵性、有生命、有复杂多变情感而独具个性"的精神气质：疏狂之致、旷逸之姿，归隐自然之志，关注自我生命价值、张扬个性的自我意识以及无奈的悲苦之情。《樵歌》中表现出来的朱敦儒的人生风致就是这样一种任情任性，崇尚独立人格，具强烈自我意识的风貌。当中，狂放不羁主要是他早年的人生态度，悲苦愁恨主要是他南渡之后的歌吟，清旷飘逸主要是他晚年闲居的雅致。而这些不同的特征并不是绝然分开的，而是在他不同的生活时期和其该时段的主体风格杂糅在一起，呈现出复杂的状态。早年他于青山秀水与声色歌舞中自放，而晚年则于闲适中总有一股"到底意难平"的慨叹。因而《樵歌》中创作主体所表现出来的人生风致总的来说以"神仙风致"、"多尘外之想"的清旷为主，当中夹杂着无奈苦闷的情绪和声色享乐，是一个矛盾的复合体。而前者表现出创作主体对理想人格的追求，后者则表现出创作主体于现实中的无奈。它们是矛盾的又是统一的。

第三节　朱敦儒词中风致的成因

《樵歌》展现出上述深具独特鲜明色彩的人生风致并非偶然。作为心性外化之表现，它的形成和创作主体的个性心理、审美倾向、生活经历、思想崇尚等主体内在因素息息相关，同时也必然受到当时的士风、文风、时代背景和文化渊源等外部因素的影响。

一　个体主观因素

"美的创造是一种主观见之于客观的实践活动"[①]，诗词的创作自也是如此。《樵歌》的人生风致之所以展现出独具个性的特色，创作主体的内在因素起着关键作用。所谓"文以气为主"（曹丕《典论·论文》）[②]、"各师成心，其异如面"（《文心雕龙·体性》）[③]说的就是创作主体的气质个性对作品风貌的决定性作用。

[①]　刘叔成：《美学基本原理》，上海人民出版社1987年版，第335页。
[②]　（清）严可均：《全上古三代秦汉三国六朝文》，中华书局1958年版，第1098页。
[③]　范文澜：《文心雕龙注》，人民文学出版社1958年版，第505页。

1. 性格特征

从总体上说，朱敦儒的个性是旷逸和狂傲的复合体。他一面是一位"素心之士"（贺裳《皱水轩词筌》），一面又是一位带着清狂之气的文人。薛砺若也一边说他是"南渡后最大的一位颓废派词人"，一边又认为他"狂逸的心怀与风调不独在词中为绝无仅有，即使在中国全部诗歌中，只有李太白有此种境界"①。旷逸及狂傲，这两种个性特征矛盾地统一在朱敦儒的身上。

且先看他超拔脱俗的旷逸一面，应该说这是他个性的主导性一面，这可以从以下几方面得到印证。

首先，我们可以从各种史料杂载中见其清旷超逸的个性特征：历来论及朱敦儒，多以"天资旷远，有神仙风致"（黄昇《中兴以来绝妙词选》），"多尘外之想，虽杂以微尘而清气自不可没"（汪莘《诗余序》），"素心之士"等称之。《宋史》称他"志行高洁"，他亦自称"自乐旷闲，爵禄非所愿也"②。可见"清"、"旷"是他自己及后人所首肯的主要个性。精通书画的他，其书画中亦表现出清俊的特点。岳珂把他的书法列入"宋名人真迹"，并称赞说："一日之神，梅花兮缤纷，孤山兮片云"③，可见他心性流露的笔迹显露出的是一片清俊、飘逸。元代袁桷赞誉其《家山图》"雅思清"④，可见其画也表现清雅的审美意趣。在他仅存的两篇完整文章之一的《梦记略》中，朱敦儒对其梦有如下记载："大阁北壁，盖其人自画山林岩石隐逸之趣，其上作云烟出没，浓淡云中隐隐有章草细字可读。"⑤ 这是朱敦儒对其梦中山水画境的描绘。"梦为富有意义的心理动作⋯⋯梦有两个主要特征，即愿望的满足和幻觉的经验。"⑥ 他梦中的山水画境当是缘自平常现实生活中意念对心灵的刺激。可见，隐逸之趣，云烟之约是他内心的一个情结。他高超蹈世的情怀借助于幻觉经验的方式使其心理得到满足，彰显其性格超拔脱俗的一面。

其次，在《樵歌》中，其个性亦可见一斑。如前所述，《樵歌》中展

---

① 薛砺若：《宋词通论》，上海书店影印1985年版，第205页。
② （元）脱脱：《宋史》卷445，中华书局1977年版，第13141页。
③ （宋）朱敦儒著，邓子勉校注：《樵歌》，上海古籍出版社1998年版，第462页。
④ （元）袁桷：《题〈家山图〉》，《清容居士集》卷47，《四部丛刊》初编本。
⑤ （宋）朱敦儒著，邓子勉校注：《樵歌》，上海古籍出版社1998年版，第470页。
⑥ [奥]弗洛伊德：《精神分析引论》，高觉敷译，商务印书馆2004年版，第97页。

现的意象、意境等充分表现了创作主体的审美理想。而朱敦儒之所以形成清旷俊逸的审美倾向根本的原因乃在于其个性的清旷超拔。譬如词人好吟咏梅、仙、月、桂等高洁物象，尤其是对梅的偏爱皆见其个性。从早年的"插梅醉洛"到晚年的"古涧一枝梅"，梅的品格和风神一直为词人所珍爱。如前提及的那首否定功名富贵的《鹧鸪天·西都作》，词中词人自称是"清都山水郎"，过的生活是"曾批给露支风敕"、"累奏流云借月章"，但他即使一醉也不忘插梅。就是那"佳人挽袖乞新词"的游狎生活的描写，词人亦先言"曾为梅花醉不归"（《鹧鸪天》）。就拿其咏物词来说，其中咏梅占约一半，而且其"清俊处可夺梅魂"①。这正如《蓼园词选》所云，朱敦儒"人品自尔清高，故作梅词最多，以其性近故也"②。王兆鹏先生说："朱敦儒咏物，总是把自我的人格精神投射化入到对象物中，形成了独特的个性风格。"③ 如前所述，《樵歌》中对高洁和超凡脱俗的物象之咏吟，对清旷脱俗境界的建构等方面均可窥见其性情。

再看其个性的另一面——狂放孤傲。

首先，《樵歌》中多词人直接表白的狂气。词人居洛时云："我是清都山水郎，天教懒慢带疏狂。"（《鹧鸪天·西都作》）晚年作词说自己"从来颠怪更心风"（《西江月·元是西都散汉》），可见他在经历了人世风雨沧桑之后，内心仍固守他的几分狂气。据史书记载，朱敦儒晚年虽折节复仕，个性不免有软弱一面，但"深达治体，有经世才"④，"有文武才"⑤ 的他公然称"爵禄非所愿也"⑥，在"幡然而起"出仕之前，三次拒绝朝廷的征辟，可见他自称"几曾著眼看侯王"所言非虚也。其狂傲个性亦可见一斑。另如前所述，"狂"是词人极爱使用的一个词。在《樵歌》中词人极爱使用诸如"万里"、"天高"、"天涯"、"碧海"、"晴空"、"浩"等极大气开阔和词语，而狂放是建立在开阔之境界上的一种气质。

---

① （清）黄氏：《蓼园词评》"孤鸾"条，唐圭璋《词话丛编》，中华书局2005年版，第3074页。
② （清）黄氏：《蓼园词评》"孤鸾"条，唐圭璋《词话丛编》，中华书局2005年版，第3074页。
③ 王兆鹏：《宋南渡词人群体研究》，凤凰出版社1999年版，第218页。
④ （元）脱脱：《宋史》卷445，中华书局1977年版，第13141页。
⑤ （宋）李心传编撰，胡坤点校：《建炎以来系年要录》卷160，中华书局2013年版，第3031页。
⑥ （元）脱脱：《宋史》卷445，中华书局1977年版，第13141页。

其次，他的诗酒姻缘也充分体现了这种狂放气质。关乎着创作主体潜藏心态的，体现词人不自觉偏好的"酒"、"饮"、"醉"等语词大量出现，显现其精神个体性特征，体现其深层的性格。在《樵歌》中"酒"意象出现83次，"醉"意象出现40次，酒器名出现43次。词人描述着"从今排日醉，醉过牡丹时"（《临江仙》）、"折桂归来懒觅官，十年风月醉家山"（《浣溪沙》）、"蕙风迟日，柳眼眉心，任醉芳尊"（《诉衷情》）的生活，宣称"不醉何为"、"醉舞谁知"（《减字木兰花》），感叹"幸逢三杯酒美"（《西江月》）、"琼酥热，今朝不饮，几时欢悦"（《忆秦娥·至节赴郡会，赦到》）等，这些频繁出现的许多和酒有关的词句实际上同时体现着魏晋名士式的任性放诞、狂浪不羁、率真自然之性情。如在魏晋名士那里，"三日不饮酒，觉形神不复相亲"（《世说新语·任诞》）①。饮酒或多或少有逃避的意味，但更多的是狂放的个性行为。阮籍嗜酒荒放，刘伶荷锸狂饮，醉死便埋，其心目中的"大人先生""止则操卮执觚，动则挈榼提壶，惟酒是务，焉知其余"②。陶渊明隐居嗜饮。"谪仙"李白也是"将进酒，杯莫停"、"会须一饮三百杯"……他们的嗜酒、痛饮、频醉在排解愁苦之时，更是解放精神、张扬个性，是狂放性格支配下的行为。如尼采《悲剧的诞生》中所描述的那样，"在酒神的魔力下……他的神态表明他着了魔。就像此刻野兽开口讲话，大地流出蜂蜜和牛奶一样，超自然的奇迹也在人身上出现：此刻他觉得他自己就是神，他如此欣喜若狂，居高临下地变幻，正如他梦见的众神的变幻一样"③。这种境界，是无比的豪情，是人可以超越一切的狂放、酣畅的境界。"他们对生命的苦闷，对政治的失望，对自由的追求都在酒的幻觉中得到了充分的发泄。"④朱敦儒的这种诗酒情缘正是以他个性的狂放为基础的。薛砺若先生说"其狂放的胸怀，直可抗衡李太白，并非局促辕下的传统作家所能拟并"⑤，是极有道理的。

朱敦儒性格清旷超拔和狂放清傲的两面支配着他创作中自觉的或不自

---

① （南朝宋）刘义庆撰，徐震堮校笺：《世说新语校笺》，中华书局1984年版，第410页。
② （晋）刘伶：《酒德颂》，（唐）房玄龄《晋书·刘伶传》卷49，中华书局1974年版，第1376页。
③ ［德］尼采：《悲剧的诞生》，周国平译，广西师范大学出版社2002年版，第11页。
④ 傅绍良：《笑傲人生——李白的人格和风格》，山西教育出版社1993年版，第72页。
⑤ 薛砺若：《宋词通论》，上海书店1985年版，第215页。

觉的心性流露，从而在《樵歌》中表现出来的人生风致亦体现出生命里的矛盾，一面"淡然心寄水云间"而一面"且插梅花醉洛阳"，企图忘怀世事，而又终难彻底放下，顽固地"不愿随人独自行"，因而只能在清醒和沉醉中感叹"今古红尘，愁了多少人"。

2. 佛道思想

朱敦儒于佛道二教的修为，虽其本传无明确记载，但从诸多方面看来，朱敦儒佛道兼修，而且修养精深。他自称"麋鹿之性，自乐旷闲，爵禄非所愿也"①。绍兴二年（1132），明橐向朝庭推荐朱敦儒，也言他"静退无竞，安于贫贱"②，可见他是以山林隐逸之贤者的身份经人再三推荐，亦在友人的激励下出仕的。"尘外之想"、"静退无竞"和"麋鹿之性"是一种深深浸染了佛道思想之后形成的个性特征。

以下记载亦可窥见佛、道二教对朱敦儒的影响：

> 朝请郎致仕吴公景先少尝从洛川朱公希真问道，朱公为名所居堂曰"达观"，手书以遗之，且赋诗一章。属之曰："子为人深静简远，不富贵，必寿考，故吾以此事相期。"③

朱敦儒以"深静简远"誉吴景先，并期之以"达观"，那朱敦儒自己的崇尚之道亦可见一斑了。而这种尚通达，尚深静简远亦是佛道之旨，非潜心修炼者不能以之为立身之本。而朱敦儒逝世的相关记载亦说明他与道教之紧密关系，赵与时《宾退录》载：

> 朱希真《梦记》略云：绍兴戊寅除夜，体中不佳，三更方得睡。梦至一小山馆，与一客行至门外，望山下一居舍，甚潇洒。客指曰："此某人居也，盍往访之？"……对饮方酣，忽惊起，索灯火，目想心思，纵笔为记。次日己卯岁旦，子孙环侍，朱出此记，示之，且云："所游甚乐，悔不便为主。"计复八日，又自云："好去，好去，自有

---

① （元）脱脱：《宋史》卷445，中华书局1977年版，第13141页。
② （宋）周必大：《二老堂诗话》"朱希真出处"条《宋诗话全编》(6)，江苏古籍出版社1998年版，第5907页。
③ （宋）陆游：《达观堂诗序》，《渭南文集》卷15，《四部丛刊》初编本。

快乐。"三更初，端坐，启手足，神色不乱，寂然而逝，七日方敛，举体柔软，气貌如生。①

文中关于朱敦儒临终前的情况，陆游《渭南文集》亦有类似记载："朱公之逝甚异，世以为与尹天觉、谯天授、苏养直俱解化仙去。"② 撇开这种记载的神秘性不论，逝后七日仍"举体柔软，气貌如生"的状况可见其打坐参悟至少是后期生活的日常之习，因为一般情况下这种状况非经过习惯性的佛家禅坐或道家内丹之法而不易达到的。至于他临终前"端坐，启手足，神色不乱"且云"好去，好去，自有快乐"之语以及世人以为他"解化仙去"之事我们自不必去辨它们的真伪，但宋人对他逝世的这种说法，可知当时之人是把他列为得道之人，若非其深厚的佛道修养或崇尚佛道的行为，宋人断不会有此种说法。

至于他大量的隐逸之作，透露出的似乎完全是一派闲适之情，佛道思想似乎不明言，但仔细体会的话，却发现其佛道思想"犹如水化为烟雾弥漫开来，笼罩一切，润湿一切，犹如冰化为寒气，虽触摸不着，却寒入骨髓"③。佛和道的思想统一于朱敦儒身上，而同时又各自从不同的方面显现各自特征。

一方面，朱敦儒明显地受道教的影响。在后人眼中他是一位"天资旷远，有神仙风致"的人物。后之论者亦多秉承此语，如近人欧阳渐品其词便曰："仙风清爽，世外希真"。可见其神仙风致是有共识的。同时，指导道教徒修身养性的《黄庭经》当是他的日常功课。他词中明确指出"爱净窗明几，焚香燕坐，闲调绿绮，默颂黄庭"（《沁园春·辞会》），并且周密《过眼云烟录》卷二"徐容斋埈午所藏"条目记载，"朱敦儒双钩《力命帖》、《黄庭经》"④。知他以极认真的方式抄写道教经典，从侧面反映出他对道教的信仰。另据朱熹言："岩壑老人（朱敦儒）小楷《道德

---

① （宋）赵与时著，傅成校点：《宾退录》卷6，《宋元笔记小说大观》，上海古籍出版社2001年版，第4200—4201页。
② （宋）陆游：《渭南文集》卷15，《四部丛刊》初编本。
③ 史双元：《宋词与佛道思想》，今日中国出版社1992年版，第85页。
④ （宋）朱敦儒著，邓子勉校注：《樵歌》，上海古籍出版社1998年版，第540页。

经》二篇，精妙醇古。"① 可知道教经典《道德经》他不仅潜心研读，还静心描摹。他的《梦记略》中记载了他梦中见到的仙人居处"门前挂一图画，作一仙人乘云腾空，下临海山"。这种心理愿望的梦中满足说明了他对仙界的向往。

《樵歌》所录之词亦多见道教之影响，譬如游仙词如《聒龙谣》二首、《水龙吟》(晓来极目同云暖)、《醉春风·梦仙》等明显流露着他的仙道情结。其他词作中则诸如"西真"、"姮娥"、"双成"、"瑶池"、"洪涯"、"子晋"、"长生"、"丹经"等道教神物是《樵歌》中常见语汇。他把梅花比为"西真姐妹"(《蓦山溪》)，赞美瑞香"道骨仙风"(《眼儿媚》)，叹木樨"冷淡仙人"(《清平乐》)，友人来访时曰"惊见老仙来"(《好事近》)。有的时候他感觉自己仿佛就是神仙了，"囊中欲试紫金丹，待点化，鸾红凤碧"(《鹊桥仙》)，"高步层霄，俯人间如许"(《聒龙谣》)等，无疑和创作主体受道教的影响有关。如前所述，在现实的无奈和苦闷中，他梦中美好的仙境亦是其心灵的避难所。在"惊尘世，悔平生，叹万感千恨，谁怜深素"之时，还是"群仙念我，好人间难住"，而"劝阿母、偏与金桃，教酒星、剩斟琼醑"，且在"醉归时，手授丹经，指长生路"(《聒龙谣》)。

另一方面，朱敦儒也明显地受到了佛教思想的影响。

朱敦儒友人就曾说他"禅榻仍兼卧，蒲团稳着眠"②。楼钥《跋乔仲长高僧诵经图》记载："见此图，泊岩壑跋语，为之醒然，且知'姚'之为误也。"③ 可见朱敦儒曾为《高僧诵经图》作跋，而且相当认真仔细。另据《宝庆四明志》卷9记载朱敦儒对僧人法平颇为赞赏且有交往。而他景仰的苏轼、黄庭坚，友人李光、叶梦得、李弥逊、韩驹、吕本中等皆浸染佛教④。这些记载都是朱敦儒潜心过佛理禅机的可能性说明。而在他心迹流露的《樵歌》中，其明显的佛禅思想则能充分证明佛教对朱敦儒的

---

① (宋)朱熹：《跋朱希真所书道德经》，《晦庵先生朱文公文集》卷84，《四部丛刊》初编本。

② (宋)张嵲：《次韵朱希真韵》，《紫微集》卷6，影印文渊阁《四库全书》本，台湾商务印书馆1986年版。

③ (宋)楼钥：《攻媿集》卷71，第12册，商务印书馆1935年版，第953页。

④ 钱建状、尹罗兰：《南渡士人的佛教因缘与文学创作》，人大复印报刊资料《中国古代、近代文学研究》2003年第8期。

影响。

佛教于朱敦儒主要表现在禅宗对他的影响。王鹏运云"希真词于名理禅机均有悟入"①，这是极有道理的。禅家强调"自性"和主张"平常心是道"的思想主旨在《樵歌》中均有所反映。

六祖慧能说："菩提只向心觅，何劳向外求玄"（《坛经·释功德净土第二》）②，马祖道一说："自性本来具足，但于善恶事上不滞，唤作修道人。取善舍恶，观空入定，即属造作，更若向外驰求，转疏转远"③，临济义玄进一步说："自达摩大师从西土来，只是觅个不受人惑底人。"④"向外作功夫，总是痴顽汉。"⑤ 这种强调自心、不向外求、主张自信、不受人惑的思想在《樵歌》中得到了形象的表达。如前所述"自家肚肠自端详"，"个中须着眼，认取自家身"，"自家风味依然"，"何似自家识取卖油翁"，"眼前寻见自家春"的"自家"意识即体现了强烈的自信和不受人惑的思想。再如：

都为自家，胸中无事，风景争来趁游戏。称心如意，胜活人间几岁。洞天谁道在，尘寰外。

——《感皇恩》

天然美满，不用些儿心计算。莫听先生，引入深山百丈坑。

——《减字木兰花》

"胸中无事"则"称心如意"，"不用些儿心计算"则"天然美满"，即所谓"心生则种种法生，心灭则种种法灭"⑥ 也。而"信取虚空无一物"、

---

① （清）王鹏运：《樵歌跋》，施蛰存《词籍序跋萃编》，中国社会科学出版社1994年版，第185页。
② 王孺童：《坛经诸本精校释义》，宗教文化出版社2018年版，第500页
③ （宋）赜藏主编集，萧萐父、吕有祥点校：《古尊宿语录》卷1，中华书局1994年版，第3页。
④ （宋）赜藏主编集，萧萐父、吕有祥点校：《古尊宿语录》卷4，中华书局1994年版，第69页。
⑤ 《禅宗语录辑要》，上海古籍出版社1992年版，第4页。
⑥ （宋）赜藏主编集，萧萐父、吕有祥点校：《古尊宿语录》卷3，中华书局1994年版，第41页。

"风元无去住,云自没行藏"(《临江仙》),本来"凡所有相,皆是虚妄"(《金刚经·如理实见分第五》)①,因而"莫听先生,引入深山百丈坑","洞天谁道在,尘寰外"。一切有为法,只须自向内寻求也。

"平常心是道"② 是马祖道一以来禅宗的重要观点。行处坐卧皆是道,饥餐困眠、随缘任运,禅宗修行生活化,是禅宗思想的又一要旨。临济慧照禅师说:"佛法无用功处,只是平常无事,屙屎送尿著衣吃饭,困来即卧。"③ 这种思想在朱敦儒的词中亦得到了清楚表达:"饱来觅睡,睡起逢场作戏"(《念奴娇》老来可喜),"随分饥餐困眠,浑忘了、秋热春寒"(《满庭芳》鹏海风波),"随缘适愿"(《踏莎行·太易生日》),"争似萧然无虑,任运随缘去"(《桃源忆故人》谁能留得朱颜住),"有何不可,依旧一枚闲底我。饭饱茶香,瞌睡之余便上床"(《减字木兰花》有何不可)。再如《苏幕遮》:

> 瘦仙人,穷活计。不养丹砂,不肯参同契。两顿家餐三觉睡。闭着门儿,不管人间事。　　又经年,知几岁。老屋穿空,幸有天遮蔽。不饮香醪常似醉。白鹤飞来,笑我颠颠地。

词人不养丹砂,不参《周易》,不着于物,正是"于一切法,勿有执着",老屋穿空亦不打紧,自有天为屋宇,只管吃饭睡觉,真可谓看透虚空。此种境界之中,自有快乐,"不饮香醪常似醉。白鹤飞来,笑我颠颠地",透出一派禅机。

由上可见朱敦儒的佛道崇尚。须注意的是,宋代的道教由炼外丹转向内丹,强调吐纳调养,守精、气、神,认为求得心灵的闲适就是神仙。这实际上是向老庄的回归。而强调追求心性自由、自然适意也可以说是佛禅

---

① (唐)宗密、(明)智旭等撰,(明)朱棣集注,于德隆点校:《金刚经注疏》,线装书局 2016 年版,第 36 页。

② 自马祖以来,洪州禅沿着慧能、怀让的性净自悟的方向,进一步突出禅的鲜明而强烈的生活意味,认为众生的日常生活中,时时处处都是真理的体现,众生的起心动念,扬眉瞬目等一切活动和表现,都是佛性的显现,都具有真实的价值和意义。洪州禅提倡"顺乎自然",休息心思,对善恶也不作思量,进而逐渐构成为"平常心是道"的心性论新体系。[方立天《中国佛教哲学要义》(上),中国人民大学出版社 2002 年版,第 467—468 页]

③ (明)慧然编,杨增文编校:《临济录》,《中国禅宗典籍丛刊》,中州古籍出版社 2001 年版,第 14 页。

融会了老庄之后的中国化。因而朱敦儒身上的道教、道家和佛家思想是融而为一的，它们共同构成了朱敦儒的思想支柱。这潜移默化于他的创作中，因而在《樵歌》中可以看到创作主体用仙家美妙之境安顿心灵，以释氏虚静之心、用道家追求物我合一之心去体悟自然，感受山水自然之幽韵；用佛道追求超脱之心去体悟生命的真谛，从而全面展现出"世外希真"之风致。

二 历史文化心理积淀

人的现实生存是积淀了文化成果的生存①。客观的社会文化成果积淀于主体大脑心灵而产生的、影响主体人生行为态度的、潜在的心理定势即是文化心理。朱敦儒在《樵歌》中显现的这种"有灵性、有生命、情感复杂多变而又独具个性"②的精神气质以及这种疏狂之致、旷逸之姿和归隐自然之情志、关注自我生命价值、张扬个性之倾向的文化人格的形成和朱敦儒对历史文化传统魏晋风度、山水情怀的认同和承继紧密相关。

1. 魏晋风度

代表魏晋人物之文化人格的魏晋风度所指为何呢？鲁迅、宗白华、李泽厚等诸位先生对此皆有精辟论述。简而言之，它当是以老庄思想为依托，以"越名教而任自然"相标榜的，体现于魏晋名士身上的精神风貌和气质韵致。具体而言，则表现为：（1）强烈的自我主体意识、个性的张扬和对真性真情的崇尚。（2）对山水自然的钟情与归依。（3）清旷萧散的韵致。其中第一个层面的内容是魏晋人物的人生态度和行为方式，第二个层面的内容是他们心灵的归宿，第三个层面的内容是相对于他们的审美理想来说的。魏晋风度源自老庄，影响了之后诸多文人士大夫的行为态度，亦是朱敦儒所承继的重要文化心理之一。这一文化心理积淀从一个方面影响了《樵歌》的独特的人生风致的形成。

何以见得朱敦儒对魏晋风度的认同和推崇呢？朱敦儒为什么会和魏晋人物共感共振？是什么成为沟通朱敦儒和魏晋人物之间的桥梁？

朱敦儒对魏晋风度的认同和推崇从以下两方面可见。

首先，从各种记载来看，朱敦儒对魏晋风度的赞赏是非常明显的。当

---

① 成复旺：《中国古代的人学和美学》，中国人民大学出版社1992年版，第11—12页。
② 王兆鹏：《宋南渡词人群体研究》，凤凰出版社2005年版，第248页。

时人就称其"字画远追晋宋,当今第一流也"①。朱熹赞其书法"能超然远览,追迹元常(钟繇)于千载之上",而其"老笔尤放逸"②。明人丰坊《书诀·宋人书》载:"朱敦儒,字希真,河南人。书宗晋,晦翁称之。"③ 作为心迹之外化的朱敦儒字画,其笔势潇洒,不拘笔法而又不失法度,萧散遒致,得晋字风流。而在其诗词中,如前所述,他自己也直接表白了对东晋大诗人陶渊明的赞许。

其次,前面论述的《樵歌》的人生风致和魏晋人物一如下述的风神举止,气度韵致异曲同工。

魏晋人洒脱任性、不为物累,如《世说新语·任诞》所载:

> 王子猷居山阴,夜大雪,眠觉,开室命酌酒。四望皎然,因起彷徨,咏左思《招隐诗》。忽忆戴安道,时戴在剡,即便夜乘小船就之。经宿方至,造门不前而返。人问其故,王曰:"吾本乘兴而行,尽兴而返,何必见戴。"④

王子猷雪夜饮酒、赏月、吟诗,乘兴棹舟访友,何等惬意。而他至戴门前不入,可见全凭心性而为,超脱了世间物事的拘碍,呈现一派任性潇洒之姿。而这种行止在当时是倍受欣赏的。再有《世说新语》对人物的品评则多爱用诸如像"清"、"雅"、"逸"、"旷"等词,如:"嵇延祖弘雅劭长"(《世说新语·赏誉》),"裴楷清通,王戎简要"(《世说新语·赏誉》),王戎目阮文业:"清伦有鉴识,汉元以来未有此人"(《世说新语·赏誉》),品评林下诸贤之子:"籍子浑,器量弘旷;康子绍,清远雅正;涛子简,疏通高素;咸子瞻,虚夷有远志,瞻弟孚,爽朗多所遗;秀子纯、悌,并令淑有清流"(《世说新语·赏誉》)⑤ 等。诸如此类的品赏中,魏晋人物尚清旷萧散的审美倾向可见一斑。

---

① (宋)李处权:《崧庵集》自跋,文渊阁《四库全书》本,台湾商务印书馆1986年版。
② (宋)朱熹:《晦庵先生朱文公文集》卷82,《四部丛刊》初编本。
③ (明)丰坊:《书诀·宋人书》,邓子勉校注《樵歌》,上海古籍出版社1998年版,第542页。
④ (南朝宋)刘义庆撰,徐震堮校笺:《世说新语校笺》,中华书局1984年版,第408页。
⑤ (南朝宋)刘义庆撰,徐震堮校笺:《世说新语校笺》,中华书局1984年版,第242、229、232、240页。

魏晋人多情多感，对个体生命充满了无限的珍爱与感慨，流露出强烈的自我意识。所谓"情之所钟，正在我辈"（《世说新语·伤逝》）①，无论文士武者。如："桓公北征，经金城，见前为琅邪时种柳，皆已十围，慨然曰：'木犹如此，人何以堪。'攀枝执条，泫然流泪。"（《世说新语·言语》）② 这是对生命的无限叹惋，就连一代枭雄桓温亦是如此。

魏晋人展现出强烈的自我意识，"我与我周旋久，宁做我"（《世说新语·品藻》）③。他们不拘礼法，个性张扬到了极致。面对黑暗的现实，面对无常的人生，他们往往以一种近乎狂放怪异而又率真的举止反抗名教，实现人的自然本性的复归。有如阮籍之"箕踞啸歌，酣放自若"（《世说新语·简傲》）④，刘伶"纵酒放达，或脱衣裸形在屋中"（《世说新语·任诞》）⑤ 的放浪形骸，他们或痛哭，或长啸，或佯狂，或大醉……

美丽的山水自然给魏晋人的心灵以栖息的家园，他们于自然山水之间纵情敞怀：

> 简文入华林园，顾谓左右曰："会心处，不必在远。翳然林水，便自有濠、濮间想也……觉鸟兽禽鱼，自来亲人。"（《世说新语·言语》）⑥

自然山水走进了魏晋人的心灵，使他们情性怡悦的同时，更成为沟通文人心灵和自然宇宙的桥梁。"仰观宇宙之大，俯察品类之盛"（王羲之《兰亭集序》），他们在欣赏山水美景的同时，思考着人生宇宙。山水让他们的内心得到了充分的满足与自适。自此，山水自然成为中国古代文士们心灵的抚慰所。

这就是魏晋人的洒脱生活、风流韵致、真情真性。如宗白华先生言，在这个"中国政治上最混乱、社会上最苦痛的时代，然而却是精神史上极

---

① （南朝宋）刘义庆撰，徐震堮校笺：《世说新语校笺》，中华书局1984年版，第349页。
② （南朝宋）刘义庆撰，徐震堮校笺：《世说新语校笺》，中华书局1984年版，第64页。
③ （南朝宋）刘义庆撰，徐震堮校笺：《世说新语校笺》，中华书局1984年版，第284页。
④ （南朝宋）刘义庆撰，徐震堮校笺：《世说新语校笺》，中华书局1984年版，第410页。
⑤ （南朝宋）刘义庆撰，徐震堮校笺：《世说新语校笺》，中华书局1984年版，第392页。
⑥ （南朝宋）刘义庆撰，徐震堮校笺：《世说新语校笺》，中华书局1984年版，第67页。

自由、极解放、最富于智慧,最浓于热情的时代","真正实现了精神上的大解放,人格思想上的大自由",同时,他们"以虚灵的胸怀、玄学的意味体会自然",他们"向外发现了自然,向内发现了自己的深情"①。

《樵歌》中所表现出来的强烈的自我主体意识、张扬的个性、对高标远韵的追求与山水情怀和魏晋风度异世同风。朱敦儒对魏晋风度的认同已如前述,而魏晋风度之所以影响朱敦儒则有如下原因。

首先当缘于类似的历史背景。魏晋人士和朱敦儒可以说都生活在苦闷压抑的时代,都经历过王室播迁,都走向了山水自然。

魏晋人承载着由于汉末以来社会分崩离析、战乱迭起而造成的社会深重苦难,以及由于社会矛盾的长期得不到合理解决而对儒家的君权神圣、人伦纲常等伦理道德规范所产生的深刻怀疑。他们自己所处的时代则王权更替不迭。从公元265年到317年短短的52年中先是司马氏篡权代魏,继而八王之乱,不久又永嘉南渡。同时统治阶级内部权力斗争残酷不已。许多文人在残酷的权力斗争中朝不保夕、动辄得咎,"名士少有全者"②,诸如何晏、夏侯玄、嵇康、陆机、潘岳、张华、刘琨、谢灵运等皆死于非命。文人们面对的是恐怖虚伪的现实,破灭的政治理想,因而精神极度苦闷。而老庄思想以它对黑暗社会的批判、对苦难人生的感受、对宇宙人生的思考和对个体生命价值的珍视引起文人强烈的共振,从而引导文人思考现实、宇宙、人生。从汉末文人诗作的忧生之叹到魏晋时期的玄学清谈,无不充满着对人生苦短的哀叹,对人生价值、意义、归宿的思索。思考的结果是老庄"道法自然"(《老子·二十五章》)③、"天地与我并生,而万物与我为一"(《庄子·齐物论》)④的宇宙意识和生命意识的复归,是崇尚人性自然之旨的觉醒,是对外在事功的一种背离。"千秋万岁后,荣名安所之?"(阮籍《咏怀诗》)严酷无奈的现实使文人们把目光投向了宇宙自然,"息徒兰圃,秣马华山。流磻平皋,垂纶长川。目送归鸿,手挥五弦。俯仰自得,游心太玄"(嵇康《赠秀才入军》)是士人们追求的高超境界。而晋室南渡之后,江南"千岩竞秀,万壑争流,草木蒙笼其上,若

---

① 宗白华:《艺境》,安徽教育出版社2000年版,第70、71、73、77页。
② (唐)房玄龄:《晋书》卷49《阮籍传》,中华书局1974年版,第1360页。
③ 朱谦之撰:《老子校释》,中华书局1984年版,第103页。
④ (清)郭庆藩撰,王孝鱼点校:《庄子集释》卷1,中华书局1961年版,第79页。

云兴霞蔚"(《世说新语·言语》)① 的风光更是使得文士们流连于山水之间，萧然忘怀。山水自然成为中国古代文士们心灵安顿之所。

生活于两宋之交的朱敦儒也可谓正好赶上了中国古代乱世。"幸有山林云水，造物端如有意，分付与吾侪"（李纲《水调歌头》）。江南的美丽山水再次向由北而南的文人士大夫们敞天了怀抱，抚慰了他们疲惫伤痛的心灵。现实的无奈让他们拥抱幽山静水，当时像向子諲、朱敦儒、叶梦得、王以宁、李弥逊、张元幹等皆先后营造亭园别墅，骋怀于山林之间②。

其次是两宋之际文人士大夫对晋宋人物的普遍推崇。

且先看南渡诸公对晋宋风神的直接赞赏：《芦川归来集》所载，张元幹称苏庠"高标远韵，当求之晋、宋间，此生哪复见斯人"③，称米芾"……米元章《下蜀江山》横卷，此老风流，晋、宋间人物也"④；李纲《秦少游所书诗词跋尾》载，"少游诗字婉美萧散，如晋、宋间人，自有一种风气"⑤；汪藻在《鲍吏部集序》中说，"（鲍钦止）风度凝远，如晋、宋间人"⑥；李弥逊评其友赵见独诗曰"见独作语平淡高古，不类近世诗家者流，飘然有晋宋风味"⑦。从这些记载中我们可见两宋之交文士对魏晋风度推崇之重，显示出当时士人对晋宋人物精神内蕴的首肯和神往。在南渡词人的词中也可见到他们对晋宋人物人生态度和行为方式的推尊。"念谢公，平生志，在沧州"（叶梦得《水调歌头》），"暮春月，修禊事，会兰斋。一觞一咏，何愧当日畅幽怀"（李纲《水调歌头》），"我自知鱼，倏然濠上，不问鱼非我。……知渊明，清流赋诗，得似怎么"（李弥逊《永遇乐》）等，诸如此类的词句亦表明晋宋间人物的人生韵致对南渡诸公的影响之深。

---

① （南朝宋）刘义庆撰，徐震堮校笺：《世说新语校笺》，中华书局1984年版，第81页。
② 王兆鹏：《宋南渡词人群体研究》，凤凰出版社2009年版，第130页。
③ （宋）张元幹：《苏养直诗帖跋尾六篇》，《芦川归来集》卷9，《全宋文》卷4006，第182册，第415页。
④ （宋）张元幹：《跋米元章下蜀江山图》，《芦川归来集》卷9，《全宋文》卷4006，第182册，第412页。
⑤ （宋）李纲：《梁谿集》卷162，《全宋文》卷3749，第172册，第43页。
⑥ （宋）汪藻：《浮溪集》卷17，《全宋文》卷3384，第157册，第229页。
⑦ （宋）李弥逊：《跋赵见独诗后》，曾枣庄主编《宋代序跋全编》（6），齐鲁社2015年版，第3719页。

朱敦儒的父亲朱勃绍圣时为谏官，是一个正直而讲操守的人，和苏轼亦有交往。他的家庭背景对于他接受当时正直士人崇尚是有推动作用的。苏轼也是朱敦儒本人景仰的人物，苏轼"以诗为词"之词学观的第一个真正继承者即是朱敦儒。成年之后的朱敦儒是一位"布衣而有朝野之望"①的东都名士，时为"洛中八俊"之一。一代士人的整体性审美指归对他有重要影响。如上所述，他的字画风神亦是追慕晋人。这对朱敦儒接受魏晋风度是起着催化作用的。

此外，前面所言创作主体朱敦儒的个性气质里融合了旷逸和狂放。他的这种个性特点和他的佛道思想也使他更易于沟通其魏晋风度，更易于接受时代崇尚魏晋人物之风，化于《樵歌》，含蕴在其文化人格里。

朱敦儒和魏晋人士所处的类似的历史条件和所面对的美丽山水作为桥梁，沟通了过去（魏晋人物）和现在（朱敦儒）。外在的客观因素和内在的主观因素相结合，使魏晋风度作为一种文化心理积淀潜移默化于朱敦儒的创作当中。从而使《樵歌》的人生风致显现出和魏晋风度极类似的色彩：强烈的自我主体意识、放情林壑的山水情怀和清高旷逸的韵致。

2. 隐逸情怀

情归林壑云水的隐逸，是中国古代文人士大夫保持独立人格的一种生存模式，从积极的角度看，代表着人类对自由独立、诗意栖居的美好理想的追求。他们之所以选择隐逸，一般来说有以下三种情况。

一种是在欲干预现实而不得的情况下，面对无奈无道的现实身退而隐。《周易》云："天地闭，贤人隐。"孔子说："天下有道则见，无道则隐。"（《论语·泰伯》）② 庄子说："古之所谓隐士者，非伏其身而不见也，非闭其言而不出也，非藏其知而不发也，时命大谬也。"（《庄子·缮性》）③ 这说明在天下无道、现实黑暗，人的价值在现实中得不到肯定和发挥，现实和人的理想相抵牾时，就远离权力中心而全己之高志。既然不能"达则兼济天下"，就不如"独善其身"了。而这种隐士有的一旦遇明时、明主，或社会亟需挽狂澜于既倒的人才时，便会幡然而起，如姜尚、诸葛亮、谢安等就是如此。有的则自此远离红尘，优游于田园，如陶渊

---

① （元）脱脱：《宋史》卷445，中华书局1977年版，第13141页。
② 程树德撰，程俊英、蒋见元点校：《论语集释》卷16，中华书局1990年版，第540页。
③ （清）郭庆藩撰，王孝鱼点校：《庄子集释》卷6，中华书局1961年版，第555页。

明。一种情况则是主体价值在现实得以实现的条件下,从人作为宇宙生命一部分的自然观出发,渴望能在自然中体悟生命价值的愉悦而身隐形退,所谓"功成、名遂、身退,天之道"(《老子·九章》)①。如李白所说:"事君之事成,荣亲之义毕,然后与陶朱留侯,泛五湖,戏沧州。"②抱这种信念的虽然大多"雅志困轩冕,遗恨寄沧州"(苏轼《水调歌头》安石在东海),但这却是大部分中国古代文人士大夫心目中的一种理想生存方式。还有一种情况便是一种完全彻底的隐逸。君权、名利、富贵对他们来说均是羁绊。"以富为是者,不能让禄;以显为是者,不能让名;亲权者,不能与人柄,操之则栗,舍之则悲……是天之戮民也"(《庄子·天运》)③,他们认为名利权势都是心的奴役而欲摆脱一切世事,如巢父、许由、陶渊明、王绩等。这样的隐士也是隐士中为数不少的一部分,如宋代的隐士中,就有六分之五的隐士根本无意举业④。

至于古代隐士们的隐逸方式则多种多样,有但求适意不拘形迹的心隐,有身在魏阙而心寄山林的朝隐,有睡隐、醉隐、书隐、樵隐、稼隐、渔隐等等诸多形式,但还是以放怀山水、情归林壑最为普遍。无论是哪种类型的隐士,总割舍不掉和自然山水千丝万缕的联系,山水自然成为他们心灵的栖息所,因为山水可销忧。早在先秦时代,人们就已发现山水慰藉心灵的作用,"山林与,皋壤与,使我欣欣然而乐与"(《庄子·知北游》)⑤。事实上,"在我们这样一个文明古国。人们往往把山水当作一个充满生机、气韵的浑然整体,在主体进入虚灵状态下,同体于自然,进入物我冥合的境界。从而去追求自然、永恒和美"⑥。渭水、富春江、卧龙岗、东山、终南山、辋川等山水名胜均为隐逸之地,古代隐士们和山山水水结下了不解之缘。在这方面,作为中国传统文人思想基础的哲学宗教和崇尚自然的思维方式使这一切成为可能。

---

① 朱谦之撰:《老子校释》,中华书局1984年版,第33页。
② (唐)李白:《代寿山答孟少府移文书》,安旗等《李白全集编年笺注》,中华书局2015年版,第1749页。
③ (清)郭庆藩撰,王孝鱼点校:《庄子集释》卷5,中华书局1961年版,第521页。
④ 张海鸥:《宋代隐士作家的自由价值观》,载《学术研究》2000年第6期。(按:在作者检索的378位隐士中,有记载曾习举业,应各级科举考试者共69人,约占隐士总数的六分之一左右。)
⑤ (清)郭庆藩撰,王孝鱼点校:《庄子集释》卷7,中华书局1961年版,第765页。
⑥ 李文初:《中国山水文化》,广东人民出版社1996年版,第108页。

山水，作为一种与人类生活密切相关的物质存在，从一开始就与人类认识世界、改造世界的社会实践活动息息相关。山水启发了先哲们对哲理的思考，他们和山水自然展开了广泛的对话，山水自然对于构筑中国古代哲学基础的儒、释、道三家都有有着重要的意义。孔子说："知者乐水，仁者乐山"（《论语·雍也》）①开以山水比附道德的先河，且把山水的自然美和精神美联系起来，在山水自然和人的精神世界之间架起了一座桥梁，其后学逐渐演绎为"天人合一"的思想。至于佛教，在阐述佛理禅机时常以自然山水作比喻，僧尼们也多于隔绝世俗喧闹的自然环境中习静长修。大乘佛教"即色悟空"的方法就是强调从具体事物中去体悟本体，而自然往往充当了证得本体的工具。"青青翠竹，皆是法身，郁郁黄花，无非般若"②，参禅者们正是从清清自然中去体味超然世外、超越自我的禅境。道家主张"道法自然"，"天地与我并生，万物与我为一"则强调个人与无限宇宙之间的契合，发展至魏晋玄学则主张以空明虚静之心，让主体直接体悟"道"，而山水则可"散怀"、"畅神"、"适性"，因而人们走向山林湖海，投入大自然的怀抱，领略山水美景，获取心灵解放。可见，儒、释、道和自然山水的联系都不约而同地指导文士们去感受自然之美，体悟自然之乐。

而在中国传统思维模式中，崇尚主体和自然山水之间的和谐、默契，在对山水自然的审美观照中达到心境与自然的契合为一，从而实现心灵自释是传统的观照自然山水的审美方式。"莫春者，春服既成，冠者五六人，童子六七人，浴乎沂，风乎舞雩，咏而归"（《论语·先进》）③，深受孔子赞赏的曾皙的这番话，实际上表现出的是一种有赖于主客和谐的，怡情于自然的，超然的审美心态。而到魏晋，山水诗、画、造园艺术开始形成，主体契合于自然已成为一种自觉的行动和普遍的崇尚。"情因所习而迁移，物触所遇而兴感。故振辔于朝市，则充屈之心生；闲步于林野，则辽落之志兴。……屡借山水以化其郁结，永一日之足，当百年之益。"（孙

---

① 程树德撰，程俊英、蒋见元点校：《论语集释》卷11，中华书局1990年版，第408页。
② （宋）大慧宗杲著，董群点校：《正法眼藏》（上），中州古籍出版社2016年版，第83页。
③ 程树德撰，程俊英、蒋见元点校：《论语集释》卷23，中华书局1990年版，第806页。

绰《三月三日兰亭集序》)① 在对自然山水的审视中，他们化解苦痛，他们"游山泽，观鱼鸟，心甚乐之"②，他们"散怀山水，萧然忘机"（王徽之《兰亭诗》），他们认为"非必丝与竹，山水有清音"（左思《招隐诗》），等等。在传统审美思维方式的主导下，他们情寄于红尘不染的山水之间，忘记了俗世的烦恼羁绊，实现了精神上的超越，如"郭景纯诗云：'林无静树，川无停流。'阮孚曰：'泓峥萧瑟，实不可言。每读此文，辄觉神超形越。'"（《世说新语·文学》)③ 在对青山绿水、清风明月的回归观照中，心灵得以陶醉，现实中的人超越了。在超越中主体郁结得以自释，心理得到了安顿和抚慰。自此，这种以物我两忘为最高审美理想的审美方式成为观照自然的、具有民族特色的思维方式之一，而像山林之志、江海之趣、皋壤之致被当作超逸和清高的代名词。

在上述两种主要因素的影响下，当人世风雨沧桑苦难让人不堪而欲退隐时，隐士们首先考虑的是投入山林湖海的怀抱。放情于山水林壑之间的隐逸情怀成为民族文化心理积淀之一，对中国古代文人士大夫的生存方式发生重大影响。

这种文化心理积淀化于《樵歌》中则是"心寄水云间"式的生活样式。朱敦儒早年是"清都山水郎"，"几曾著眼看侯王"（《鹧鸪天·西都作》）式的隐于伊川、洛水之间，绍兴出仕时则怀一颗"江湖醉眼，望浩渺，空想灵槎"（《芰荷香》远寻花）式的隐逸之心，渴望"扫平狂虏"之后"共赤松携手，重期明月，再游蓬岛"（《苏武慢》枕海山横），晚年是"一任梅花作雪飞"（《鹧鸪天》曾为梅花醉不归）彻底放倒式的隐逸之态。无论是哪个阶段，受佛道思想影响颇深且推崇魏晋风度的朱敦儒都把放怀于山水林壑作为其不自觉的选择，从而在《樵歌》中，山水情怀一以贯之，尤其是晚年情归岩壑时，更处处显现出创作主体于山水林壑间的旷逸风致。

---

① （晋）孙绰：《三月三日兰亭集序》，（清）严可均《全上古三代秦汉三国六朝文》，中华书局1958年版，第1080页。

② （魏）嵇康：《与山源绝交书》，臧励和选注，司马朝军校订《汉魏六朝文》，崇文书局2014年版，第144页。

③ （南朝宋）刘义庆撰，徐震堮校笺：《世说新语校笺》，中华书局1984年版，第140页。

三　时代文化气候

正如黑格尔所说，"每个人都是他那时代的产儿"。某一时代的社会精神气候，是一种无形的、潜在的力量，影响并规范着特定历史时期人们的人生理想、行为方式。对于从事文学艺术创作的人而言，如丹纳所言，"群众思想和社会风气的压力，给艺术家定下一条发展的路，不是压制艺术家，就是逼他改弦易辙"①。所谓"文变染乎世情"（《文心雕龙·时序》）是也。朱敦儒生活的北宋末至南宋初是怎样的一种"世情"和"精神气候"呢？

1. 内忧外患、中原陆沉

如前所言，朱敦儒生活的时代，是一个令人苦闷的时代。靖康南渡之前的徽、钦朝虽然表面上一派繁华，但实际上内忧外患，朝政腐败，权力场上钩心斗角，有识之士抑郁不得申其志。1126年冬季之后，金人的金戈铁马席卷整个中原大地乃至大江南北，到处战火硝烟，腥风血雨。战乱中的痛苦自不必多说了，而且宋代的靖康之乱，是两个民族间的战争，个人的痛苦之上更多一层民族的悲哀。在此之前，无论怎样，汉民族总是以老大的姿态傲视兄弟民族，而这次却是皇帝连同后妃百官被掳北上，文人们的民族自尊心受到空前侮辱。更可悲的是当朝皇帝竟只求逃跑苟安，不思恢复，反而打击抗战人士。"靖康耻，犹未雪，臣子恨，何时灭？"而现实却只能是"等闲白了少年头，空悲切"（岳飞《满江红》）。作为文人志士，一方面，痛苦的心情必然外化于创作中，因而朱敦儒的词尤其是南渡后的词充满了家国之殇和伤时之叹；另一方面，外在功名事业已然无法实现，走向山林云水亦是时代使然，因而山水情怀必然彰显于《樵歌》之中。

2. 雅、俗碰撞融合

雅、俗是中国传统文化中一个重要范畴，它既是古代文论中一个重要的文艺批评标准，也是评价人生存状态的一个术语。从后者出发，雅一般代表着士阶层的人格价值取向和理想生活方式，俗代表着大众化、世俗化的倾向，往往和恋财、附势、浅薄连在一起，这种观念可上溯到

---

① [法] 丹纳：《艺术哲学》，周国平译，人民文学出版社1963年版，第35页。

先秦诸子：

> 众人熙熙，若享太牢，若春登台。我魄未兆，若婴儿未孩。乘乘无所归。众人皆有余，我独若遗。我愚人之心纯纯。俗人昭昭，我独若昏。俗人察察，我独闷闷。
> ——《老子·二十章》①

生逢乱世，以智慧观照现实宇宙和自然的老子感到了自己和世人的格格不入，在他和世俗大众之间，有着完全不同的生活态度和价值取向——"众人皆有余，我独若遗"，"俗人昭昭，我独若昏。俗人察察，我独闷闷"，衬出他超然于世，人格独立，精神自由的特点。在它的对立面即俗，"众人熙熙，若享太牢，若春登台"。显然，这里的"俗"和欲望、荣利、奢侈、自耀等相联系，含贬义。在《庄子》中②：

> 世俗之人，皆喜人之同乎己而恶人之异于己也。
> ——《庄子·在宥》

> 今世俗之君子，多危身弃生以殉物，岂不悲哉！
> ——《庄子·让王》

> 丧己于物、失性于俗者，谓之倒置之民。
> ——《庄子·缮性》

> 缮性于俗，俗学以求复其初；滑欲于俗，思以求致其明；谓之蔽蒙之民。
> ——《庄子·缮性》

> 法天贵真，不拘于俗。
> ——《庄子·渔父》

---

① 朱谦之撰：《老子校释》，中华书局1984年版，第79—83页。
② （清）郭庆藩撰，王孝鱼点校：《庄子集释》，中华书局1961年版，卷4，第392页；卷9，第971页；卷6，第558页；卷6，第547页；卷10，第1032页；卷9，第966页。

故天下大器也，而不以易生，此有道者之所以异乎俗者也。

——《庄子·让王》

在庄子这里，世俗之人喜同于己而恶异于己，无原则性，而且他眼中的"俗"往往与"物"相关（"世俗之君子，多危身弃生以殉物"），而与"天"、"性"、"道"相对（"法天贵真"，则"不拘于俗"；"倒置之民"则"丧己于物、失性于俗"；"缮性于俗学"为"蔽蒙之民"）。庄子笔下的"道"通过他对至人、神人、真人、天人、大人等的人格境界的描述中可知它是一种超越世俗、无负累牵绊的绝对自由的精神境界，是内在的超越，是对俗世的超脱与高蹈，是对"俗"的鄙视。在屈原那里，则以其忠君爱国的美政理想表现对世俗的鄙弃："謇吾法夫前修兮，非世俗之所服"、"固时俗之工巧兮，偭规矩而改错"（《离骚》）①，"吾不能变心而从俗兮，固将愁苦而终穷"（《九章·涉江》）②，"安能以皓皓之白，而蒙世俗之尘埃乎？"（《渔父》）③ 屈原以他始终如一的完美人格和为理想献身的选择表明了他与"俗"的对立。至魏晋名士们则以"越名教而任自然"（嵇康《释私论》）为精神指归，以极端行为与礼俗之士划清界限。阮籍"见礼俗之士，以白眼对之"④，他们认定"俗人不可亲"而"松乔是可邻"（嵇康《杂诗》）。从先秦到魏晋，真正的"士"对"俗"采取的都是一种排斥的态度。

但这种现象在宋代得到了缓和，雅和俗由于整个社会大文化背景的变化在碰撞中融合在一块。"一代之文学"的宋词以"陈薄伎"、"佐清欢"的娱乐功能和主"性情之至道"的词质特征就是宋代文人这种价值取向的反映。雅和俗在宋代文人士大夫这里似乎和谐地统一在一起了。

北宋建国以后，"庶族文化型"⑤ 社会形成，整个社会自上而下一片崇尚世俗享乐之风，士人优游度日，游宴成风。城市和商业的发达，再加上"自太祖煽起的从上至下的聚敛财物、贪求富贵之风，引起宋代社会文化价值观念和风习的巨变"，"金钱和富贵的价值、自由与享乐的价值、才

---

① （宋）朱熹：《楚辞集注》，江苏广陵古籍刻印社1990年版，第14、15页。
② （宋）朱熹：《楚辞集注》，江苏广陵古籍刻印社1990年版，第98页。
③ （宋）朱熹：《楚辞集注》，江苏广陵古籍刻印社1990年版，第146页。
④ （唐）房玄龄：《晋书》卷49《阮籍传》，中华书局1974年版，第1361页。
⑤ 沈家庄：《宋词文化与文学新视野》，人民文学出版社2001年版，第28页。

子词人的独立人格价值构成宋代新文化观念中主要的人生价值观念"①。实际上这很大程度就是对古代士人所鄙视的"俗"的认可。同时,宋人的这种价值取向也是在经过唐代热烈的外在事功的追求之后转向对个体内在生命价值和个体真情的肯定和复归。这种复归使宋人在肯定世俗享乐的时候也让他们对传统士人所推崇的道心和潇洒、旷逸、超尘之韵致追慕不已。如苏轼言:"吾昔有见于中,口未能言,今见《庄子》,得吾心矣。"②宋代士人所追求的诚如李春青先生说的,"不可否认,当然他们欲有所作为,亦希望能兼济天下,但那些接受了中国古代儒、释、道三大思想体系之熏陶,并开始致力于融会贯通以建立新的学术格局的宋代士人绝不想做一个殉道者——他们追求的是一种能够将现实关怀与个体性精神享受融为一体的新型文化人格"③。这种新型文化人格实践于宋代文人士大夫在"俗"、"雅"的碰撞交流而融合的生活模式中。

一方面,我们可以看到宋代文人士大夫从未放下对高雅韵致的追求:韦凤娟在《论陶渊明的境界及他所代表的文化模式》一文中提到宋人生活时说:"他们努力以闲淡平和的心境去面对世间百事,精心经营着一片安顿闲情逸致的园地。他们以闲在之身,操持着品茶、饮酒、莳花、种竹、玩古董、置木石、览胜水、看松影、听鹃鸣……种种闲散之事,努力把自己的精神、气质、趣味、风度融于日常生活中,让吃饭、穿衣、烹饪……这些俗事都染上点个人的风格,见出个人的情韵,以收'点铁成金'的功效,变俗为雅,甚至连亲手烹制的鱼羹似乎也'超然有高韵,非世俗庖人所能仿佛'(事见苏东坡《记煮鱼羹》)。他们则从种种俗事中获得了一种超乎感受观之上的雅趣——总之,自宋元以来,在世俗生活中追求一种高雅的韵味成了中国封建文人的一个显著特点。"④ 他们生活中对韵致的追求也表现于艺术创作中:

> 韦应物、柳宗元发纤秾于简古,寄至味于淡泊,非馀子所

---

① 沈家庄:《宋词文化与文学新视野》,人民文学出版社2001年版,第58、64页。
② 邹同庆、王宗堂:《苏轼词编年校注》,中华书局2002年版,第1001页。
③ 李春青:《宋学与宋代文学观念》,北京师范大学出版社2002年版,第276页。
④ 韦凤娟:《论陶渊明的境界和他所代表的文化模式》,《文学遗产》1994年第2期。

及也。①

钟、王之迹，萧散简远，妙在笔墨之外。②

笔墨各系其人，工拙要须论韵胜耳。③

东坡简札，字形温润，无一点俗气……天然自然，笔圆而韵胜。④

必能状难写之景，如在目前，含不尽之意，见于言外。⑤

语意高妙，似非吃烟火食人语，非胸中有万卷书，笔下无一点俗气，孰能至此。⑥

从上可见，萧散、简远、淡泊、味长、高超、韵致、无俗气是士人共同的审美倾向。至两宋之际，文人士大夫对晋宋人物的向往，南宋后期对姜夔"如野云孤飞，去留无迹"⑦ 的清空之境的推崇，都是宋代文人士大夫对雅的执着。

另一方面，他们也从不拒绝世俗的享乐。宋代官员游宴、集会常常唤官妓侑酒唱曲以资娱乐。如据《清波杂志》载，苏轼贬黄州时，"每用官奴侑觞，群姬持纸乞歌词，不违其意而予之"⑧。再如宋祁晚年知成都，

---

① （宋）苏轼：《书黄子思诗集后》，《苏文忠公全集》卷67，《全宋文》卷1936，第89册，第286页。
② （宋）苏轼：《书黄子思诗集后》，《苏文忠公全集》卷67，《全宋文》卷1936，第89册，第285页。
③ （宋）黄庭坚：《论书》，《豫章黄先生文集》卷29，《四部丛刊》初编本。
④ （宋）黄庭坚：《题东坡字后》，《豫章黄先生文集》卷29，《四部丛刊》初编本。
⑤ （宋）欧阳修：《六一诗话》，（清）何文焕辑《历代诗话》，中华书局1981年版，第267页。
⑥ （宋）黄庭坚：《跋东坡乐府》，张惠民《宋代词学资料汇编》，汕头大学出版社1993年版，第197页。
⑦ （宋）张炎：《词源》卷下，唐圭璋《词话丛编》，中华书局2005年版，第259页。
⑧ （宋）周辉撰，秦克校点：《清波杂志》卷5"海棠诗"条，《宋元笔记小说大观》，上海古籍出版社2001年版，第5063页。

"每宴罢,盥洗毕,开寝门垂帘,燃二椽烛,媵婢夹侍,和墨伸纸,远近观者,皆知尚书修《唐书》矣,望之如神仙焉"①。美酒佳肴之后,明烛掩映、红袖添香,夜修国史,无怪乎人谓之如神仙。文人士大夫们流连于诗、酒、佳人之间,享受浪漫温柔。他们喜招宾客游宴,且以歌乐相佐,他们公事之余"夜深灯火上樊楼"②。

雅、俗就这样和谐地统一于宋代文人的生活中。

我们可以看到于主"性情之至道"③的词中,绝大多数词人都有两副笔墨。就是在俗与雅的代表人物柳永和苏轼身上亦不例外。"浅近卑俗"、"声态可憎"④的柳永亦有诗句被誉为"此真唐人语,不减高处矣"⑤处,而"指出向上一路,新天下耳目"⑥的坡仙亦不乏香软绮艳语。实际上,"苏轼以'诗词本一律'的观点展开的雅俗之辨,主要是为了救正柳永以来的尘俗词风,而不在厌弃自温庭筠以来词所普遍具有的世俗文化品格"⑦。

同时,他们一方面厌倦仕途社会,感叹"雅志困轩冕"但又不是去当和尚、道士,始终不是完全弃俗的。而陶渊明及其诗自唐以后其地位价值渐渐上升,至宋则备受尊崇这种现象的原因就在于陶渊明的人生是"立足现实而又高雅脱俗、充满诗性的人生"⑧。虽然陶渊明不同于宋人,他"少无适俗韵,性本爱丘山"(陶渊明《归园田居》),他选择的是一种不合于俗众的生活,但他不同于他之前的士人,或以一种不可企及的精神境界为超俗的手段,如庄子理想中的圣人、至人、神人,或以极其的狂狷和耿介为世所不容,如屈原、阮籍、嵇康等人。他也渴求功业,遗憾"总角闻道,白首无成"(陶渊明《荣木》);他也不能超脱于尘世和生死,感叹"人生无根蒂,飘如陌上尘。分散逐风转,此已非常身"(陶渊明《杂

---

① (清)张宗橚:《词林纪事》卷3"宋祁"条,成都古籍书店1982年版,第84页。
② (宋)刘子翚:《汴京纪事》,陶文鹏《宋诗精华》,广西师范大学出版社1996年版,第553页。
③ (宋)张耒:《东山词序》,张惠民《宋代词学资料汇编》,汕头大学出版社1993年版,第206页。
④ (宋)王灼:《碧鸡漫志》卷2,唐圭璋《词话丛编》,中华书局2005年版,第84页。
⑤ (宋)吴曾:《能改斋词话》卷1"黄鲁直词谓之著腔诗"条,唐圭璋《词话丛编》,中华书局2005年版,第125页。
⑥ (宋)王灼:《碧鸡漫志》卷2,唐圭璋《词话丛编》,中华书局2005年版,第85页。
⑦ 沈松勤:《唐宋词社会文化学研究》,浙江大学出版社2000年版,第301页。
⑧ 赵晓兰:《宋人雅词原论》,巴蜀书社1999年版,第149页。

诗》）并为自己写《挽歌》；逃离现实黑暗和世俗蝇营的不满后他能在现实生活中得到真正的快乐，"悦亲戚之情话，乐琴书以销忧"（陶渊明《归去来兮辞》）。这一种"充满人情味的立足现世的人格理想和生活态度，它超世而不避世，平凡而又充满诗意，安贫乐道、追求个体的精神自由、追求人生的审美境界"①，这种生活模式是适合于又要求雅，又不愿弃俗的宋人的。

朱敦儒46岁前过的是那种"故国当年得意，射麋上苑、走马长楸。对葱葱佳气、赤县神州。好景何曾虚过，胜友是处相留。向伊川雪夜、洛浦花朝，占断狂游"（《雨中花·岭南旧作》）式的生活。那是一种深深浸润了宋型文化特点的生活。四十余年的这种文化氛围的朝夕濡染，这种文化特点中的崇自由、爱美景、耽享乐、善思辨和思考独立人格价值的精神内核当根植于词人的灵魂深处，从而影响到他的生活行为方式和人生态度。而且，朱敦儒早年即擅有词名，人的日常行为方式和其精神气质是紧密相连的，当词人的真性情反复吟咏于"主性情之至道"的词章新作之中时，这种抒写真性情的写作观念无疑会加深着对这种文化模式的认同感。这种主体精神外化于《樵歌》中，就是世俗享乐与高情雅韵共存，希望超脱而立足现世，展现了一个真实的现实人物同时的，表现出了一种充满诗意的人生境界。

小　结

在真实与虚构、写实与想象夸张并存的诗词创作中，抒情主人公形象与创作主体虽不完全对等。人生风致作为主体精神的外化，创作主体内在主体性因素与浸润他的历史文化和时代文化共同融铸成的"精神个体性"，外化于作品中，形成了独特的人生风致。当然这种风致与创作主体的现实表现抑或有扩大或缩小处，但却是主体观念的显现，不仅彰显着创作主体的"精神个体性"，更折射出一代之世风。

朱敦儒是一位任性情之真而为歌词的词人。居洛期间，他率真地在词中书写他裘马轻狂的生活。南奔中，他的词毫不掩饰逃难中的狼狈窘态，

---

① 赵晓兰：《宋人雅词原论》，巴蜀书社1999年版，第148页。

尽情地宣泄着他的故国之恸和流离之殇。入仕后，他的词既展现了一位享受安逸和所谓的太平的官员的欣然，又书写了这位壮心偏惑的北客的悲哀。致仕后他以更加自我化、纪实化、议论化的表现手法展现了身退心闲的神仙风致和他复仕后的无尽悔恨。在《樵歌》中，有强烈的自我意识和张扬个性，淡然心寄水云间的山水情怀，清旷超拔的高标远韵，无奈的悲愤苦闷及世俗的享乐追求。它们矛盾地复合在一起，彰显出极具特色的"希真风致"。

这种人生风致既充满了世外之清气，但又不能忘情于红尘世界。这其实是一种缘于士大夫情怀的，具强烈主体意识，以清雅旷逸、狂放自傲为主体特征，并杂以世俗情爱和无奈苦闷的矛盾心境的再现。这是以"以才豪称"的朱敦儒之生命经验的表现，是其个性气质，思想涵养的外化，亦是历史文化传统与两宋之间的时代文化气候与创作主体交融碰撞的结果。享乐成风、忧患交加、雅俗交融的宋代文化气候，魏晋风度与隐逸情怀等历史文化传统，创作主体的个性气质、审美崇尚和佛道修养亦于此独特的人生风致中得以彰显。

第 三 章

朱敦儒词的影响效果史

朱敦儒是南渡词坛一位非常重要的词人,存词量亦位列南渡词人榜首,在宋词词质的转变过程中,他的词以其鲜明的个性特色在南渡词坛独树一帜,产生了重要影响。千百年来,后世读者对朱敦儒词的关注不绝如缕。但历史是后来者理解中的历史,历史人物事件是被理解后的历史人物事件。每一位后来者走进历史尝试去解读历史人物事件的时候,总不免带着自身的"前理解",即读者个性及承载的文化积淀而形成的文化心理去理解历史人物。千年流变中,朱敦儒及其词的批评接受在前后相继的同时也因时代的变化而形成了各具时代特色的影响和效果。

第一节 宋金时期:全方位的传播接受与人品、词品的双重观照

朱敦儒是一位生前即享有词坛盛誉,身后词学声名亦隆的词人。在朱敦儒词创作的旺盛期(12世纪上半叶)至南宋亡于蒙元(13世纪末)的100余年的历史中,朱敦儒在宋金词坛具有较大的影响力,其人其词影响不仅具一定的广度,亦具相当的深度。

一 全方位的接受传播

宋金时期,朱敦儒的词不仅以别集形式流传,亦在普通大众接受的选

本中传播①，更兼创作者的效仿，以及精英读者的批评，其人其词吸引了不少关注的目光，影响力在不同读者群体的合力推动下得以延伸扩展。

1. 别集与选本的传播

宋代的词，作为一种与音乐共生的文学样式，传唱原本是其被创作出来之后最易产生影响效果的一种传播方式。但在无音频记录的年代，口头传唱往往易随时空移易而湮灭，而那些依凭于物质载体的传播虽一时之影响或不如天下传唱来得轰轰烈烈，但却具有更为久远的传播效应。千百年后反观朱敦儒词之生命力历程，传唱的效应难寻其踪，唯余别集、选本等物质载体传其影响。

朱敦儒的词，在南宋即以别集的形式传播开去。宋人张端义《贵耳集》卷上载："朱希真，南渡以词得名……词集曰《太平樵唱》。"② 朱敦儒绍兴年间入仕后词中曾多处言及"太平"，此集或为朱敦儒亲自整理成篇者。是集传至清初，《钦定词谱》曾引《太平樵唱》中《促拍采桑子》《孤鸾》《踏歌》诸调。另外，陈振孙《直斋书录解题》亦载："《樵歌》一卷，朱敦儒希真撰。"③ 此本与《太平樵唱》是否同书异名，已不得而知④。又《宋史·艺文志》记载："朱敦儒《陈渊集》二十六卷，又词三卷。"⑤ 此可知，朱敦儒身后不久，其词之别集便已形成多个版本系统而流传于世。以上别集，对朱敦儒词的传承意义非凡，但词人别集，多传于文人雅士与收藏家之手，词人词作得到更广泛的传播，则有赖于词学选本的广泛影响力。

在繁荣发达的南宋书坊中，朱敦儒的词随着南宋著名词学选本的传

---

① 关于朱敦儒在历代词学选本中产生的影响，拙著《宋词经典的生成及嬗变》曾列有具体的数据。本书这项数据较之略有不同，因笔者在原来的基础上，再添加了宋黄大舆《梅苑》，明沈际飞《草堂诗余续集》、茅映《词的》、陆云龙《翠娱阁评选行笈必携词菁》，清沈时栋《古今词选》、叶申芗《天籁轩词选》、蒋方增《浮筠山馆词钞》、宋庆长的《词苑》以及陈廷焯《云韶集》《词则》等词学选本。

② （宋）张端义：《贵耳集》卷上，中华书局1959年版，第16页。

③ （宋）陈振孙：《直斋书录解题》卷21，上海古籍出版社1987年版，第620页。

④ （清）朱祖谋《彊村丛书》本《樵歌》校记："《词谱》《采桑子》注云：'调见朱希真《太平樵唱》，'岂《樵歌》之异名耶。"许巨楫听香仙馆本《樵歌》三卷刘继增序："《钦定词谱》《促拍采桑子》调下注云：'调见朱希真《太平樵唱》，一名《促拍丑奴儿》。'《聒龙谣》调下注云：'调见朱敦儒《樵歌》。'希真，敦儒字，据此则所著《樵歌》之外更有所谓《太平樵唱》者，是否一本两名，未读中秘，不敢臆断。"

⑤ （元）脱脱：《宋史》卷208，中华书局1977年版，第5381页。

播,为更广泛的读者所熟知。宋代的传世词学选本,有曾慥辑《乐府雅词》、赵闻礼选编《阳春白雪》、黄昇辑《中兴以来绝妙词选》、周密辑《绝妙好词》、南宋书坊所刻《草堂诗余》、黄大舆辑《梅苑》及无名氏《乐府补题》。其中《乐府补题》专录宋末遗民词人王沂孙、周密等 14 人的唱和词 37 首①,《绝妙好词》未见著录朱敦儒词,其余词学选本选录朱敦儒词的具体情况如表 3-1 所示。

表 3-1　　　　　　　　宋代选本选录朱敦儒词一览表

词作 \ 词选	《梅苑》	《乐府雅词》	《草堂诗余》	《中兴以来绝妙词选》	《阳春白雪》
《采桑子》(扁舟去作江南客)		√		√	
《念奴娇》(别离情绪)			√		
《鹧鸪天》(曾为梅花醉不归)		√			
《感皇恩》(曾醉武陵溪)		√			
《念奴娇》(插天翠柳)			√		
《鹊桥仙》(姮娥怕闹)		√			
《鹧鸪天》(唱得梨园绝代声)		√			
《清平乐》(春寒雨妥)					√
《相见欢》(东风吹尽江梅)		√		√	
《水龙吟》(放船千里凌波去)		√		√	
《减字木兰花》(古人误我)		√		√	
《醉落魄》(海山翠叠)		√			
《鹧鸪天》(检尽历头冬又残)				√	
《念奴娇》(见梅惊笑)	√	√		√	
《卜算子》(江上见新年)		√		√	
《柳梢青》(狂踪怪迹)		√			
《减字木兰花》(刘郎已老)		√			

---

① 宋代各词学选本的基本情况均参考王兆鹏《词学史料学》,中华书局 2004 年版。

续表

词选 词作	《梅苑》	《乐府雅词》	《草堂诗余》	《中兴以来绝妙词选》	《阳春白雪》
《蓦山溪》（琼蔬玉蕊）		√			
《清平乐》（人间花少）		√			
《西江月》（日日深杯酒满）				√	
《西江月》（世事短如春梦）				√	
《孤鸾》（天然标格）			√		
《鹧鸪天》（我是清都山水郎）				√	
《忆秦娥》（西江碧）		√			
《丑奴儿》（一番海角凄凉梦）		√			
《木兰花慢》（折芙蓉弄水）		√			√
《鹊桥仙》（竹西散策）		√			

从表3-1可知，在可考的传世文献资料中，朱敦儒共有27首词入选宋代五大选本，共入选35次。曾慥辑《乐府雅词》，以雅为尚，"涉谐谑则去之"①，共收录34位词人932首词，人均约27首，其中收录朱敦儒词19首。赵闻礼选编《阳春白雪》录词人231家，收词671首，人均近3首，其中朱敦儒入选2首。黄昇辑《中兴以来绝妙词选》，选录词人223家，录词1285首，为现存宋代选词规模最大的词选，"广搜博选，不拘一格，能体现词史发展的各个侧面"②。该选本人均入选不到6首，其中朱敦儒入选10首。南宋书坊所刻，成书于庆元元年（1195）以前的《草堂诗余》③估计收录词200余首，人均当不超过3首，其中，收录朱敦儒词

---

① （宋）曾慥：《乐府雅词序》，施蛰存《词籍序跋萃编》，中国社会科学出版社1994年版，第651页。
② 王兆鹏：《词学史料学》，中华书局2004年版，第321页。
③ 宋本《草堂诗余》今不见传本，此据至正三年（1343）庐陵泰宇堂本《增修笺注妙选群英草堂诗余》而统计。泰宇堂本收录约百位词人的词总计343首，其中，标注"新增"或"新添"者共85首，录朱敦儒词5首，为《孤鸾》（天然标格）、《念奴娇》（插天翠柳）、《念奴娇》（别离情绪）、《绛都春》（寒阴渐晓）、《西江月》（世事短如春梦）。其中《绛都春》（寒阴渐晓）、《西江月》（世事短如春梦）标注新增，另外3首当据宋本抄录。另《绛都春》（寒阴渐晓）、《孤鸾》（天然标格）皆系于无名氏下。

3首，有1首系于无名氏下，为《孤鸾》（天然标格）。黄大舆辑《梅苑》10卷，专录唐五代至南宋初咏梅词共412首，录朱敦儒词1首。从入选率来看，在倡导雅词、推尊词体的词学选本《乐府雅词》和《阳春白雪》中，朱敦儒词的入选率略低于平均值。但在曾慥、赵闻礼严格的选词标准下，能入选其中已然难得。而民间书坊为迎合普通大众读者而刊行的《草堂诗余》，朱敦儒词当不低于人均入选率。至于不拘一格的《中兴以来绝妙词选》，朱敦儒词的入选数则高出人均4首。总体上可以这样说，朱敦儒的词在南宋中后期既受到文人雅士的关注，更颇得普通读者的喜爱。不论编选者的本意是崇雅黜俗还是迎合俗众，抑或是存词存史，随着这些选本的流传，朱敦儒词中超过十分之一的作品传播于世，广为人知，有效地促进了朱敦儒词之生命力的延伸。

2. 文人的效仿与批评

作家作品传世的秘密来自哪里？接受美学的观点认为，作家作品生命力是由读者决定。从影响效果史的视角看，在"世界—作者—作品—读者"构成的文学系统中，作家或作品在后世的影响效果如何，读者确实起着关键的作用。不同类型的读者总是从不同的层面影响作家作品在后世的声名。由于身份、个性、兴趣各异，读者的类型具有多样性，但就接受前代作家作品的方式而言，约略可分为两种情况。其一，"无声"的接受。譬如在别集选本的刊行、石刻题壁的传播中，众多读者作为欣赏者、消费者，大抵不可考察其态度观点。其二，"有声"的接受，如文人的效仿引用和批评者的意见。此间，仿作与批评意见的流传让读者的"心声"得以传之后世。

在效仿与批评中，后世效仿的动机来自创作者对某一作品情感意蕴的共鸣或对其美学风神的钦慕，批评则更广泛地涉及作品的情感表现、艺术手法、审美风格、修辞语汇等等方面及作家的个性、生平、修养、交游等诸多内容。毫无疑问，不论效仿还是批评，相对于拥有更广泛受众的"无声"接受，这种"有声"接受对于作家作品身后的命运有更深层的影响。

朱敦儒词之生命力的延伸，除借助于上述别集选本的传播之外，处于传播接受这一金字塔顶端的文人的效仿与批评是其影响效应延伸的又一重要方式。

表 3-2　　　　　　　宋金词人仿效朱敦儒词作一览表

作者	词牌名	词题/小序	首句
王之道	点绛唇	和朱希真	短棹西来
吴儆	蓦山溪	效樵歌体	清晨早起
辛弃疾	念奴娇	赋雨岩效朱希真体	近来何处有吾愁
朱熹	念奴娇	用傅安道和朱希真梅词韵	临风一笑
石孝友	杏花天	借朱希真韵送司马德远	把杯莫唱阳关曲
刘克庄	鹧鸪天	腹疾困睡和朱希真词	前度看花白发郎
李曾伯	念奴娇	丙午和朱希真老来可喜韵	云胡不喜
李曾伯	减字木兰花	丙午和朱希真韵	无可不可
李曾伯	减字木兰花	丙午和朱希真韵	如何则可
方岳	酹江月	八月十四日小集郑子重帅参先月楼是夕无月和朱希真插天翠柳词韵	绿尊翠勺
元好问	鹧鸪天	效朱希真体	十步宫香出绣帘

首先，朱敦儒不同风格的词均获得了创作型读者的关注，并作为词之"新体"，成为效仿的典范。宋金时期，共有9位词人的11首词作为效仿朱敦儒词的作品。从表3-2可知，朱敦儒的词不仅在南宋词人中被追和，亦被金代第一大词人元好问所效仿。11首效仿之作涉及多类题材、多种风格。其中，如王之道《点绛唇》（短棹西来）①、石孝友《杏花天》（把杯莫唱阳关曲）②及元好问《鹧鸪天》（十步宫香出绣帘）③均为写相思离怨的缠绵悱恻之情，传承朱敦儒词中或清丽或绮丽的风格。如辛弃疾《念奴娇》（近来何处有吾愁）④及吴儆《蓦山溪》（清晨早起）⑤则均为

---

① （宋）王之道《点绛唇》：短棹西来，追随不及桃花宴。薰风庭院。明月裁纨扇。　睡起娇慵，想见云鬟乱。双鱼远。欲凭春唤。一觇韦娘面。

② （宋）石孝友《杏花天》：把杯莫唱阳关曲。行客去、居人恨局。屏山似展江如簇。不见尊前醉玉。　鹃啼处、怨声裂竹。问后夜、兰舟那宿。帛书早系征鸿足。肠断弦ändig怎续。

③ （金）元好问《鹧鸪天》：十步宫香出绣帘，恼人帘底月纤纤。五花骄马垂杨渡，孤负仙郎侧帽檐。　秋澹澹，酒厌厌。新诗和恨入香奁。相思恰似鸳鸯锦，一夜新凉一夜添。

④ （宋）辛弃疾《念奴娇》：近来何处有吾愁，何处还知吾乐。一点凄凉千古意，独倚西风寥廓。并竹寻泉，和云种树，唤做真闲客，此心闲处，不应长藉丘壑。　休说往事皆非，而今云是，且把清尊酌。醉里不知谁是我，非月非云非鹤。露冷风高，松梢桂子，醉了还醒却。北窗高卧，莫教啼鸟惊著。

⑤ （宋）吴儆《蓦山溪》：清晨早起，小阁遥山翠。颒面整冠巾，问寝罢、安排菽水。随家丰俭，不羡五侯鲭，软煮肉，熟炊粳，适意为甘旨。　中庭散步，一盏云涛细。迤逦竹洲中，坐息与、行歌随意。逡巡酒熟，呼唤社中人，花下石，水边亭，醉便颓然睡。

山水隐逸题材，与朱敦儒词之平易、口语化倾向类似。再如刘克庄《鹧鸪天》（前度看花白发郎）①及李曾伯《念奴娇》（云胡不喜）②、二首《减字木兰花》③则皆为慨世悟道之作，与朱敦儒同类题材一样多议论语。至于方岳《酹江月》（绿尊翠勺）④及朱熹《念奴娇》（临风一笑）⑤分别为咏月、咏梅之作，承袭了朱敦儒同类词作的清旷词风。同时，从宋金词人效仿词作的词题或小序看，朱敦儒词被当作词人创作的典范之一，被称为"希真体"或"樵歌体"。流传下来的效仿之作中，如吴儆《蓦山溪》题为"效樵歌体"，辛弃疾《念奴娇》序为"赋雨岩效朱希真体"，元好问《鹧鸪天》下注"效朱希真体"。虽然，后代读者在阐释"希真体"⑥时各执一词，但被称之为"体"，朱敦儒词在创作型读者群体中的影响可见一斑。这既可见朱敦儒词确实形成了独具个性特色的面貌，亦可见时人

---

① （宋）刘克庄《鹧鸪天》：前度看花白发郎。平生痼疾是清狂。幸然无事污青史，省得教人奏赤章。　游侠窟，少年场。输他群谢与诸王。居人不识庚桑楚，弟子谁从魏伯阳。
② （宋）李曾伯《念奴娇》：云胡不喜。得抽脚篮中，安身局外。世路风涛都历遍，几度眉攒心碎。八尺藤床，二升粟饭，方寸恢余地。翻云覆雨，从伊造物儿戏。　不见刻木牵丝，鸡皮鹤发，弄罢寂无事。随分风光堪领略，聊放疏狂些子。刘项雌雄，跖颜修短，无彼亦无此。茅檐高卧，不知春到花底。
③ （宋）李曾伯《减字木兰花》：（其一）无可不可。还你天公还我。味触声香。尽付庄周蝶满床。　漫天不过。留取心机休用破。净几明窗。乐取闲中日月长。（其二）如何则可。我亦不知其谓我。隐几焚香。对酒一壶书一床。　知仁观过。浑沌翻怜谁凿破。寄傲南窗。堪羡渊明滋味长。
④ （宋）方岳《酹江月》：绿尊翠勺，约秋风、一醉小楼先月。谁取宝奁奔帝所，深锁玉华宫阙。老桂香寒，疏桐云重，生怕金蛇掣。那知天柱，一峰别与天接。　我欲飞佩重游，置之衣袖，照我襟怀雪。玉斧难藏修月户，待做明宵清绝。天地无尘，山河有影，了不遗毫发。举杯相属，唤谁笺与天说。
⑤ （宋）朱熹《念奴娇》：临风一笑，问群芳谁是，真香纯白。独立无朋，算只有、姑射山头仙客。绝艳谁怜，真心自保，邈与尘缘隔。天然殊胜，不关风露冰雪。　应笑俗李粗桃，无言翻引得，狂蜂轻蝶。争似黄昏闲弄影，清浅一溪霜月。画角吹残，瑶台梦断，直下成休歇。绿阴青子，莫教容易披折。
⑥ 关于"希真体"，杨海明在《论朱敦儒的词》（《杭州师专学报》1985年第3期）及张而今《朱敦儒词纵观》（《文学遗产》1997年第3期）中认为，"希真体"指朱敦儒晚年隐逸词中所呈现出来的看透世情、忘情山水的飘逸高妙而明白晓畅的词作。张叔宁《论朱敦儒的晚期隐逸词》（《苏州大学学报》1991年第4期）则认为"希真体"指朱敦儒隐逸词中那些看透世情而于现世中自得其乐的词，"俗"是其主要特征。邓子勉注《樵歌》则认为"希真体"当不涉词作内容，而主要指其词作风貌，为贯穿朱敦儒词作各个阶段的那些具"清隽婉丽、流畅谐缓"的词作。黄海在《宋南渡词坛研究》（贵州人民出版社2006年版）中，总评各家之说，综合后世效仿之作，在此基础上指出"希真体"除了隐逸词外，还有伤春惜别、儿女情长的题材，其风格或清丽婉转，或高妙飘逸、浅显俚俗，直抒胸臆，一泻而下，语言呈现口语化、散文化特点。

对朱敦儒的词的认同和肯定。

其次，批评者的"发现式"式点评作为一种深度接受方式有效地扩大了朱敦儒词的影响效果。作家完成创作之后，总会有一些灵心慧眼的读者发现其意义价值，成为作家作品影响力扩大的推动者。据笔者收集到的传存资料，朱敦儒身后，先后有黄昇、汪莘、张端义、王灼、周必大、周紫芝、刘克庄、袁文、曹勋、洪迈、林洪、吴曾、周密等就朱敦儒词的词法、词风、词作意蕴、词史地位、相关逸事及朱敦儒的个人风致发表了不同的看法。其中，涉及的作品有《鹧鸪天》（我是清都山水郎）、《鹧鸪天》（解唱阳关别调声）、《鹧鸪天》（检尽历头冬又残）、《鹧鸪天》（曾为梅花醉不归）、《西江月》（世事短如春梦）、《西江月》（日日深杯酒满）、《沙塞子》（万里飘零南越）、《鹊桥仙》（溪清水浅）、《清平乐》（人间花少）、《念奴娇》（插天翠柳）。来自批评者的这些不同声音在发现朱敦儒及其词之内蕴价值的同时极大地延伸了其人其词的影响。诸家评点中，以汪莘、黄昇、张端义三家之论影响最为深远。

汪莘在《诗余序》指出的朱敦儒作为"词之三变"①之一的观点最先从词史视角发现了朱敦儒词的价值意义，对后世评价朱敦儒的词史地位产生重要影响。如梁启勋即认为："计两宋三百二十年间，能超脱时流，飘然独立者，得三人焉。在北宋则有苏东坡，即胡致堂所谓一洗绮罗香泽之态，摆脱绸缪宛转之度，逸怀浩气，超脱尘垢者是也；在北宋与南宋之间则有朱希真，作品多自然意趣，不假修饰而风韵天成，即汪叔耕所谓多尘外之想者是也；在南宋则有辛稼轩，即周止庵所谓敛雄心，抗高调，变温婉，成悲凉者是也。两宋间有此三君，亦可作词流光宠矣。"② 沈曾植、陶尔夫、刘敬圻等在论及朱敦儒的词史地位时亦皆承袭汪莘之论，充分肯定了朱敦儒词的词史地位。

黄昇作为词选家与评论者，对朱敦儒词的普及有巨大贡献，对于朱敦儒词之影响力的扩大，更有发现之功。他评论朱敦儒"天资旷远，有神仙

---

① "唐宋以来，词人多矣。其词主乎淫，谓不淫非词也。余谓词何必淫，顾所寓如何耳。余于词喜三人，盖至东坡而一变，其豪妙之气，隐然流于言外，天然绝作，不假振作。二变而为朱希真，多尘外之想，虽杂以微尘，而其清气自不可没。三变而为辛稼轩，乃写其胸中事，尤好称渊明。此词之三变也。"［《方壶存稿》，《北京图书馆古籍珍本丛刊》（88），书目文献出版社1998年版，第721页］

② 梁启勋：《词学》下编，中国书店1985年版，第2页。

风致"之语,成为历史流传中最具影响力的朱敦儒名片,后世词学评论家、方志、人物传记论及朱敦儒时大多沿袭此语。而黄昇评论《西江月》(世事短如春梦、日日深杯酒满)两词"辞虽浅近,意甚深远,可以警世之役役于非望之福者,非止旷达而已"①的评语也为后世论词者所祖述。譬如,明代杨慎《词品》卷4"朱希真"条、清代沈雄《古今词话·词评卷上》"朱敦儒《樵歌》"条、王奕清《历代词话》卷7"朱敦儒西江月"条、冯金伯《词话萃编》卷5"朱敦儒西江月"条等分别承袭黄昇对朱敦儒的"天资旷远,有神仙风致"评价之外,均认为朱敦儒《西江月》两词有警世之义。

张端义《贵耳集》点评朱敦儒月词《念奴娇》(插天翠柳)"自是豪放",评其梅词《鹊桥仙》(溪清水浅)"如不食烟火人语……语意奇绝"②,亦影响深远。清沈雄《古今词话·词评上卷》"朱敦儒《樵歌》"条、王奕清《历代词话》卷7"朱敦儒赋月"条、冯金伯《词苑萃编》卷5"朱敦儒赋月"条、阮元《揅经室外集》皆据以录之。

宋代别集选本的传播,宋金文人的效仿与点评,尤其是宋人以上独具慧眼的发现式批评,促成了朱敦儒在宋金词坛声名之隆,其人其词由此得到了更广泛的传播和深度的接受,获得了绵亘词史的长久影响力。

二 仰慕、嘲讽、同情:对朱敦儒出处行藏的评价

朱敦儒及其词在宋金时期产生了重要影响,但从传存资料看,宋人对朱敦儒及其词的接受态度是较复杂的,其中有扬有抑,有褒有贬。从洛阳词俊到嘉禾隐者,从富贵疏狂到颠沛流离,从傲视王侯到二度出仕,朱敦儒一生出处行藏、立身处世、才学品格颇令人为之感叹。一方面,朱敦儒以其才学赢得了宋人的赞叹。不论是其"词俊"雅誉的获得,"诗词独步一世"③的评价,还是如前所述(详第一章第一节)诸

---

① (宋)黄昇:《中兴以来绝妙词选》卷1,《四部丛刊》初编本,上海书店影印1989年版。

② (宋)张端义《贵耳集》卷上:"朱希真,南渡以词得名。月词有'插天翠柳,被何人推上,一轮明月'之句,自是豪放。赋梅词如不食烟火人语。'横枝消瘦一如无,但空里疏花数点',语意奇绝。词集曰《太平樵唱》。"(中华书局1959年版,第16页)

③ (宋)周必大:《二老堂诗话》"朱希真出处"条,《宋诗话全编》(6),江苏古籍出版社1998年版,第5907页。

如"邃于学而妙于辞"（刘一止）、"以才豪称"（范公偁）、"诗名藉藉"（周必大）、"笔法高妙"而"精妙醇古"（朱熹）的评语，均可见宋人对朱敦儒才华学问的充分称许。另一方面，宋人对朱敦儒一生出处行藏及其彰显的人格风致则表现出了截然不同的接受态度，其中有景仰，有嘲讽，有同情。

1. 仰慕之情

朱敦儒一生虽两度出仕，但他三次拒绝征召，年轻时"几曾著眼看侯王"，致仕后"淡然心寄水云间"的风致却亦令人折服。宋人在评价朱敦儒时，不少怀着深深敬意，或赏其人品高洁，或叹其世外风致。

楼钥在《跋朱岩壑鹤赋及送闾邱使君诗》时说朱敦儒"始以隐逸召用于朝。而肮脏不偶。终以退休。《鹤赋》之作，其有感于斯耶。使其羽翮一成，岂不能翱翔寥廓，往而不返。犹思以灵药仙经求报主人，爱君之意又见于此"，并言，"余生晚，不及见，犹识蕲州史君，淳诚笃实，似古君子，宜岩壑相与之厚也"①。楼钥对朱敦儒的品格之论全是溢美之词，追思之中亦充满仰慕之意。

再如陆游在朱敦儒隐于嘉禾时曾与朋友一起拜访过这位长者。时过境迁，朱敦儒逝世后，晚年的陆游见其手迹时，睹物思人，仍是感慨不已。他的《题吴参议达观堂，堂榜盖朱希真所作也；仆少亦辱知于朱公，故尤感慨云》诗曰："中原遗老洛川公，鬓须白尽双颊红……公今度世为飞仙，开卷使我神凛然。"② 此中追慕之思溢于言表。而陆游的词则被认为"飘逸高妙者，与陈简斋、朱希真相颉颃"③。如其《鹊桥仙》一词：

一竿风月，一蓑烟雨，家在钓台西住。卖鱼生怕进城门，况到红尘深处。　　潮生理棹，潮平系缆，潮落浩歌归去。时人错把比严光，我自是无名渔父。

---

① （宋）楼钥：《攻媿集》卷71，第12册，商务印书馆1935年版，第956页。
② （宋）陆游：《陆放翁全集》（中），中国书店1986年版，第539页。
③ （宋）刘克庄：《后村诗话·续集》卷4，《宋诗话全编》（8），江苏古籍出版社1998年版，第8457页。

评此词"飘逸高妙"当为不过之语。而词中"一竿风月,一蓑烟雨","潮生理棹,潮平系缆,潮落浩歌归去"的渔父和朱敦儒笔下"惯披霜冲雪","一棹五湖三岛,任船尖儿耍"(《好事近·渔父词》)的渔父如出一辙。而"卖鱼生怕进城门,况到红尘深处"和朱敦儒之"摇首出红尘"(《好事近·渔父词》),"悔到红尘深处"(《如梦令》)的高蹈超世之隐逸情怀并无二致。

再如李曾伯得朱敦儒在嘉禾的隐居之处后,作《识岩壑旧隐》一文:

> 人因地而名,地以人而重。方其视或易然,逮其久也,士君子始企慕之。前贤流芳可挹,山不在高也。是山是亭在今为希真先生甘棠地,不盈数丈,一丘一壑,具体而微。后六十余禩归于我,因其故略为之封植其壤,补苴其漏,一毫弗加以饰,志存古也。惟先生以此客寓是邦,脱屣轩冕,萧然如遗世独立,洛川岩壑,皆其旧隐。今洛川不得而见矣,独若壑仅存。其风流笃厚,文章芳润,散在木石间,仿佛尚可想见。邦之故老至今相指示,犹曰,此朱公岩壑也,是讵非达人令闻足以寿其传欤?抑呵护有灵,若将有所待欤?又否则以其俭小见摈于时俗,繄是得不毁欤?不然,亦为墟矣。传曰"虽无老成人,犹有典型",于是山有焉。吾从生世后,不得从公于《樵歌》间,然高山仰止,神交心会,对此足以使人尽释鄙怀。二三子敬之勿坏。淳祐丁未孟冬。①

李曾伯在得岩壑之后,又先后作诗《偶得希真岩壑旧隐,正在小圃因赋》以志其情:

> 高人已逐烟霞去,此地犹余岩壑存。十数小峰缠古蔓,两三老木长盘根。月沉翠柳空梁影,雨洗苍苔带屐痕。留得清风师后进,绝胜金谷忆王孙。
>
> 数峰佳致蔼前修,心匠玲珑小更幽。公去我来几传舍,人非物是一虚舟。蠢天柳色新条改,垂地藤阴旧迹留。坐对黄花谁领会,犹疑蝴蝶是庄周。

---

① (宋)李曾伯:《可斋续稿后》卷12,《全宋文》卷7857,第340册,第327页。

李曾伯，南宋后期主战名臣，作词学辛弃疾，他内心强烈地共振于朱敦儒"脱屣轩冕"、寄情林壑之举，服膺于其潇洒出尘之风致。在朱敦儒死后近 70 年（淳祐丁未为 1247 年），李曾伯得其故地，只"略为之封植其壤，补苴其漏，一毫弗加以饰，志存古也"，可见尊敬之意，而想其"萧然如遗世独立"之风留于草木岩壑间，感慨自己生于朱敦儒逝世之后，不得亲从于《樵歌》间，不禁发出"高山仰止，神交心会，对此足以使人尽释鄙怀"之叹，并作诗云"留得清风师后进，绝胜金谷忆王孙"。李曾伯亦有词《念奴娇》（云胡不喜）、《减字木兰花》（无可不可）、《减字木兰花》（如何则可）皆为和朱希真韵，其句如"茅檐高卧，不知春到花底"、"净几明窗，乐取闲中日月长"、"隐几焚香，对酒一壶书一床"等，深有希真词之遗风。此等钦慕敬佩之情，千百年来亦飘洒于历史时空。

上述诗文中，宋人对褪去功名而逍遥于林泉之间的朱敦儒高标远韵的深深的追慕叹赏之情不可谓不深。在释老思想的支配下，古代文人士大夫审视人作为自然生命的存在价值时，对个体生命自由的追求是内心深处的渴望。在这种接受心态下，必然对朱敦儒逍遥于林泉之间而超然世外的人格风致产生深度理解和强烈的追慕之意。

2. 嘲讽之意

毕竟两度出仕，特别是第二次虽短短不足月，但亦是惧于秦桧之威，因而在被世人追捧叹赏的同时，宋人对朱敦儒的评价亦给予了无情的讽刺非议。

朱敦儒复起，一时舆论哗然，时"士论少之"①。陈振孙编撰《直斋书录解题》在"岩壑老人诗文"条有如下记载："初以遗逸召用，尝为馆职。既挂冠，秦桧之孙壎欲学为诗，起希真为鸿胪少卿，将使教之，惧祸不敢辞。不久秦亡，物论少之。"② 可见，非议朱敦儒的折节复仕在南宋中后期当形成了强大的舆论，以致朱敦儒身后近百年，仍有"物论少之"之议。据赵彦卫《云麓漫钞》载："秦太师十客：施全，刺客；郭知运，

---

① "秦桧喜前吏部郎中朱敦儒之才，欲为其子孙模楷。时敦儒已致仕，强之复出。自建炎初鸿胪寺并归礼部，冬十月庚辰，始除敦儒为鸿胪寺少卿。敦儒挂冠复起，士论少之。"（熊克：《中兴小纪》卷 36，影印文渊阁《四库全书》本，台湾商务印书馆 1986 年版。）

② （宋）陈振孙：《直斋书录解题》卷 18，上海古籍出版社 1987 年版，第 535 页。

逐客；吴益，娇客；朱希真，上客；曹咏，食客；曹冠，门客；康伯可，狎客；又有庄客以及词客；汤鹏举，恶客……朱希真，洛人，以遗逸召，既致仕复出，多记中原事，秦喜之，秦薨复归嘉禾。"① 可见当时朱敦儒甚至直接被纳入秦桧党羽的行列。周必大《二老堂诗话》更详尽记述了朱敦儒当时遭嘲讽的缘由及具体情况：

> 秦丞相晚用其子某为删定官，欲令希真教秦伯阳作诗，遂落致仕，除鸿胪寺少卿，盖久废之官也。或作诗云："少室山人久挂冠，不知何事到长安。如今纵插梅花醉，未必王侯着眼看。"盖希真旧尝有《鹧鸪天》云："我是清都山水郎，天教懒慢带疏狂。曾批给露支风敕，累奏留云借月章。　诗万首，醉千场，几曾著眼看侯王。玉楼金殿慵归去，且插梅花醉洛阳。"最脍炙人口，故以此讥之。淳熙间，沅州教授汤岩起刊《诗海遗珠》，所书甚略，而云："蜀人武横诗也。"未几，秦丞相薨，希真亦遭台评，高宗曰："此人朕用稾荐以隐逸命官，置在馆阁，岂有始恬退而晚奔竞耶？"②

高宗皇帝"始恬退而晚奔竞"的贬斥，文人士子"未必王侯着眼看"的嘲弄，可见从上至下，当宋人从人的社会属性的视角，带着义理名节的文化心态接受朱敦儒时，对于其品格风致，皆有论其非者。

入仕之后的朱敦儒，是个矛盾的存在。一方面，他的心态是矛盾的，他仕宦时期的词作可见一斑（详见第一章第三节）；另一方面，从他者对其出处的认定中，亦见其尴尬之处。史料记载，朱敦儒同主战的李光、赵鼎、李显忠等交好，并因此而遭秦桧党羽汪勃弹劾而落职。但同时，他又被时人纳为秦桧十客之一。由此，宋人对朱敦儒的接受也表现出如上所述的两种不同态度。

3. 同情之论

在各执一词的纷纭世论中，仰慕嘲讽之外，对于朱敦儒的接受，宋人亦有以平和心态持同情态度者。

---

① （宋）赵彦卫：《云麓漫钞》卷10，丛书集成初编本，商务印书馆1936年版，第277页。
② （宋）周必大：《二老堂诗话》"朱希真出处"条，《宋诗话全编》（6），江苏古籍出版社1998年版，第5907页。

有的从人伦之爱的立场，对朱敦儒晚节之失给予了深深的谅解，如周必大《跋汪季路所藏朱希真帖》：

> 希真避乱南渡，流落岭海江浙间，德寿皇帝因明橐荐，特召而用之。既挂冠矣，秦丞相擢其子为勅局删定官，希真闲来就养，是时东阁郎君慕其诗名，欲从之游，为修废官，留为鸿胪少卿。希真爱子而畏祸，不能引退。秦薨，例遭论罢。出处固有可议，然亦可悯也。①

周必大赏朱敦儒所书之帖，想其南渡后仕隐行藏，不禁心生同情，从父母爱子之天性解读朱敦儒复仕为鸿胪少卿一事，发出了"出处固有可议，然亦可悯也"的感叹。在《二老堂诗话》"朱希真出处"条中，周必大则更详细地记述了朱敦儒的一生行藏出处及所遭受的世人的讥讽，如上所述，最后指出："其实希真老爱其子，而畏避窜逐，不敢不起，识者怜之。"②言辞之间充满了同情与体谅。

有的从仕隐选择的艰难给予了同情。仕与隐，本是中国古代文人士大夫的出处两端。但人生际遇，士人在仕与隐之间往往有不得已者。弃绝官场而再仕者，多招人非议。如刘克庄所言：

> 朱希真旧有词云："诗万首，醉千场。几曾著眼看侯王，玉京有路终须去，且插梅花住洛阳。"后召用，好事者改云："如今纵把梅花插，未必侯王着眼看。"放翁自郎官去国，有五言："从君今看取，死是出门时。"晚以史官召，数月而归。高九万有《过南园诗》云："早知花木今无主，不把丰碑累放翁。"种放、常秩亦然。凡人晚出皆误，右军至于誓墓，仅能自全。③

---

① （宋）周必大：《省斋文稿》卷17，又见《益公题跋》卷10，《全宋文》卷5126，第230册，第309页。
② （宋）周必大：《二老堂诗话》"朱希真出处"条，《宋诗话全编》（6），江苏古籍出版社1998年版，第5907页。
③ （宋）刘克庄：《后村诗话·后集》卷2，《宋诗话全编》（8），江苏古籍出版社1998年版，第8408页。

当然,对于朱敦儒晚年再仕,刘克庄亦是深以为非的。他曾哀集朱敦儒诗句,最后就曾感慨朱敦儒"岂非深悔晚出之误与"①。但同时,他将朱敦儒的复仕与北宋三诏而出后屡退屡觐的种放、乡居讲经而后出仕的常秩类比,尤其是他将朱敦儒的选择比照陆游晚年之仕与王羲之耻事王述相比照,字里行间其实亦是带着同情的味道。

以上宋人关于朱敦儒出处行藏的评价,不论是仰慕、嘲讽还是同情,均是接受者们融入了个体的人生体验、价值取向、个性气质而作出的评价。以蜀人武横为代表的嘲讽者,是带着义理名节的伦理价值判断而作的批评;再如周必大的同情之论,融入了深沉的人性之爱,亦与周必大平和圆融的个性相关。而陆游、李曾伯他们表露的无限倾慕之意更是与其禀性及山水情怀相关。不同的接受主体各赋其性,皆缘自他们的个性气质、文化观念所形成的期待视界,由此形成的看似矛盾的评价其实正揭示了生命理解的复杂性。这种评价不是简单的感知,而是渗透着接受者的个人意志与情感体验。这样一种深度的接受,无论态度的正负,都很大程度地扩大了朱敦儒的历史影响。

三 赞美与肯定:对朱敦儒词品及词史地位的评议

朱敦儒的出处行藏在受到宋人的臧否评论时,作为一位"以诗词独步一世"的"词俊",他的词受到了宋人更广泛且深层的关注。深刻反映了两宋之交的时代风云、时代心理和文化传统又极具个性的朱敦儒词在宋金时期几乎获得了一致的好评。

1. 品赏世外清风和红尘悲歌

一部《樵歌》,词风或艳或清,或悲或哀,或婉或豪,或俗或雅,审美风神,姿态多样。从传存下来的资料来看,朱敦儒词的多样审美风神在宋代读者的品评鉴赏中获得了充分的肯定。其中,引发共鸣而备受称赏者如下。

(1) 彰显世外高致清风之词最得文人雅士赞赏

首先,文人的评点最直接地展示了宋人对朱敦儒词之世外高致清风的赞赏。黄昇《中兴以来绝妙词选》:"朱希真,名敦儒。博物洽闻,东都

---

① (宋)刘克庄:《后村诗话·续集》卷4,《宋诗话全编》(8),江苏古籍出版社1998年版,第8453页。

名士。南渡初以词章擅名。天资旷远，有神仙风致。"① 充满了钦慕之意的"天资旷远"、"神仙风致"之语即是基于朱敦儒词而论及其人的赞美之辞。而朱敦儒两首《西江月》（世事短如春梦、日日深杯酒满）以其看透世情的旷达之风及警世之意受到黄昇的肯定，被誉为："辞浅意深，可以警世之役役于非望之福者。"② 居洛时的咏怀之作《鹧鸪天》（我是清都山水郎）也以其蔑视王侯的清风傲骨被周必大誉为"最脍炙人口"③，可见该词在当时读者的心中引起的强烈共鸣，影响效应巨大。再譬如朱敦儒的月词《念奴娇》（插天翠柳）、梅词《鹊桥仙》（溪清水浅）的超尘脱俗的美颇得张端义赞赏，被誉为"如不食烟火人语"、"语意奇绝"④。再如，林洪《山家清事》详述"梅花纸帐"词条后，加上按语曰："梅花纸帐，花，书，香鼎，相映成趣，正是朱敦儒《鹧鸪天》里揣摩的意境：'道人还了鸳鸯债，纸帐梅花醉梦闲。'"⑤ 此亦可见宋人对朱敦儒词中清雅之美的喜爱。而马廷鸾《题樵歌后》则曰："《樵歌》者，其隐者之趣乎？……其为歌也，或感情而乐江湖之高，或幽忧而哀风雨之危，岂累累而贯珠，乃乌乌而拊缶。其要在于不失其隐趣而已。"⑥ 此言可见，在朱敦儒词中表现的诸多审美性情感而言，马廷鸾更欣赏的是其"不失其隐趣"处。

其次，文人的化用亦可见宋人对朱敦儒词之世外清风的追慕。如以下化用朱敦儒词句的情况可见一斑（右为朱敦儒词）：

  云烟草树，山北山南雨。（辛弃疾《清平乐》）→ 二翁元是一溪云，暂为山北山南雨。(《踏莎行》)

---

① （宋）黄昇：《中兴以来绝妙词选》卷1，《四部丛刊初编》本，上海书店影印1989年版。
② （宋）黄昇：《中兴以来绝妙词选》卷1，《四部丛刊初编》本，上海书店影印1989年版。
③ （宋）周必大：《二老堂诗话》"朱希真出处"条，《宋诗话全编》（6），江苏古籍出版社1998年版，第5907页。
④ （宋）张端义：《贵耳集》卷上，中华书局1959年版，第16页。
⑤ （宋）林洪：《山家清事》，《顾氏文房小说》本。
⑥ （宋）马廷鸾：《碧梧玩芳集》卷13，《丛书集成续编》第106册，上海书店1994年版，第924页。

烘雨初晴,一样春风几样青。(辛弃疾《丑奴儿》)→ 江南人,江北人,一样春风两样情。(《长相思》)

天风浩荡扫残暑,推上一轮圆魄。(刘克庄《念奴娇》)→ 插天翠柳,被何人推上、一轮明月。(《念奴娇·月》)

不慕飞仙,不贪成佛,不要钻天令。(刘克庄《念奴娇》)→ 也不蕲仙,不佞佛,不学栖栖孔子。(《念奴娇》)

所谓"读古人诗多,意所喜处,诵忆之久,往往不觉误用为己语"①。他们意所喜而不知不觉间诵读成忆而化用于词中的最能代表他们内心崇尚。从所化用的词作来看,大都是表达隐逸、超脱之清风的。

再有,南宋文士的追和声中亦见朱敦儒世外之致的影响:

迤逦竹洲中,坐息与、行歌随意。逡巡酒熟,呼唤社中人,花下石,水边亭,醉便颓然睡。
——吴儆《蓦山溪·效樵歌体》

寄傲南窗,堪羡渊明滋味长。
——李曾伯《减字木兰花·丙午和朱希真韵》

临风一笑,问群芳谁是,真香纯白。独立无朋,算只有、姑射山头仙客。绝艳谁怜,真心自保,邈与尘缘隔。天然殊胜,不关风露冰雪。……争似黄昏闲弄影,清浅一溪霜月。
——朱熹《念奴娇·用傅安道韵和朱希真梅词韵》

天地无尘,山河有影,了不遗毫发。
——方岳《酹江月·和朱希真插天翠柳词韵》

---

① (宋)叶梦得:《石林诗话》,(清)何文焕辑《历代诗话》(上),中华书局2004年版,第421页。

羡渊明,赞梅花,咏明月,水边花下,持酒而歌,醉倒便睡,这不就是《樵歌》中之世外清风么?

从后人追和朱敦儒词的情感倾向看,还有一类书写在山水林泉间化解内心苦闷之情,如辛弃疾的《念奴娇·赋雨岩效朱希真体》:

> 近来何处有吾愁,何处还知吾乐。一点凄凉千古意,独倚西风寥廓。并竹寻泉,和云种树,唤作真闲客。此心闲处,未应长藉丘壑。
>
> 休说往事皆非,而今云是,且把清尊酌。醉里不知谁是我,非月非云非鹤。露冷风高,松梢桂子,醉了还醒却。北窗高卧,莫叫啼鸟惊著。

辛弃疾这首词作于罢职闲居带湖时期,其格调和朱敦儒因"与李光交通"而致仕后闲居嘉禾所作隐逸词极为相似。词中主人公"一点凄凉千古意","醉里不知谁是我","醉了还醒却",在与竹、泉、云、鸟、松、桂相伴中宽慰心灵。再看朱敦儒罢官后居台州虽"奈长安不见,刘郎已老,暗伤怀抱",但亦"闲寻桂子,试听菱歌"(《苏武慢》枕海山横)。朱、辛之词展现出共同的主人公形象,虽悲愤郁结,但却不失世外高致之风。

以上宋人对朱敦儒词的追和以及所和的内容的影响是显性的。追和者大多为豪放词人、主战人士,但他们所接受的却是《樵歌》中所体现出来的超拔之怀和隐逸之致。之所以如此,简而言之,从心理分析的角度说,是现实中的抑郁苦闷、理想不得实现的心理压力必须向外转移的结果。《樵歌》中表现出来的超越于世俗之上,于自然山水间怡情自得的风致其实是他们于艺术世界中所寻求的慰藉心灵的一剂良药。

另外,姜夔及宋末文人风神亦见"世外希真"的高致清风之隐性影响。

希真"仙风清爽","有神仙风致",据张羽《白石道人传》载姜夔则"体貌清莹,望之若神仙中人"①。希真作梅词最多,以其品性近也,而且在《樵歌》中之梅皆得梅之真神。白石喜梅咏梅,其梅词《暗香》《疏影》风绰千古。更有"姜白石词幽韵冷香,令人挹之无尽;拟诸形容,在

---

① (明)张羽:《白石道人传》,夏承焘笺校《姜白石词编年笺校》,上海古籍出版社1981年版,第321页。

乐则琴，在花则梅也"① 之评。他们都是能得梅魂之词家。如《双砚斋词话》评朱敦儒《鹊桥仙》（溪清水浅）所云："与姜白石梅词皆神形超越，不可思议。"② 宋末遗民词人同样偏爱梅花，如："谁解倚梅花"（蒋捷《南乡子》），"欲吊梅花无句"（罗志仁《风流子》），"冰心更苦，都说与梅花"（何梦桂《摸鱼儿》），"折尽梅花，难寄相思"（周密《高阳台》）等。宋末文人亦皆欲在青山绿水之间寻求心灵的自适，在隐逸中求得精神的解脱："待办取，蓑共笠，小舟泛得"（陈允平《暗香》），"待寻壑经丘，塑云孤啸，学取渊明，抱琴归去好"（张炎《台城路·章静山别业会宴》），"算唯有渊明，黄花岁晚，此兴共千古"（王易简《摸鱼儿》），"星日一天云万壑，览茫茫，宇宙知何处。鼓双楫，浩歌去"（蒋捷《贺新郎》）等。姜夔等宋末文人和朱敦儒有共同的偏爱和隐逸之致，此亦可见《樵歌》之影响，虽然这种影响是隐性的，但却是实存的。

　　以上可见，朱敦儒其人其词彰显的"尘外之想"、"清气自不可没"的"神仙风致"对宋人产生了广泛的影响，这主要和宋代的时代文化气候息息相关。一方面，相对于唐人外在事功的热情，宋人转向对个体内在的思考，更何况南渡之后有如此多的压在士人身上的无奈和苦闷。这期间士大夫由热衷于追求功名仕进而转向追求淡泊雅逸之致，似乎由少年的才气高扬转向成年的思虑深邃，到达了一种"而今识尽愁滋味，欲说还休。欲说还休，却道天凉好个秋"（辛弃疾《丑奴儿·书博山道中壁》）的境界。另一方面，宋代士大夫崇尚的风神之一即表现为生活艺术化，把超逸当作最高境界，当作一种新的人生道路。因此，宋人对朱敦儒词中彰显的清风高致自是追慕赞叹不已。

　　（2）豪语悲歌之变调亦受到宋人尤其是普通大众读者的关注

　　词之豪放者，《樵歌》中寥寥，当然亦有片语具豪情，但亦得宋人的充分认可。如咏月词《念奴娇》虽词境清寂空灵，超然有世外之味，但"插天翠柳，被何人推上，一轮明月"便以其"自是豪放"的特色被张端义发现并受到肯定，同时胡仔虽从词法上批评该词的收尾，但亦指出朱敦儒中秋词之"'插天翠柳，被何人推上，一轮明月。照我藤床凉似水，飞

---

① （清）刘熙载：《词概》，唐圭璋《词话丛编》，中华书局2005年版，第3694页。
② （清）邓廷桢：《双砚斋词话》，唐圭璋《词话丛编》，中华书局2005年版，第2527页。

入瑶台银阙。'亦已佳矣"①。

至于悲怆、悲凉之调是南奔期间朱敦儒词的主要情感基调。在宋人的批评中，朱敦儒创作的悲调受到的关注虽然不如其世外雅致清风之词多，但亦有深深感动了宋人心灵之后的称赞之语。譬如历南宋亡国之恸的谢枋得在《送史县尹朝京序》云：

  朱希真云："早年京洛识前辈，晚景江湖无故人。难与儿童谈旧事，夜攀庭树数星辰。"予每诵此诗，未始不临风洒泪也。②

这种融入了人生遭际之感后的临风洒泪，深入心灵，极具接受的深度。在文学接受的活动中，如果仅仅是眼耳口介入的感知，哪怕是熟诵如流，亦可不能谓深度的接受。唯有接受主体调动了个体的情感与意志，作出了价值的判断，也就是说唯有作家作品深入了接受者的心灵，才可谓深度接受。此处谢枋得虽记载的是自己被朱敦儒诗中的盛衰之感和迟暮之叹所感动的接受活动，作为词名甚于诗名的朱敦儒，其词中的那些浸润着深沉悲怆的家国之恸的作品亦受到了批评者的关注。如朱敦儒流落岭南所作的《沙塞子》（万里飘零南越）一词便被誉为是"不减唐人语"③。建炎年间朱敦儒流落南方的过程中偶遇徽、钦时名妓李师师所作的词《鹧鸪天》（解唱阳关别调声）亦进入遗民词人周密的视野④，周密纪其本事亦表达了一种无言的感慨。

  文人评点之外，选本的流传虽是一种无声的传播方式，但选家的择汰之间亦见其崇好。与文人评点更多关注朱敦儒词的世外高致清风不同，选家的选择彰显出后代读者对朱敦儒词另一种审美风格的偏好。在笔者统计的宋代传世选本中，朱敦儒入选了 27 首词，其中，仅 8 首词彰显的是纯粹的"有神仙风致"的朱敦儒的生命体验：《鹧鸪天》（我是清都山水郎）抒傲视王

---

  ① （宋）胡仔：《苕溪渔隐词话》卷 2 "作词要善救首尾"条，唐圭璋《词话丛编》，中华书局 2005 年版，第 175 页。
  ② （宋）谢枋得：《叠山集》卷 6，《四部丛刊》续编本。
  ③ （宋）吴曾：《能改斋词话》卷 2 "颜持约词不减唐人语"条，唐圭璋《词话丛编》，中华书局 2005 年版，第 146 页。
  ④ （宋）周密：《浩然斋雅谈》卷下："宣和中，李师师以能歌舞称。……朱希真有诗：'解唱阳关别调声，前朝惟有李夫人。'即其人也。"（《全宋笔记》第 8 编第 1 册，大象出版社 2017 年版，第 182—183 页）

侯的清疏之怀，《蓦山溪》（琼蔬玉蕊）述厌弃官场的归隐之思，《清平乐》（人间花少）借咏木樨寓孤傲高洁之志，《念奴娇》（插天翠柳）写清空旷远之境，《西江月》（世事短如春梦）述勘破世情的隐者之思，《鹧鸪天》（检尽历头冬又残）与《西江月》（日日深杯酒满）均写归隐山水田园的闲适自得之情，《鹊桥仙》（姮娥怕闹）叙看破红尘而遗世独立的情怀。另外 1 首《念奴娇》（见梅惊笑）则写"淡然独傲霜雪"的主人公久客红尘亦发出"东风寂寞，可怜谁为攀折"的不遇于时之悲叹，可谓世外与红尘交织的乐章。除此之外，余下的 18 首词书写的都是一位多情善感的红尘才子的人生体验。其中，《清平乐》（春寒雨妥）写清明求雨之事；《念奴娇》（别离情绪）是一首哀婉的怀人伤春之作；《木兰花慢》（折芙蓉弄水）借游仙抒家国之思，有思二帝蒙尘之意；《孤鸾》（天然标格）借咏梅而暗寓和羹之志；《鹧鸪天》（曾为梅花醉不归）忆昔感今，写晚年词人看破红尘之后近乎绝望的悲叹；《感皇恩》（曾醉武陵溪）及《减字木兰花》（古人误我）写仕宦时期仍然难以忘却的家国之殇。余下的《采桑子》（扁舟去作江南客）、《忆秦娥》（西江碧）、《丑奴儿》（一番海角凄凉梦）、《醉落魄》（海山翠叠）、《卜算子》（江上见新年）、《水龙吟》（放船千里凌波去）、《鹧鸪天》（唱得梨园绝代声）、《鹊桥仙》（竹西散策）、《柳梢青》（狂踪怪迹）、《减字木兰花》（刘郎已老）、《相见欢》（东风吹尽江梅）11 首词书写的是朱敦儒南奔中的颠沛流离之苦、故国山河之恸、物是人非的盛衰之叹、华年流逝的伤时之悲。这 18 首才子词人的慨世抒怀之词中除《清平乐》（春寒雨妥）、《念奴娇》（别离情绪）外，其他 16 首都有关理想志向与家国情怀，当中又有 11 首作品寄寓着南渡后的故国家园之悲慨。可见，选家选择的面对普通大众读者的选本中，朱敦儒那些传达着宋室南渡后深深的流离之苦、家国之恸的词作成为南宋传播接受最广的词作，其中缘由则当如谢枋得序中所言。神州陆沉、故土沦丧而偏安一隅之殇，金、蒙等北方强敌先后侵扰之痛，朱敦儒这类充满了悲情的抒怀之词自是因为其与广大读者有着共通的心里体验而被广泛传诵。

2. 充分肯定朱敦儒词的词史地位

从洛阳才子裘马轻狂、诗酒流连的绮丽妍艳之音到南渡士人家国之恸、河山之殇的悲怆忧愤之调，从仕宦时期矛盾的颂歌与悲调的双面书写到致仕归隐的山水清音和勘破世情之作，朱敦儒词的变化是两宋之交词质从娱乐性情向抒情言志的转变的典型。朱敦儒的词中带着自传性质的自我化抒情,词中场景及事件的纪实化描写,书写内心情绪感动时的议论化倾向,丰富和扩大了词的表现手法,上承苏轼的以诗为词的"东坡范式",下启辛弃疾以文为词的稼轩词法。朱敦儒的词毫无疑问是苏、辛之间的桥梁,在词史上具有重要的意义。宋人汪莘对朱敦儒词的定位评价无疑首次揭示了朱敦儒词的历史地位。汪莘在《方壶诗余自序》中指出:

> 唐宋以来,词人多矣。其词主乎淫,谓不淫非词也。余谓词何必淫,顾所寓如何耳。余于词喜三人,盖至东坡而一变,其豪妙之气,隐然流于言外,天然绝世,不假振作。二变而为朱希真,多尘外之想,虽杂以微尘,而其清气自不可没。三变而为辛稼轩,乃写其胸中事,尤好称渊明。此词之三变也。①

汪莘,有心系天下之志,但一生未得出仕,游心于儒释道之间。朱敦儒凭借他颇具个性的词作,成为晚唐五代以来最打动汪莘心灵的三大词人之一。汪莘一反晚唐五代以来以词为艳科、小技的词学观,谓"词何必淫",由此他别具慧眼,对纷繁复杂的词体文学创作,他的评论一语中的。他不仅称颂苏轼、辛弃疾对宋词的开拓之功,而且还发现了由苏至辛的桥梁朱敦儒。"多尘外之想"、"杂以微尘"、"清气自不可没",虽仅从风格和主题立论,对于"微尘"之作未置更进一步的评论,对于朱敦儒词是怎么样表现清气,为什么会有此特点亦不曾诠释,然而,他的这段评述,却是给了朱敦儒的词一个符合词史演进规律的定位性评价。这个评价不仅扩大朱敦儒词在当时的影响,而且千百年后仍然被诸多词学大家所认同(如本章第一节第一条第二点所述)。

3. 只言片语的指摘批评

宋人词学视野中的朱敦儒词亦偶有受到指摘批评的。譬如胡仔评朱敦儒《念奴娇》(插天翠柳)云:"凡作诗词,要当如常山之蛇,救首救尾,不可偏也。……'洗尽凡心,满身清露,冷浸萧萧发。明朝尘世,记取休向人

---

① (宋)汪莘:《诗余序》,《方壶存稿》卷1,《北京图书馆古籍珍本丛刊》(88),书目文献出版社1998年版,第721页。

说.'此两句全无意味,收拾得不佳,遂并全篇气索然矣。"① 袁文《瓮牖闲评》则评论朱敦儒《鹧鸪天》一词"轻红写遍鸳鸯带,浓绿争倾翡翠卮"时说:"朱希真好作怪字,往往人多笑之。"② 此二点评可谓否定性评价。

综观宋代词学视野中关于朱敦儒的批评性接受,少量的否定性的评价仅针对词法而发。而对朱敦儒词之美学特质的赞赏,是朱敦儒的词深度契合批评者由时代思潮和文化传统所构建的期待视界而彰显出来的具有心灵之共鸣之特质的评价。对于朱敦儒词中所折射出来人格风致及其词史价值的评价,体现出来的基本上是接受者深度阅读朱敦儒词后的态度。这些发于朱敦儒身后的关于其人其词的评价实是后代读者的期待视界与作者之词心交融互动,继而同情共感而留下的文字记录。这毫无疑问扩大了朱敦儒及其词的影响。

综而观之,朱敦儒在宋金时期,尤其是在其逝世后的南宋中后期,其人其词均享有一定的声誉。从影响的范围看,不论是阅读着选本别集的那些无声的普通大众读者,还是以追和之词传播朱敦儒词的创作型读者,抑或是指摘评论朱敦儒词的批评型读者,他们都对朱敦儒及其词在宋金时期影响力的延伸贡献了力量,他们的合力造就了朱敦儒的身后之名。从接受的深度来看,朱敦儒的出处行藏、词体创作均从不同层面触动了读者的心灵。其中有仰慕、有嘲讽、有同情、有共鸣、有称赏。朱敦儒那些独立于红尘之外而放意于山水之间的词及其所彰显的世外高致清风最引起文人接受者的共鸣而备得文人士大夫的赞赏,而缘自家国巨变身经乱离苦难沧桑而创作的悲调则通过词选这一传播方式在大众读者中获得更广泛的生命力。这些不同的评价与选择彰显着读者个体的个性气质、价值观念及其所禀赋的时代思潮、文化传统对文学接受传播的介入与影响。

第二节 元明时期:传承、新变与因袭、讹传

首先说明的是,元、明本是先后相继的两个王朝,此处打破按朝代分

---

① (宋)胡仔:《苕溪渔隐词话》卷2"作词要善救首尾"条,唐圭璋《词话丛编》,中华书局2005年版,第175页。
② (宋)袁文:《瓮牖闲评》卷5,《全宋笔记》第4编第7册,大象出版社2008年版,第183页。

期的常见做法，将元、明二代看作朱敦儒及其词之传播的一个历史时期主要鉴于下列原因。其一，词学选本的流传。选本是作家作品传世最有影响力的文献，元代传世词学选本的状况是笔者将元明两代合为一期的一个因素。元代一方面没有独立的遴选唐宋人词作的选本，另一方面，元至正三年（1343）的庐陵泰宇堂刊本和至正十一年（1351）双璧陈氏刊本《草堂诗余》与明代所传各种版本的《草堂诗余》是一完整的词学选本系统。其二，词学批评的流变。元代词学批评著述亦不甚发达，词话专著者，只陆辅之《词旨》传世，及吴师道、陶宗仪、徐大焯、李冶等人的著述中附有部分论词的内容。其三，词体文学的发展趋向。与词在清代中兴的现象不同，元明两代，词体文学的创作总体上是一个趋向衰微的态势。其四，文化观念的发展。元、明虽二代相易，但较之宋代，其文化气候却有同一性，文化领域承袭相因，通俗化、市俗化文化观念盛行，市民文化兴盛。

朱敦儒及其词在元明时期的传播接受状况如何呢？其历史影响变化如何呢？

一 选评的加强与效仿的弱化

元明时期，朱敦儒及其词的影响效应延续，但影响范围及影响主体却异于前代。虽从总体上讲三大读者群体仍然共同造就了朱敦儒及其词在这一时期的影响，但却有以下变化。

1. 普通大众读者接受的朱敦儒词范围扩大

朱敦儒词入选的元、明选本，既有坊间流传《草堂诗余》系列版本（因不同的版本各有增删，故虽为一个系列，笔者在统计时仍按单个选本计数），也有明代选家独立选编成册的沈际飞编选《草堂诗余续集》、题明程敏政编《天机余锦》、杨慎辑《词林万选》、卓人月汇选《古今词统》、陈耀文辑《花草粹编》、潘游龙辑《精选古今诗余醉》、茅映《词的》、陆云龙《词菁》、张綖《诗余图谱》、周瑛《词学筌蹄》、程明善《啸余谱》等共25个词学选本。朱敦儒词具体入选情况如表3-3所示。

第三章　朱敦儒词的影响效果史

表3-3　元明选本选录朱敦儒词一览表①

词作	首句	《草堂诗余》														天机余锦	词林万选	花草粹编	词的	词菁	精选古今诗余醉	草堂诗余续集	古今词统	词学筌蹄	诗余图谱	啸余谱
		泰字本	双璧本	洪武本	荆聚本	丛刊本	顾刻本	四库本	张东川本	詹圣学刻本	崑石本	南城本	闵映璧本	古香岑本	博雅堂本											
浣溪沙	碧玉阑干白玉人																	√								
卜算子	碧瓦小红楼																				√	√	√			
采桑子	扁舟去作江南客																	√								
念奴娇	别离情绪	√	√	√	√	√			√												√		√			√
浣溪沙	才子佳人相见难																	√								
念奴娇	插天翠柳	√	√	√	√	√			√	√	√	√	√										√			
点绛唇	春雨春风																	√								
蓦山溪	东风不住																									
相见欢	东风吹尽江梅																	√			√	√				
清平乐	多寒易雨																	√								
浪淘沙	风约雨横江																				√	√				
双鸂鶒	拂破秋江烟碧																	√								
一落索	惯被好花留住																	√	√						√	
醉落魄	海山翠叠																									
绛都春	寒阴渐晓	√	√	√	√	√	√	√	√	√	√	√	√					√					√			
柳梢青	红分翠别																	√								
聒龙谣	肩拍洪崖																									
鹧鸪天	检尽历头冬又残					√	√	√	√	√	√	√						√					√			
念奴娇	见梅惊笑					√												√								√
西湖曲	今冬寒早风光好																	√								

---

① 首句异文及词调异名者，皆以唐圭璋《全宋词》为参照。

186　朱敦儒词的阐释与接受

续表

词作		《草堂诗余》														天机余锦	词林万选	花草粹编	词的	词菁	精选古今诗余醉	草堂诗余续集	古今词统	词学筌蹄	诗余图谱	啸余谱
		泰字本	双璧本	洪武本	荆聚本	丛刊本	顾刻本	四库本	张东川本	詹圣学刻本	崑石本	南城本	闵映璧本	古香岑本	博雅堂本											
柳梢青	狂踪怪迹																	√								
梦玉人引	浪萍风梗																	√								
十二时	连云衰草																	√								
满路花*	帘烘泪雨干					√	√	√	√	√	√	√	√					√	√		√		√			
减字木兰花	刘郎已老																	√					√			
相见欢	泷州几番清秋																	√								
昭君怨	胧月黄昏亭榭																	√								
清平乐	乱红深翠																	√								
沙塞子	蛮径寻春春早																	√								
恋绣衾	木落江南感未平																	√								
聒龙谣	凭月携箫																	√								
杏花天	残春庭院东风晓																	√	√		√				√	
促拍丑奴儿	清露湿幽香																	√								
乌夜啼	秋风又到人间																				√	√	√			
清平乐	人间花少																	√								
秋霁	壬戌之秋				√	√	√	√	√	√	√	√														
西江月	日日深杯酒满														√		√	√			√					
洛妃怨	拾翠当年																	√								
西江月	世事短如春梦	√	√	√	√	√	√	√	√	√	√	√	√					√					√			
孤鸾	天然标格	√	√	√	√	√	√	√	√	√	√	√	√													√
沙塞子	万里飘零南越																	√								
鹧鸪天	我是清都山水郎																	√								

续表

词作		《草堂诗余》 泰字本	双璧本	洪武本	荆聚本	丛刊本	顾刻本	四库本	张东川本	詹圣学刻本	崑石本	南城本	闵映璧本	古香岑本	博雅堂本	天机余锦	词林万选	花草粹编	词的	词菁	精选古今诗余醉	草堂诗余续集	古今词统	词学笙蹄	诗余图谱	啸余谱
桃源忆故人	西楼几日无人到																	√								
春晓曲	西楼月落鸡声急																	√					√			
鹊桥仙	溪清水浅																				√	√				
清平乐	相留不住																	√								
念奴娇*	寻常三五			√	√																					
醉春风	夜饮西真洞																									√
如梦令	一夜新秋风雨																	√								
一落索	一夜雨声连晓																	√								
减字木兰花	慵歌怕酒																	√								
浣溪沙	雨湿清明香火残																	√								
桃源忆故人	雨斜风横香成阵																	√					√	√		
芰荷香	远寻花																	√								
浪淘沙	早起未梳头																			√						
清平乐	春寒雨妥																						√			
滴滴金*	武陵春色浓如酒																				√					
生查子*	年年玉镜台																	√	√							

上述选本入选朱敦儒 58 首词，统计有三种情况。其一，词的创作与

署名均为朱敦儒者，计有50首。其二，词为朱敦儒所创，但误署名为他人者，共4首15次。《花草粹编》将朱敦儒《绛都春》（寒阴渐晓）误系于朱淑真名下；《精选古今诗余醉》将《浪淘沙》（早起未梳头）误系于陈眉公名下；《天机余锦》中《孤鸾》（天然标格）系于无名氏下；《秋霁》（壬戌之秋）在顾刻本、四库本、张东川本、詹圣学刻本、博雅堂本《草堂》系列中或系于无名氏下，或署名宋□甫；《绛都春》（寒阴渐晓）在《花草粹编》中系于朱淑真名下，在《天机余锦》和泰宇本、双璧本、洪武本、荆聚本、丛刊本《草堂》系列中系于无名氏下。这几首词虽署他人名下，但实为朱敦儒词，故其词传播的影响效应计其名下。其三，词为他人所创，但署名为朱敦儒者，共4首17次。顾刻本、四库本、张东川本、詹圣学刻本、崑石本、南城本、闵映璧本、古香岑本和博雅堂本《草堂诗余》、《古今词统》、《花草粹编》、《精选古今诗余醉》、《词的》均将周邦彦《满路花》（帘烘泪雨干）误为朱敦儒词；荆聚本、丛刊本《草堂诗余》误将范端臣《念奴娇》（寻常三五）系于朱敦儒名下；朱淑真《生查子》（年年玉镜台）在《词林万选》《花草粹编》中误为朱敦儒词；李石才《滴滴金》（武陵春色浓如酒）在《词的》中亦误系于朱敦儒名下。以上误为朱敦儒词的均在词牌处加＊号以示区别。这7首词虽为他人所作，但署名朱敦儒或朱希真，传播的还是朱敦儒的影响力，故亦将其归并入表3-3中。

对照表3-1、表3-3，朱敦儒词在元明选本中的入选数量远超宋金时期，其词之影响广度扩大。在宋代朱敦儒共有27首词入选宋代五大选本，入选35次，元明时期，在笔者收录的选本中，则朱敦儒有54首词共入选元明25个选本，另有4首误署名为朱敦儒的词入选元明选本，总计207次。在宋代朱敦儒的词不到11％因入选选本而被大众读者所熟知，元明二代则至少有近23.3％的朱敦儒词因选本的流传而得到更广泛的传播。

2. 进入批评者视野的词作的数量增多

朱敦儒的词不仅在元明二代吸引了选本编撰者的目光而在大众读者中获得了更广泛的影响力，同时也引起了更多批评者的关注，更多的词作进入批评型读者的视野。

在宋代，黄昇、胡仔、张端义、周必大、吴曾、周密、刘克庄、袁文、林洪等人先后评点了朱敦儒的《鹧鸪天》（我是清都山水郎、检尽历头冬又残）及《西江月》（世事短如春梦、日日深杯酒满）、《沙塞子》（万里飘零南越）、《鹊桥仙》（溪清水浅）、《念奴娇》（插天翠柳）、《清平乐》（人间花少）、《鹧鸪天》（解唱阳关别调声、曾为梅花醉不归）等10首词。辗转至明，进入词学批评视野的以上10首词中前7首词同样受到的明代词评者的关注。此外，另有《卜算子》（碧瓦小红楼）、《点绛唇》（春雨春风）、《孤鸾》（天然标格）、《浣溪沙》（晚菊花前敛翠蛾）、《减字木兰花》（刘郎已老）、《绛都春》（寒阴渐晓）、《浪淘沙·康州泊船》（风约雨横江）、《念奴娇》（别离情绪）、《念奴娇》（见梅惊笑）、《秋霁》（壬戌之秋）、《水龙吟》（放船千里凌波去）、《桃源忆故人》（雨斜风横香成阵）、《相见欢》（东风吹尽江梅）、《相见欢》（秋风又到人间）、《一落索》（惯被好花留住），及误署名为朱敦儒的《鹧鸪天》（梅妒晨妆雪妒轻）、《滴滴金》（武陵春色浓如酒）、《满路花》（帘烘泪雨干）等18首词进入批评者杨慎、卓人月、沈际飞、潘游龙、茅映、陆云龙、李廷机、李攀龙、钱允治、吴从先、顾从敬、董其昌、毛晋、陈继儒、陈懋学、徐树丕、诸茂卿、彭大年等人的视野。朱敦儒词在批评型读者中的影响明显增强。

宋、明相较，宋代关注朱敦儒词的批评者不足10位，而仅明一代至少有18位批评者关注朱敦儒词，批评者人数翻倍。另外，宋代受到关注的词作约10首，而明代则至少有25首，受关注的词在朱敦儒249首词中的占有比例从不足4%上升至10%。明代评点朱敦儒的词或论其词风，或言其词法，或述其意蕴以及流传等，在这样一种须调动接受者的个人气质禀性和文化涵养的评点中，更多的朱敦儒词获得文人的深度接受，其影响的广度和深度都得到进一步的强化。

当然，明代词学选本多同时附有选家的点评。《草堂》系列就有吴从先汇编、袁宏道增订、何伟然参校《新刻李于麟先生批评注释草堂诗余隽》，李廷机批评、翁正春校正、徐宪成梓行《新刻注释草堂诗余评林》，董其昌评订、曾六德参释《新锓订正评注便读草堂诗余》等为代表的诸多评点本。另外如茅映《词的》、卓人月《精选古今词统》、潘游龙《精选古今诗余醉》等选本亦附有点评之语。选本与评点的进一步结合客观上促进了朱敦儒词之点评率的提高，但附评点的选本亦不尽评所有入选词作，于选家和阅读者而言，客观上被评点之作都受到较其他作品更深广的关注。朱敦儒的词因明代选本与评点的合流而提升了它在批评型读者中的影响。作为接受者之心声记录的选本评点,是文人深度接受朱敦儒词的重要表现形式,对于朱敦儒词影响效果的提升都具有重要意义。

3. 创作领域的影响式微

元、明两代,在创作领域,朱敦儒词的影响力总体上有着较明显的下降。

就传世资料而言,《全宋词》和《全金元词》中共有9位词人11首作品效仿朱敦儒的词,而元代未查阅到唱和朱敦儒的作品,《全明词》及《全明词补编》中,总共只有3位词人5首唱和词。其中,夏言《西江月》(岁月急如流水、对景不妨白头、白日如如兀坐)、周履靖《西江月》(尘世幻然一梦)追和朱敦儒的《西江月》(世事短如春梦),彭孙贻《满路花》(花低月影那)小序虽云"和朱希真风情韵",但所追和的《满路花》(帘烘泪雨干)作者实际是周邦彦。当然,从传播接受的视角,仍可视为明代有3位词人5首唱和词分别追和朱敦儒的作品。即便如此,元明两代,朱敦儒词因被追和而获得的影响力已然是微乎其微了。同时,被宋金词人看作一种创作范式而追捧的"朱希真体"、"樵歌体"在元明词坛已不为人所道。目前所收集到的明人5首唱和词,词题或小序无一言及于此。可见,由于阅读前人词作产生某种共鸣而引起追和的冲动,朱敦儒仅一首《西江月》(世事短如春梦)得以进入此类创作活动中。

不过,朱敦儒词对明人创作的影响还表现在他的词在词谱中的出现频率,这一定程度上延伸了朱敦儒词对创作者的影响。如表3-3所示,朱敦儒的词,共有《醉春风》(夜饮西真洞)、《孤鸾》(天然标格)、《杏花天》(残春庭院东风晓)、《念奴娇》(见梅惊笑)、《念奴娇》(别离情绪)、《念奴娇》(插天翠柳)、《西江月》(世事短如春梦)、《绛都春》(寒阴渐晓)、《一落索》(惯被好花留住)9首词分别为张綖《诗余图谱》、张瑛《词学筌蹄》、程明善《啸余谱》所收录,影响着后来习词者的创作。而词谱作为一种词乐失传后供创作者学习的范本,入选的词作对于创作者的示范作用是客观存在的,虽然它的示范作用基本上限于词律的学习,不如追和那般是在原词深度感动了创作者心灵后而成为效仿对象,但至少这些词作通常会为习词者所熟稔。

从选本的入选、批评者的评点与创作者的效仿这三大文学传播接受活动来看,虽然效仿弱化,但选评增强,朱敦儒的词在元明两代的综合影响力并未随着时间流逝而式微。在被更广泛传播接受的同时，元明读者对朱敦儒的选择既有对前代的继承，也有自己的时代选择，而且这种继承与新变不仅仅简单表现于传播接受朱敦儒词的篇目之异同，而是更深一层地折射出了面对前代词坛大家朱敦儒的词作时所体现的审美习惯和文化态度。

二　世俗情怀与个性的彰显：选家的传播意识

元明二代，从笔者统计的 25 个选本入选情况看，选家的选择表现出与宋人完全不同的喜好倾向与传播意识，具体表现如下。

1. 相思离愁、伤春悲秋、宴饮游乐的本色之调受钟爱

朱敦儒词中的本色之调的入选数量遽增是元明时期朱敦儒词传播的一个突出特色。笔者收录的 25 个元明选本中，朱敦儒词中的闺怨相思、伤春伤时、怀人伤别、宴饮游狎、游戏娱情之作均有入选。其中，闺怨怀人之作有《浣溪沙》（碧玉阑干白玉人）、《杏花天》（残春庭院东风晓）、《清平乐》（多寒易雨）、《浣溪沙》（雨湿清明烟火残）；伤春怀人的有《昭君怨》（胧月黄昏亭榭）；缠绵相思的有《浣溪沙》（才子佳人相见难）、《蓦山溪》（东风不住）；伤春伤时的有《桃源忆故人》（雨斜风横香成阵）、《桃源忆故人》（西楼几日无人到）、《卜算子》（碧瓦小红楼）、《减字木兰花》（慵歌怕酒）、《一落索》（惯被好花留住）、《点绛唇》（春雨春风）；伤离别的有《清平乐》（相留不住）、《柳梢青》（红分翠别）；秋日离愁的有《十二时》（连云衰草）；游狎之作《春晓曲》（西楼月落鸡声急）。另，《清平乐》（春寒雨妥）写清明求雨，《清平乐》（乱红深翠）写春游乐事，《秋霁》（壬戌之秋）以游戏之笔隐括苏轼《赤壁赋》。这些词章或哀或怨，或喜或悲，都不出男女情爱悲欢与世俗游戏与快乐，均为词中本色之调。至于误署名为朱敦儒《满路花》（帘烘泪雨干）、《生查子》（年年玉镜台）、《滴滴金》（武陵春色浓如酒）、《念奴娇》（寻常三五）4 首词，或写游狎艳情，或写相思离愁，俱为源自《花间集》的本色词风，写的亦是世俗的情爱悲欢。

比较而言，宋代词学选本，仅怀人伤春的《念奴娇》（别离情绪）及清明求雨的《清平乐》（春寒雨妥）2 首词共入选 2 篇次。而元明时期，朱敦儒有 25 首彰显《花间》词学传统，书写世俗情怀的本色之调入选元

明各大词选 79 次，入选篇目占元明时期朱敦儒词总入选数的 43%，入选次数亦占比 38%，相比宋代篇目占比 7.4%，次数占比 5.7% 入选情况，朱敦儒词中的本色之调的传播可谓是突飞猛进。

2. 彰显个性怀抱以及追求个体自适自得的世外清风之作亦获青睐

朱敦儒词中那些彰显个性、参悟世情、追求自得自适的世外高致之作通过元明的选本得到更大规模的传播。一方面，宋代词选中 9 首彰显朱敦儒个性风致的词，除《鹊桥仙》（姮娥怕闹）1 首外，余下的咏梅词《念奴娇》（见梅惊笑）、《孤鸾》（天然标格），咏月词《念奴娇》（插天翠柳），咏木樨词《清平乐》（人间花少），慨世咏怀之作《鹧鸪天》（检尽历头冬又残）、《西江月》（日日深杯酒满）、《西江月》（世事短如春梦）、《鹧鸪天》（我是清都山水郎）均入选了元明时期的选本。另一方面，有 12 首同类主题的朱敦儒词被明人首次将其纳入选本的传播范围，分别是：游仙之作《聒龙谣》（凭月携箫）、《聒龙谣》（肩拍洪崖）、《醉春风》（夜饮西真洞），咏梅之作《鹊桥仙》（溪清水浅）、《绛都春》（寒阴渐晓），咏水仙的《促拍丑奴儿》（清露湿幽香），咏䴔鸂的《双䴔鸂》（拂破秋江烟碧），写山水自然间之闲情乐事《如梦令》（一夜新秋风雨）、《相见欢》（秋风又到人间）、《浪淘沙》（早起未梳头）、《西湖曲》（今冬寒早风光好）、《梦玉人引》（浪萍风梗）等词。

传承的与新发现的相结合，元明时期，朱敦儒共有 20 首彰显个性、追求个体自适自得的世外清风之作入选各大选本，共计入选篇次为 110 次，入选篇目占比 34.5%，入选篇次占比 53%。与宋代同类主题的词共入选 9 首 11 篇次相比，朱敦儒那些极具个性特色、追求个体适意的感怀悟世之作在元明时期，通过词选这一媒介，其传播广度亦被延伸，朱敦儒词在元明的普通大众读者群体中的影响力相应增强。

朱敦儒词中以表现相思离愁、伤春悲秋、宴饮游乐为主题的本色之调与彰显性情追求个体自得自适的个性之词是元明时期选本传播中并行不悖的两大主题。两者共同构成了元明时期朱敦儒词之传播重世俗情怀与个体性情的特点。

3. 悯时伤乱的志士悲歌受关注度降低

朱敦儒词在元明词选中影响力最小的词作类型便是那些悯时伤乱的志士悲歌。首先，该主题入选篇次下降。从数量而言，入选了宋代词选的 16 首同类题材的作品中，仅有《采桑子》（扁舟去作江南客）、《减字木兰花》（刘郎已老）、《相见欢》（东风吹尽江梅）、《醉落魄》（海山翠叠）、《柳梢青》（狂踪怪迹）5首再次入选了元明时期的选本。加上明人重新选择《浪淘沙》（风约雨横江）、《芰荷香》（远寻花）、《沙塞子》（万里飘零南越）、《沙塞子》（蛮径寻春春早）、《昭君怨/洛妃怨》（拾翠当年）、《恋绣衾》（木落江南感未平）、《相见欢》（泷州几番清秋）、《一落索》（一夜雨声连晓）8首作品，整个元明300余年的时空流转中，朱敦儒仅有13首伤时伤世的家国悲歌共入选20次。入选篇目占比从宋代的59.3%下降至22.4%，入选篇次占比从宋代的62.9%急遽减少至10%。朱敦儒词中悯时伤乱的悲调影响式微，从宋代选本的第一大主题变成元明时期最不受关注的一类。

其次，该主题的选本覆盖率低。与上述两类主题的词作几乎涵盖笔者所选的25个选本的情况不同的是，朱敦儒这些伤时感世的家国悲调主要见于明代陈耀文辑《花草粹编》。《花草粹编》是这些乱离之感家国之思的词作的主要传播媒介。以上词作均为《花草粹编》所收录，共收录13次，此外，仅《浪淘沙》（风约雨横江）见于《古今词统》《精选古今诗余醉》《词菁》《草堂诗余续集》，《减字木兰花》（刘郎已老）被《古今词统》收录，《相见欢》（东风吹尽江梅）被《古今词统》《精选古今诗余醉》《草堂诗余续集》收录，共3首词8篇次。

综观元明词学选本，彰显个性与世俗情怀两大主题的词作基本上被元明选家所收录。入选了宋代选本而被元明选家忽略的仅《蓦山溪》（琼疏玉蕊）写归隐之志，其余入选了宋代选本的《丑奴儿》（一番海角凄凉梦）、《忆秦娥》（西江碧）、《卜算子》（江上见新年）、《水龙吟》（放船千里凌波去）、《鹧鸪天》（唱得梨园绝代声）、《木兰花慢》（折芙蓉弄水）、《鹊桥仙》（竹西散策）、《鹊桥仙》（姮娥怕闹）、《感皇恩》（曾醉武陵溪）、《减字木兰花》（古人误我）、《鹧鸪天》（曾为梅花醉不归）11首词悯时伤乱的悲调均未进入元明选家的视野。承弃之间，亦见朱敦儒词中的志士悲歌之影响式微。

综上可见，与宋代读者的选本传播相比较，元明时期朱敦儒词的选本传播既有传承又有新的建构与创变。从宋至明，那些表现朱敦儒个性怀抱及其追求个体自适自得的具世外高致之风的作品一直具有较强的生命力。这类主题的词，元明的词选家虽新选了12首，但却继承了宋代选家所选的9首中的8首，是朱敦儒词在选本传播中传承性表现得最突出的一类。

朱敦儒词中另外两类词,即表现世俗情怀的本色之调与悯时伤世的悲歌在从宋至明的选本传播中则表现出强烈的变异性。对这两类词,宋、明选家的选择表现出明显对立的传播意识。宋代词选家基本忽略了朱敦儒词书写世俗情性的本色之调,而元明代选家却在钟爱朱词中的本色词的同时却有意地淘汰了宋代选家最偏爱的具强烈时代气息的悯时伤乱的悲歌。由此在元明大众传播接受视野中,朱敦儒词中的文人志士之悲歌弱化,而彰显红尘才子的世俗欲望、喜怒哀乐的词章以及体现隐士高人的世外逸致、闲适自得的作品大得声称于世。世俗情爱与个性的彰显,成为这一时期朱敦儒词在选本传播中的突出特色。

三 主体风致与艺术作品意蕴的批评阐释——文人评点中的因袭、误解与新见

明代盛行评点之风。经史诗文、诗词小说,无不被明人评点。元明时期关于朱敦儒及其词的评点,其影响的规模和广度亦超越宋代,有近30首词被纳入文人批评的视野。元明文人的批评尤其是明代的评点有因袭,有误判,有创造性的新见,在延伸朱敦儒词之生命力的同时,更全面地展现了朱敦儒词的特色。

1. 言其风致行藏的多承袭宋代黄、周之论

宋人论及朱敦儒及其词,涉及其人格风致、词风词法、作品意蕴等诸多方面。元明时期关于朱敦儒及其词的评论,亦为多元,然关于其人格风致、出处行藏,则多承袭宋人之论。

首先,承宋人论,认可朱敦儒的神仙风致及相关词作。宋代词选家及评点大家黄昇在《中兴以来绝妙词选》中对朱敦儒其人及其部分词作进行了精到的评点。作为宋人评点中的精华,其中的主要观点基本上被明代批评者所继承。如:

> 朱希真,名敦儒,宋绍兴中以诗词擅名。天资旷达,有神仙风致。
> ——元代无名氏《新编排韵增广事类氏族大全》甲集卷3,"神仙风致"条(文渊阁《四库全书》本)

> 宋朱敦儒,字希真,号岩壑,本中原人,以词章擅名,天资旷

远，有神仙风致。

——《至元嘉禾志》卷 13（《宋元方志丛刊》本）

朱敦儒字希真，东都名士。绍兴中，以诗词擅名。又：朱希真，天资旷逸达，有神仙风致。

——蒋一葵《尧山堂外纪》卷 58（《续修四库全书》影印明刊本）

朱敦儒，字希真。天资旷逸，有神仙风致。

——钱一本《遁世编》卷 14 别隐（《四库全书存目丛书》影印明万历间刻本）

朱希真，名敦儒，博物洽闻，东都名士也。天资旷逸，有神仙风致。

——陈继儒《辟寒部》卷 2

黄玉林云：朱希真，名敦儒。博物洽闻，东都名士也。南渡初，其词章最著。

——卓人月《古今词统》卷 3

诸如此类的记载，与宋代黄昇"朱希真，名敦儒。博物洽闻，东都名士。南渡初，以词章擅名。天资旷远，有神仙风致"① 的评语几无二致。而黄昇接下来评点朱敦儒《西江月》（世事短如春梦、日日深杯酒满）二词的"辞浅意深，可以警世之役役于非望之福者"的评点亦被李廷机②、顾从敬③、诸茂卿④等人完全因袭如出一辙。而杨慎评朱希真《西江月》（世事短如春梦）

---

① （宋）黄昇：《中兴以来绝妙词选》卷 1，《四部丛刊》初编本，上海书店影印 1989 年版。
② （明）李廷机批评，（明）翁正春校正，（明）徐宪成梓行：《新刻注释草堂诗余评林》（以下简称李廷机《新刻注释草堂诗余评林》）卷 5，《明词话全编》，凤凰出版社 2012 年版，第 2729 页。
③ 朱希真《西江月》（世事短如春梦）：黄玉林云：希真又有一阕云："日日深杯酒满……"此二词辞浅意深，可以警世之役役于非望之福者。"（顾从敬：《类选笺释草堂诗余》，《续修四库全书》影印明万历四十二年刻本）
④ 宋朱希真有《西江月》二首。其一："世事短如春梦……"。其二："日日深杯酒满……"二词辞浅意深，可以警世之役役于非望之福者。（诸茂卿：《今古钩玄》卷 40，《四库全书存目丛书》影印明抄本）

"言近而指远，不必求其深宛"①。李廷机又评之曰："辞浅意深，真可以儆世者。"② 沈际飞评朱希真《西江月》二首："二词一意，是病热中清凉散，毋忽其浅率"③，"朱希真《西江月》（日日深杯酒满）：唤醒古今人"④。潘游龙评"朱希真《西江月》二首：词虽浅率，正可砭世"⑤。遣词造句虽不尽相同，然其意皆祖述宋代黄昇之语。

其次，袭宋人言，同情朱敦儒晚年复仕的尴尬处境。元代脱脱主编的《宋史》中关于朱敦儒的评价云："时秦桧当国，喜奖用骚人墨客以文太平，桧子熺亦好诗，于是先用敦儒子为删定官，复除敦儒鸿胪少卿。桧死，敦儒亦废。谈者谓敦儒老怀舐犊之爱，而畏避窜逐，故其节不终云。"⑥ 其中对于朱敦儒晚年出任鸿胪少卿一事的态度即受宋代周必大"希真老爱其子，而畏避窜逐，不敢不起，识者怜之"⑦ 之论的影响。而明代徐树丕在《识小录》记载："朱敦儒，字希真，洛阳人。靖康之乱，避地广西，尝三召不起。后居嘉禾，秦桧用其子为删定官，欲令希真教秦伯阳作诗，遂除鸿胪寺少卿，盖外废之官也。或作诗云：'少室山人久挂冠，不知何事到长安。如今纵使插梅醉，未必王侯着眼看。'盖希真尝有《鹧鸪天》云：'身是清都山水郎，天教懒慢带疏狂。曾批给露支风券，屡奏留云借月章。 诗万卷，醉千场，几曾著眼看侯王。玉楼金阙慵归去，且插梅花住洛阳。'此词脍炙人口，故人以此讥之。然希真实爱其子，而又畏远窜，不敢不起，识者怜之。"⑧ 这就是周必大《二老堂诗话》"朱希真出处"条的简约版。虽然徐树丕这种著录方式在古人论著中并不鲜

---

① （明）杨慎批：《草堂诗余》卷1，《明词话全编》，凤凰出版社2012年版，第751页。
② （明）李廷机批评，（明）唐川之解注，（明）田一隽精选：《重刻草堂诗余评林》（以下简称李廷机《重刻草堂诗余评林》）卷1，《明词话全编》，凤凰出版社2012年版，第2648页。
③ （明）沈际飞《草堂诗余正集》卷1，《明词话全编》，凤凰出版社2012年版，第5332页。
④ （明）沈际飞：《草堂诗余正集》卷1，《明词话全编》，凤凰出版社2012年版，第5332页。
⑤ （明）潘游龙：《古今诗余醉》卷15，《明词话全编》，凤凰出版社2012年版，第5195页。
⑥ （元）脱脱：《宋史》卷445，中华书局1977年版，第13141页。
⑦ （宋）周必大：《二老堂诗话》"朱希真出处"条，《宋诗话全编》（6），江苏古籍出版社1998年版，第5907页。
⑧ （明）徐树丕：《识小录》卷4"朱希真"条，《明词话全编》，凤凰出版社2012年版，第4960—4961页。

见，但作为传播方式的一种，其本身亦体现着后代传录者对前人记录该事件时的态度的认可。

2. 以讹传讹的误解彰显朱敦儒风流才子词人身份

元明时期朱敦儒作品归属权的误判不仅如上所述存在于选本传播中，在评点中亦存在以讹传讹的误区。相对于之前的宋和此后的清，关于朱敦儒词的以讹传讹的误读，是元明时期朱敦儒词的理解与阐释中一个较为突出的现象。从传播的角度看，讹传一方面在客观上确实扩大了朱敦儒在词坛的影响，另一方面，讹传中的选择及其评价也可见接受者对被传播者的态度。综观元明二代，源于署名的误判及由此导致的批评性话语，有以下两种情况。

其一，朱敦儒的词作被系于他人名下而产生的误读。在朱敦儒词作的流传过程中，除南奔期间所作的感世伤时的悲怆之调外，其余各类如吟咏物象节序、感悟世情、模写风情等词作基本上都存在署名误判后的评点，如王昌会《诗话类编》卷13"闺秀"所载：

> 朱希真，小名秋娘，朱将仕女也。聪明俊雅，博览古今。年甫十六，适同邑商人徐必用为妻。商久不归，闺中抑郁，作警悟、风情诸篇，虽擅词名者，皆称其美。[笔者按：下录朱敦儒警悟《西江月》（世事短如春梦）、咏月《念奴娇》（插天翠柳）、除夕《鹧鸪天》（检尽历头冬又残）、怀旧《鹧鸪天》（梅妒晨妆雪妒轻）、风情《满路花》（帘烘泪雨干）、梅花《绛都春》（寒阴渐晓）诸词。]①

"虽擅词名者，皆称其美"，此处，朱敦儒有5首词虽然获得好评但著作权却由于朱敦儒字"希真"而被误归于小名秋娘的女子朱希真，其中，《满路花》（帘烘泪雨干）既非朱敦儒也非朱秋娘所作，乃周邦彦词。同样缘由导致的讹传还见于冯梦龙《情史类略》②、郦琥《彤管遗编》③、起北赤

---

① （明）王昌会：《诗话类编》卷13"闺秀"，《四库全书存目丛书》影印明万历刻本。
② （明）冯梦龙《情史类略》卷24（上海古籍出版社《古本小说集成》影印明世德堂刻本）误录《鹧鸪天》（梅妒晨妆雪妒轻）、《满路花》（帘烘泪雨干）、《念奴娇》（别离情绪）为朱秋娘词。
③ （明）郦琥《彤管遗编》（四库未收书辑刊）后集卷12误将《绛都春》（寒阴渐晓）、咏月《念奴娇》（插天翠柳）、警悟《西江月》（世事短如春梦）、风情词《念奴娇》（别离情绪）、《满路花》（帘烘泪雨干）等词误作朱秋娘词。

心子《绣谷春容》①、江盈科《闺秀诗评》②、潘之恒《亘史抄》③、秦淮寓客《绿窗女史》④等诸多传世文献中。其中各家所录词作略有不同，除上述6首之外，还有《念奴娇》（别离情绪）、《西江月》（日日深杯酒满）亦被误传为朱秋娘所作。除称其词作之美外，还有江盈科《闺秀诗评》、潘之恒《亘史抄》、秦淮寓客《绿窗女史》等皆称颂其中的《西江月》："读其词，达于义命，非复妇人所能道。"另外，赵世杰在《古今女史》中虽如上述指明女性朱希真的身份，但亦将朱敦儒《念奴娇》（插天翠柳）、《念奴娇》（见梅惊笑）、《念奴娇》（别离情绪）、《鹧鸪天》（检尽历头冬又残）、《绛都春》（寒阴渐晓）、《孤鸾》（天然标格）、《西江月》（世事短如春梦）、《西江月》（日日深杯酒满），以及苏庠《鹧鸪天》（梅炉晨妆雪妒轻）均系于女史朱希真名下。其中，有附眉批者⑤，或言辞之思想内蕴，或论其风格特征，或述其表现手法，皆能中的。

其二，他人词作误归于朱敦儒而被评点者。周邦彦《满路花》（帘烘泪雨干）、李石才《滴滴金》（武陵春色浓如酒）二词在元明时期，多被误传为朱敦儒所作，不仅为选家所选，亦被文人评点。如茅映《词的》评误署名为朱敦儒的《滴滴金》（武陵春色浓如酒）曰："不作险丽语，而

---

① （明）起北赤心子《绣谷春容》（上海古籍出版社《古本小说集成》影印明世德堂刻本）误录朱敦儒警悟《西江月》（世事短如春梦）、《西江月》（日日深杯酒满）、咏月《念奴娇》（插天翠柳）、除夕《鹧鸪天》（检尽历头冬又残），以及苏庠怀旧《鹧鸪天》（梅炉晨妆雪妒轻）为朱秋娘词。
② （明）江盈科《闺秀诗评》（上海古籍出版社影印《说郛续》本）："希真，小字秋娘，嫁为商人徐必用妻，能诗。"下录《西江月》（世事短如春梦）及（日日深杯酒满）。评云："读其词，达于义命，非复妇人所能道。"
③ （明）潘之恒《亘史抄》（《四库全书存目丛书》本）："希真，小字秋娘，嫁为商人徐必用妻，能诗。"下录《西江月》（世事短如春梦）评云："读其词，达于义命，非复妇人所能道。"
④ （明）秦淮寓客《绿窗女史》（台湾天一出版社《明清善本小说丛刊》）卷1："朱希真：希真小字秋娘，嫁为商人徐必用妻，能诗。"下录朱敦儒《西江月》二首。评："读其词，达于义命，非复妇人所能道。"
⑤ （明）赵世杰《古今女史》卷12，崇祯问奇阁刻本。另，该书卷还将另他人所作《滴滴金》（武陵春色浓如酒）、《满路花》（帘烘泪雨干）、《踏莎行》（孤馆深沉）亦系于女史朱希真名下。另，附眉批者如下：如《念奴娇》（插天翠柳）："月中佳境，被希真一笔描出，读之令人神怡目爽。"《念奴娇》（见梅惊笑）："比喻亦妙。"《念奴娇》（别离情绪）："似文君一段风情诚为可耻。"《鹧鸪天》（检尽历头冬又残）："此词不布景，只说心中事，见有隐逸高怀。"《西江月》（世事短如春梦）："言浅意深，可以警世。"《西江月》（日日深杯酒满）："浅言亦可。"《孤鸾》（天然标格）："□□□□，诗句俱见早梅之□。"

情致依然。"① 再如李攀龙、李廷机、董其昌等在评点误署名为朱敦儒的《满路花》（帘烘泪雨干）一词曰："摹写风情，此词颇为详悉。"② 又如"句法字法俱有可人，朱希真此词亦梦花之笔"③，"上是日高睡犹未起之情，下是夜深愁不成寐之景。又：泪雨愁城，却只为仝卧人忘了我。又：写出同卧不可忘的种种风情，却似满路落花无人扫，有囗赏到"④，"何等恨"⑤，"夜饮朝眠，淫思古意"⑥，"不是寒宵短，是两情浓。又：欢极来悲，想多成恨，怒骂皆真，何嫌俚也。唐人云：'易求无价宝，难得有心人'，于此益信"⑦，"新艳"⑧，皆为明人评《满路花》（帘烘泪雨干）之语。

与上述将朱敦儒词误为朱秋娘词的评论不同的，这些词评纯粹就作品本身的艺术表现、风格、内容立论，虽作者归属有误，而不涉及作品身份，不作知人论世之语。但值得注意的是，将他人之词误归为朱敦儒而广被阐释的《满路花》（帘烘泪雨干）却是一首摹写风情的新艳之作，而彰显创作者高标远韵的多首咏梅词《念奴娇》（见梅惊笑）、《绛都春》（寒阴渐晓）、《孤鸾》（天然标格），彰显旷达情怀的咏月词《念奴娇》（插天翠柳）以及参透世情的慨叹之作《西江月》（世事短如春梦、日日深杯酒满）及《鹧鸪天》（检尽历头冬又残）却被从朱敦儒名下转移至朱秋娘名下。

上述虽为误读、讹传，但不论是朱敦儒警悟慨世之词误归于朱秋娘的

---

① （明）茅暎：《词的》，四库未收书辑刊影印清萃闵堂抄本。
② （明）李攀龙补遗，（明）陈继儒校正：《新刻题评名贤词话草堂诗余》（以下简称李攀龙《新刻题评名贤词话草堂诗余》）卷6，（明）董其昌：《新锓订正评注便读草堂诗余》卷6，（明）李廷机：《新刻注释草堂诗余评林》卷6，《明词话全编》，凤凰出版社2012年版，第1239、2230、2739页。
③ （明）邓志谟：《丰韵情书》卷5，附诗余风韵情词·冬景，《明清善本小说丛刊初编》本。
④ （明）吴从先汇编，（明）袁宏道增订，（明）何伟然参校：《新刻李于麟先生批评注释草堂诗余隽》（以下简称吴从先《草堂诗余隽》）卷4，《明词话全编》，凤凰出版社2012年版，第1199页。
⑤ （明）杨慎批：《草堂诗余》卷3，《明词话全编》，凤凰出版社2012年版，第760页。
⑥ （明）卓人月、徐士俊：《古今词统》卷11，《续修四库全书》影印上海图书馆藏明崇祯刻本。
⑦ （明）沈际飞：《草堂诗余正集》卷3，《明词话全编》，凤凰出版社2012年版，第5352页。
⑧ （明）茅暎《词的》，四库未收书辑刊影印清萃闵堂抄本。

情况，还是误将一些他人的风情词系于朱敦儒名下，彰显的却是元明接受重个性与世俗情怀的特点，这与上述选本传播彰显世俗情怀相一致，可见在元明的接受视野中，朱敦儒被接受的形象很大程度上是风流浪漫的才子词人。

3. 相与传抄的新见聚焦词作情感与艺术

与宋金时期朱敦儒其人其词都受到普遍关注的状况不同，元明时期，朱敦儒其人的出处行藏淡出传播接受的视野。据传存资料，这一时期，除了因袭黄昇概述朱敦儒的评点之外，批评者基本上将评点的视野聚焦到了朱敦儒词作本身。近30首词的百余次评点，涵括了朱敦儒吟咏节序物象，抒发乱离中伤时悲世的家国情怀，表现看破世情的旷达自得的作品以及书写伤春悲秋、相思离别之情的词章。

（1）伤时悲世之词获得一定程度的情感共鸣

在宋代，朱敦儒那些书写乱离痛苦的伤时悲世之词虽在选本中获得了广泛的流传，但在评点领域却鲜被关注。与宋代文人评点大多关注朱敦儒及其词中彰显的世外高致不同，朱敦儒词中伤时感世的悲怆之调虽在明代入选量大为减少，却在文人的评点中受到更多关注。朱敦儒书写乱离之感的伤时感世的词章穿越时空，在明代批评型读者群中获得了一定程度的共鸣。

朱敦儒南渡后书写飘零之苦、故国之思及伤老之叹的词有《相见欢》（东风吹尽江梅）、《减字木兰花》（刘郎已老）、《水龙吟》（放船千里凌波去）、《浪淘沙》（风约雨横江）、《一落索》（惯被好花留住）等词进入明代文人的阐释视野中。沈际飞评点《浪淘沙》（风约雨横江）是从语辞与谋篇论词的艺术手法，曰："简当"，"'开愁'句，七字创语"，"说'休问'，正要问，故佳"①，另以"柔款"② 评《一落索》（惯被好花留住）论词之风格，除此之外，其余的评点之语皆带着浓厚的情感色彩。如"老大伤悲，使人黯然"③ 的感叹传达出了后代读者阅读《相见欢》（东

---

① （明）沈际飞：《草堂诗余续集》卷上，《明词话全编》，凤凰出版社2012年版，第5396页。
② （明）沈际飞：《草堂诗余别集》卷1，《明词话全编》，凤凰出版社2012年版，第5418页。
③ （明）卓人月、徐士俊：《古今词统》卷3，《续修四库全书》影印上海图书馆藏明崇祯刻本。

风吹尽江梅)一词时深深的情感共鸣。另有评点《相见欢》(《乌夜啼》)(东风吹尽江梅):"旧宫苔镟,寂寞可知,况梅落而橘开乎"①,"可与言'逝者如斯'义"②,均发掘出了朱敦儒这首怀古之作的情感内蕴。至于"凄其景,凄其事"③,"云与梦皆无依准,何处可问家乡,道旅况极尽"④与"真伤心人,作假旷达语"⑤之语,点评朱敦儒《浪淘沙》(风约雨横江)一词,亦深入词心,道出了词人漂泊岭外的凄凉伤感,皆同情共感式之评点。此外,如评《减字木兰花》(刘郎已老)末句"故国山河照落红"时曰:"末句如古剑一吼。"⑥杨慎《词品》则在黄昇论朱敦儒词的基础上,再拈出《相见欢》(东风吹尽江梅)、《鹧鸪天》(检尽历头冬又残)、《水龙吟》(放船千里凌波去)云:"亦可知其为人矣。"⑦这样的评点都是设身处地,深入词心的阐释,无一不是浸润着阐释者对朱敦儒这些词作之情感的共鸣同感。

可见,朱敦儒南渡后作的伤时悲世的词在元明时期虽入选率降低,但这一时期的文人却给予了这些词较宋代更多的评价,而且深入词心,都是从情感的视角切入的共鸣式的评点。通过这些获得深度的心理共鸣的新评点,朱敦儒那些伤时悲世之词在异代时空焕发生机。

(2) 咏怀慨世之作获得艺术审美与情志评判的双重观照

朱敦儒传世词作中,很大一部分是吟咏性情、感慨世情之作。这类词或托物咏怀,或直抒胸臆,彰显着创作主体的疏狂孤傲的个性和闲适清高的世外风致,也体现了朱敦儒词的艺术特质。时空流转,这类词在

---

① (明) 钱允治:《类编笺释续选草堂诗余》卷上,《明词话全编》,凤凰出版社 2012 年版,第 4923 页。

② (明) 沈际飞:《草堂诗余续集》卷上,《明词话全编》,凤凰出版社 2012 年版,第 5386 页。又见潘游龙《古今诗余醉》卷 12,《明词话全编》,第 5190 页。

③ (明) 陆云龙:《翠娱阁评选行笈必携词菁》卷 2,《明词话全编》,凤凰出版社 2012 年版,第 5084 页。

④ (明) 钱允治:《类编笺释续选草堂诗余》卷上,《明词话全编》,凤凰出版社 2012 年版,第 4927 页。

⑤ (明) 卓人月、徐士俊:《古今词统》卷 7,《续修四库全书》影印上海图书馆藏明崇祯刻本。

⑥ (明) 卓人月、徐士俊:《古今词统》卷 5,《续修四库全书》影印上海图书馆藏明崇祯刻本。

⑦ (明) 杨慎:《词品》卷 4 "朱希真"条,唐圭璋《词话丛编》,中华书局 2005 年版,第 488 页。另卓人月《古今词统》卷 3 (《续修四库全书》本),辑录这三首词时,亦云:"人可知矣。"

元明时期尤其是在明代获得了批评型读者的青睐，成为明代文人评点中的热点。

咏物之词中，朱敦儒吟咏梅、月尤其是咏梅之作吸引了明代文人的眼光，其中，梅词为《孤鸾》（天然标格）、《绛都春》（寒阴渐晓）、《念奴娇》（见梅惊笑）、《鹊桥仙》（溪清水浅），月词为《念奴娇》（插天翠柳）。这5首咏物之作和参破红尘感慨世情而直抒胸臆的《相见欢》（秋风又到人间）、《西江月》（世事短如春梦、日日深杯酒满）、《鹧鸪天》（检尽历头冬又残）等词获得了李攀龙、李廷机、吴从先、沈际飞、杨慎、潘游龙、毛晋等人的50余次的点评。这些评点一方面集中表现为对词作艺术手法及风格的评价，另一方面读者亦从物象的吟咏中读出了词人的心志。

首先，从艺术的视角着眼是明人阐释朱敦儒的咏怀慨世之作的主流。

或论其语言的艺术处理方式。譬如，咏月词《念奴娇》开篇"插天翠柳，被何人推上，一轮明月"杨慎评之"不成话"[1]，沈际飞评之"开奇口"[2]，皆赞赏遣词造句之奇。至于咏怀之词《相见欢》（秋风又到人间），潘游龙《古今诗余醉》批注曰："'欠青山'三字妙"[3]，高度评价了词作的炼字技巧。吴从先评《鹧鸪天》（检尽历头冬又残）"家家酒、处处山，醉梦间，□"[4]，亦是分析词作的造语遣词的问题。

或叹赏词中所营造的艺术境界。譬如《念奴娇》（插天翠柳）被评"洗心涤虑之句，诵之令人自乐"[5]，或引用古诗"皎皎金波天际流，一轮碾破碧云秋"评之并赞曰"此贞明之象，万古不磨也"[6]，肯定这首

---

[1] （明）杨慎批：《草堂诗余》卷4，《明词话全编》，凤凰出版社2012年版，第765页。
[2] （明）沈际飞：《草堂诗余正集》卷4，《明词话全编》，凤凰出版社2012年版，第5365页。
[3] （明）潘游龙：《古今诗余醉》卷7，《明词话全编》，凤凰出版社2012年版，第5177页。
[4] （明）吴从先：《草堂诗余隽》卷4，《明词话全编》，凤凰出版社2012年版，第1201页。
[5] （明）李廷机：《重刻草堂诗余评林》卷4，《明词话全编》，凤凰出版社2012年版，第2665页。
[6] （明）李攀龙：《新刻题评名贤词话草堂诗余》卷5，《明词话全编》，凤凰出版社2012年版，第1228页。另（明）吴从先《新刻李于麟先生批评注释草堂诗余隽》卷3（《明词话全编》，第1178页）、（明）李廷机《新刻注释草堂诗余评林》卷5（《明词话全编》，第2723页）均用此语评《念奴娇》（插天翠柳）。

咏月词所构筑的澄明清朗的意境。评《绛都春》（寒阴渐晓）"自其初开时芳姿莫比，至疏影斜照，犹见巧媚，恍似一梅图"①，赞赏的是这首咏梅词的诗思画意的意境美。咏怀之作《相见欢》（秋风又到人间），钱允治赞其"有水无山，别是烟波秋色"②，则从审美意境的艺术层面给予了词作高度的评价。

或有论作品的艺术结构的。如吴从先等评咏月词《念奴娇》，"上一段有月到天心之景色，下一段有月冷人心之情怀"，"'海光天影'，非真爱月者不能咏此"，"'洗尽凡心'又悟到处处皆圆上去"③，具体地阐释了词作布局谋篇之妙。再如咏梅词《绛都春》（寒阴渐晓），"上言梅花有斗雪缀玉之精神，下言梅花有笼用横窗之芳姿"④，评价的是该词之构思的特点。再如《孤鸾》（天然标格）一词的评点："佳处在笔笔早梅"及"'莫待单于吹老，便须折取归来，寄驿人遥，和羹心在，为谁攀折？顺反之殊"⑤，"用唐齐己'前村深雪里，昨夜一枝开'之句，俱见早梅"⑥，亦是从词之结构作法着眼肯定其艺术特色。

或有论其艺术水准者。如咏梅词《绛都春》（寒阴渐晓），李攀龙、李廷机、沈际飞等云："此等词体如良金出冶，煅炼精神，良璧出璞，追琢温润。"⑦ 李廷机则言："词意清朗，诵之敬服。"⑧ 此皆赞美该词达到了极高之艺术水准。再如《鹊桥仙》（溪清水浅）一词，沈际飞评

---

① （明）吴从先：《草堂诗余隽》卷4，《明词话全编》，凤凰出版社2012年版，第1195页。
② （明）钱允治：《类编笺释续选草堂诗余》卷上，《明词话全编》，凤凰出版社2012年版，第4923页。
③ （明）吴从先：《新刻李于麟先生批评注释草堂诗余隽》卷3，《明词话全编》，凤凰出版社2012年版，第1178页。
④ （明）吴从先：《草堂诗余隽》卷4，《明词话全编》，凤凰出版社2012年版，第1195页。
⑤ （明）沈际飞：《草堂诗余正集》卷4，《明词话全编》，凤凰出版社2012年版，第5362页。
⑥ （明）李廷机：《重刻草堂诗余评林》卷4，《明词话全编》，凤凰出版社2012年版，第2664页。
⑦ （明）李攀龙：《新刻题评名贤词话草堂诗余》卷6，《明词话全编》，凤凰出版社2012年版，第1236页。另李廷机《新刻注释草堂诗余评林》卷6（《明词话全编》，第2735页）、沈际飞《草堂诗余正集》卷4（《明词话全编》，第5364页）均用此语评点《绛都春》（寒阴渐晓）。
⑧ （明）李廷机：《重刻草堂诗余评林》卷4，《明词话全编》，凤凰出版社2012年版，第2665页。

其"清态得"、"在咏梅诸作中未免居殿"①，则从该词对梅之清态的传神描绘言其艺术水准之高。

其次，阐释该类词作所寄寓之作者情志，亦是明人阐释朱敦儒词的另一着力处。

咏物之作，如《念奴娇》（见梅惊笑）作于绍兴四年（1134），借梅写词人出仕后的心态，咏高远之志、家国情怀，其评点则多是读其词而想见其人的评价。譬如，"此言梅之洁白芬芳，凌雪傲霜，喻君子特立独行，岂若小人班乎？"②"此段（下片）言梅之芳姿不得多，何以喻贤人君子独处。岂与小人同伴意？"③ 充分肯定了词中所彰显的孤傲高洁的人格。沈际飞、潘游龙批注此词时先曰："见梅梅问，笔意云垂海立。"在肯定其巧妙的艺术构思后，亦皆高度赞美了其节操，曰："淡然独往，不与蜂蝶为伍，君子哉。"④ 而吴从先曰："上言洁白分芳，有凌霜傲雪之节；下言调和风味，在凄风凉月之怀。"又云："驿史未逢，调羹谁托？种种寓意。"又云："问红尘久客，无人攀折，俱是托言，君子独立之操，不为小人所混全意。"⑤ 这些评点均详细地分析了这首《念奴娇》在对梅花吟咏中所透露出来的情怀。再如《孤鸾》（天然标格）一词，"'苦被东风着意催，初无心事占春魁。年年为报南枝信，不许群芳作伴开。'可为此评"⑥，亦可见读者从词中读出的孤傲之意；"下有

---

① （明）沈际飞：《草堂诗余续集》卷下，《明词话全编》，凤凰出版社2012年版，第5400页。另潘游龙《古今诗余醉》卷13亦评朱希真《鹊桥仙》（溪清水浅）："在咏梅诸作，此则居殿。"（《明词话全编》，第5192页）

② （明）李攀龙：《新刻题评名贤词话草堂诗余》卷6。另李廷机《新刻注释草堂诗余评林》卷6（《明词话全编》，第2736页）亦用此诗评点《念奴娇》（见梅惊笑）一词。

③ （明）李廷机：《重刻草堂诗余评林》卷4，《明词话全编》，凤凰出版社2012年版，第2666页。

④ （明）沈际飞：《草堂诗余正集》卷4，《明词话全编》，凤凰出版社2012年版，第5367页。另潘游龙《古今诗余醉》卷13评《念奴娇》（见梅惊笑），意同此言（《明词话全编》，第5192页）。

⑤ （明）吴从先：《草堂诗余隽》卷4，《明词话全编》，凤凰出版社2012年版，第1196页。

⑥ （明）李攀龙：《新刻题评名贤词话草堂诗余》卷6，《明词话全编》，凤凰出版社2012年版，第1236页。另吴从先《草堂诗余隽》卷4（《明词话全编》，第1195页）、李廷机《新刻注释草堂诗余评林》卷6（《明词话全编》，第2735页）均用此诗评点《孤鸾》。

调羹之志，只恐声落尘埃"、"难寄难横，和羹鼎之才也"①，则可见读者从词中感受到了朱敦儒借梅抒发自己和羹之志的拳拳之心。

明人对朱敦儒那些直抒胸臆的咏怀之作则大多直评其中所含之情志。如，沈际飞评《相见欢》（秋风又到人间）"闲旷"②，极简练地概括了词作透露出来的词人情怀。而《西江月》（世事短如春梦、日日深杯酒满）二词，明人或两首俱评，或评其中一首，其语多承袭宋黄昇评语，如李攀龙"此乐天知命之言，可为昏夜乞哀以求富贵利达者戒"③；吴从先"上有居易俟命之识见，下无行险侥幸之心情"，"既知委运自天，固宜其及时行乐也"，"此乐天知命之言，可为昏夜乞哀以求富贵利达者戒"④；潘游龙朱希真《西江月》二首："词虽浅率，正可砭世"，评"日日深杯酒满"："唤醒古今人"⑤；沈际飞评朱希真《西江月》二首"二词一意，是病热中清凉散，毋忽其浅率"，《西江月》（日日深杯酒满）"唤醒古今人"⑥。这些评点俱从词意着眼，读出了历经世事的朱敦儒参透世情的处世心态和人生智慧。至于《鹧鸪天》（检尽历头冬又残），李廷机评"此词不布景，只说心中见，有隐逸高情"⑦，点明了该词直抒胸臆的特点，更道出了作品抒发的情志。潘游龙评之"奇趣豪情，读来欲舞"⑧，沈际飞评之"奇趣豪情"，"向乘篮舆，亦足自

---

① （明）吴从先：《草堂诗余隽》卷4，《明词话全编》，凤凰出版社2012年版，第1195页。

② （明）沈际飞：《草堂诗余续集》卷上，《明词话全编》，凤凰出版社2012年版，第5386页。

③ （明）李攀龙：《新刻题评名贤词话草堂诗余》卷5，《明词话全编》，凤凰出版社2012年版，第1233页。又见吴从先《草堂诗余隽》卷4，《明词话全编》，第1187页；李廷机《新刻注释草堂诗余评林》，《明词话全编》，第2729页。

④ （明）吴从先：《草堂诗余隽》卷4，《明词话全编》，凤凰出版社2012年版，第1187页。

⑤ （明）潘游龙：《古今诗余醉》卷15，《明词话全编》，凤凰出版社2012年版，第5195、5196页。

⑥ （明）沈际飞：《草堂诗余正集》卷1，《明词话全编》，凤凰出版社2012年版，第5332页。

⑦ （明）李廷机：《重刻草堂诗余评林》卷1，《明词话全编》，凤凰出版社2012年版，第2649页。

⑧ （明）潘游龙：《古今诗余醉》卷1，《明词话全编》，凤凰出版社2012年版，第5161页。

适"①，则是从词中发现了朱敦儒隐逸高情之外的另一面。至于吴从先评之曰："上醉来有扶杖（林）登山之雅兴，下闲里有纸帐梅花之天真"，"'几许家山游未遍，老来世味醉梦间'，信口说来，头头是道，悟后语也"②，则更详细具体地阐释了该词所彰显的创作主体之情怀。

此外，艺术审美和情志评判的双重观照之外，亦有少量从其他方面关注朱敦儒词的。如有从民俗的角度进行阐释的，如《鹧鸪天》（检尽历头冬又残），李廷机便以《荆楚记》所记岁末风俗批注此词，"《荆楚记》：岁暮家家具肴簌酒果，谓之备宿岁之储"③。更或以调笑之口吻释词的，如杨慎批《鹧鸪天》（检尽历头冬又残）"爱他风雪耐他寒"句曰"惟其爱，不得不耐"，评"道人还了鸳鸯债"句曰"鸳鸯债不须还"④。类似的评点虽少，却也丰富了明人对朱敦儒词的理解。

（3）以艺术审美批评为主阐释相思愁怨之调与游戏笔墨之作

进入明人评点视野的朱敦儒词亦有涉及春愁及风情的，如《卜算子》（碧瓦小红楼）、《桃源忆故人》（雨斜风横香成阵）、《念奴娇》（别离情绪）、《清平乐》（春寒雨妥）、《浣溪沙》（晓菊花前敛翠蛾）。明代的批评家们主要从艺术审美的角度评点这类词和游戏笔墨的隐括之作《秋霁》（壬戌之秋）。

明人评点朱敦儒的相思愁怨之作与游戏笔墨之词主要从艺术审美的角度阐释其语言笔法、布局谋篇、审美意境、艺术水准等。如从炼字炼句的角度评价的：卓人月指出《卜算子》（碧瓦小红楼）乃化用秦观《满庭芳》之句，曰："'寒鸦'二句，朱希真又化作小词云：'看到水如云，送尽鸦成点。'"⑤ 潘游龙评点《桃源忆故人》（雨斜风横香成

---

① （明）沈际飞：《草堂诗余正集》卷1，《明词话全编》，凤凰出版社2012年版，第5335页。
② （明）吴从先：《草堂诗余隽》卷4，《明词话全编》，凤凰出版社2012年版，第1201页。
③ （明）李廷机：《新刻注释草堂诗余评林》卷6，《明词话全编》，凤凰出版社2012年版，第2740页。
④ （明）杨慎批：《草堂诗余》卷2，《明词话全编》，凤凰出版社2012年版，第752—753页。
⑤ （明）卓人月、徐士俊：《古今词统》卷12，《续修四库全书》影印上海图书馆藏明崇祯刻本。

阵）曰："'欢少愁多'、'浑难问'，妙甚。"① 卓人月亦云："欢少愁多因甚"句"问得妙"②。沈际飞《桃源忆故人》亦评此问曰："不知何因，又无可问，故为春恨。韵脚添致，陈君美云：'炼句不如炼韵。'"③ 从布局谋篇的视角评点《秋霁》（壬戌之秋）的：吴从先云："上泛舟而箫声，可乘风弄月。下传杯而枕籍，惟慨魏伤吴"，"秋水长天一色矣，惟有清风明月不用钱"，"不满百余言，而一篇《赤壁赋》词旨悉备，洵能削繁就简，而得片言居要法"④。董其昌曰："此词仅有百余言，以坡老《前赤壁赋》尽，妙！妙！"⑤ 沈际飞评："山谷醉翁亭词一体，作缩损益间，较露自己面目。"⑥ 杨慎批此词亦云："此与山谷醉翁亭词一格，何意味之有？"⑦ 或有从审美境界评价的，如潘游龙评《卜算子》（碧瓦小红楼）："'看到'、'送尽'二句不但照管上下，且极尽画家之妙。"⑧ 沈际飞亦云此词："'水如云'、'鸦成点'，画家宗门"，"'看到'、'送尽'，照管上下"⑨。另有论词之艺术水准的，如陆云龙评《卜算子》（碧瓦小红楼）：（"看到"二句）"神镂"⑩。沈际飞评之

---

① （明）潘游龙：《古今诗余醉》卷4，《明词话全编》，凤凰出版社2012年版，第5171页。

② （明）卓人月、徐士俊：《古今词统》卷6，《续修四库全书》影印上海图书馆藏明崇祯刻本。

③ （明）沈际飞：《草堂诗余续集》卷上，《明词话全编》，凤凰出版社2012年版，第5394页。

④ （明）吴从先：《草堂诗余隽》卷4，《明词话全编》，凤凰出版社2012年版，第1187页。

⑤ （明）董其昌评订，曾六德参释：《新锓订正评注便读草堂诗余》（明万历壬寅乔木山堂刊本）卷5，《明词话全编》，凤凰出版社2012年版，第2228页。另"此词仅百余言，以坡老《前赤壁赋》包括殆尽，妙！妙！"见李廷机、翁正春校正《新锓李太史注释草堂诗余旁训评林》卷5，《明词话全编》，第2729页。

⑥ （明）沈际飞：《草堂诗余正集》卷5，《明词话全编》，凤凰出版社2012年版，第5375页。

⑦ （明）杨慎批：《草堂诗余》卷5，《明词话全编》，凤凰出版社2012年版，第768页。

⑧ （明）潘游龙：《古今诗余醉》卷8，《明词话全编》，凤凰出版社2012年版，第5180页。

⑨ （明）沈际飞：《草堂诗余续集》卷上，《明词话全编》，凤凰出版社2012年版，第5390页。

⑩ （明）陆云龙：《翠娱阁评选行笈必携词菁》卷2，《明词话全编》，凤凰出版社2012年版，第5084页。

"晋韵"①。

另外,有少量评点阐释的是这类词的意蕴情感,如,评《念奴娇》(别离情绪)一词,李攀龙云:"见景伤怀,亦贵妇本然事。"②李廷机云:"见景伤怀,亦闺妇本然事","以文君夜奔风情言之丑也"③。沈际飞则更具体地评析曰:"不怜惜,则为妒为悍,假怜惜,又为娼家圈套矣,难言哉。厮守追欢,牵系隔别,万种殷勤,一番爱护,真亦偶遇,不容寻也,大放生,以不得真心为大幸,抑情之语,忍信之乎。"④另外,有《浣溪沙》(晓菊花前敛翠蛾),沈际飞批注云:"织女事,感慨歌者。"⑤

概而言之,朱敦儒及其词在元明时期的接受传播有以下特点。

其一,朱敦儒及其词在元明时期的影响主要表现在以选本为媒、以评点为阐释方式的传播接受中,这两种方式折射出不同的读者对朱敦儒词的不同态度。在选本传播中,相思离愁、伤春悲秋、宴饮游乐的本色之调备受钟爱,与宋代相比入选率突飞猛进。同时,彰显个性怀抱以及追求个体自适自得的世外清风之作受到更多的青睐,入选数量较宋时增加不少,而宋代选本中入选最多的悯时伤乱的悲调受关注程度却急遽下降。从宋至明,面向大众的选本由传播朱敦儒的家国之思乱离之感的词转向了传播彰显世俗情怀与个性之作。这折射着元明以来市民文化发展、通俗化、世俗化的文化观念对文学传播的影响。在评点阐释中,元明(主要是明代)文人有继承宋人的一面,有以讹传讹的误解,更有自己的新见。一方面,整个元明时期关于朱敦儒词的评点在继承宋代黄昇、周必大等人观点的基础上有明显的变化,即总体上的关注点从人格

---

① (明)沈际飞:《草堂诗余续集》卷上,《明词话全编》,凤凰出版社2012年版,第5388页。
② (明)李攀龙:《新刻题评名贤词话草堂诗余》卷3,《明词话全编》,凤凰出版社2012年版,第1217页。
③ (明)李廷机:《新刻注释草堂诗余评林》卷3,《明词话全编》,凤凰出版社2012年版,第2702页。
④ (明)沈际飞:《草堂诗余正集》卷4,《明词话全编》,凤凰出版社2012年版,第5367页。另卓人月《古今词统》卷13(《续修四库全书》本)评《念奴娇》(别离情绪)大意与沈评相同,曰:"不怜惜则为悍妇,假怜惜则为市娼矣,天放生,以不得真心为大幸,抑情之语,忍信之乎。"
⑤ (明)沈际飞:《草堂诗余续集》卷上,《明词话全编》,凤凰出版社2012年版,第5389页。(按:该词在此处系于苏轼名下。)

风致转身词作本身——词的情感意蕴与艺术表现。另一方面，明代的批评者与明代选家的态度亦不同，对朱敦儒家国情怀乱离主题的悯时伤乱之作与表现自我性情怀抱的词投入了更多的关注，而不太关注朱敦儒那些彰显世俗情怀的本色之调，即便是评点那些春怨离愁的词，评点的亦不是情感意蕴而是其艺术表现。从中可见，明代以评点为代表的精英型读者的接受以及以选本传播为代表的面向大众读者的传播表现出了完全不同的特点。元明文人虽在城市经济的日渐繁荣下不免受世俗文化的影响，尤其是明代中后期心学兴起后张扬个性的思潮对明人的文学观念影响甚著，肯定世俗情欲与个性成为时代文化气候，故明代主流词学观秉承着"柔靡而近俗"①的观念，但诗教传统与诗学审美理想作为文化传统仍然对文人评点影响甚著。因而当他们以批评者的身份介入阐释活动中，便不免摆出高雅的姿态了，他们的评点中的关注对象与评点内容均不免与选本传播的主流背道而驰了。

其二，明人关于朱敦儒词的讹传、误判以及评点的因袭现象较为严重。讹传与误断虽然在文学传播接受中难以避免，但朱敦儒词的传播接受中的讹误现象却是相对严重的。如前所述，选本的流传中，共有8首词（其中4首系朱敦儒词著录于他人名下，4首他人之词著录于朱敦儒名下）的归属存在问题，或他人词误为朱敦儒作，或朱敦儒词误为他人作。文人的评点亦然，如朱敦儒的多首词被误为朱秋娘作，其中虽有"达于义命，非复妇人所能道"的怀疑之语，然终是不少因袭此误断的评点。而因袭之评不仅限于作品署名权被误断者。如前所述，李攀龙、李廷机、杨慎、卓人月、沈际飞、潘游龙、吴从先、董其昌等人对朱敦儒词的评点，皆有与他人雷同者。甚至明代的评点有的可谓是整书评论皆因袭他人之论者，如万历戊申起秀堂刊本李廷机批评、翁正春校正、徐宪成梓行《新刻注释草堂诗余评林》与李攀龙补遗、陈继儒校正《新刻题评名贤词话草堂诗余》的评点大抵相同，而另一题名为《新锓李太史注释草堂诗余旁训评林》李廷机批评、翁正春校正的评点本全为摘录他人之语，其中涉及对朱敦儒词的评点自然也不例外。这与明中叶以来"高谈性命，直入禅障，束书不观"②的治学风气下形成的空疏的学风

---

① （明）王世贞：《艺苑卮言》，唐圭璋《词话丛编》，中华书局2005年版，第385页。
② （清）全祖望：《甬上证人书院记》，《鲒埼亭集》外编卷16，商务印书馆1936年版。

无不关联。

总之,朱敦儒的词在元明二代(以明代为主)的传播接受既有新意,有时代的独特性,但亦有其时代的自限性。但不论正见或是误读,均提升了朱敦儒及其词的影响。朱敦儒词的生命力在这一时期的影响并未随时间的流逝而销减,而是在时空的流转中仍然焕发出闪亮的光彩。

第三节 清代:明析精辨与深度阐释

清代词学中兴,词人词作的数量远超宋金、元明,词学批评亦盛况空明,各类评点、词话、词选亦远超前代。朱敦儒在清代的影响力如何呢?其人其词的传播接受有何特点?

一 入选、评点、效仿俱兴

时空流转,朱敦儒词在清代的选本入选、文人评点和后世效仿这三大领域受关注的程度较前代增强,其影响在三大读者群体中(普通大众读者、批评型读者、创作型读者)可谓全面超越前代。

1. 朱敦儒词在选本传播中保持着持续而稳定的影响

不同于元明时期主要流行《草堂诗余》各种版本,清代的词学选本大都具有较鲜明的个性特色,编撰者根据自己的词学主张和审美观念辑录的各种词选促成了清代词学选本高度繁荣发达的局面。朱敦儒的词颇受清代选家青睐。笔者收集了朱彝尊、汪森辑《词综》,沈辰垣等《御选历代诗余》,张惠言、董毅《词选》,黄苏《蓼园词选》,孔传铸《笋亭词选》,宋庆长《词苑》,樊增详辑《微云榭词选》,陈廷焯《词则》《云韶集》,沈时栋《古今词选》,蒋方增《浮笋山馆词钞》,叶申芗《天籁轩词选》,万树《词律》,陈廷敬、王奕清等《康熙词谱》,谢元淮《碎金词谱》,杜文澜《词律拾遗》,赖以邠《填词图谱》17个选本,统计了朱敦儒词在清代的入选情况,如表3-4所示:

表 3-4　　　　　　　　　　朱敦儒词清代入选一览表

篇目	选本	词综	御选历代诗余	古今词选	词苑	筼亭词选	浮筠山馆词钞	蓼园词选	词选	天籁轩词选	微云榭词选	云韶集	词则	填词图谱	词律	康熙词谱	碎金词谱	词律拾遗
春晓曲	西楼月落鸡声急		✓	✓										✓	✓	✓		
浣溪沙	雨湿清明烟火残		✓															
减字木兰花	刘郎已老		✓	✓				✓										
卜算子	碧瓦小红楼	✓	✓							✓								
好事近	摇首出红尘	✓	✓			✓	✓											
好事近	失却故山云	✓	✓			✓	✓											
好事近	春雨细如尘	✓	✓	✓		✓				✓								
好事近	拨转钓鱼船	✓	✓				✓											
好事近	渔父长身来	✓	✓				✓											
好事近	短棹钓船轻	✓																
一落索	惯被好花留住		✓	✓									✓					
清平乐	相留不住		✓															
清平乐	人间花少		✓															
清平乐	乱红深翠		✓															
朝中措	当年弹铗五陵间	✓	✓	✓														
双鹨鶒	拂破秋江烟碧		✓											✓	✓	✓	✓	
桃源忆故人	雨斜风横香成阵		✓	✓														
西江月	日日深杯酒满		✓															
浪淘沙	风约雨横江		✓															
鹧鸪天	检尽历头冬又残		✓					✓										
鹊桥仙	溪清水浅		✓															
孤鸾	天然标格		✓	✓		✓									✓	✓		
念奴娇	见梅惊笑		✓					✓	✓									
念奴娇	别离情绪	✓	✓										✓	✓		✓		
十二时	连云衰草	✓	✓										✓	✓				
点绛唇	客梦初回	✓																
相见欢	金陵城上西楼		✓										✓	✓		✓		
柳枝	江南岸		✓	✓											✓	✓	✓	

续表

篇目		词综	御选历代诗余	古今词选	词苑	笃亭词选	浮筠山馆词钞	蓼园词选	天籁轩词选	微云榭词选	云韶集	词则	填词图谱	康熙词谱	碎金词谱	词律拾遗
醉落魄	海山翠叠	√							√	√						
桂枝香	春寒未定	√														
菩萨蛮*	秋声乍起梧桐落					√								√		
相见欢	东风吹尽江梅			√					√							
采桑子	扁舟去作江南客								√							
柳梢青	狂踪怪迹		√													
减字木兰花	古人误我								√							
鹊桥仙	姮娥怕闹								√							
卜算子	江上见新年								√							
鹧鸪天	曾为梅花醉不归								√							
鹧鸪天	唱得梨园绝代声								√							
感皇恩	曾醉武陵溪								√							
水调歌头	折芙蓉弄水								√							
醉思仙	倚晴空													√		
踏歌	宴阕													√		√
沙塞子	万里飘零南越				√									√		
促拍采桑子	清露湿幽香		√		√									√		
杏花天	残春庭院东风晓		√	√									√	√	√	
聒龙谣	凭月携箫													√		√
恋绣衾	木落江南感未平													√		
梦玉人引	浪萍风梗		√	√										√		√
聒龙谣	肩拍洪崖													√		
念奴娇	插天翠柳					√										
芰荷香	远寻花															
渡江云	寒阴渐晓		√	√												
绛都春*	寒阴渐晓		√													

据表3-4可知，笔者收集的选本中，署名朱敦儒的共有54首词入选了清代的17个选本，总计入选次数153次。与元明二代207次入选篇次相比较，朱敦儒词在清代词选中的影响力似乎有所下降，但若深究入选具体状况，则朱敦儒在清代通过选本产生的影响效应实则并没有降低，而是略有提升。

首先，在笔者不完全的统计中，朱敦儒词在清代选本中的平均入选数略高于元明二代。除去17篇次误系于朱敦儒名下的词，朱敦儒词在25个元明选本中入选190次，平均每个选本入选为7.6次，即便算上署名错讹之作，25个选本共207次，也只有8.28次的平均入选次数。而清代17个选本入选朱敦儒词153次，平均每个选本入选9次。

其次，朱敦儒词在清代入选选本的范围与元明二代相当。元明二代58首与朱敦儒有关的词共207次入选，如前所述，其中有4首17篇次其实是将他人作品误系于朱敦儒名下的，另有4首15篇次误归他人。在笔者的统计中，元明选本中的54首词是朱敦儒所作，其中真正有署名权的50首。相对来说，清人辑录词选时考辨真伪，态度更趋严谨。笔者所收集的词选中，很少有将他人词讹传为朱敦儒所作的现象。朱敦儒在清代共有54首词入选笔者所辑录的选本，这些词除《菩萨蛮》（秋声乍起梧桐落）外均为朱敦儒所作。其中，仅《御选历代诗余》中出现过前后两次收录首句为"寒阴渐晓"的同一首词，一调名为《渡江云》，著录于朱敦儒名下，另一调名为《绛都春》，著录于朱淑真名下。另有《鹊桥仙》（溪清水浅）在《御选历代诗余》中署名为赵长卿，《念奴娇》（别离情绪）与《双鸂鶒》（拂破秋江烟碧）在《碎金词谱》分别署名为朱秋娘、梁寅。除此之外的53首词在其他词选中的署名都没有错讹，也就是说在清代朱敦儒共有53首著作权与署名权一致的词在清人选本中入选151次，延伸着生命力。

另外，清代选家发现传播了朱敦儒词中一些沉寂于历史尘埃中的作品。譬如《好事近》渔父词及《相见欢》（金陵城上西楼）、《朝中措》（当年弹铗五陵间）、《柳枝》（江南岸）等皆首次入选《词综》《御选历代诗余》《词选》《古今词选》《云韶集》《词则》《浮筠山馆词钞》《填词图谱》《康熙词谱》《词苑》等词学选本，在沉寂500余年后，通过清人的发现而焕发出新的生命力。

2. 关注朱敦儒词的批评者略升

批评型读者的关注是作家作品传世非常重要的影响因素。相比于元明，朱敦儒词在清代被评点的数量与之持平，但评点朱敦儒词的文人却略有增加，朱敦儒词在批评型读者中的影响力也相应略升。

在笔者的统计范围内，元明二代，除了误署名的《滴滴金》（武陵春色浓如酒）、《满路花》（帘烘泪雨干）、《鹧鸪天》（梅妒晨妆雪妒轻）外，朱敦儒至少有22首词获得了至少18位批评型读者的点评，如前所述。有清一代，亦至少有24首朱敦儒的词进入批评者的视野，共赢得了朱彝尊、张惠言、沈雄、阮元、戈载、贺裳、谢章铤、毛奇龄、谭献、吴衡照、厉鹗、张德瀛、徐松、黄苏、陈廷焯、邓廷桢、华长卿、焦袁熹、楼俨、谭莹、汪筠、王初桐及四库馆臣等至少22位文人的关注。清人评点的朱敦儒词既有一贯以来受到文人关注的，如《卜算子》（碧瓦小红楼）、《孤鸾》（天然标格）、《念奴娇》（别离情绪）、《念奴娇》（插天翠柳）、《念奴娇》（见梅惊笑）、《沙塞子》（万里飘零南越）、《鹧鸪天》（检尽历头冬又残）、《鹧鸪天》（解唱阳关别调声）、《鹧鸪天》（我是清都山水郎）、《醉落魄》（海山翠叠）、慨世的《西江月》（世事短如春梦、日日深杯酒满）12首词。另外，朱敦儒的《十二时》（连云衰草）、《点绛唇》（客梦初回）、《好事近》（春雨细如尘）、《柳枝》（江南岸）、《鹊桥仙》（溪清水浅）、《相见欢》（金陵城上西楼）以及《好事近》渔父词共12首词则是被清人掸去历史积尘，第一次进入批评者的视野，获得了他们的关注评点。

3. 效仿朱敦儒词的创作者增加

从宋至清，在时间的汰择中，朱敦儒词在选本、评点中的影响力基本上呈现的是一路微升的轨迹，但在文人效仿这一领域，却表现出跌宕起伏的特点。

在宋金时期，朱敦儒词便以其独特的个性特征被称为"希真体"或"樵歌体"，朱敦儒身后的宋金期，虽历时不足百年，但在传世的宋金词中，亦有9人11篇次的效仿。在元明时期，朱敦儒词却仅有3人5次效仿之作。清代，更多的朱敦儒词在被入选和评点时，亦被更多的词人追和效仿。

仅在清代顺康时期，便共有16人追和效仿朱敦儒词34首（见表3-5）。异代追和，摒弃了即席唱和的娱乐呈技性质，通常发生于后代接受者被前代作品的情感内蕴、审美艺术感动之时。因而这种跨越时空的效仿实质上是深度接受在创作领域的重要表现，彰显着作品之生命力的有效延展。顺康时期的这16位词人的34首效仿之作让朱敦儒及其词的影响进一步扩大。

表 3-5　　　《全清词》(顺康卷) 效仿朱敦儒词一览表

作者	词牌	小序	首句
朱中楣	卜算子	效希真体	处处烽烟未息
李符	钓船笛	效朱希真渔父词	辟塞旧枫湾
傅燮詷	钓船笛	读朱希真渔父词，拟十有六解	宛转碧溪流
傅燮詷	钓船笛	读朱希真渔父词，拟十有六解	生小大江边
傅燮詷	钓船笛	读朱希真渔父词，拟十有六解	小艇老烟波
傅燮詷	钓船笛	读朱希真渔父词，拟十有六解	凛凛北风来
傅燮詷	钓船笛	读朱希真渔父词，拟十有六解	云压远滩飞
傅燮詷	钓船笛	读朱希真渔父词，拟十有六解	沧海上冰轮
傅燮詷	钓船笛	读朱希真渔父词，拟十有六解	日出晓烟消
傅燮詷	钓船笛	读朱希真渔父词，拟十有六解	提着一篮鱼
傅燮詷	钓船笛	读朱希真渔父词，拟十有六解	名姓少人知
傅燮詷	钓船笛	读朱希真渔父词，拟十有六解	自向竹林中
傅燮詷	钓船笛	读朱希真渔父词，拟十有六解	春水涨波痕
傅燮詷	钓船笛	读朱希真渔父词，拟十有六解	一笠一蓑衣
傅燮詷	钓船笛	读朱希真渔父词，拟十有六解	茅屋两三间
傅燮詷	钓船笛	读朱希真渔父词，拟十有六解	且莫羡玄真
傅燮詷	钓船笛	读朱希真渔父词，拟十有六解	结得一张网
傅燮詷	钓船笛	读朱希真渔父词，拟十有六解	十里放荷花
朱彝尊	好事近	效朱希真渔父词	新月下瓜洲
徐玑	好事近	效朱希真渔父词	心与白鸥闲
徐玑	好事近	效朱希真渔父词	月额雨如漆
徐玑	好事近	效朱希真渔父词	圆泖去垂纶
徐玑	好事近	效朱希真渔父词	江心漾空虚
龚翔林	好事近	仿希真渔父词	久雨霎儿晴
周廷谔	减字木兰花	听琵琶，用朱希真韵	秋光渐老
彭孙贻	满路花	和朱希真风情韵	花低月影那
徐喈凤	念奴娇	用朱希真韵	咄哉陈子
陈维崧	念奴娇	亦用朱希真韵	空江采石
尤珍	念奴娇	次朱希真韵	画栏携手
朱澜	念奴娇	和朱希真中秋	遥怜儿女
陈祥裔	桃源忆故人	……用朱希真韵	心头何事攒成阵
孙枝蔚	西江月	……即席限次朱希真韵	花是宵来火树
盛枫	相见欢	迎春，用朱希真韵	红楼试问江梅
冯云骧	鹧鸪天	和朱希真	检尽历头冬又残

综上可知，在入选和评点中，朱敦儒词的影响较元明略有上升，而在创作领域的影响则远超元明期，亦丝毫不逊于宋金时期。在普通读者、批评者、创作者三大接受群体中，朱敦儒在清代的综合影响力超越了元明时期是毫无疑问的。而南宋中后期，朱敦儒的影响有的是超越于词学之外的，譬如关于其人品行藏的批评。若就词论词，朱敦儒的影响可以说超越了之前的三个朝代。

二 雅致高韵的阐释与肯定

从相思离别、伤春悲秋、宴饮狎游的本色之调，到乱离伤时、思家念国的苍凉悲怆之歌，再到书写山水情怀、追求个体自适自得的清畅之音，朱敦儒249首传世之作，主题多样，风格多元，彰显了朱敦儒从洛中名士到南渡志士再至嘉禾隐者的心路历程。其中，清代读者对朱敦儒词中彰显自适自得、山水情怀、世外清风的雅致高韵可谓情有独钟。

1. 承袭之论多赞颂朱敦儒之世外高致清风

朱敦儒及其词所彰显的世外高致清风在宋代即获得许多赞美之辞，如以黄昇、汪莘、张端义等人为代表的相关评论堪称精妙。清人多祖述其说。

花庵词客黄昇谓朱敦儒"天资旷达，有神仙风致"之语，清代的沈雄《古今词话》[1]、阮元《揅经室外集》[2]、黄苏《蓼园词选》[3]完全承袭其语评价朱敦儒。汪莘谓朱敦儒词"多尘外之想"之评，亦被清代王初桐《小嫏嬛词话》[4]、黄苏《蓼园词选》[5]称引来评价《樵歌》。而张端义评朱敦儒月词《念奴娇》（插天翠柳）、梅词《鹊桥仙》（溪清水浅）"词意奇绝，似不食烟火人语"之评，在沈雄《古今词话·词评上卷》"朱敦儒

---

[1] （清）沈雄：《古今词话·词话上卷》"两朱希真"条，唐圭璋《词话丛编》，中华书局2005年版，第770—771页。
[2] （清）阮元：《樵歌三卷提要》，《揅经室外集》卷3，《丛书集成新编》，新文丰出版股份有限公司1985年影印本，第361页。
[3] （清）黄苏：《蓼园词评》"孤鸾"条，唐圭璋《词话丛编》，中华书局2005年版，第3074页。
[4] （清）王初桐：《小嫏嬛词话》卷1，屈兴国编《词话丛编二编》（2），浙江古籍出版社2013年版，第1014页。
[5] （清）黄氏：《蓼园词评》"孤鸾"条，唐圭璋《词话丛编》，中华书局2005年版，第3074页。

《樵歌》"条、王奕清《历代词话》卷7"朱敦儒赋月"条、冯金伯《词苑萃编》卷5"朱敦儒赋月"、阮元《揅经室外集》"《樵歌》三卷提要"①、王初桐《小嫏嬛词话》"朱敦儒词"条②中被称引转述。华长卿《论词绝句》有云:"插天翠柳月明高,饶有髯苏意气豪。不食人间烟火语,东都名士混渔樵。"③亦是将张端义评点之语化入诗中,以此评论朱敦儒词的特色。谭莹在《论词绝句一百首》中则融合黄昇对《西江月》二词的肯定、汪莘的"杂以微尘"之论,云:"西江月好足名家,直许微尘点不加。三卷《樵歌》名士语,此才端合赋梅花。"④这两首论词绝句吸收黄昇、汪莘、张端义的评点,亦肯定了朱敦儒的名士高致、世外清风。另外,陆游云:"朱希真居嘉禾,与朋侪诣之,闻笛声自烟波间起,顷之,櫂小舟而至,则与俱归。室中悬琴、筑、阮咸之类,檐间有珍禽,皆目所未睹。室中篮、缶,贮果实脯醢,客至,挑取以奉客。"这段描绘朱敦儒神仙般生活的记录也再次纳入清人沈雄⑤、厉鹗⑥等人的笔下。

诸如此类评点,虽为引用承袭之语,亦是读者选择性接受的一种表现,其目的或为佐证,或为介绍,彰显着后代读者对前人观点的重视、认同。相对来说,上述明代文人那些从艺术审美表现和词作意蕴方面对书写乱离痛苦的伤时悲世之词、涉及春愁及风情之作以及游戏笔墨之调的评点,清代读者却很少承袭其言。那些从艺术审美视角品评世外风致之词的评点亦不见清人的称引。可见,面对宋、明时期的评点,清代读者有传承,有放弃,此间彰显着清代读者在朱敦儒及其词的接受活动中的态度,即他们对世外高致清风的关注与认可。

---

① (清)阮元:《樵歌三卷提要》,《揅经室外集》卷3,《丛书集成新编》,台北:新文丰出版股份有限公司1985年影印本,第361页。
② (清)王初桐:《小嫏嬛词话》卷1,屈兴国编《词话丛编二编》(2),浙江古籍出版社2013年版,第1013页。
③ (清)华长卿:《论词绝句》,《梅庄诗钞》卷5,孙克强《唐宋人词话》,南开大学出版社2012年版,第588页。
④ (清)谭莹:《论词绝句一百首》,《乐志堂诗集》卷6,孙克强《唐宋人词话》,南开大学出版社2012年版,第588页。
⑤ (清)沈雄:《古今词话·词话上卷》"两朱希真"条,"有朋侪诣之,闻笛声自烟波起,棹小舟与客俱归。室中悬琴筑阮咸之属,篮缶贮果实脯醢,皆平日所留置者。"唐圭璋《词话丛编》,中华书局2005年版,第771页。
⑥ (清)厉鹗:《宋诗纪事》卷44,上海古籍出版社1983年版,第1131页。

2. 新的评点聚焦朱敦儒词中清隽超旷之美

关于朱敦儒词的评点，清代有不少新的理解和阐释，其阐释对象基本为寄托个体情怀、彰显世外高致的词。这类评点指向一种共同的审美风神——清隽超旷。

其一，在承扬前代读者的观点的同时，清代的批评者们将关注投向了一些过去未曾进入批评视野的词作。他们拂去时间积尘，将朱敦儒词中一些几百年来未被读者关注的彰显清风高致之词作展现于众多读者前，并以他们敏锐的审美眼光观照词作，让这部分词获得勃勃生机。如朱敦儒晚年致仕后居嘉禾所作的组词《好事近·渔父》便首次进入批评者的视野，且获得了高度的评价。陈廷焯便是渔父组词的第一发现者，不论是他在其早年编选的《云韶集》，还是在他后期重新遴选的《词则》，均对这组词称赞有加。

在《云韶集》中，陈廷焯首先在第一首《好事近》（摇首出红尘）处对朱敦儒渔父词作出了总体的评论："希真《渔父》诸篇，清绝，高绝，真乃看破红尘，烟波钓徒之流亚也。"① 在《词则》中，五首渔父词被编入《大雅集》中，其综评云："希真渔父五篇，自是高境，虽偶杂微尘，而清气自在。烟波钓徒流亚也。"② 可见，不论早年还是晚期，陈廷焯都充分肯定了五首词中"清"而"高"的超越红尘俗世的审美特点。同时，陈廷焯还一一对每首渔父词作出评论。

《好事近》（渔父长身来）：行文亦是飞空无迹。真高真雅，真正乐境，不足为外人道。

——《云韶集》

《好事近》（渔父长身来）：此中有真乐，未许俗人问津。

——《词则》

《好事近》（拨转钓鱼船）：一苇航之，飘飘欲仙。结二语静中有

---

① （清）陈廷焯撰，孙克强、杨传庆点校：《云韶集辑评》卷5，《中国韵文学刊》2010年第3期，第62页。

② （清）陈廷焯：《词则·大雅集》卷2，上海古籍出版社1984年版，第79页。

动，妙合天机，然亦公晚遇之兆。

——《云韶集》

《好事近》（拨转钓鱼船）：静中生动，妙合天机。亦先生晚遇之兆。

——《词则》

《好事近》（短棹钓船轻）：绘景清绝，直是仙境。啸吟疏狂，真神仙中人也。

——《云韶集》

《好事近》（短棹钓船轻）：合下"有何人相识"句，转嫌痕迹，何如并浑去为妙。

——《词则》

《好事近》（失却故山云）：想落尘外，仙乎？仙乎？"有何人相识"正与第二章"只共钓竿相识"映射。

——《云韶集》

陈廷焯从早年到晚年，他的词学观在发生变化，这从他对欧阳修、姜夔等一批宋词名家的评价态度中可见一斑，但他对朱敦儒《好事近》渔父词诸篇的赞赏之意却是一以贯之的。其中，他只对这组渔父词的第四章和第五章结尾的议论之语稍有微辞，但对其中渔父境界一直赞誉有加，尤其激赏的是这几首词中展现出来的"未许俗人问津"的，"飘飘欲仙"的"绘景清绝"之境。一直到他编撰《白雨斋词话》，仍然对《好事近》渔父词赞誉有加："至渔父五篇，虽为皋文所质，然譬彼清流之中，杂以微尘。如四章结句'有何人留得'、五章结句'有何人相识'，一经道破，转嫌痕迹，不如并删去为妙。余最爱其次章结句云：'昨夜一江风雨，都不曾听得。'此中有真乐，未许俗人问津。又三章结句云：'经过子陵滩半，得梅花消息。'静中生动，妙合天机，亦先生晚遇之兆。"① 朱敦儒"仙风清爽，世外希真"的清隽超旷之美在陈廷焯对《好事近》渔父词的评点中显得栩栩如生。

其二，朱敦儒那些已进入宋、明词学视野的彰显世外清风高致的词，清代的批评者亦有新的评价。如，朱敦儒的梅词在清代同样吸引了论者的目光。《鹊桥仙》（溪清水浅），宋人张端义谓之"语意奇绝"，明人则评之为咏梅词中的"居殿"之作，清人新的评点亦十分赞赏此词。朱彝尊谓之曰"得此花之神"②，邓廷桢评曰："朱希真之'引魂枝消瘦一如无，但空里疏花数点'……神情超越，不可思议，写生独步也。"③ 其早梅词《孤鸾》（天然标格）一词，黄苏在承袭汪莘和黄昇的评论后，特别欣赏此词的后半部分，曰："观此词后阕，幽思绵渺，一往而深。无一习见语扰其笔端，清隽处可夺梅魂矣。"④ 对于另一首咏梅佳作《念奴娇》（见梅惊笑），明人称赏多赞其凌霜傲雪、淡然独往的君子寓意。清人黄苏不仅透过朱敦儒描绘的梅品而看到了词人的人品，而且也读出了其中"不得已"之处，评之曰："希真急流勇退，人品自尔清高。观'受了多少凄凉风月'句，或有不能见用，不得已而托于求退者乎。且读至'和羹心在'，可以知其志矣。希真作梅词最多，以其性之所近也。此作尤奇矫无匹。"⑤ 再如晚年隐居嘉禾所作的《鹧鸪天》（检尽历头冬又残）一词，宋、明评点或重在阐释"纸帐梅花"，或言词乃"悟后语也"（吴从先语）、"有隐逸高情"（李廷机语），而黄苏却读出了"自有难于言者在"。评语云："看'拖条'、'竹杖'二语，似随处行乐之意。细玩首二句，冬残耐寒，居然是生当晚季之忧。所云行乐，亦出于无聊耳。下一阕所云痴顽者此也。观末二句，只写自己身世，即与梅花同梦矣。非好逸也，自有

---

① （清）陈廷焯：《白雨斋词话》卷1"朱希真渔父五篇"条，唐圭璋《词话丛编》，中华书局2005年版，第3790页。
② （清）朱彝尊著，姚祖恩编，黄君坦校点：《静志居诗话》卷18，人民文学出版社1990年版，第558页。
③ （清）邓廷桢：《双砚斋词话》"梅花词"条，唐圭璋《词话丛编》，中华书局2005年版，第2527页。
④ （清）黄氏：《蓼园词评》"孤鸾"条，唐圭璋《词话丛编》，中华书局2005年版，第3074页。
⑤ （清）黄氏：《蓼园词评》"朱希真'见梅惊笑'"条，唐圭璋《词话丛编》，中华书局2005年版，第3078页。

难于言者在。正妙在含蓄。"①

朱敦儒写个性品格、独抒性情的词历来都受到批评者的关注，但清代评点却不是亦步亦趋，拾人牙慧，而总是能出以独具特色的评点，甚至读出与宋、明读者不一样的蕴味。这些具有深度的接受折射出清人对朱敦儒具清隽超旷之致的词作的重视。不论是首次进入批评视野的，还是受到前代关注的词，上述两种评点印证的都是清代批评者对朱敦儒词中那份超越红尘俗世的清隽超旷之美的肯定。

3. 彰显世外之致的朱敦儒词受到选家与创作者的喜爱

在词学中兴的清代，前代词集的整理，词选总集的编撰，词体辨析，词的评价，词的创作皆颇为繁荣。对于朱敦儒及其词，不仅批评家有新的理解和阐释，词选编撰者选择和创作者的效仿均有不同于前代的特点。他们的新选择和效仿亦倾向于那些彰显朱敦儒个性情怀与世外高致的词作。

在笔者遴选的清代词选中，朱敦儒的词共入选153篇次，其中有65篇次的主题书写个性情怀、世外高致，三大主题类型中占比最高，约43%。另外写相思离别、春愁秋怨之作51篇次，悯时伤乱的乱离之歌36篇次。其中，咏梅词《念奴娇》（见梅惊笑）、《孤鸾》（天然标格）、《鹊桥仙》（溪清水浅）、《渡江云》（寒阴渐晓），咏月词《念奴娇》（插天翠柳），咏木樨的《清平乐》（人间花少），咏水仙的《促拍采桑子》（清露湿幽香），咏鸂鶒的《双鸂鶒》（拂破秋江烟碧），记梦游仙之作《聒龙谣》（肩拍洪崖）以及写悟世之道、闲适自得之怀的《鹧鸪天》（检尽历头冬又长）、《减字木兰花》（古人误我）、《西江月》（日日深杯酒满）、《鹊桥仙》（姮娥怕闹）、《菩萨蛮》（秋风又到人间）、《梦玉人引》（浪萍风梗）、《清平乐》（乱红深翠）16首词从宋以来便颇受选家的青睐。清代读者在此基础上首次遴选了彰显其超然的世外风致的《好事近》渔父组词。从清初的朱彝尊到清末的陈廷焯，先后被清代朱彝尊《词综》、沈辰垣《御选历代诗余》、张惠言《词选》、陈廷焯《云韶集》和《词则》收录，共计26篇次，在朱敦儒词清代首次入选的51篇次中占比近51%，远超其他主题。

创作领域，在清代词人的追和中，最热门的是效仿朱敦儒的渔父词。

---

① （清）黄氏：《蓼园词评》"检尽历头冬又残"条，唐圭璋《词话丛编》，中华书局2005年版，第3041页。

仅《全清词》（顺康卷）就有 23 首。其中除朱彝尊《好事近》（新月下瓜洲），李符《钓船笛》（辟塞旧枫湾），龚翔林《好事近》（久雨霁儿晴）3 首外，傅燮詷一人的追和之作有《钓船笛》（宛转碧溪流、生小大江边、小艇老烟波、凛凛北风来、云压远滩飞、沧海上冰轮、日出晓烟消、提着一篮鱼、名姓少人知、自向竹林中、春水涨波痕、一笠一蓑衣、茅屋两三间、且莫羡玄真、结得一张网、十里放荷花）16 首，徐玑一人的追和之词有《好事近》（心与白鸥闲、月额雨如漆、圆涉去垂纶、江心漾空虚）4 首。除了朱敦儒的渔父词外，另有孙枝蔚《西江月》（花是宵来火树）、冯云骧《鹧鸪天》（检尽历头冬又残）等所追和的朱敦儒的原词均为他晚年的悟世之作。从清代顺康年间的追和看，彰显朱敦儒世外高致的词明显地受到了词人更多的关注，更深入创作型读者的内心。

由此可见，不论是选家的选择还是创作者的效仿，抑或是批评者的评点，都对朱敦儒词中彰显个体性情的自适自得、山水之致的雅致高韵、世外清风之词青睐有加。陈廷焯云"希真词清隽名贵"①，张德瀛亦云朱敦儒"词品高洁，妍思幽窅，殆类储光羲诗体"②，这正是对上述现象的概括和总结。朱敦儒清隽超旷之致在清代受到的重视较宋、明时期更大。

三 多元视角与辩证精审的阐释批评

朱敦儒在清代影响效果不仅表现为接受者对其清隽超旷之致的认同和推许，清人对朱敦儒的阐释是全面而精深的。朱敦儒词主题风格的多样性，朱敦儒词的体式作法及真伪，朱敦儒与词韵的关系等诸多问题全面进入清人的接受视野。

1. 朱敦儒词多元主题风格的遴选和阐释

清代的选家和词学批评家对于朱敦儒词的选择和批评是多元的。那些发现并推许朱敦儒清隽超旷之美的词评家往往同时也对朱敦儒词的其他主题风格有深入的批评。词选的编撰者亦与宋、明不同，并没有表现出明显的主题风格偏好，而是基本上呈现了朱敦儒词的多样性特征。

---

① （清）陈廷焯撰，孙克强、杨传庆点校：《云韶集辑评》卷 5，《中国韵文学刊》2010 年第 3 期，第 62 页。
② （清）张德瀛：《词徵》卷 5 "朱希真词" 条，唐圭璋《词话丛编》，中华书局 2005 年版，第 4163 页。

首先，朱敦儒风情词进入词学批评者的视野中，获得了新的更全面的关注与评点。如清代贺裳重点评论了朱敦儒的风情词《念奴娇》（别离情绪）：

> 朱希真《鹧鸪天》云："道人还了鸳鸯债，纸帐梅花醉梦间。"咸谓朱素心之士。然其《念奴娇》末云："料得文君，重帘不卷，且等闲消息。不如归去，受他真个怜惜。"如此风情，周、柳定当把臂。此亦子瞻所云鹦鹉禅五通气球，皋陶所不能平反也，而语则妙矣。①

贺裳之论言及朱敦儒"素心之士"的一面的同时，明确地肯定了朱敦儒词风情旖旎的另一面。再如盛赞朱敦儒咏梅词和咏月词的黄苏，以常州词派比兴寄托的观点评论朱敦儒的风情词《念奴娇》（别离情绪），便充分肯定了这首词"清超"、"峭拔"、"妙在语意含蓄"②的特征。陈廷焯在早年《云韶集》和后期的《词则》亦对朱敦儒的《念奴娇》（别离情绪）称许不已："不以词胜而以味胜，竹坡之敌，东嘉之祖也。风流蕴藉。'料得'数语，着墨不多而声情绝世"③，"风流蕴藉"④。对朱敦儒"绘景清绝，直是仙境"的渔父词情有独钟的陈廷焯不仅称许《念奴娇》（别离情绪），亦对朱敦儒的诸多本色之词赞誉有加，譬如：评《卜算子》（碧瓦小红楼）："清丽。情致最佳，颇似子野。"⑤ 评《点绛唇》（客梦初回）："清澈似竹坡，情味似子野，真逸品也。"⑥《十二时》（连云衰草）一词，《云韶集》评曰："一片苍凉之景，非此写不出来。'征人'十字，亦是常

---

① （清）贺裳：《皱水轩词筌》"朱希真风情词"条，唐圭璋《词话丛编》，中华书局2005年版，第697—698页。
② （清）黄氏：《蓼园词评》"朱希真'别离情绪'"条：按希真，洛阳人。以荐起赐进士出身，为秘书省正字，兼兵部郎官。迁两浙东路提点刑狱。上书乞休，居嘉湖。词品清超。此作尤为峭拔。此必为乞休后作。开首五句，言别京中友，途中冷淡情怀。"桃李"五句，不过言己心迹疏放冷淡。次阕起处，言所以疏放冷淡之故，总是"酒"与"花意薄"耳。"此情谁识"，见无人知此心者。末说"文君"，说"受他""怜惜"，隐见妻能知爱惜我，而世少爱惜我者矣。妙在语意含蓄。（唐圭璋《词话丛编》，中华书局2005年版，第3077—3078页）
③ （清）陈廷焯撰，孙克强、杨传庆点校：《云韶集辑评》卷5，《中国韵文学刊》2010年第3期，第62页。
④ （清）陈廷焯：《词则·闲情集》卷2，上海古籍出版社1984年版，第910页。
⑤ （清）陈廷焯撰，孙克强、杨传庆点校：《云韶集辑评》卷5，《中国韵文学刊》2010年第3期，第62页。
⑥ （清）陈廷焯撰，孙克强、杨传庆点校：《云韶集辑评》卷5，《中国韵文学刊》2010年第3期，第62页。

意，却无人道过。"① 晚期在《词则》中亦大抵秉承其意云："苍凉之景，以叠笔尽其致。'征人'十字，亦是人同有之意，却未有道过者。大抵多就寄衣一边著意也。"② 至于《好事近》（春雨细如尘）一词，则陈廷焯的三大词学著作皆置好评，《云韶集》评点曰："字字清丽。约略数语而慧心昔意一一如见。"③《词则》云："笔意古雅。"④《白雨斋词话》亦曰："朱希真春雨细如尘一阕，饶有古意。"⑤贺裳、黄苏、陈廷焯等人从不同的词学审美观念出发评点朱敦儒的风情词，或言其作为本色词的风情之美，或重在挖掘其言外之意，或论其艺术表现手法和风格，较前代评点更全面展现了朱敦儒风情词的内涵，从不同的视角彰显了朱敦儒风情词的价值和意义。

其次，朱敦儒的乱离词获得新的发现和深度的理解阐释。朱敦儒南奔途中那些书写离愁别恨、飘零之苦、故国之恸的感时伤时的乱离词在南宋主要以入选的方式进入普通大众读者的视野，却鲜获文人的评点。到元明时期，朱敦儒的乱离词在明代入选量大为减少，只批评型读者的评点较宋略多。如书写飘零之苦、故国之思及伤老之叹的词《水龙吟》（放船千里凌波去）、《相见欢》（东风吹尽江梅）、《浪淘沙》（风约雨横江）、《减字木兰花》（刘郎已老）、《一落索》（惯被好花留住）等词均被明代文人一一评点。清代的批评者则在明人的视野之外又发现了值得称许的朱敦儒乱离词。其中尤其以《相见欢》（金陵城上西楼）一词获评最高，陈廷焯早年在《云韶集》中即云："希真词最清淡，惟此章笔力雄大，气韵苍凉，悲歌慷慨，情见乎词。"⑥ 后来编撰《词则》陈廷焯进一步肯定了该词"笔力雄大，气韵苍凉，短调中具有万千气象"⑦，在《白雨斋词话》中则更具体深入地阐释了此词的内涵和情感力量，云："二帝蒙尘，偷安南渡，

---

① （清）陈廷焯撰，孙克强、杨传庆点校：《云韶集辑评》卷5，《中国韵文学刊》2010年第3期，第62页。
② （清）陈廷焯：《词则·别调集》卷2，上海古籍出版社1984年版，第613页。
③ （清）陈廷焯撰，孙克强、杨传庆点校：《云韶集辑评》卷5，《中国韵文学刊》2010年第3期，第62页。
④ （清）陈廷焯：《词则·大雅集》卷2，上海古籍出版社1984年版，第78页。
⑤ （清）陈廷焯：《白雨斋词话》卷1"朱希真渔父五篇"条，唐圭璋《词话丛编》，中华书局2005年版，第3790页。
⑥ （清）陈廷焯撰，孙克强、杨传庆点校：《云韶集辑评》卷5，《中国韵文学刊》2010年第3期，第62页。
⑦ （清）陈廷焯：《词则·放歌集》卷1，上海古籍出版社1984年版，第310页。

苟有人心者，未有不拔剑斫地也。南渡后词，如……朱敦儒《相见欢》云：'中原乱，簪缨散，几时收。试倩悲风，吹泪过扬州。'……此类皆慷慨激烈，发欲上指。词境虽不高，然足以使懦夫有立志。"① 另一首《醉落魄·泊舟津头有感》也获得陈廷焯的称许："'我共'二句铸语极奇警，意檄沉痛，而韵味一似恬淡，真神品也。结笔去路，只应如此，方与上一色笔墨。"② 而《沙塞子》（万里飘零南越）一词亦被王初桐称为"此调甚佳"③。以上笔者收录到的朱敦儒乱离词的评点，均为肯定性的评价，其中《相见欢》（金陵城上西楼）一词经陈廷焯评点后，成为现当代传播接受中最有影响的朱敦儒词作之一。

另外，选本传播中的朱敦儒词亦是风格主题多样。评点之外，清代选家遴选朱敦儒词时，除了偏爱那些彰显逸怀高致的词作外，其他多种主题的词亦被不同的选本选录。如《好事近》（春雨细如尘）、《柳枝》（江南岸）、《点绛唇》（客梦初回）、《卜算子》（碧瓦小红楼）、《桃源忆故人》（雨斜风横香成阵）、《清平乐》（相留不住）、《浣溪沙》（雨湿清明烟火残）、《杏花天》（残春庭院东风晓）、《念奴娇》（别离情绪）、《十二时》（连云衰草）、《踏歌》（宴阕）11 首词，或写伤春悲秋，或述相思离别，或叙宴饮游乐，这些均为本色题材词，共入选清代选本 51 篇次。再如《相见欢》（金陵城上西楼）、《卜算子》（江上见新年）、《相见欢》（东风吹尽江梅）、《水调歌头》（折芙蓉弄水）、《鹧鸪天》（唱得梨园绝代声）、《沙塞子》（万里飘零南越）、《浪淘沙》（风约雨横江）、《醉落魄》（海山翠叠）、《桂枝香》（春寒未定）、《恋绣衾》（木落江南感未平）、《采桑子》（扁舟去作江南客）、《减字木兰花》（刘郎已老）、《感皇恩》（曾醉武陵溪）、《鹧鸪天》（曾为梅花醉不归）、《朝中措》（当年弹铗五陵间）、《一落索》（惯被好花留住）、《柳梢青》（狂踪怪迹）、《聒龙谣》（凭月携箫）、《芰荷香》（远寻花）19 首词或述南奔的飘零之苦、故国之思，或抒南渡后的失意之悲，迟暮之叹，入选清代选本共计 36 次。相对于 21 首

---

① （清）陈廷焯：《白雨斋词话》卷 6 "南渡后词"条，唐圭璋《词话丛编》，中华书局 2005 年版，第 3913—3914 页。
② （清）陈廷焯撰，孙克强、杨传庆点校：《云韶集辑评》卷 5，《中国韵文学刊》2010 年第 3 期，第 62 页。
③ （清）王初桐：《小嫏嬛词话》卷 1，屈兴国《词话丛编二编》（2），浙江古籍出版社 2013 年版，第 1014 页。

彰显逸怀高致词的 65 篇次入选量，其他主题的词作在入选比例上均要稍逊一筹，但总体上看，清代的选家在朱敦儒词的遴选过程中，虽有所偏爱，但却不偏废其他主题，较全面地展现了朱敦儒词的艺术风貌。

2. 朱敦儒的词体创作与词学成果的多视角批评

在清代的词学视野中，朱敦儒的词不仅如上所述彰显出主题风格的多样性，清人的批评同时还涉及朱敦儒对词之创作艺术的熟稔及其对词之本体问题的思考，更进一步展现了作为一代"词俊"，亦为苏、辛桥梁的朱敦儒对词体文学发展的贡献。

首先，朱敦儒词的艺术水准得到了一致的称许。除了贺裳、黄苏、陈廷焯、王初桐等人对朱敦儒的艺术表现和情感表现的肯定性评价之外，清代批评者对于朱敦儒词的艺术水准还有更丰富的评价。譬如阮元在《樵歌三卷提要》中从文学创作最本质处，发出了朱敦儒词"情至文生，宜其独步一时也"①的赞叹。再如黄苏评《念奴娇》（见梅惊笑），"起处作问答语，便自起隽异常。次阕起处，亦自高雅。'岂是无情'一折，意更周密。结语黯然"②，则对朱敦儒词之结构的艺术处理给予了充分的肯定。对于前人对朱敦儒词之作法的非议处，清人亦有合理的反驳，进而肯定朱敦儒创作词之技巧，如宋代胡仔《苕溪渔隐词话》论及"作词要善救首尾"时指出朱敦儒《念奴娇》（插天翠柳）一词的结句"全无意味，收拾得不佳，遂并全篇气索然矣"③，黄苏针对此说提出了自己的看法："按前评固甚得谋篇构局之法。至其前阕从无月看到有月。次阕从有月看到月满人间。层次井井，而词致奇杰，各段俱有新警语，自觉冰魂玉魄，气象万千，兴乃不浅。"④

其次，朱敦儒对词体的创新获得了关注。譬如朱敦儒《柳枝》一调的体式，就在词论中被特别提起："朱敦儒《柳枝词》两遍，有六柳枝句，曩在书局，注为和声，如《竹枝》之例。及观古诗，有《董逃歌》三字

---

① （清）阮元：《樵歌三卷提要》，《揅经室外集》卷3，《丛书集成新编》，台北：新文丰出版股份有限公司 1985 年影印本，第 361 页。
② （清）黄氏：《蓼园词评》"朱希真'见梅惊笑'"条，唐圭璋《词话丛编》，中华书局 2005 年版，第 3078 页。
③ （宋）胡仔：《苕溪渔隐词话》卷2"作词要善救首尾"条，唐圭璋《词话丛编》，中华书局 2005 年版，第 175 页。
④ （清）黄氏：《蓼园词评》"晃无咎'青烟幂处'"条，唐圭璋《词话丛编》，中华书局 2005 年版，第 3064 页。

一句,十三句,每句缀董逃二字。乃知朱词源出于此,不但摊破、添声《杨柳枝》,句读自成新声也。"① 沈雄《古今词话》亦拈出朱敦儒《柳枝》(江南岸)云:"朱敦儒别有一调:……绝似《长相思》琴调曲,而以添声为排调者。"② 陈廷焯虽不喜此调,但亦注意到了它的词体价值云:"《柳枝》一调,余雅不喜,以其无味也。录之以备一格。"③

最后,朱敦儒对词韵的研究也进入了清代批评者的视野。唐宋词人作词,大抵参照诗韵,今未曾见明前词韵专书传世。今可见传世的最早的词韵之书为明代后期胡文焕编《文会堂词韵》④,而胡文焕之前,有朱敦儒拟制词韵之说。此说首见于清代沈雄《古今词话》:

> 陶宗仪《韵记》曰:本朝应制颁韵,仅十之二三,而人争习之。户录一编以粘壁,故无定本。后见东都朱希真复为拟韵,亦仅十有六条。其闭口侵寻、监咸、廉纤三韵不便混入,未遑校雠也。鄱阳张辑,始为衍义以释之,洎冯取洽重为缮录增补,而韵学稍为明备通行矣。值流离日,载于掌大薄蹄,藏于树根盘中,湿朽虫蚀,字无全行,笔无明画,又以杂叶细书如半菽许。愿一有心斯道者详而补之。然见所书十六条,与周德清所辑,小异大同。要以中原之音,而列以入声四韵为准。南村老人记。⑤

陶宗仪《韵记》,其书不传,但从沈雄的记录看,朱敦儒制词韵16条,后经张辑释义,冯取洽增补,至元代该书为陶宗仪所得。此后,朱敦儒拟制词韵一事成为清代词学中一个重要的话题。许昂霄《词韵考略》亦云:"宋朱希真尝拟应制词韵十六条,而外列入声韵四部。其后张东泽释之,

---

① (清)楼俨:《洗砚斋集·书朱敦儒添声杨柳枝词后》,屈兴国《词话丛编二编》(2),浙江古籍出版社2013年版,第752页。
② (清)沈雄:《古今词话·词辨上卷》"柳枝'寿杯词'",唐圭璋《词话丛编》,中华书局2005年版,第892页。
③ (清)陈廷焯编撰,孙克强、杨传庆点校:《云韶集辑评》卷5,《中国韵文学刊》2010年第3期,第62页。
④ 明代胡文焕在《文会堂词韵》序言中虽云"乐府与词同其韵也"(《格致丛书》本),并未将词韵与曲韵相区分,但却是当前可见最早的一部关于词韵的专书。
⑤ (清)沈雄:《古今词话·词品上卷》,唐圭璋《词话丛编》,中华书局2005年版,第832页。

冯双溪增之,元陶南村讥其侵、寻、盐、咸、廉、纤,闭口三韵混入,拟为改定。今其书既不传,目亦无考,可惜也。"① 吴衡照《莲子居词话》曰:"宋朱希真尝拟词韵,元陶南村讥其侵寻盐咸廉纤闭口三韵混入,欲重为改定。今其书不传。此亦宋词韵之可考者。学宋斋本分入声作四,与希真合,而平、上、去仅十一,希真则十六也,似仍非有所据而为之。"② 被词家奉为圭臬的戈载《词林正韵》亦指出:"词始于唐,唐时别无词韵之书。宋朱希真尝拟应制词韵十六条,而外列入声韵四部。其后张辑释之,冯取洽增之。至元陶宗仪曾讥其淆混,欲为改定,而其书久佚,目亦无考矣。"③ 朱敦儒制词韵一事在清代已成定论。江顺诒《词学集成》"戈氏韵有功后学"条指出"戈顺卿云……"④ 完全承戈载之说而论朱敦儒制词韵一事。至晚清张德瀛《词徵》"陶宗仪韵记"条亦几乎完全引用沈雄的话,并指出"观南村所记,知宋人制词无待韵本,若张冯所记者,亦泯灭久矣"⑤,肯定朱敦儒制词韵的重要意义。在朱敦儒制词韵广为流传的同时,朱敦儒词的用韵问题也被词家所关注,如毛奇龄《西河词话》指出朱敦儒词用韵的通转问题,"其无不通转可知"⑥。冯金伯《词苑萃编》卷19"沈谦创为词韵反失古意"条⑦、先著和程洪撰的《词洁·发凡》亦指出朱敦儒词用韵"无不通转"⑧的现象。

如上所述,则朱敦儒制词韵实是词史上一重要事件,对于词体文学的演进有着重要的意义,故这一事件也得到了20世纪多位词学家的肯定。如吴梅指出:"韵书最初莫如朱希真作应制词韵十六条。"⑨ 夏承焘、

---

① (清)许昂霄:《词韵考略》,见张宗橚《词林纪事·附录三》,成都古籍书店1982年版。

② (清)吴衡照:《莲子居词话》卷1,唐圭璋《词话丛编》,中华书局2005年版,第2402页。

③ (清)戈载:《词林正韵·发凡》,上海古籍出版社1981年版,第36—37页。

④ (清)江顺诒:《词学集成》卷4,唐圭璋《词话丛编》,中华书局2005年版,第3254页。

⑤ (清)张德瀛:《词徵》卷3,唐圭璋《词话丛编》,中华书局2005年版,第4122页。

⑥ (清)毛奇龄:《西河词话》卷1"沈去矜词韵失古意"条,唐圭璋《词话丛编》,中华书局2005年版,第569页。

⑦ (清)冯金伯:《词苑萃编》卷19,唐圭璋《词话丛编》,中华书局2005年版,第2168页。

⑧ (清)先著、程洪撰:《词洁·发凡》,唐圭璋《词话丛编》,中华书局2005年版,第1333页。

⑨ 吴梅:《词学通论》,商务印书馆1932年版,第15页。

吴熊和亦云:"北宋末年朱希真尝拟应制词韵十六条,而外列入声韵四部。"①谢桃坊结合朱敦儒传世之作的用韵情况,撰《南宋朱敦儒词韵考实》一文②。当然,关于朱敦儒制词韵,亦有质疑之声,如倪博洋《沈雄"朱敦儒拟韵说"辨伪》一文即认为沈雄之说有漏洞,朱敦儒拟韵之说实不成立③。而对于这一公案,无论其历史真相如何,朱敦儒在清代因为制词韵一事却毫无疑问获得了众多词家的关注,其影响力进一步扩大。

3. 关于朱敦儒及其词的辩证与精审的接受

作品流传过程中,关于作者的归属及作者的事迹总不免有错讹颠倒之处,朱敦儒的词在流传过程中的命运亦不例外。如前所述,朱敦儒词传播接受中的谬误在元明时期颇多,但在清代,虽亦有少量错讹,但情况大为改观。清人对朱敦儒及其词的接受更为明析精辨,同时也相对客观冷静。

其一,清人对朱敦儒词有更精审的辨析。在批评性接受中,清代词家的态度趋于谨慎精审。如《莲子居词话》:"朱希真诗'解唱阳关别调声,前朝惟有李夫人',即师师也。而要之樊楼往事,已莫可考矣。"④吴衡照在此并没有捕风捉影地去推衍朱敦儒和李师师已然不可考的"樊楼往事"。再譬如,元明时期,选家和评点者多有混淆商妇朱希真与"词俊"朱希真者,清代的选家基本上将元明误归于商妇朱希真的词系在了朱敦儒的名下,词论家则更明析地指出:"若《名媛集》之朱希真,适徐必用,徐商久不归,亦作警悟风情自解。别是一人,岂得同日而语。"⑤"有以朱希真《樵歌》为秋娘作者,盖沿《名媛集》之讹,殊堪大噱。《林下词选》则以为别是一人。"⑥如前所述,至于明代诸多词作归属误判的现象,在笔者所收集的清代词选中,很少有将他人

---

① 夏承焘、吴熊和:《读词常识》,中华书局1962年版,第68页。
② 谢桃坊:《南宋朱敦儒词韵考实》,《词学》第12辑,2009年,第48—61页。
③ 倪博洋:《沈雄"朱敦儒拟韵说"辨伪》,《文献》2019年第2期。
④ (清)吴衡照:《莲子居词话》卷2"李师师"条,唐圭璋《词话丛编》,中华书局2005年版,第2442页。
⑤ (清)沈雄:《古今词话·词话上卷》"两朱希真"条,唐圭璋《词话丛编》,中华书局2005年版,第771页。
⑥ (清)王初桐:《小嫏嬛词话》卷1,屈兴国编《词话丛编二编》(2),浙江古籍出版社2013年版,第1014页。

词讹传为朱敦儒所作的现象，评点中亦然。如周邦彦《满路花》（帘烘泪雨干）在明代选本和评点中多系于朱敦儒名下，经过清代选家与评家的精审辨析，均得以改观。

其二，清人评论朱敦儒及其词的态度更客观中允。每位接受者都有各自的前理解，其评价态度都受到积淀着接受主体的个性特质、文化传统、时代文化气候的期待视界的影响，因此，在审美接受这一活动中，没有所谓完全的客观的态度。尽管如此，优秀的接受者仍能以其理性思辨表现出趋于客观中允的一面，尽量展现接受对象的全貌。清人在朱敦儒词的接受过程中，不仅能尽量明析精辨，亦基本能抱之以不偏不倚的态度。如陈廷焯不论是早年还是晚期对朱敦儒的《好事近》渔父词、《相见欢》等乱离词和《好事近》等风情词皆赞誉有加，同时他并没有爱屋及乌，如其言"《柳枝》一调，余雅不喜，以其无味也。录之以备一格"①。在此，他对《柳枝》调就表现出了不同的态度，但陈廷焯虽不喜《柳枝》，但却能注意到它的词体价值而录之备存。再如，对于朱敦儒晚年屈节复仕一事，清人亦表现出了较为理性的评价。一方面，没有因晚节而完全否定其人，如在《钦定四库全书总目·梦窗稿》中："有寿贾似道诸作，殆亦晚节颓唐，如朱希真、陆游之比。"② 此亦只论其晚节之失。另一方面，亦没有因其行藏出处之疵而否定其词，如张德瀛虽言"希真守节不终，首鼠两端，贻讥国史，视魏了翁、徐仲车诸人，相距远矣"，但却同时充分肯定了其词品之高洁及其中折射的人格，言其"词品高洁，妍思幽窅，殆类储光羲诗体。读其词，可想见其人"③。

总之，朱敦儒在清代的影响效果有着独特的特点，更有突出的接受与阐释之焦点，更为精审，较前代更为全面。这与清代之审美思潮、政治气候以及学术风气息息相关。值得特别注意的是，清代三大读者群体（选家、评者、创作者）对朱敦儒选择性传播接受态度更趋于一致性。相对来说，从宋至明，面向普通大众读者的选本与面向文人的评点表现出迥然不同的取向。宋代，选家偏好朱敦儒那些融合时代风云与个体遭际的伤时悯

---

① （清）陈廷焯编撰，孙克强、杨传庆点校：《云韶集辑评》卷 5，《中国韵文学刊》2010 年第 3 期，第 62 页。
② （清）纪昀等撰：《钦定四库全书总目》，中华书局 1997 年版，第 2797 页。
③ （清）张德瀛：《词微》卷 5 "朱希真词"条，唐圭璋《词话丛编》，中华书局 2005 年版，第 4163 页。

乱之作而评家却大赏其世外高致清风。元明，选家重朱敦儒词中彰显个性与世俗情欲之作与言浅意深之词，而评家却更关注朱敦儒词的艺术水准与情志内蕴。在清代，三大读者群体却表现出更趋于一致的接受态度，最受称赞的是朱敦儒那些彰显世外高致清风的作品。对朱敦儒词中之世外逸怀高致的称许，与清代崇雅尚韵的审美思潮密切相关。在推许其世外之致的同时，清代批评者忽略了朱敦儒作为一位隐于山水之间的致仕官员看透红尘的愤世慨叹词，而尤其激赏的是他那完全超尘脱俗的清爽仙风，这又与清代文网严密的政治时风相关。而考据之学的兴盛，朱敦儒词的真伪之辨也更为明晰。与清代词学中兴的格局一致，朱敦儒的词在选本入选、文人评点及追和创作三大领域全面复兴，而且对朱敦儒词的阐释亦是多种主题风格并举，创作体式、词韵研究多视角切入。同时在选评之中，亦不偏废其他主题风格。应该说，这很大程度上亦是缘于词学中兴的背景。在有焦点、多视角、全方位的阐释与明析精辨中，朱敦儒及其词的生命力在清代获得了广泛的延展。

第四节 现当代：新的文化语境中的新命运

历史的车轮进入 20 世纪，延续了 2000 余年的固有的社会政治体制轰然瓦解，中国社会发生了全面的翻天覆地的变化。传统文化和现代思想碰撞、中西文化交融，传统的农耕文明走向工业化，进而迈向信息化时代。古典诗词传播接受的语境、方式、媒介有的延续着传统的方式，有的随着社会的变迁而悄然改变。新的文化语境中，朱敦儒及其词的命运如何呢？

一 传统与现代方式交融中朱敦儒词的影响效应

20 世纪初，新文化运动兴起，批判传统，提倡白话，古典作家作品的传播接受语境为之一大变。20 世纪末，随着信息技术的发展和互联网的普及，古典作家作品产生影响的方式又为之一大变。20 世纪以来，朱敦儒及其词在传统与现代的传播接受方式的交融中延续着影响。

1. 传统选本中朱敦儒词保持了一定的影响

20世纪以来，传统的选本仍然是文学作家作品传播的主要媒介，在作家作品的影响效应中发挥着重要的作用。笔者收集到20世纪各大词学选本共24种，为胡适选《宋词三百首》，胡云翼选注《宋词选》，梁令娴编《艺蘅馆词选》，龙榆生编选《唐宋名家词选》，施蛰存、陈如江《宋词经典》，俞平伯《唐宋词选释》，夏承焘等《名家品诗坊·宋词》，唐圭璋、潘君昭、曹济平《唐宋词选注》，曹保平主编《中国古典诗词赏析》，胡云翼选注《唐宋词一百首》，陶尔夫编著《宋词百首译释》，朱东润主编《中国历代文学作品选》，郁贤皓主编《中国古代文学作品选》，吴熊和、萧瑞峰编选《唐宋词精选》，曹济平、朱崇才编著《新编宋词三百首》，郝世峰、陈洪主编《唐诗宋词元曲经典》，黄岳洲、茅宗祥主编《中国古代文学名篇鉴赏辞典》，唐圭璋等《唐宋词鉴赏辞典》，张璋选编、黄畲笺注《历代词萃》，刘乃昌选注《宋词三百首新编》，王方俊、张曾峒《唐宋词赏析》，中国社会科学院文学研究所编《唐宋词选》，周笃文选注《宋百家词选》，熊礼汇主编、陈大正选注《唐宋词》①。朱敦儒词的入选情况如表3-6所示：

表3-6　　朱敦儒词现当代入选情况一览表

		胡适	胡云翼1	梁令娴	龙榆生	施蛰存	俞平伯	夏承焘	唐圭璋1	曹保平	胡云翼2	陶尔夫	朱东润	郁贤皓	吴熊和	曹济平	郝世峰	黄岳洲	唐圭璋2	张璋	刘乃昌	王方俊	社科院	周笃文	熊礼汇
采桑子	扁舟去作江南客		√		√		√		√	√									√						
卜算子	碧瓦下红楼	√																							
好事近	拨转钓鱼船			√																					
鹧鸪天	曾为梅花醉不归	√																							
念奴娇	插天翠柳				√	√									√		√	√	√					√	
鹧鸪天	唱得梨园绝代声	√			√																				

---

① 表3-6中，各词选只标注编选者，合作编注的则只标第一作者。24种选本在表3-6中依次标注为胡适、胡云翼1、梁令娴、龙榆生、施蛰存、俞平伯、夏承焘、唐圭璋1、曹保平、胡云翼2、陶尔夫、朱东润、郁贤皓、吴熊和、曹济平、郝世峰、黄岳洲、唐圭璋2、张璋、刘乃昌、王方俊、社科院、周笃文、熊礼汇。

第三章　朱敦儒词的影响效果史

续表

词牌	首句	胡适	胡云翼1	梁令娴	龙榆生	施蛰存	俞平伯	夏承焘	唐圭璋1	曹保平	胡云翼2	陶尔夫	朱东润	郁贤皓	吴熊和	曹济平	郝世峰	黄岳洲	唐圭璋2	张璋	刘乃昌	王方俊	社科院	周笃文	熊礼汇
好事近	春雨细如尘																		✓						
朝中措	当年弹铗五陵间	✓																							
水调歌头	当年五陵下																		✓	✓					
好事近	短棹钓船轻	✓		✓	✓																				
水龙吟	放船千里凌波去		✓		✓				✓	✓									✓	✓				✓	✓
念奴娇	放船纵棹				✓																				
双鸂鶒	拂破秋江烟碧	✓																							
卜算子	古涧一枝梅				✓																				
雨中花	故国当年得意																		✓						
一落索	惯被好花留住	✓																							
柳梢青	红分翠别	✓																							
朝中措	红稀绿暗掩重门					✓																			
鹧鸪天	检尽历头冬又残					✓																			
柳枝	江南岸		✓																	✓					
相见欢	金陵城上西楼		✓	✓	✓		✓	✓	✓	✓	✓		✓		✓			✓	✓	✓		✓	✓	✓	✓
临江仙	堪笑一场颠倒梦																		✓						
念奴娇	老来可喜	✓																							
减字木兰花	刘郎已老		✓					✓											✓						
卜算子	旅雁向南飞	✓		✓		✓	✓												✓						
好事近	猛向这边来	✓																							
减字木兰花	年衰人老	✓																							
桃源忆故人	飘萧我是孤飞雁	✓																							
西江月	琴上金星正照	✓																							
柳梢青	秋光正洁													✓											
西江月	日日深杯酒满																		✓	✓					

续表

词牌	首句	胡适	胡云翼1	梁令娴	龙榆生	施蛰存	俞平伯	夏承焘	唐圭璋1	曹保平	胡云翼2	陶尔夫	朱东润	郁贤皓	吴熊和	曹济平	郝世峰	黄岳洲	唐圭璋2	张璋	刘乃昌	王方俊	社科院	周笃文	熊礼汇
临江仙	生长西都逢化日	√																							
好事近	失却故山云	√	√																						
西江月	世事短如春梦																		√						
苏幕遮	瘦仙人	√																							
念奴娇	晚凉可爱						√																		
好事近	我不是神仙	√																							
鹧鸪天	我是清都山水郎	√	√		√		√	√			√		√	√	√				√	√	√			√	√
减字木兰花	无人请我	√																							
减字木兰花	无人惜我	√																							
朝中措	先生筇杖是生涯	√					√												√						
临江仙	信取虚空无一物																								
好事近	摇首出红尘	√	√	√	√		√	√			√			√					√						
采桑子	一番海角凄凉梦	√																	√						
感皇恩	一个小园儿	√																	√						
好事近	渔父长身来	√		√																					
浣溪沙	雨湿清明香火残																							√	
感皇恩	早起未梳头	√																							
临江仙	直至凤凰城破后	√			√	√		√	√				√						√						
鼓笛令	纸帐绸衾试暖	√																							
减字木兰花	斫鱼作鲊	√																							

从笔者收集到的选本入选情况看,朱敦儒在新的文化语境中依然是颇受选家青睐的一位宋代词人。

经过现当代选家的选择传播后,越来越多的朱敦儒词进入了大众读者的视野。从现当代选家的收录情况看,朱敦儒词在 20 世纪影响广泛的选本中入选数量颇为可观。譬如,胡适《词选》选录朱敦儒词 30 首,唐圭璋等编《唐宋词鉴赏辞典》选 20 首,龙榆生编选《唐宋名家词选》选 14 首,胡云翼《宋词选》选录 10 首。而对照表 3－1、表 3－3、表 3－4,现当代的词选家一方面继承了前代选本的选择,另一方面也从朱敦儒词中发现并传播了一批符合时代心理和审美思潮的词作。其中,《水调歌头》(当年五陵下)、《念奴娇》(放船纵棹)、《卜算子》(古涧一枝梅)、《雨中花》(故国当年得意)、《朝中措》(红稀绿暗掩重门)、《临江仙》(堪笑一场颠倒梦)、《念奴娇》(老来可喜)、《卜算子》(旅雁向南飞)、《减字木兰花》(年衰人老)、《桃源忆故人》(飘萧我是孤飞雁)、《西江月》(琴上金星正照)、《柳梢青》(秋光正洁)、《临江仙》(生长西都逢化日)、《苏幕遮》(瘦仙人)、《念奴娇》(晚凉可爱)、《好事近》(我不是神仙)、《减字木兰花》(无人请我)、《减字木兰花》(无人惜我)、《朝中措》(先生筇杖是生涯)、《临江仙》(信取虚空无一物)、《感皇恩》(一个小园儿)、《临江仙》(直至凤凰城破后)、《鼓笛令》(纸帐绸衾式暖)、《减字木兰花》(斫鱼作鲊)、《好事近》(猛向这边来)25 首词系首次进入选本。

从朱敦儒词在不同历史时期选本中流传的总量看,朱敦儒的词在选本中的影响略低于元明、清时期。宋代入选数量较少,朱敦儒词仅 27 首词入选宋代 5 个选本共 35 次,所占比例不到其词的 11%。元明时期,除去误收词外,54 首词入选明代 25 个选本 190 次,清代则有 53 首词入选 17 个选本共 151 次。而现当代 24 个选本,共入选朱敦儒词 51 首,132 篇次,无误收词。从入选词作篇数看,朱敦儒词在宋以后,虽然篇目有所变化,但数量基本趋于稳定,其词作入选比例在 23%—24%。从入选篇次看,则数量有所下降,而且现当代词选的总量要多于元明、清两期,综而观之,朱敦儒通过词学选本产生的影响略有下降,但约 23% 的入选率,仍可见在选本中朱敦儒是一位较为有影响的词人。

2. 传统评点与朱敦儒词的影响效应扩大

现当代词学研究领域中有影响的批评型读者,有一大部分的活动时空从晚清至民国,甚至中华人民共和国。这一部分读者在面对古典诗词及其作者时,基本上继承了传统的评点方式。朱敦儒及其词在现当代的评点式批评中亦颇受关注。

从 19 世纪末到 20 世纪,先后有出生于辛亥革命前的王闿运、缪荃孙、王鹏运、许巨楣、胡薇元、沈曾植、朱祖谋、欧阳渐、冒广生、梁启超、梁启勋、秦选之、胡适、汪东、郑振铎、张伯驹、俞平伯、夏承焘、詹安泰、薛砺若、陆侃如、冯沅君、郑骞、吴世昌、钱锺书以及生于辛亥革命后的饶宗颐、陶尔夫、刘敬圻28人就朱敦儒词的校勘、词法、词风、词史地位、人格风致、作品意蕴等方面进行了画龙点睛式的评点。其中，涉及的词作有《卜算子》（碧瓦小红楼）、《卜算子》（旅雁向南飞）、《采桑子》（扁舟去作江南客）、《朝中措》（登临何处自销忧）、《促拍丑奴儿》（清露湿幽香）、《聒龙谣》（凭月携箫）、《绛都春》（寒阴渐晓）、《感皇恩》（一个小园儿）、《减字木兰花》（有何不可）、《减字木兰花·听琵琶》二首、《浪淘沙》（圆月又中秋）、《临江仙》（堪笑一场颠倒梦）、《临江仙》（生长西都逢化日）、《柳梢青》（红分翠别）、《木兰花》（老后人间无处去）、《念奴娇》（别离情绪）、《念奴娇》（插天翠柳）、《木兰花慢》（指荣河峻岳）、《念奴娇》（老来可喜）、《十二时》（连云衰草）、《双鸂鶒》（拂破秋江烟碧）、《水龙吟》（放船千里凌波去）、《水调歌头》（偏赏中秋月）、《水调歌头》（天宇着垂象）、《苏幕遮》（瘦仙人）、《望海潮·望幸曲》、《沁园春》（七十衰翁）、《如梦令》（好笑衰翁年纪）、《西江月》（屈指八旬将到）、《洞仙歌》（今日生日）、《西江月》（日日深杯酒满）、《相见欢》（东风吹尽江梅）、《相见欢》（金陵城上西楼）、《一落索》（惯被好花留住）、《鹧鸪天》（草草园林作洛川）、《鹧鸪天》（曾为梅花醉不归）、《鹧鸪天》（检尽历头冬又残）、《鹧鸪天》（我是清都山水郎）、《好事近》渔父组词等共44首词。

综观朱敦儒及其词的接受史，在宋代，朱敦儒及其词至少有9人评点，元明时期至少有18人评点，清代至少有22人评点，而现当代则至少有28人评点。其中被评点到的词作，则宋代至少10首，元明至少22首，清代至少24首，而现当代则至少有44首。在朱敦儒词的接受活动中，不论是参与评点的批评者，还是被评点的词的数量，均呈增长的趋势。在批评者的评点下，朱敦儒及其词的影响效应获得了持续的增长。

3. 现代学术评价体系与新的传播媒介中的朱敦儒词

朱敦儒词在现当代的接受除了上述传统的方式，还有新的理论和方法影响下新的接受范式。

首先，现代学术评价体系中产生了一批关于朱敦儒及其词之接受的研究性成果。20世纪中期以来，中国学术界广泛地使用了学术论文专著的方式研究古今中外的文学。朱敦儒及其词在新的学术评价系统中获得了较广泛的关注。据王兆鹏、刘学《百年词学论著目录》及中国知网（知网2019年7月9日数据）①，以现代论文形式研究朱敦儒的研究人员共91人，研究文章共97篇次，其趋势总体上扬。1980年前，这类研究寥寥可数，1960年之前仅1篇，为蓝文惠发表于《读书》1959年第5期的《也论朱敦儒》。1960—1979年，0篇。与现代学术研究的发展繁荣相应，80年代以来，相关研究成果逐渐增多，1980—1989年，杨海明、刘扬忠、葛兆光等共8人发表研究论文8篇，主要涉及朱敦儒的生卒年、词风方面的研究。1990—1999年，有王英志、张而今、张叔宁、田耕宇、邓子勉等10人的16篇论文，探讨朱敦儒的行迹及其词的主题（以隐逸为主）、意象、创作心理、审美特征、综合评价等。2000—2009年，王兆鹏、沈文凡、范松义、谢桃坊等40余位研究人员发表相关研究论文44篇，涉及朱敦儒的仕宦及词中主题、风格、意象、艺术、风致、禅道、词韵、传播接受等。2010—2019年，高峰、张啸、李亮伟、周建梅及谭绍娜、曾大兴等20余人的研究成果28篇，除词中一贯为人所重的山水隐逸词、意象、词风等之外，另有较新颖的成果，如从文学地理学的视角切入的研究成果《朱敦儒在岭南的生活与创作》《论朱敦儒〈樵歌〉与洛阳文化的关系》；有将朱敦儒与苏轼、向子諲进行比较研究的成果，如《志士与名士——向子諲、朱敦儒的词风丕变》《人生如梦——论〈红楼梦〉〈聊斋志异〉和宋词人苏轼、朱敦儒生命梦观之同异》。另外，著作方面，王兆鹏《宋南渡词人群体研究》一书中，朱敦儒作为重要代表，在书中有较全面的评述。关于朱敦儒传世词集整理性的成果则有在胡适、龙元亮点校《樵歌》的基础上，沙灵娜和邓子勉分别于1985年和1998年校注出版朱敦儒的传世词集《樵歌》。

上述100余篇关于朱敦儒及其词的研究论文专著，虽然无一全面研究其人及其词的主题、风格及后世影响效应的专书，有少部分论文亦有简单重复之嫌或以偏概全之弊，但这些成果立足于南宋以来的各类评价，在评点之外，以现代学术研究评价的接受方式，更全面地对朱敦儒其人其词展开了更充分的论述，朱敦儒及其词的生命力进一步延伸，其影响效应亦进一步扩大。

其次，新的传播媒介下朱敦儒及其词也产生了一定的影响。随着信息

---

① 详见附录。

技术和互联网的发展，一方面，上述有关朱敦儒的学术性研究成果自然而然成为网络信息，扩大了朱敦儒的影响；另一方面，学术性成果之外，还有一些普及性的信息通过网络这一新的传播媒介扩大朱敦儒及其词的影响。

其一，借助于网络平台传播的一些关于朱敦儒及其词的随笔式的文章。这些短小而妙趣横生的文章往往能吸引读者的关注，如新浪博客庐西酒徒《朱敦儒：愿你走出半生的浮沉坎坷，归来依然是那个簪花的少年郎!》①一文（节选第一段）：

> 今天，我们不讲诗人，我们讲个神仙。
> 如果我们来看一看这位神仙的简历的话，应该是这样的：
> 姓名：朱敦儒
> 性别：男
> 主要职务：兴云布雨
> 工作范围：洛阳一带
> 施法工具：（疑似）梅花
> 性格特点：神仙的性格，和你们凡人有什么关系？
> ……大概就是这样。
> 用他自己的话说，就是：
> 我是清都山水郎。天教分付与疏狂。
> 曾批给雨支风券，累上留云借月章。
> 诗万卷，酒千觞。几曾着眼看侯王。
> 玉楼金阙慵归去，且插梅花醉洛阳。
> ——朱敦儒《鹧鸪天》
> 请记住他这枝梅花。它对于朱大仙的意义，绝不亚于陶渊明的菊，周敦颐的莲，张爱玲的朱砂痣，关二爷的偃月刀。
> 有一天，神仙下了凡。
> 于是，洛阳城里，多了一号神仙。
> …………

---

① http://blog.sina.com.cn/s/blog_ab827def0102zjwn.html.

该文标题新颖而颇能引人注意，再加以活泼灵动的语言，结合朱敦儒的词《鹧鸪天》（我是清都山水郎）、《朝中措》（登临何处自销忧）、《临江仙》（金陵城上西楼）①、《朝中措》（当年弹铗五陵间）、《水调歌头》（当年五陵下）、《朝中措》（红稀绿暗掩重门）、《西江月》（世事短如春梦）、《鹧鸪天》（曾为梅花醉不归），图文并茂地将他人生的起落浮沉依次道来，同时亦能融入作者的人生感悟，这对于朱敦儒其人其词的传播具有重要的意义。再如读书狗子《朱敦儒最狂的一首词，连玉帝都不放在眼里!》②、书友文心《少负才情的"五陵少年"，清高自许，何以晚节不保：朱敦儒的18天》③、叁度《朱敦儒：本是清都山水郎，却悲风垂泪，独上西楼》④ 等文章皆以图配文，生动有趣，从视觉到文字，皆能吸引读者。

其二，借助网络传播的关于朱敦儒及其词的文本、视频。古典与现代遇合的正向效应，古典诗词文的网络传播可谓是其中一重要的表现。譬如百度百科对朱敦儒介绍及其对朱敦儒名作的鉴赏，古诗文网对朱敦儒词的收录及部分词作的译析，古诗词名句网对朱敦儒词作的收录，这些网络超链接文本虽然有时存在一些错讹，但在读屏时代毫无疑问为读者提供了极大的方便，很大程度上提高了朱敦儒词在当代的知名度，譬如，借助于电脑虚拟技术制作的网络传播小视频，如百度之秒懂百科的"一分钟了解朱敦儒"对朱敦儒的简介，"唐颂教育之宋词集锦"中对朱敦儒词中名篇的介绍。另外，也有通过微课等方式上传的关于朱敦儒的视频课，还有一些吟诵朱敦儒词的视频等。这些视频资料，绘声绘色，颇有感染力，亦在一定程度上延伸着朱敦儒及其词的影响。

总体上说，选本入选、文人评点等传统传播接受方式与论文专著、网络传播等现代传播接受手段的交融中，朱敦儒及其词获得了广泛的受众，影响效应有效延展。朱敦儒其人其词亦在 21 世纪正式登大雅之堂，其《相见欢》（金陵城上西楼）于 2018 年进入新编的全国中小学教材，成为青少年必读篇目。

---

① 原词词牌为《相见欢》，该文误录为《临江仙》。
② https://baijiahao.baidu.com/s? id = 1616798189483392998&wfr = spider&for = pc.
③ http：//baijiahao.baidu.com/s? id = 1638549140585122306&wfr = spider&for = pc.
④ https://www.sohu.com/a/232649583_427900.

二　朱敦儒词在现当代的传播接受主题：隐者心曲与志士悲歌的双重奏

在朱敦儒《樵歌》中，词的主题是多样的，如前所述。十几种主题可分为三大类型，其一，有娱乐性情的颂词、寿词、相思离怨、狎饮游宴之作。其二，有感时伤世、咏史怀古、慨世、咏怀、咏物等的抒发乱离之感、家国之思的志士悲歌。其三，有咏节序物象、书写隐逸、游仙等张扬个性、表现超然之致与人生哲理的名士之歌。在现当代的传播接受活动中，朱敦儒作为南渡志士吟唱的那些书写乱离之感与家国之思的词，作为一代名士隐者的彰显个性与超然之志、书写人生感悟的作品深受关注。

1. 志士悲歌的承扬

朱敦儒不幸经历了惨烈的靖康之乱，国破家亡，从一代名士而转为一位忧思满怀、情系家国故土的志士，词中多感时伤世，或直抒胸臆，或咏史怀古、咏物抒怀，书写了一曲曲的志士悲歌。近千年之后，这些志士悲歌在现当代获得了广泛的传播。

其一，在现当代的选本中，志士悲歌是读者传播朱敦儒词的重要的主题。

首先，一批抒发乱离之感、家国之思的词首次进入选本而获得广泛的流传。800 余年湮没于历史长河中，直到 20 世纪才被现当代读者发现传播的乱世悲歌之词有：《卜算子》（旅雁向南飞）吟咏孤雁写颠沛流离之苦，《水调歌头》（当年五陵下）忆昔感今抒发深沉故国之思，《雨中花》（故国当年得意）忆昔日之狂写南渡飘零之苦，《朝中措》（红稀绿暗掩重门）为乱离中伤时忧世之作，《临江仙》（直自凤凰城破后）书写乱离中的相思之情。这 5 首词作皆以第一人称的视角，写靖康之乱带来的深重苦难，透露着一位志士文人在南渡中痛苦的人生体验。这 5 首词一直未进入选家的视野，而在现当代则分别入选胡云翼《宋词选》、刘乃昌《宋词三百首新编》、龙榆生《唐宋名家词选》、唐圭璋等《唐宋词选注》、唐圭璋等《唐宋词鉴赏辞典》（唐五代北宋卷）、吴熊和等《唐宋词精选》、俞平伯《唐宋词选释》、曹保平《中国古典诗词赏析》（古词卷）9 个选本 15 篇次。

其次，述乱离之感、家国之思的志士悲歌在现当代选本中有着广泛的传播广度和传播数量。现当代 24 个选本，共入选朱敦儒词 51 首，132 篇次，其中，朱敦儒共有《相间欢》（金陵城上西楼）、《鹧鸪天》（唱得梨园绝代声)、《临江仙》(直至凤凰城破后)、《水龙吟》(放船千里凌波去)、《朝中措》(红稀绿暗掩重门)、《采桑子》(扁舟去作江南客)、《减字木兰花》(刘郎已老)、《水调歌头》(当年五陵下)、《雨中花》(故国当年得意)、《鹧鸪天》(曾为梅花醉不归)、《一落索》(惯被好花留住)、《采桑子》(一番海角凄凉梦)、《卜算子》(旅雁向南飞)13首词入选19个选本56篇次。可见，约80%的现当代选本选择了这一主题，入选篇次占比43.2%，在同时代的主题选择中，志士歌类远超三大主题类型的平均数。其中，《相间欢》(金陵城上西楼)一词以17次的入选数成为现当代入选榜上的冠军。不论是入选的词作数量还是入选篇次均彰显着朱敦儒的志士悲歌在现当代选本中的强大影响。而相对于历史上的选择，从入选篇次占比看，宋代最高，该主题入选22篇次，占比62.9%。元明时期急遽减少，该主题入选20篇次占比10%。清代该主题入选36篇次，占比23.5%。四个历史时期仅宋代入选篇次占比高于现当代的42.4%，而就入选篇次而言，现当代该主题类型以56次入选远远超越了历史上的任一时期。

其二，各类阐释和研究亦聚焦于抒发颠沛流离之苦和故国家园之思的朱敦儒词。

在现当代的阐释与研究中，《相间欢》(金陵城上西楼)、《卜算子》(旅雁向南飞)、《临江仙》(直至凤凰城破后)、《采桑子》(扁舟去作江南客)、《鹧鸪天》(曾为梅花醉不归)、《朝中措》(登临何处自销忧)及《减字木兰花·听琵琶》二首等朱敦儒南渡后创作的词章进入现当代的词学研究的视野，词中的乱离感、家国情怀是研究者的主要阐释内容。

一方面，在传统批评方式评点中，朱敦儒南渡后书写乱离感、家国思的词是他们关注的对象，譬如俞平伯云"本篇以雁作比喻，首句即喻南渡事"①，评点的便是朱敦儒南奔期间的咏雁词《卜算子》(旅雁向南飞)。郑骞在《成府谈词》亦云："《樵歌》行世甚晚，故诸家词话多不之及。集中如《鹧鸪天》(曾为梅花醉不归)、《朝中措》(登临何处自销忧)、《减字木兰花·听琵琶》二首、《相见欢》(东风吹尽江梅)又(金陵城上西楼)诸作，悲凉壮慨中，仍饶清丽之致；盖缘生长太平，中年经乱，又

---

① 俞平伯：《唐宋词选释》，吴熊和《唐宋词汇评》(两宋卷)第2册，浙江教育出版社2004年版，第1328页。

以北人初至江南，身世环境有以蕴酿之也。宋人身经南渡而能以词写感者，去非、希真二家而矣。"① 此则为深入词心阐释朱敦儒南渡词之评点。当然，这类评论中亦有持批评态度者，如《采桑子》（扁舟去作江南客）便被认为结构词法不尽如人意，"上片已说尽，故末句无力"②。

另一方面，在现当代新的批评话语体系中，志士悲歌亦获得了不少研究人员的关注。20 世纪 80 年代以来，先后有陆永品《谈朱敦儒的〈相见欢〉》（《文史知识》1985 年第 5 期）、杜霖《论朱敦儒南渡初期的爱国词作》（《宿州教育学院学报》2007 年第 6 期）、刘辰《论朱敦儒南渡后"念尘寰"的词作》（《重庆科技学院学报》2008 年第 1 期）、方小萱《借咏物以抒怀——朱敦儒词〈卜算子〉赏析》（《语文世界》2008 年第 11 期）、畅里鑫《寂寞沙洲冷——论两宋之交朱敦儒隐逸词的悲剧色彩》（《现代语文》2009 年第 1 期）、姜雪梅《小中见大，以家亡写国破——朱敦儒词〈临江仙〉赏析》（《语文世界》2009 年第 Z2 期）、王梦玉《朱敦儒孤雁词探析》（《文教资料》2011 年第 36 期）等论文专门以朱敦儒的南渡词或词中的家国主题为研究对象。

综上所述，近千年以来，朱敦儒南渡后创作的志士悲歌在现当代受到的关注超越了历史上任一时期。清代的阐释与研究则聚焦于对朱敦儒及其词中的雅致高韵。元明时期，朱敦儒那些彰显着世俗情怀和个性的词以及词作艺术审美最受关注。宋代的选本主要传播了朱敦儒词中的乱离感、家国思主题，但文人的接受与批评却聚焦于朱敦儒及其词中彰显的世外风致。在现当代，朱敦儒那些书写乱离之感的词却在面向普通大众读者的选本与拥有有审美话语权的批评者中都有重要影响。选本中该主题词作的数量和占比例均超越了历史上的任一时期，譬如《相间欢》（金陵城上西楼）入选 17 次，《水龙吟》（放船千里凌波去）入选 9 次，《临江仙》（直至凤凰城破后）入选 6 次，《采桑子》（扁舟去作江南客）、《卜算子》（旅雁向南飞）亦各入选 5 次。这些家国乱离之感的词在现当代的知名度均远胜前代。词学研究者对朱敦儒词的乱离与家国主题亦有一定的关注度，其影响力虽不及选本传播，但却与选本共同推动了朱敦儒词中那些志士悲歌的流传和影响。时代文化心理则是这一传播接受现象形成的重要原因。近

---

① 郑骞著，曾永义编：《从诗到曲》上册，商务印书馆 2015 年版，第 187 页。
② 吴世昌著，吴令华辑注，施议对校：《词林新话》，北京出版社 1991 年版，第 197 页。

代以来的一百余年历史，实质上是中华民族直面深重苦难，争取民族独立自由和国家富强的奋斗史。传播阐释家国情怀、爱国主题的文学作品是现当代文学传播接受的普遍现象。朱敦儒词中志士悲歌应时而动，时隔千年，与现当代的读者产生强烈共鸣而成为其人其词在现当代传播接受的一大主题。

2. 名士心曲的传播

作为一代名士，朱敦儒早年蔑视王侯，摒弃功名，晚岁居于嘉禾，隐于山林云水之间，其超然旷达的世外风致从宋以来即被广泛接受，尤其在文人雅士中被深度认可。时光流转，近千年后，彰显其人其词之世外风致的名士心曲仍然具有旺盛的生命力。

其一，现当代选本传播的中的名士心曲。

首先，一批吐露朱敦儒名士心曲的词首次进入选本传播渠道。在笔者收录的现当代选本中，《念奴娇》（老来可喜）、《苏幕遮》（瘦仙人）、《西江月》（琴上金星正照）、《临江仙》（堪笑一场颠倒梦）、《减字木兰花》（年衰人老）、《减字木兰花》（无人惜我）、《临江仙》（信取虚空无一物）、《感皇恩》（一个小园儿）、《朝中措》（先生筇杖是生涯）、《减字木兰花》（斫鱼作鲊）、《鼓笛令》（纸帐绸衾试暖）、《临江仙》（生长西都逢化日）、《好事近》（猛向这边来）、《好事近》（我不是神仙）、《桃源忆故人》（飘萧我是孤飞雁）、《卜算子》（古涧一枝梅）、《念奴娇》（放船纵棹）、《减字木兰花》（无人请我）18首词均经现当代选家的发现而首次通过选本进入普通大众读者的视野。

其次，现当代选家遴选的朱敦儒词大部分属于名士心曲类词作。这些词有的为朱敦儒早年的疏狂之作，如当时即被视为脍炙人口的《鹧鸪天》（我是清都山水郎），共入选13个选本；有的词人写致仕隐居于水云间的逍遥生活，如《好事近》（摇首出红尘），共入选10个选本；有的为词人咏物抒怀之作，如清旷超远的《念奴娇》（插天翠柳），共入选7个选本；有的是词人历经世事后看破红尘而闲适自得之词，如《西江月》（日日深杯酒满），入选2个选本。再加之其他承袭前代入选的《好事近》（拨转钓鱼船）、《好事近》（短棹钓船轻）、《好事近》（失却故山云）、《柳梢青》（秋光正洁）、《感皇恩》（早起未梳头）、《鹧鸪天》（检尽历头冬又残）、《西江月》（世事短如春梦）、《双鸂鶒》（拂破秋江烟碧）8首词，现当代选本共计入选朱敦儒名士心曲类词作66篇次，入选篇次亦占比

50%。在笔者收集的 24 种现当代选本中，共收录了 30 首彰显朱敦儒名士心曲、世外风致的词。现当代的入选篇目占比为 58.8%。从历史流传看，朱敦儒词中的名士心曲在现当代的入选篇目超越了前代。从宋至今，名士心曲在选本中的收录情况按选后顺序分别为 9 首，20 首，21 首，30 首，占比分别为 33.3%、33.9%、40.4%、58.8%。从选本传播看，朱敦儒词中的名士心曲随着历史的流转影响效应越来越强，在现当代焕发出越来越强的生命力。

其二，现当代批评型读者视野中的名士心曲。

在传统评点方式中，彰显朱敦儒超然世外的隐者形象及其隐者情怀的词作在批评型读者中一直获得充分的肯定性评价。从宋代的黄昇、汪莘到晚清文人，无不如是。譬如，晚清缪荃孙《艺风堂文集·朱希真樵歌跋》中所称引的历史资料有《澄怀录》所载陆游访朱敦儒于嘉禾述其自适于山水间事，黄昇评朱敦儒"天资旷远，有神仙风致"及《西江月》二首语，张端义评朱敦儒月词和梅词语，皆传承的是朱敦儒作为隐者的一面①。再如晚清许巨楫《樵歌跋》云："自来乐府多绮靡，鲜有作世外人语者，惟宋秘书朱希真先生，天资旷达，有神仙风致。"②这在祖述黄昇评点的同时，明显地肯定了朱敦儒及其词所彰显的世外风致。由朱敦儒词中的世外之致及清新之语而形成的清气多为晚清以降诸多文人所称颂，如王鹏运"希真词清隽谐婉"③ 以及欧阳渐"仙风清爽，世外希真，此一品也"④，皆对此世外清风赞誉有加。近代至当代，这种承继性的评价一直活跃于朱敦儒词的接受中。如汪东《唐宋词选评语》亦是祖述黄昇、陆游之语，然后指出："其襟抱风度，盖玄真子之流也。然《樵歌》三卷，寄情冲旷，而辞气或伤于局促。昔人评希真及白石词，皆云似不食烟火人语，由今观

---

① （清）缪荃孙：《樵歌跋》，施蛰存《词籍序跋萃编》，中国社会科学出版社 1994 年版，第 186—187 页。

② （清）许巨楫：《樵歌跋》，施蛰存《词籍序跋萃编》，中国社会科学出版社 1994 年版，第 184 页。

③ （清）王鹏运：《樵歌拾遗跋》，施蛰存《词籍序跋萃编》，中国社会科学出版社 1994 年版，第 185 页。

④ 欧阳渐：《词品甲·叙》，欧阳竟无著，赵军点校《欧阳竟无著述集》（上），东方出版社 2014 年版，第 539 页。

之，白石独迥乎不可尚已。"① 这里虽对朱敦儒词的艺术表现有微辞，但对于其词表现出来的冲旷之情以及彰显出来的隐者之襟抱风度却颇为赞赏。再如："朱希真词，清超拔俗，合处极似东坡，而少奇逸之趣。襟抱亦自洒落，聪明才学不及东坡也。用韵特宽，白话方言亦时见，希真于此等处自有分晓。"②詹安泰虽认为朱敦儒词若与苏轼词比自是不及，但亦特肯定其"清超拔俗"及"襟抱亦自洒落"之特点。

至于朱敦儒的闲适之词，亦在文人的评点中被深度接受，颇受认可。如《好事近》渔父组词在现当代便赢得了极高的评价。如梁启超《饮冰室词评》乙卷"朱敦儒"条云："《好事近》（摇首出红尘），五词飘飘有出尘想，读之令人意境翛远。"③ 张伯驹《丛碧词话》亦深度认可此论④。梁启勋《曼殊室词话》认为朱敦儒渔父词是"深得渔父之神韵者"，"真乃如见其人，呼之欲出"⑤。他在《词学》卷下中再次点评这组《好事近》渔父词，认为这组词"用轻描淡写之笔，而能使风景、人物、情致、神韵，一齐活跃于纸上者，吾唯见朱希真之小令"，"活化一题中人。呼之欲出。轻描淡写，毫不费力，不见斧凿痕，又无烟火气。真可谓天然去雕饰者矣。试读'晚来风定钓丝闲，上下是新月'，'昨夜一江风雨，都不曾听得'……是何等意境"⑥。郑骞《成府谈词》中亦肯定了"希真闲适之词如《临江仙》（堪笑一场颠倒梦）又（生长西都逢化日）、《木兰花》（老后人间无处去）、《减字木兰花》（有何不可）诸作，皆恰到好处"，尤其赞赏《木兰花》（老后人间无处去），曰："一首最佳，有深沉之思，真挚之情，如此闲适，方不致浮泛庸陋。"⑦ 同时，朱敦儒这类闲适词中的

---

① 汪东：《唐宋词选评语》，吴熊和《唐宋词汇评》（两宋卷）第 2 册，浙江教育出版社 2004 年版，第 1301 页。
② 詹安泰：《无庵说词》，孙克强《唐宋人词话》（增订本）上，南开大学出版社 2012 年版，第 591 页。
③ 梁启超：《饮冰室词评》乙卷，唐圭璋《词话丛编》，中华书局 2005 年版，第 4307 页。
④ "朱希真《好事近》渔父五阕，梁任公云：五词飘飘有出尘想，读之令人意境翛然。吾亦云然。而朱古微《宋词三百首》不选，何耶？"[张伯驹：《丛碧词话》，孙克强《唐宋人词话》（增订本）上，南开大学出版社 2012 年版，第 591 页]
⑤ 梁启勋：《曼殊室词话》卷 2"深得渔父之神韵者"条，朱崇才《词话丛编续编》，人民文学出版社 2010 年版，第 2969 页。
⑥ 梁启勋：《词学》下编，中国书店 1985 年版，第 35、37 页。
⑦ 郑骞：《成府谈词》，郑骞著、曾永义编《从诗到曲》上册，商务印书馆 2015 年版，第 187 页。

无奈亦被关注，如："《鹧鸪天》'五陵年少今谁健，似我亲逢建武年'，又'道人还了鸳鸯债，纸帐梅花自在眠'，《西江月》'日日深杯酒满'全首，如此之类，看似闲适，实则怅惘。希真心事，须于此八字中求之。"①诸如此类的评点皆为批评者深入词心的深度接受之评。

在现当代的学术评价体系中，朱敦儒及其词所彰显的世外之致亦被深入阐释研究。20世纪90年代以来，朱敦儒的隐逸生活、隐逸词及其折射出来的风致格调成为现当代研究人员的重点研究对象，共有20余篇论文探讨朱敦儒作为一介名士远离世俗追求的一面。其中，以"隐逸"名篇专门探讨研究朱敦儒隐逸生活及隐逸词的便有张叔宁《论朱敦儒的晚期隐逸词》（《苏州大学学报》1991年第4期）、朱野坪《渔隐的世界——朱敦儒〈好事近·渔父词〉欣赏》（《文史知识》1993年第1期）、田耕宁《略论朱敦儒的隐逸词》（《西南民族大学学报》1993年第6期）及《隐逸观念的新变——从朱敦儒隐逸词谈中唐后的隐逸》（《河北师范大学学报》1996年第3期）、王伟伟《南宋词坛的"尘外之音"——谈朱敦儒、向子䛊、苏庠等人的隐逸词》（《山东行政学院山东省经济管理干部学院学报》2002年第1期）及《几曾着眼看侯王——试论朱敦儒的归隐、出仕及其隐逸思想》（《烟台师范学院学报》2002年第2期）、郭铁娜《论朱敦儒的隐逸词》（东北师范大学2004年硕士学位论文）、季夫萍《乱离时代的"尘外之想"——朱敦儒隐逸思想和隐逸词研究》（福建师范大学2005年硕士学位论文）、王桢《浅析朱敦儒隐逸词》（《西安航空技术高等专科学校学报》2006年第2期）、张铁芳《几曾着眼看侯王——试论〈樵歌〉中的隐逸词及朱敦儒的隐与仕》（《科学大众》2009年第10期）、廖冬萍《朱敦儒两度隐逸探微》（《文学界》2010年第3期）、廖冬萍《朱敦儒嘉禾之隐研究》（重庆师范大学2011年硕士学位论文）。至于张叔宁《〈樵歌〉：一部变调的双重奏》（《江苏社会科学》1996年第2期）、王兆鹏等《论朱敦儒的文人风致》（《中州学刊》2006年第3期）、范松义《论朱敦儒词中自我形象的嬗变》（《河南教育学院学报》2005年第1期）、刘晓珍《朱敦儒〈鹧鸪天〉词赏析》（《名作欣赏》2005年第11期）、肖林桓等《论朱敦儒"仙神风致"对李白"诗仙风骨"的接受与承

---

① 郑骞：《成府谈词》，郑骞著，曾永义编《从诗到曲》上册，商务印书馆2015年版，第188页。

继》(《名作欣赏》2012 年第 17 期)、李亮伟《朱敦儒的山水情怀与山水词》(《古典文学知识》2013 年第 6 期) 等文则进一步揭示了朱敦儒复杂的名士心态。另有刘崇学《莹澈乾坤里的潇洒出尘之姿——朱敦儒〈念奴娇·垂虹亭〉赏读》(《宝鸡社会科学》2001 年第 3 期)、黄海《朱敦儒笔下的梅》(《南京林业大学学报》2003 年第 3 期)、王进生《从朱敦儒词中的"月"探其晚年隐逸心态》(《语文学刊》2007 年第 17 期) 等文则透过朱敦儒的咏梅、月等作品探寻其咏物词中蕴含的超然、高洁的名士情结。

从上可见，不论是选家的选择，还是主流批评者的评点与阐释，朱敦儒及其词中彰显的不同于流俗的疏狂、超逸、闲适，于山水自然间怡然自得的"世外风致"在现当代读者群体中受关注的程度最高。从宋至今，这种名士心曲一直在朱敦儒及其词的阐释与接受中颇受青睐。如前所述，宋代彰显世外清风的词最受文士称赏；那些彰显个性、参悟世情、追求自得自适的世外高致之作通过元明的选本得到更大规模的传播；清代，朱敦儒及其词所蕴含的雅致高韵颇得肯定；而现当代，这种缘自文人崇尚的名士心曲成为传播接受的第一大主题。朱敦儒及其词中的世外高致清风，虽然不同时代影响效应有强有弱，但终是从未中断。个中缘由，既有文人士大夫尚雅尚韵之文化传统的影响，亦缘于山水情怀、个性自由的追求，无论何时都具有永恒的魅力。

总之，朱敦儒的一生行藏出处原有可议之处，一部《樵歌》是其人生纪传式的书写，展现了他丰富复杂的生活。现当代读者选择性地接受了彰显其世外风致及志士悲歌的词，而基本上忽略了《樵歌》中的风流才子的浪漫之歌。晚清王鹏运云："希真词于名理禅机，均有悟入，而忧时念乱，忠愤之致，触感而生。"[①] 现当代对朱敦儒词的研究基本上从这两方面展开。这正是文化传统与时代思潮共同影响朱敦儒词之身后命运的结果。

三 批评型读者深入而多元的研究

现当代百余年，朱敦儒及其词的传播与阐释接受活动中，传统与现代

[①] (清) 王鹏运：《樵歌跋》，施蛰存《词籍序跋萃编》，中国社会科学出版社 1994 年版，第 185 页。

方法交汇，朱敦儒及其词的综合影响效应增强。在前代阐释的基础上，现当代读者不仅更集中地传播阐释了朱敦儒作为志士与名士之心态下创作的词章，其中批评型的读者更进一步深入、全面地揭示了其人其词的词史价值和内涵意蕴。

1. 史学视角下的深入阐释

作为历史文化遗留物，朱敦儒词在词史上的地位是其人其词的阐释活动中极其重要的一个方面。宋代汪莘指出的朱敦儒词作为"词之三变"之一的观点最先从史的视角发现了朱敦儒词的价值意义。元明、清时期，不同的读者更多关注的是朱敦儒词的艺术表现、审美风格、情感意蕴及其所彰显的文人风致。近一百多年以来，朱敦儒及其词的词史价值再次进入批评视野，成为现当代朱敦儒及其之阐释活动中的一大主要内容。

其一，承汪莘之论，朱敦儒词作为承苏启辛之关键所具的词史价值获得了一批词学名家的充分肯定。北、南两宋之交是宋词词质转变的重要历史时期，南渡词人们共同促成了宋词词风的转变。朱敦儒是南渡词人中词风转变最典型的一位词人，宋人汪莘已然发现并提出了著名的"词之三变"说。汪莘后700余年，梁启勋深度认同汪莘对朱敦儒词的评价，他认为"计两宋三百二十年间，能超脱时流，飘然独立者，得三人焉"，即苏轼、朱敦儒和辛弃疾，并进一步指出"两宋间有此三君，亦可作词流光宠矣"①。沈曾植全文摘录汪莘评论苏轼、朱敦儒、辛弃疾为词家之三变的观点，指出汪莘之论"略如诗有江西派"②，更进一步肯定了朱敦儒在苏、辛一派中承前启后的作用。龙榆生谈及两宋词风转变时亦充分认可了朱敦儒对苏轼词风的继承与开拓，指出："从整个的《樵歌》的风格来看，它是沿着苏轼一派清刚豪放的道路向前发展的。"③ 陶尔夫与刘敬圻将朱敦儒词纳入南宋词史，认为"他在苏轼与辛弃疾之间架起了一座桥梁"④，更是明确地肯定了朱敦儒在两宋词史上的重要地位。

其二，承汪莘论之外，朱敦儒词在词史上的独特价值亦获称许。朱敦

---

① 梁启勋：《词学》下编，中国书店1985年版，第2页。
② 沈曾植：《菌阁琐谈》附录一《海日楼丛钞》"宋词三家"条，唐圭璋《词话丛编》，中华书局2005年版，第3613页。
③ 龙榆生：《两宋词风转变论》，《龙榆生词学论文集》，上海古籍出版社1997年版，第354页。
④ 陶尔夫、刘敬圻：《南宋词史》，黑龙江人民出版社1992年版，第47页。

儒的《樵歌》，是一部自传体性质的词集，词人的性情品格、心态转变与风格递变俱见其中，由此形成的特点在词史上具有独特的价值，获得了现当代的批评家称许。胡适编撰《词选》时为朱敦儒作的小传，在指出其词风转变的三大时期之时，他尤其激赏朱敦儒晚年闲居时期的词，认为这一时期的朱敦儒词可媲美陶渊明的诗："这一个时期的词有他独到的意境，独到的技术。词中之有《樵歌》，很像诗中之有《击壤集》（邵雍的诗集）。但以文学的价值而论，朱敦儒远胜邵雍了。将他比陶潜，或再确切罢？"① 薛砺若在《宋词通论》中指出朱敦儒是"颓废派词人"的同时称誉他早年词作中的"狂逸心怀与风调"，"不独在词中绝无仅有，即在中国全部诗歌中，只有太白能有此中境界"②。同时薛砺若亦十分肯定朱敦儒对宣和前后词风的创变之功，云："他无论是长调，还是小令，都能表现出他的优越的天才，和创作的精神。一扫前人惯用的庸滥的字句与腔调。他实在是南渡后最大的一位作家。后世选家迄今未将他列于辛、姜、史、吴诸大家之林，未免埋没前贤了。"③ 在对朱敦儒作综合考察后，有的研究者更进一步肯定了朱敦儒作为词坛"巨擘"的地位和价值，如陆侃如、冯沅君在《中国诗史》中直接说："在南北宋之交的词人中，朱敦儒应是个巨擘。"④ 金五德亦撰有《南北宋间词人中的"巨擘"——谈朱敦儒及其〈樵歌〉》（《长沙水电师院学报》1987 年第 2 期）。

其三，朱敦儒词的词史价值获得了文学史编撰者的关注。随着各类文学史著作的发行出版，朱敦儒的词史地位价值逐次提升。20 世纪初郑振铎编《中国文学史》，仅在第四十一章"南宋词人"中提到朱敦儒的名字，未列其词。其后多部文学史著作均将朱敦儒列为某一节中的重要词人予以介绍。如刘大杰《中国文学史》在第十九章"辛弃疾与南宋词人"中将朱敦儒词分三期，较详细地介绍了各期的主题与风格。游国恩著《中国文学史》第五章第二节"张孝祥及其他爱国词人"，则主要例举介绍了朱敦儒苍凉激越的悲歌《相见欢》（金陵城上西楼）及萧然世外的闲散心情的《好事近》《渔父词》（摇首出红尘）等两种风格。章培恒、骆玉明

---

① 胡适选注：《词选》，河北人民出版社 1999 年版，第 167 页。
② 薛砺若：《宋词通论》，上海书店 1985 年版，第 215 页。
③ 薛砺若：《宋词通论》，上海书店 1985 年版，第 216 页。
④ 陆侃如、冯沅君：《中国诗史》，百花文艺出版社 1999 年版，第 564 页。

主编《中国文学史》第五篇第四章第二节"南宋初期的词"则重点作了如下的介绍，突出了朱敦儒词中的爱国主题："南宋初期还有不少词人写出了反映时代巨变的作品……如朱敦儒有《菱荷香·金陵》、《相见欢》（金陵城上西楼）等……这些词或壮烈慷慨，或哀伤凄楚，但它们共同构成了南宋初词坛上以悲愤为情感基调的主旋律，在当时人们的心中引起了强烈的反响。"郭预衡主编《中国古代文学史长编》（宋辽金卷）第六章第二节将朱敦儒与"李清照、张元干、张孝祥"并列，作为南渡词人的典型代表之一，以靖康乱为界分论其主题风格。袁世硕、陈文新《中国文学史》第七章第三节则将朱敦儒与"叶梦得、向子諲"并列。以上诸部文学史中，朱敦儒都被作为宋室南渡前后的一位重要词人，其中郭预衡与袁世硕、陈文新主编的文学史中，朱敦儒的名字直接出现在了章节的目录中。将朱敦儒的文学史地位进一步提升的则先后有孙望、常国武《宋代文学史》与袁行霈主编《中国文学史》。孙望、常国武《宋代文学史》（下）第二章"南宋前期词人上"的第二节为"朱敦儒"，作者认为朱敦儒早期词受苏轼影响，追求一种清旷豪逸的境界，南渡后由香艳、闲适、疏放一变而为凄苦、悲怆、激愤，后期充满了旷达自适和浮生若梦的颓废基调。其词口语化、散文化的倾向对辛弃疾以口语入词产生了一定的影响。袁行霈主编《中国文学史》（第三卷）第七章第二节为"朱敦儒"，作者将朱敦儒词分为三期，指出朱词早年以婉丽明快为主；中年以悲壮慷慨为特色；晚年以清疏晓畅见长，语言通俗，明白如话。对朱敦儒词史地位的评价，则在承袭汪莘之论的基础上指出："他的词，继承和发展了苏轼抒情自我化的词风，具有鲜明的自传性特点……朱敦儒则进一步发挥了词体抒情言志的功能，不仅用词来抒发自我的人生感受，而且以词表现社会现实，诗词的功能初步合一，从而给后来的辛派词人以更直接的启迪和影响。"① 从最初的不见影迹到与几位南渡词人并列，再至将朱敦儒单列一节，其词史地位明显提升，超越了除李清照之外的任何一位南渡词人。而作为到目前为止最有影响的一部中国文学的通史，袁版文学史对朱敦儒及其词作了相对来说最全面的介绍，这对于朱敦儒词史地位的提升无疑将起到重要的作用。

汪莘之后，从词体文学演进的史学视角探究朱敦儒及其词在七八百年

---

① 袁行霈主编：《中国文学史》（第三卷），高等教育出版社2014年版，第108—109页。

后再度为批评者所重。这一现象中，有传统的评点方式，也有现代学术研究的言说方式，但不论是传统还是现代方式，史学视角下朱敦儒词阐释的展开是现代学术思潮和研究范式影响下的结果。现当代的研究者在传统的义理、考据、辞章的基础上，借鉴融合西方文化艺术研究的理论方法，客观性、系统性增强，各种艺术门类的史学研究相应迅速发展。在这种大文化气候的影响下，史学视角下关于朱敦儒及其词研究的相关论述蔚为可观。而这毫无疑问揭示了朱敦儒在词史上的重要意义和价值，深化了朱敦儒词的研究。

2. 传统与现代方法理论交融下的多元探究

近一百多年来，中国社会文化从传统走向现代，文学研究的方式在承继传统的基础上，更多地吸收了现代的方法。在现当代的文学研究话语体系中，朱敦儒及其词的研究更趋于多元。除上述词史视角的研究成果之外，研究者从以下方面较全面深入地阐释了朱敦儒及其词。

其一，基础性的研究资料的整理与考辨。一方面，现当代诸多学者立足于传统的考证之法，系统性地梳理辨析了朱敦儒生平事迹。这方面的考证，有20世纪初胡适、谭正璧等人给朱敦儒作的小传，有20世纪80年代以来葛兆光、刘扬忠、张希清、张叔宁、邓子勉等就朱敦儒的生平行实进行的考辨。20世纪80年代以来的研究修正了20世纪初胡适、谭正璧等人关于朱敦儒生卒年的部分观点，张叔宁和邓子勉还编撰了朱敦儒的简谱。朱敦儒的生平行迹渐趋明晰具体。另一方面的成果是关于朱敦儒词集的整理注释，在胡适、龙元亮点校《樵歌》的基础上，沙灵娜和邓子勉分别于1985年和1998年校注出版《樵歌》，另外，王兆鹏、邓子勉等初步梳理了《樵歌》的版本流传情况。这些成果为进一步深入研究朱敦儒的词奠定了扎实的基础。

其二，朱敦儒词作的思想内容、词风的研究。20世纪80年代以来，这一方面的研究先后有葛兆光《论朱敦儒及其词》（《文学遗产》1983年第3期），杨海明《论朱敦儒的词》（《杭州师院学报》1985年第3期），张而今《朱敦儒词纵观》（《文学遗产》1997年第3期），崔胜利、李新《朱敦儒词风探微》（《太原师范学院学报》2006年第3期），周建梅《朱敦儒词风及心态演变考》（《苏州大学学报》2006年第6期），丛培欣《朱敦儒词风格嬗变略论》（《名作欣赏》，2010年第11期）等文章以及各大文学史中关于朱敦儒的论述。已有的成果大多将朱敦儒的词分为南渡前、南渡后以及晚年隐居三期，亦有以靖康之乱为分界线的二分法以及将南渡后致仕前一分为二的四分法，有在四分法基础上将隐居期再一分为二的五分法。这些成果结合朱敦儒的生平，分别探讨了朱敦儒词在不同时期的风格表现与思想内容。在朱敦儒不同人生阶段的创作中，其晚年隐逸词的创作受到了最大限度的关注，有张叔宁《论朱敦儒的晚期隐逸词》（《苏州大学学报》1991年第4期）、田耕宁《略论朱敦儒的隐逸词》（《西南民族学院学报》1993年第6期）、王伟伟《南宋词坛的"尘外之音"》（《山东行政学院山东省经济管理干部学院学报》2002年第1期）、廖冬萍《朱敦儒两度隐逸探微》（《文学界》2010年第3期）等一系列论文对此展开了研究。这些研究成果，对于朱敦儒人品、词品作了较全面和合理的诠释，有着重要的学术价值。

其三，从意象、心理、接受等视角展开的研究。有的研究从朱敦儒词中的"梅"、"月"、"酒"、"雁"及"渔父"等诸意象探讨朱敦儒词的审美特色及个性情感，如姚曼波《古涧幽梅夕照红——朱敦儒词审美意象和创作心理浅析》（《南通师专学报》1995年第2期）、黄海《朱敦儒笔下的梅》（《南京林业大学学报》2003年第3期）、李光生《朱敦儒词中的酒意象》（《佛山科学技术学院学报》2004年第4期）、王进生《从朱敦儒词中的"月"探其晚年隐逸心态》（《语文学刊》2007年第17期）等。有的旨在探讨朱敦儒词中的心态及其成因，如张叔宁《樵歌：一部变调的双重奏》（《江苏社会科学》1996年第2期），杨海明《朱敦儒暮年的人生悔恨》（《文史知识》2000年第5期），范松义《论朱敦儒词中自我形象的嬗变》（《河南教育学院学报》2005年第1期），郁玉英、王兆鹏《论朱敦儒的文人风致》（《中州学刊》2006年第2期），沈文凡《南渡词人朱敦儒悲剧心理及其艺术表征》（《延边大学学报》2007年第2期）等。另外，还有陈旭献《朱敦儒在清代的接受》（《宁波教育学院学报》2006年第2期）论述了朱敦儒词在清代的接受简况，谭绍娜、曾大兴《朱敦儒在岭南的生活与创作》（《词学》2012年）从地域文化文学的角度研究朱敦儒的词创作。这些研究成果从不同的研究视角出发，进一步深化了朱敦儒词的研究。

与传统的只言片语式的评点相比，现代学术研究采用论文之言说方式，同时借鉴西方的文学理论，朱敦儒及其词的批评进入了一个新的阶段。其中，一批有学术品质的文章更全面而深入地走进了朱敦儒词中的世界，展现了朱敦儒词的多元主题风格与主体性情，揭示了朱敦儒词在词体文学演进过程中的重要意义。

综而观之，现当代朱敦儒及其词的传播接受既有传承又有突破。一方面，现当代朱敦儒传播和阐释活动中主要关注的是朱敦儒词中彰显个性、钟情于山水的名士心曲与书写故国之思、乱离之殇的志士悲歌。这两大主题，从宋代以来便是文人评点、效仿和选本传播中的主要对象。另一方面，立足传统，现当代的朱敦儒及其词的研究又有诸多超越，譬如对其生卒年的考证及生平事迹的简单梳理，对其词之创作分期的思考，对其传世词集的校注整理，这些突破性的成果均对朱敦儒影响效应的扩大具有重要意义。从影响效应产生的方式看，已历时一百余年的现当代朱敦儒及其词的传播接受活动有继承传统的一面，选本入选，文人评点，传统的传播方式延伸朱敦儒词的影响。另外，新的传播与阐释方式介入，以网络为中心的各种图文以及视频，以学术论文为主要形式的现代批评方式，扩大了朱敦儒及其词的影响。从传播接受受众的角度及影响的广度观之，朱敦儒及其词的生命力超越了历史。

小　结

从传播接受的角度考察朱敦儒及其词的影响力，不可否认的一个事实便是，作家作品是作为对象性的存在而在历史长河中产生影响的。其生命力的延展之途必须依赖于读者。沉淀在读者精神深处的，隐藏在个人无意识和集体无意识中影响一代读者期待视界形成的文化气候是决定作家作品生命力的主要因素，作家身后的命运亦然。而任何一位读者所遭遇的文化气候必定包含着所在当下的时代文化思潮以及所承载的历史文化传统，这共同铸成一代读者所独有的时代心理，使之形成一定的阅读心理定势，影响读者对前代文学的选择性接受。也就是说，读者个性气质之外，对作家作品的选择性接受归根结底是由时代文化思潮及历史文化传统决定的。受时代文化思潮的影响，朱敦儒及其词的身后命运必然打上鲜明的时代性。在历史文化传统的影响下，其身后命运又必然会表现出一定的恒定性。

自其变者而观之，一代有一代之文学，文学创作代有新变，文学的传播与阐释接受活动亦然。从宋至今，朱敦儒及其《樵歌》，在不同的历史时期各呈其面貌。从影响效应产生的方式看，宋金期，选本、文人评点和效仿全面展开；元明期，选、评加强而效仿弱化；清代，入选、评点、效仿俱兴；现当代，效仿淡出，保持传统的入选、评点外，新兴网络媒介、学术论文悄然兴起。从接受态度看，宋金人论其人其词，或臧或否，各执所见；元明人评、选，则严谨不够，多有错讹、误解之处；清人则以辩证与精谨的传播接受态度，多视角呈现其词的创作和贡献；现当代的朱敦儒研究，更重论证，更有系统性，但也不乏片面、重复的研究文章。从接受者的关注视野看，宋人对朱敦儒的出处行藏讨论颇多，但抱着复杂矛盾的态度，有仰慕，有嘲讽，有同情，对其词，文士多称颂其中之清风与词史价值，普通大众多诵其家国乱离感之悲调；元明时期，彰显朱敦儒世俗情怀的艳词和独立个性的抒情之作受选家青睐，而饱含悯时伤乱之感的悲调却淡出选家视野，文人的评点主要从作品情志及艺术审美批评的视角阐释朱敦儒各类主题的词；有清一代，选家和评家的选择趋向一致，最受推崇的都是朱敦儒及其词中彰显的雅致高韵，同时在文人的批评中，各类主题风格均有所涉及；现当代，传统的选、评与新的网络文本、学术论文共同聚焦的是朱敦儒词的两大主题，张扬个性、畅吟山水的名士心曲与悯时伤乱、思家念国的志士悲歌。

朱敦儒词之影响代有新变的历史进程中，不论是影响效应产生的方式，还是接受传播态度，抑或是关注视野，均可谓是宋金、元明、清、现当代四个不同时代的文化思潮影响的结果。元明词学衰微和20世纪以来文言地位的失落，朱敦儒词的效仿皆影响甚微，新兴网络传播方式也只有在信息技术发达的近20余年蔚然成风。明代的空疏学风与清代考据之学兴盛的学术风气下，元明朱敦儒词之传播接受多舛讹之处，而清代则表现出明析精辨的特色。至于其关注视野，南宋人面对国家危亡之困，故选本中多选朱敦儒的志士悲歌；明代视词为小道，中后期心学影响下个性解放，故选本中世俗情怀与个性彰显；清代文网严密，论词尚雅，故评点、效仿和选本均聚焦于朱敦儒词的清隽超旷之风神及世外隐逸之风致；20世纪中华民族曾经战乱，为求自由独立奋起抗争，故朱敦儒词中慷慨悲歌颇得垂青。

自其不变者而观之，面对同一对象的文学传播与接受，代有新变的同时亦保持一定的稳定性。从朱敦儒及其词之身后命运看，一方面历久弥新如上所述，另一方面，其人其词在时间的流逝中，总有一些作品及其中蕴含的主体精神的流传并不会随时而易。从作品的流传看，不论时代文化思潮如何变迁，朱敦儒的《采桑子》（扁舟去作江南客）、《念奴娇》（插天翠柳）、《鹧鸪天》（检尽历头冬又残）、《减字木兰花》（刘郎已老）、《西江月》（日日深杯酒满）等词始终为选家所青睐，通过选本的传播在普通大众读者中获得了经久不衰的生命力。从文人的评点看，《念奴娇》（插天翠柳）、《西江月》（日日深杯酒满）、《西江月》（世事短如春梦）、《鹧鸪天》（检尽历头冬又残）、《鹧鸪天》（我是清都山水郎）等词亦是穿越时空，从宋至今始终是批评型读者的评点对象。而从主题意蕴看，则彰显独立个性，逍遥于林泉云水之间的感世咏怀从宋至今一直是朱敦儒词的传播中最具生命力的传播与阐释接受主题，在上述选本与评点中均未曾逸出传播接受视野。宋代文士称颂的世外高致清风，明代选本中传播的追求个体自适自得的词作，清代选家和评家一致认可的世外之致、清隽之美，现当代对包括隐逸风致、疏狂个性在内的名士心曲的传播阐释，均表现出朱敦儒及其词中所彰显的张扬个性、突显山水情怀之主题的强大生命力。

山水自然，作为一个充满生机且与人类生活密切相关的自然存在，成为人们心灵的栖息之所实是人类的必然选择。在老庄思想的影响下，走向山林和云泉之间，投入山水自然的怀抱，在领略山水美景的时候释放现世的苦痛，获得心灵的解放，这是很多中国古代文人的选择和希望。所谓"山林与，皋壤与，使我欣欣然而乐与"（《庄子·知北游》）。特别是当现实的痛苦失意无法排遣摆脱时，山水自然更是人们为了求得心灵安顿的选择。回归自然而与山水相亲，在对山林云水、清风明月的观照与体悟中，释放心灵，超越红尘苦难与喧嚣，这是朱敦儒的审美人生，是朱敦儒安放灵魂的一种方式，同时这种以人与自然契合为一，达到物我两忘，实现心灵解放的观照自然的方式实际上成了中华民族最具有民族特色的思维方式之一。至于对独立个性与自由的追求，则是任何一个独立生命个体心灵底层最深沉的渴望。因而不论时代如何变迁，朱敦儒彰显个性与山水情怀的名士心曲始终能穿越时空，焕发出勃勃生机。

附 录

朱敦儒词历代入选选本

一 宋

黄大舆辑《梅苑》,影印文渊阁《四库全书》本,台湾商务印书馆1986年版。

曾慥辑《乐府雅词》,辽宁教育出版社1997年版。

南宋书坊所刻《草堂诗余》,据至正三年(1343)庐陵泰宇堂本《增修笺注妙选群英草堂诗余》推断。

黄昇辑《中兴以来绝妙词选》,《四部丛刊》初编本,上海书店影印1989年版。

赵闻礼选编《阳春白雪》,上海古籍出版社1993年版。

二 元明

(一)《草堂诗余》系列

泰宇本《增修笺注妙选群英草堂诗余》前集二卷,后集二卷,庐陵泰宇书堂刻,元至正三年(1343)。

双璧本《增修笺注妙选群英草堂诗余》前集二卷,后集二卷,双璧陈氏刻,至正十一年(1351)。

洪武本《增修笺注妙选群英草堂诗余》前集二卷,后集二卷,遵正书堂刻,洪武二十五年(1392)。

荆聚本《增修笺注妙选群英草堂诗余》前集二卷,后集二卷,安肃荆聚刻本,嘉靖末年。

丛刊本《增修笺注妙选群英草堂诗余》前集二卷,后集二卷,《四部丛刊》本。

顾刻本《类编草堂诗余》四卷，顾从敬刊，嘉靖二十九年（1550）。

四库本《类编草堂诗余》四卷，景印文渊阁《四库全书》本，台湾商务印书馆1986年版。

张东川本《类编草堂诗余》四卷，张东川刻，万历十二年（1584）。

詹圣学本《重刻类编草堂诗余评林》六卷，詹圣学刻，万历十六年（1588）。

崑石本《类编草堂诗余》四卷，昆石山人校辑，万历年间。

南城本《类选笺释草堂诗余》正集六卷，续选二卷，翁少麓校刊，万历四十二年（1614）。

闵映璧本《评点草堂诗余》五卷，闵映璧刻，万历年间。

古香岑本《古香岑草堂诗余》四集十七卷，童涌泉印，崇祯年间。

博雅堂本《类编草堂诗余》四卷，沈际飞、天羽甫重刻，崇祯年间。

（二）明代其他词学选本

题明程敏政编《天机余锦》，辽宁教育出版社2000年版。

杨慎辑《词林万选》，毛晋汲古阁刻《词苑英华》本。

陈耀文辑《花草粹编》，1933年陶风楼影印丁氏善本书室旧藏明万历刻本。

茅暎《词的》，四库未收书辑刊影印清萃闵堂抄本。

陆云龙《词菁》，明崇祯陆氏峥霄馆刊本。

潘游龙辑《精选古今诗余醉》，辽宁教育出版社2003年版。

沈际飞编选《草堂诗余续集》，上海图书馆藏明吴门童涌泉刻本。

卓人月汇选，徐士俊参评《古今词统》，辽宁教育出版社2000年版。

周瑛《词学筌蹄》，上海图书馆藏清抄本。

张綖《诗余图谱》，明毛氏汲古阁刻《词苑英华》本。

程明善《啸余谱》，《明词汇刊》本。

三　清

朱彝尊、汪森辑《词综》，中华书局1981年版。

沈辰垣等编《御选历代诗余》，浙江古籍出版社1998年版。

沈时栋《古今词选》，沈氏瘦吟楼康熙五十五年（1716）刻本。

宋庆长《词苑》，南京图书馆藏清稿本。
孔传镛《筠亭词选》，乾隆年间清抄本。
蒋方增《浮筠山馆词钞》，清嘉庆稿本。
黄苏选评，尹志腾点校《蓼园词选》，齐鲁书社 1988 年版。
张惠言、董毅选，李军注释《词选》，华夏出版社 1999 年版。
叶申芗《天籁轩词选》，清光绪二年（1876）刻本。
樊增详辑《微云榭词选》，光绪三十四年（1908）望江诵清阁聚珍本。
陈廷焯撰，孙克强、杨传庆点校《云韶集》辑评，《中国韵文学刊》2010 年第 3 期。
陈廷焯《词则》，上海古籍出版社 1984 年版。
赖以邠编，吴熊和校点《填词图谱》，书目文献出版社 1986 年版。
万树《词律》，上海古籍出版社 1984 年版。
陈廷敬、王奕清等编纂《康熙词谱》，岳麓书社 2000 年版。
谢元淮撰《碎金词谱》，道光二十八年（1848）。
俞樾编《词律拾遗》，上海古籍出版社 1984 年版。

四 现当代

胡适选《宋词三百首》，东方出版社 1995 年版。
梁令娴编《艺蘅馆词选》，广西人民出版社 1981 年版。
龙榆生编选《唐宋名家词选》，古典文学出版社 1957 年版。
胡云翼选注《宋词选》，上海古籍出版社 1962 年版。
胡云翼选注《唐宋词一百首》，上海古籍出版社 1978 年版。
俞平伯《唐宋词选释》，人民文学出版社 1979 年版。
朱东润主编《中国历代文学作品选》，上海古籍出版社 1980 年版。
唐圭璋、潘君昭、曹济平《唐宋词选注》，北京出版社 1982 年版。
中国社会科学院文学研究所编《唐宋词选》，人民文学出版社 1982 年版。
张璋选编，黄畬笺注《历代词萃》，河南人民出版社 1983 年版。
周笃文选注《宋百家词选》，广西人民出版社 1983 年版。
陶尔夫编著《宋词百首译释》，黑龙江人民出版社 1984 年版。

王方俊、张曾峒《唐宋词赏析》，山东文艺出版社1984年版。

曹济平、朱崇才编著《新编宋词三百首》，江苏古籍出版社1994年版。

刘乃昌选注《宋词三百首新编》，岳麓书社1994年版。

郝世峰、陈洪主编《唐诗宋词元曲经典》，大连出版社1994年版。

熊礼汇主编，陈大正选注《唐宋词》，长江文艺出版社1996年版。

施蛰存、陈如江《宋词经典》，上海书店1999年版。

唐圭璋等《唐宋词鉴赏辞典》，上海辞书出版社2001年版。

曹保平主编《中国古典诗词赏析》，内蒙古文化出版社2002年版。

吴熊和、萧瑞峰编选《唐宋词精选》，江苏古籍出版社2002年版。

黄岳洲、茅宗祥主编《中国古代文学名篇鉴赏辞典》，汉语大词典出版社2002年版。

郁贤皓主编《中国古代文学作品选》，高等教育出版社2003年版。

夏承焘等《名家品诗坊·宋词》，上海辞书出版社2004年版。

参考文献

《禅宗语录辑要》，上海古籍出版社1992年版。

（宋）陈鹄撰，郑世刚校点：《西塘集耆旧续闻》，《宋元笔记小说大观》本，上海古籍出版社2001年版。

（元）陈世隆编，徐敏霞校点：《宋诗拾遗》，辽宁教育出版社2000年版。

（晋）陈寿：《三国志》，中华书局1959年版。

（清）陈廷焯：《白雨斋词话》，《词话丛编》本，中华书局2005年版。

（清）陈廷焯：《词则》，上海古籍出版社1984年版。

（清）陈廷焯撰，孙克强、杨传庆点校：《云韶集辑评》，《中国韵文学刊》2010年第3期。

陈文忠：《中国古典诗歌接受史研究》，安徽大学出版社1998年版。

（宋）陈振孙：《直斋书录解题》，上海古籍出版社1987年版。

成复旺：《中国古代的人学和美学》，中国人民大学出版社1992年版。

程树德撰，程俊英、蒋见元点校：《论语集释》，中华书局1990年版。

（宋）程颐、程颢著，王孝鱼校点：《二程集》，中华书局1981年版。

（宋）大慧宗杲著，董群点校：《正法眼藏》，中州古籍出版社2016年版。

（宋）邓椿、（元）庄肃：《画继 画继补遗》，人民美术出版社1963年版。

（清）邓廷桢：《双砚斋词话》，《词话丛编》本，中华书局2005年版。

邓子勉：《明词话全编》，凤凰出版社2012年版。

（明）董其昌评订，曾六德参释：《新锓订正评注便读草堂诗余》，明万历壬寅乔木山堂刊本。

（宋）范公偁：《过庭录》，《全宋笔记》本，大象出版社2013年版。

方立天：《中国佛教哲学要义》，中国人民大学出版社2002年版。

（唐）房玄龄撰：《晋书》，中华书局1974年版。

（清）冯金伯：《词苑萃编》，《词话丛编》本，中华书局2005年版。

（明）冯梦龙：《情史》，《古本小说集成》本，上海古籍出版社1994年版。

傅绍良：《笑傲人生——李白的人格和风格》，山西教育出版社1993年版。

戈载：《词林正韵》，上海古籍出版社1981年版。

葛胜仲：《丹阳集》，影印文渊阁《四库全书》本，台湾商务印书馆1986年版。

葛兆光：《论朱敦儒及其词》，《文学遗产》1983年第3期。

顾从敬：《类选笺释草堂诗余》，《续修四库全书》影印明万历四十二年刻本。

郭庆藩撰，王孝鱼点校：《庄子集释》，中华书局1961年版。

（清）何文焕辑：《历代诗话》，中华书局2004年版。

（清）贺裳：《皱水轩词筌》，《词话丛编》本，中华书局2005年版。

胡适：《词选》，河北人民出版社1999年版。

胡适：《胡适文集三存》，上海书店1989年版。

（宋）胡仔：《苕溪渔隐词话》，《词话丛编》本，中华书局2005年版。

黄海：《宋南渡词坛研究》，贵州人民出版社2006年版。

（宋）黄昇：《中兴以来绝妙词选》，《四部丛刊》初编本。

（清）黄氏：《蓼园词评》，《词话丛编》本，中华书局2005年版。

（宋）黄庭坚：《豫章黄先生文集》，《四部丛刊》初编本。

（明）慧然编，杨增文编校：《临济录》，中州古籍出版社2001年版。

（清）纪昀等：《钦定四库全书总目》，中华书局1997年版。

（清）江顺诒：《词学集成》，《词话丛编》本，中华书局2005年版。

蒋寅：《古典诗学的现代诠释》，中华书局2003年版。

（清）况周颐：《蕙风词话》，《词话丛编》本，中华书局2005年版。

（唐）李白著，安旗等笺注：《李白全集编年笺注》，中华书局 2015 年版。

（宋）李处权：《崧庵集》，影印文渊阁《四库全书》本，台湾商务印书馆 1986 年版。

李春青：《宋学与宋代文学观念》，北京师范大学出版社 2002 年版。

（宋）李格非：《洛阳名园记》，影印文渊阁《四库全书》本，台湾商务印书馆 1986 年版。

（明）李攀龙：《新刻题评名贤词话草堂诗余》，《明词话全编》本，凤凰出版社 2012 年版。

（明）李攀龙补遗，陈继儒校正：《新刻题评名贤词话草堂诗余》，《明词话全编》本，凤凰出版社 2012 年版。

（明）李日华：《六研斋笔记》，景印文渊阁《四库全书》本，台湾商务印书馆 1986 年版。

（明）李廷机：《重刻草堂诗余评林》，《明词话全编》本，凤凰出版社 2012 年版。

（明）李廷机批评，翁正春校正，徐宪成梓行：《新刻注释草堂诗余评林》，《明词话全编》本，凤凰出版社 2012 年版。

李文初：《中国山水文化》，广东人民出版社 1996 年版。

（宋）李心传编撰，胡坤点校《建炎以来系年要录》，中华书局 2013 年版。

（清）厉鹗：《宋诗纪事》，上海古籍出版社 1983 年版。

（明）郦琥：《彤管遗编》，四库未收书辑刊本。

（清）梁启超：《饮冰室词评》，《词话丛编》本，中华书局 2005 年版。

（清）梁启勋：《词学》，中国书店 1985 年版。

（宋）刘克庄：《后村诗话》，《宋诗话全编》本，江苏古籍出版社 1998 年版。

刘叔成：《美学基本原理》，上海人民出版社 1987 年版。

（清）刘熙载：《词概》，《词话丛编》本，中华书局 2005 年版。

（南朝梁）刘勰著，范文澜注：《文心雕龙注》，人民文学出版社 1958 年版。

（南朝宋）刘义庆撰，徐震堮校笺：《世说新语校笺》，中华书局 1984

年版。

龙榆生：《龙榆生学术论文集》，上海古籍出版社2017年版。

（宋）楼钥：《攻愧集》，商务印书馆1935年版。

（晋）陆机著，金涛声点校：《陆机集》，中华书局1958年版。

陆侃如、冯沅君：《中国诗史》，百花文艺出版社1999年版。

（宋）陆游：《陆放翁全集》，中国书店1986年版。

（明）陆云龙：《翠娱阁评选行笈必携词菁》，《明词话全编》本，凤凰出版社2012年版。

路成文：《宋代咏物词史论》，商务印书馆2005年版。

（宋）罗大经撰，穆公校点：《鹤林玉露》，《宋元笔记小说大观》本，上海古籍出版社2001年版。

（宋）马廷鸾：《碧梧玩芳集》，《丛书集成续编》本，上海书店1994年版。

（汉）毛亨传，（汉）郑玄笺，（唐）孔颖达疏：《毛诗正义》，《十三经注疏》本，北京大学出版社1999年版。

（清）毛奇龄：《西河词话》，《词话丛编》本，中华书局2005年版。

（明）茅暎：《词的》，四库未收书辑刊影印清萃闵堂抄本。

缪钺、叶嘉莹：《灵谿词说正续骗》，北京大学出版社2014年版。

倪博洋：《沈雄"朱敦儒拟韵说"辨伪》，《文献》2019年第2期。

欧阳竟无著，赵军点校：《欧阳竟无著述集》，东方出版社2014年版。

（宋）欧阳修、宋祁：《新唐书》，中华书局1975年版。

（宋）欧阳修：《六一诗话》，《历代诗话》，中华书局2004年版。

（宋）欧阳修：《洛阳牡丹记》（外十三种），王云整理校点《宋元谱录丛编》本，上海书店2017年版。

（明）潘游龙：《古今诗余醉》，《明词话全编》本，凤凰出版社2012年版。

（明）潘之恒：《亘史抄》，《四库全书存目丛书》本。

（清）彭孙遹：《金粟词话》，《词话丛编》本，中华书局2005年版。

钱建状、尹罗兰：《南渡士人的佛教因缘与文学创作》，《中国古代、近代文学研究》2003年第8期。

钱建状：《宋室南渡时期的政局变化与词坛风气》，《厦门大学学报》2004年第3期。

（明）钱允治：《类编笺释续选草堂诗余》，《明词话全编》本，凤凰出版社2012年版。

钱锺书：《谈艺录》，中华书局1984年版。

屈兴国：《词话丛编二编》，浙江古籍出版社2013年版。

（清）全祖望：《鲒埼亭集》，商务印书馆1936年版。

（清）阮元：《十三经注疏》，北京大学出版社1999年版。

（清）阮元：《揅经室外集》，《丛书集成新编》本，台北：新文丰出版股份有限公司1985年影印本。

（元）单庆修、徐硕纂：《至元嘉禾志》，《宋元方志丛刊》本，中华书局1990年版。

（明）沈际飞：《草堂诗余别集》，《明词话全编》本，凤凰出版社2012年版。

（明）沈际飞：《草堂诗余续集》，《明词话全编》本，凤凰出版社2012年版。

（明）沈际飞：《草堂诗余正集》，《明词话全编》本，凤凰出版社2012年版。

沈家庄：《宋词文化与文学新视野》，人民文学出版社2001年版。

沈松勤：《唐宋词社会文化学研究》，浙江大学出版社2000年版。

（清）沈雄：《古今词话》，《词话丛编》本，中华书局2005年版。

尚学锋：《中国古典文学接受史》，山东教育出版社2000年版。

施蛰存主编：《词籍序跋萃编》，中国社会科学出版社1994年版。

史双元：《宋词与佛道思想》，今日中国出版社1992年版。

（宋）苏轼著，邹同庆、王宗堂：《苏轼词编年校注》，中华书局2002年版。

（宋）苏辙：《栾城集》，《四部丛刊》初编本。

孙克强：《唐宋人词话》，南开大学出版社2012年版。

孙望、常国武：《宋代文学史》人民文学出版社1996年版。

唐圭璋、潘君昭：《唐宋词学论集》，齐鲁书社1985年版。

唐圭璋编：《词话丛编》，中华书局2005年版。

唐圭璋编纂：《全宋词》，中华书局1999年版。

陶尔夫、刘敬圻：《南宋词史》，黑龙江人民出版社1992年版。

陶文鹏：《宋诗精华》，广西师范大学出版社1996年版。

（元）脱脱：《宋史》，中华书局 1977 年版。

（宋）汪莘：《方壶存稿》，《北京图书馆古籍珍本丛刊》本，书目文献出版社 1998 年版。

（明）王昌会：《诗话类编》，《四库全书存目丛书》影印明万历刻本。

（清）王夫之等撰，丁福保辑：《清诗话》，上海古籍出版社 1999 年版。

（清）王夫之著，戴鸿森注：《薑斋诗话笺注》，人民文学出版社 1981 年版。

王国维：《人间词话》，《词话丛编》本，中华书局 2005 年版。

（宋）王明清：《挥麈录》，上海书店 2001 年版。

王启兴：《校编全唐诗》，湖北人民出版社 2001 年版。

王孺童：《坛经诸本精校释义》，宗教文化出版社 2018 年版。

（明）王世贞：《艺苑卮言》，《词话丛编》本，中华书局 2005 年版。

王兆鹏：《词学史料学》，中华书局 2004 年版。

王兆鹏：《宋南渡词人群体研究》，凤凰出版社 2009 年版。

王兆鹏：《唐宋词史论》，人民文学出版社 2000 年版。

（宋）王灼：《碧鸡漫志》，《词话丛编》本，中华书局 2005 年版。

韦凤娟：《论陶渊明的境界和他所代表的文化模式》，《文学遗产》1994 年第 2 期。

（宋）魏庆之：《魏庆之词话》，《词话丛编》本，中华书局 2005 年版。

（北齐）魏收：《魏书》，中华书局 1974 年版。

（宋）吴曾：《能改斋词话》，《词话丛编》本，中华书局 2005 年版。

（明）吴从先汇编，袁宏道增订，何伟然参校：《新刻李于麟先生批评注释草堂诗余隽》，《明词话全编》本，凤凰出版社 2012 年版。

（清）吴衡照：《莲子居词话》，《词话丛编》本，中华书局 2005 年版。

吴梅：《词学通论》，商务印书馆 1932 年版。

吴世昌：《论词的章法》，《辽宁大学学报》1988 年第 4 期。

吴世昌著，吴令华辑注，施议对校：《词林新话》，北京出版社 1991 年版。

吴文治主编：《宋诗话全编》，江苏古籍出版社 1998 年版。

吴熊和：《唐宋词汇评》，浙江教育出版社 2004 年版。

夏承焘、吴熊和：《读词常识》，中华书局 1962 年版。

（清）先著、程洪撰：《词洁》，《词话丛编》本，中华书局 2005 年版。

（宋）谢枋得：《叠山集》，《四部丛刊》续编本。

谢桃坊：《南宋朱敦儒词韵考实》，《词学》第 12 辑，2009 年。

（宋）辛弃疾著，邓广铭笺注：《稼轩词编年笺注》，上海古籍出版社 1993 年版。

（宋）熊克：《中兴小纪》，影印文渊阁《四库全书》本，台湾商务印书馆 1986 年版。

（宋）徐梦莘：《三朝北盟会编》，影印文渊阁《四库全书》本，台湾商务印书馆 1986 年版。

（清）徐松：《宋会要辑稿》，上海大东书局 1935 年影印本。

（宋）徐自明撰，王瑞来校补：《宋宰辅编年录校补》，中华书局 1986 年版。

许伯卿：《宋代咏物词的题材构成》，《南阳师范学院学报》2003 年第 5 期。

（汉）许慎：《说文解字》，《四部丛刊》初编本。

薛砺若：《宋词通论》，上海书店 1985 年版。

（清）严可均：《全上古三代秦汉三国六朝文》，中华书局 1958 年版。

（汉）扬雄：《扬子法言》，《四部丛刊》初编本。

杨海明：《论朱敦儒的词》，《杭州师专学报》1985 年第 3 期。

（明）杨慎：《词品》，《词话丛编》本，中华书局 2005 年版。

叶嘉莹：《唐宋词名家论稿》，河北教育出版社 1997 年版。

（宋）叶梦得：《石林诗话》，何文焕辑《历代诗话》，中华书局 2004 年版。

（金）元好问：《元好问全集》，山西古籍出版社 2004 年版。

（元）袁桷：《清容居士集》，《四部丛刊》初编本。

（宋）袁文：《瓮牖闲评》，《全宋笔记》本，大象出版社 2008 年版。

臧励和选注，司马朝军校订：《汉魏六朝文》，崇文书局 2014 年版。

（宋）赜藏主编集，萧萐父、吕有祥点校：《古尊宿语录》卷 1，中华书局 1994 年版。

曾枣庄、刘琳主编：《全宋文》，上海辞书出版社、安徽教育出版社2006年版。

曾枣庄：《宋代序跋全编》，齐鲁书社2014年版。

（宋）张邦基：《墨庄漫录》，《四部丛刊》三编本。

（清）张德瀛：《词徵》，《词话丛编》本，中华书局2005年版。

张东华：《新书谱》，浙江人民美术出版社2017年版。

（宋）张端义：《贵耳集》，中华书局1959年版。

张海鸥：《宋代隐士作家的自由价值观》，《学术研究》2000年第6期。

张惠民：《宋代词学资料汇编》，汕头大学出版社1993年版。

（宋）张嵲：《紫微集》，影印文渊阁《四库全书》本，台湾商务印书馆1986年版。

张叔宁：《论朱敦儒的晚期隐逸词》，《苏州大学学报》1991年第4期。

张廷琛编：《接受理论》，四川文艺出版社1989年版。

（宋）张炎：《词源》，《词话丛编》本，中华书局2005年版。

（宋）张元幹著，邹艳、陈媛校汇：《张元幹词全集汇校汇注汇评》，崇文书局2017年版。

张璋等：《历代词话续编》，大象出版社2005年版。

（清）张宗橚：《词林纪事》，成都古籍书店1982年版。

（宋）章定：《名贤氏族言行类稿》，影印文渊阁《四库全书》本，台湾商务印书馆1986年版。

（明）赵世杰：《古今女史》，崇祯问奇阁刻本。

赵晓兰：《宋人雅词原论》，巴蜀书社1999年版。

郑骞著，曾永义编：《从诗到曲》，商务印书馆2015年版。

（南朝梁）钟嵘：《诗品》，（清）何文焕辑《历代诗话》，中华书局2004年版。

（宋）周必大：《二老堂诗话》，《宋诗话全编》本，江苏古籍出版社1998年版。

（宋）周辉撰，秦克校点：《清波杂志》，《宋元笔记小说大观》本，上海古籍出版社2001年版。

（宋）周密：《浩然斋雅谈》，《全宋笔记》本，大象出版社2017

年版。

（宋）周密：《武林旧事》，《全宋笔记》本，大象出版社2017年版。

（宋）周紫芝：《竹坡诗话》，《历代诗话》本，中华书局2004年版。

朱崇才：《词话丛编续编》，人民文学出版社2010年版。

（宋）朱敦儒著，邓子勉校注：《樵歌》，上海古籍出版社1998年版。

朱立元：《接受美学》，上海人民出版社1989年版。

朱谦之撰：《老子校释》，中华书局1984年版。

（宋）朱熹：《楚辞集注》，江苏广陵古籍刻印社1990年版。

（宋）朱熹：《晦庵先生朱文公文集》，《四部丛刊》初编本。

（清）朱彝尊著，姚祖恩编，黄君坦校点：《静志居诗话》，人民文学出版社1990年版。

（宋）诸茂卿：《今古钩玄》，《四库全书存目丛书》影印明钞本。

（明）卓人月、徐士俊：《古今词统》，《续修四库全书》影印上海图书馆藏明崇祯刻本。

宗白华：《艺境》，安徽教育出版社2000年版。

（唐）宗密、（明）智旭等撰，（明）朱棣集注，于德隆点校《金刚经注疏》，线装书局2016年版。

译著

［奥］弗洛伊德：《精神分析引论》，高觉敷译，商务印书馆2004年版。

［法］丹纳：《艺术哲学》，周国平译，人民文学出版社1963年版。

［德］黑格尔：《美学》，贺麟译，商务印书馆1979年版。

［德］伽达默尔、杜特：《解释学·美学·实践哲学——伽达默尔与杜特对话录》，金惠敏译，商务印书馆2005年版。

［德］马克思、恩格斯：《马克思恩格斯全集》，人民文学出版社1986年版。

［德］尼采：《悲剧的诞生》，周国平译，广西师范大学出版社2002年版。

［德］尧斯：《审美经验与文学解释学》，顾建光、顾静宇、张乐天

译，上海译文出版社2006年版。

［德］尧斯、［美］霍拉勃：《接受美学与接受理论》，周宁、金元浦译，辽宁人民出版社1987年版。